谁许一世共白头

冷亦蓝 著

壹

中国致公出版社　　知音动漫

楔　子	往生	001

第 一 章	卞城之王	007
第 二 章	爹爹长欢	017
第 三 章	再遇云珩	022
第 四 章	花魁离殇	043
第 五 章	离殇进门	064
第 六 章	前世之约	077
第 七 章	春光之祀	090
第 八 章	黑市擂台	105

第 九 章	温泉诉情	122
第 十 章	后宫争宠	135
第十一章	前情新欢	154
第十二章	又见竞天	165
第十三章	两情相悦	180
第十四章	玄枢疑云	201
第十五章	再见离殇	213
第十六章	风波诡谲	228

番 外	寂家夫君的一天	235
	桃花朵朵开	240
	七日浮生	244
	何日君再来	254
	踏青	262

楔子 / 往生

那天落了雪。

雪下得很大，在狭小的峡谷中，披上了一层净白的纱。

寂冠雪祭拜过父亲，乘着一驾马车，在几个侍卫的护送下往卞城赶。

寂冠雪很清楚地记得父亲死去的那天，那是个阴沉压抑的冬日，回到家，她看见父亲倒在血泊里，暗红的血液快干涸了，如同枯萎脱色的玫瑰花。

从此之后每年父亲的忌日，天都冷得刺骨，也几乎都会落雪。

父亲葬在出了卞城不到十里的峡谷深处，从不见天日的卞城中那条狭窄的小路走出去，径直走就能看见父亲的坟。以往每年的这天，冠雪都会叫她的夫君——卜星途陪她一起，两个人在纷纷扬扬的雪里走出去，又在那满天素裹的银白中走回来。

后来她做了卞城堂主，做了二当家，有了威风的马车，仍和卜星途步行过去。

但今天卜星途不在。

他身体不适卧床在家，她叮嘱他吃药，他也是一贯清清冷冷不理她的模样——他本就寡言高冷，成婚七载，他们之间少有对话，这些年来同床共枕，也颇有些同床异梦的意味。

他是不喜欢她的啊。

她很清楚，当初她对他一见倾心，非要他不可。他是不肯的，却被她勉强了——

他那时仍是贞人,未曾还俗的贞人,被她破了戒律,不得不狼狈地还俗,做了她的夫君。

卜星途不从又能怎样呢?神庙里祭祀的神职再也做不成,失了清白的贞人即使再还俗,也会被人看作不祥,于是他纵然千般不肯万般不愿,却仍是和她做了七年夫妻。

他是生在悬崖的花,她不顾一切地摘下,在七年里,她扪心自问待他不薄,可他仍然冷若冰霜,一如当年她在祭祀大典上仰望的贞人。

"这马车好生气派,里面的人是谁?"

车外嘈杂的对话打断了冠雪的思绪,她扶额蹙眉,有些不悦。

"还能有谁?是冠雪大人啊!"

"啊,就是刚刚被卜城王大人提拔为二当家的冠雪大人?"

"七年的时间,从卜城医女到堂主再到二当家,她平步青云,也是卜城王大人格外看重啊!"

卜城王。

冠雪的思绪被这个名字牵着恍惚了一阵。

在这鱼龙混杂、强者为王的卜城,他巍然立于顶端,就连西御国的朝廷也奈何不得他,他能走到如此高位,仅仅武艺高强,是远远不够的。

卜城王杀伐果断,甚至有时铁血无情,而他对于冠雪,一直未曾掩饰过自己的欣赏,这上下属七年来,虽然冠雪与他的交流仅限于公事,却也佩服他的能力和魄力。

"冠雪大人……莫不是那个百年一遇的丑女冠雪?"

"对啊!就是她!据说她丑得惊天地泣鬼神,卜城中人每逢过年都要把她的画像贴在门口辟邪。"

"嘘……小声些,别被那怪物听见了!"

冠雪只觉得心底一阵气闷,不由得轻轻敲了敲马车车厢。

云珩听得,从窗口探头进来:"主子有何吩咐?"

冠雪扶额头痛:"这些贱民吵闹得紧,让他们滚蛋。"

云珩微微挑起嘴角笑了笑,一双精光闪烁的眸子里仿佛初升的阳光落入大海——明亮,却暗藏波澜。

云珩的相貌十分俊美,他比冠雪小两岁,武功极其扎实,是冠雪刚刚追随卜城王之后,卜城王送给她的礼物。起初冠雪以为他是卜城王派来的监视眼线,后来随着和云珩的接触,她发现,云珩对她绝对忠贞不贰。对她来说,父亲死后,身为侍卫的云珩,是最可信赖的人。

而正在此时，冠雪发现云珩眼波一颤：

"主子！不妙！"

云珩已经如离弦的箭一般冲了出去。

"保护主子——"

脱了鞘的长剑仿佛破出云霄的闪电，在阴暗的地下卞城中分外醒目，他们刚刚进入卞城地界，外面的风雪尚未息止，而在不可见的暗处，酝酿已久的杀意早已开始弥散开来。

地上横七竖八的都是尸体，其中有刚才兴致勃勃谈论的看客们的，也有冠雪侍卫们的。

血一般鲜红的利箭不知从哪里破空而来，刺入身体之后不久便融化在血中，转瞬不见。

四名侍卫中，只剩下云珩一人。

云珩以剑弹开几支直冲要害的血箭，戳入土地中的血箭没有见血，竟然如同活物一般蠢蠢欲动，跃出了沙土，再度朝他袭来！

云珩的小腿被刺穿了，鲜血淋漓的腿上，血箭如同冰雪般消融不见，只剩下汩汩流血如泉的血窟窿。

一支血箭直直飞入马车之中，"夺"的一声钉在距冠雪耳边不过一寸的地方。

"主子！小心！这血箭会自己移动！"云珩忍痛劈开几支血箭，但那箭分开之后，复又合为一处，如奇特的魔法一般。

云珩惊讶地瞪大眼睛：这东西的厉害，远远超出自己的设想！

他看着对面朝马车铺天盖地射来的血箭，双目通红，咬紧牙关纵身朝马车车门处一跃——

寂冠雪看见云珩打开了马车门，血手扶在门框上留下暗红的指印，他唇畔流淌着一丝血迹，虚弱道：

"快……逃……"

无数血箭钉在云珩背后，森然而残忍地，最终融化为潺潺血水。

不见血，不消融，这是何等歹毒的巫术！

逃？往哪里逃？

忽然，一柄寒光四射的剑从后贯穿了云珩的胸膛，锋利的剑刃穿透肉体的声响，惊心动魄。

云珩的尸身被人不在意地拨向一边，枯树般倒在地上。

一个笼罩在阴影中看不清脸的黑衣人阴森森地站在马车门口，而站在那黑衣人身畔的人，竟然是——

"夫君？"冠雪大惊，失声喊了出来。

那黑衣人旁边玉山般矗立着的，不正是那与她同床共枕了七年的卜星途？

他脸上没什么表情，一双浅色的眸子在暗处闪烁着，似苍茫星空中黯淡的光晕。他静静地站在她的面前，沉默得如同大漠里的一棵千年枯树。

"你怎么会在这里？"冠雪心头上涌起几分不祥的预感，那个令人战栗的猜想，她不想信，也不敢信。

黑衣人森然地笑了，是的，虽然她看不见对方的脸，但她感觉到那阴影中黑洞般的脸在狰狞地微笑：

"我们在这里设下埋伏，就是为了取你性命！"

卜星途冷冷地看着她，浅色的眸子未起一丝情感波澜。

他手中握着长剑，殷红的血迹在剑柄上，斑斑驳驳的，如揉碎了的海棠花瓣一般。

"你要杀我？"冠雪咬牙道，"不信！我不信！"

"你我夫妻七载，虽不是举案齐眉，但你今日设下埋伏取我性命……我不信！"

卜星途仍是清清冷冷的，他看着她，良久，那喉结动了动，低沉而熟悉的声音一字一句地响起：

"……放箭。"

他的话音刚落，冠雪手比心更快地做出了反应——她已经咬牙拉开了悬挂在脖子上的神像。

虽然嘴上说着不信，但她心里知道，这场埋伏，卜星途脱不得干系。

只是她不明白，平日同床共枕，他有那么多机会，为何非要在此时此刻设下埋伏？

神像被拉下的那一刻，冠雪身上的机关被触动。那一瞬间，无数牛毛般的银针飞射而出，针上无毒，但数量如此之多，恐怕也难逃一死。

她知道会殃及卜星途，但他负心在前，她不在乎。

因为此时此刻，她……不能死！

银针冲撞开马车，冠雪跳出车来，一阵狂风袭来，卞城外的大雪灌入，飞散到半空中，再悠然地落了下来。

卞城的这条街道，落雪了。

冠雪朝着卜城王所在的宫殿狂奔而去,只要到了那里,以卜城王大人的兵力,一定可以……

两个人拦住了她的去路。

黑衣人抓着卜星途飞身而来,刚才那场铺天盖地的针雨,竟然没有一根伤到他们!

而在卜星途站在冠雪面前的时候,冠雪已经拔出了手中的短剑:

"卜星途,让开,不然我今天就把你——"

她手中的短剑在刺出去的时候却犹豫了,冰冷的剑尖从他眼睑处往下划了下去,一道鲜红如血泪般的伤口蜿蜒流淌。

而卜星途手中的长剑,却已经贯穿了她的腹部。

不……那里、那里……

那里已经孕育了他们二人的孩儿啊!

她还来不及把这个好消息告诉他……她已经有了他的骨肉……却被他一剑破碎了所有幻想!

他低沉的嗓音在她耳畔残忍地响起:

"现在,你可信了?"

他说完这句话之后,不给她喘息的机会,又直直地将那嵌入她身子里的剑给硬生生地拔了出来!

那是,他的孩子啊……他、他怎么能……

鲜血从嗓子里涌了出来,她再也说不出完整的话来。

不知何时,雪铺天盖地从半空中落下来,落在他们两人的头发上,来不及融化,两个人,一头的雪白。

冠雪忽然就感觉很冷。

身体无力地向前倒下去,本以为对方会无情地躲开,谁想卜星途却伸出斑斑血迹的双手,将她揽入怀中。

卜星途脸上的血泪流淌下来,流淌下来,如同一条蜿蜒小溪,一滴滴地落在冠雪身上。

不知道是不是冠雪濒死时的错觉,她好像看见……卜星途,在哭。

夫妻同床异梦七载,你有没有一丝半点,对我动过真情?

但如今,有,或没有,已无分别。

她忽然就想起了父亲为自己取名的缘由——

我们寂家的人，痴情总是错付，深爱不得善终。我为你取名为冠雪。冠雪，冠发如雪，希望你这一生可携心爱之人，白首终老。

　　寂冠雪在虚空之中痴笑一声：虽然名为冠雪，奈何她终是姓寂——寂然冠雪，孤独而终老，或许才是她的结局。

　　其实，每年父亲的忌日她都要他陪同，并不是非要他行祭祀之礼，她只是想和他在雪天走走，那样的大雪里，他们走啊走，就好像一直走到了白头。

　　只是……雪终究会融，从未作过真的感情如云似烟，到底匆匆。

　　冥冥中一抹幽魂离去的时候，她在心底自语：

　　若有来世，我不会对谁妄许痴情，若重来一次，卜星途，我宁愿从来不曾遇见你。

第一章 / 卞城之王

一片虚空的混沌之中，一抹幽魂在慢慢消散。她依稀间有些意识，断断续续地回想自己这半生。她自小和父亲相依为命，父亲为了养育她吃尽苦头，她为了能给父亲好的生活，也曾在卞城做过些见不得人的买卖，为了往上爬，她不择手段，后来父亲横死，她此生的目标除了爬上去之外再无其他，谁想，却仍然落得个如此惨死的下场。

为了得到步步高升的机会，她如行色匆匆的旅人般一心赶路，从未留意过身边的美景，就这样过了半生，在终结的那刻，能够回忆起来的幸福的事情，竟然寥寥无几。

若……能重活这一世……

虚空之中好像有一道闪电劈开来，一个声音辨不分明方向地跌宕而来：

"寂冠雪！我不许你死，你就不能死！"

是谁？她面前只有白雾茫茫，四处无边，就只能聆听到这一丝丝微弱却拼命的呼喊声：

"以吾之血，助汝重生！"

眼前的白雾混沌随着这句话断裂开来，一丝丝光芒从那缝隙中倾泻而出，丝丝光芒变成一束束光柱，最后化作一片无可避开的雪白光辉，那一瞬间，仿佛有什么攫住了她，通过层层斑斓璀璨的通道——

再睁开双眼的时候，冠雪只觉得眼前的一切有些刺目，试了几次，才慢慢地抬起眼帘，目光迷茫地看着四处。

红鸾帐，青玉床；一对合欢烛，绘着凤凰交缠呈祥；一双琉璃盏，映着并蒂花开成双。

寂冠雪在锦缎绸被上睁开眼，满室春意旖旎，此时此刻，自己正被一个男人以暧昧的姿势压在了床上。

在冠雪的角度，能够看到男子宽阔结实的臂膀，长发不羁地覆在他身上，倒有几分野性潇洒的味道。

这里很明显是青楼，而此时此刻，冠雪不明白，明明已经死去的她，又为何会在青楼里醒来？

正蒙蒙眬眬地发着呆，她的肩膀忽然一阵钝痛。

"嘶……疼……"她忍不住呻吟一声。

男子声音中带着一丝促狭的笑意："终于醒了，嗯？"

刺目的光芒让冠雪眯起了眼睛，一时间不能适应四处的她神志恍惚，举目黑暗的混沌世界，漫天飞雪的冰寒天地，海棠花瓣一般散落满地的血泊，云珩的血，她的血，穿过她小腹的冰冷刀刃，卜星途冰冷的眼神和血泪蜿蜒流淌……

冠雪回神，猛然睁大眼睛，伸手下意识地去试探着抚摸自己被剑刺穿的小腹，小腹处一片平坦，宛如凝脂的肌肤吹弹可破。

她记得肩膀的疼痛，忙转过头去看，外衣被褪了露出肩膀，粉肩上一圈浅浅湿润的牙印。

"喂，你怎么咬人啊？"本大小姐可是卜城的二当家啊，你是哪里来的野汉子，竟敢咬我？

低沉的声音中带着戏谑："你在我床上睡得如同一头死猪，你既然是来合欢楼找乐子的，可莫辜负了春宵。"

"你是谁啊？"这声音中有几分熟悉，但冠雪脑子里一团乱麻，一时间也分辨不出了。

"不知我是谁，就上了我的床？"男子坐在床上抱着肩膀，嘴角含笑地看她。

剑眉入鬓，星目深邃，古铜色的肌肤像一匹蜂蜜流淌而成的绸缎，结实壮硕的上身满是诱惑的气息。

"卜城王大人？"冠雪吓得连口水都不敢流出来，却也在惊呼的同时赞叹了一下对方的身材。

卜城王大人不愧是习武之人，武功高超不说，身材也如此有料！可惜前世他不近女色，终身未婚，如此极品的男子，可惜了。

不不不，此时此刻不是想这些的时候！现在她寂冠雪最想知道的是，为什么她会衣衫不整地和卞城王在床上？而且是在青楼的床上？

"老大……我们是在执行任务？"她一边摸着光滑的小腹一边发问。

小腹上的肌肤十分细腻，完全没有一点伤口和疤痕的模样。可就在此之前，她也不知过了多久，这里曾经被卞星途一剑刺穿，那惊心动魄的痛和刺骨入髓的寒，现在似乎仍能够感受到。

"谁是你老大？"卞城王戏谑道。

冠雪呆呆地抚摸着小腹说道："可是……我不是死了吗？"

卞城王听到这话就忍不住笑了起来，狭长的眼眸弯弯的，那双眸子闪着熠熠的光，好像有银河星汉投映其中似的，被那双眼睛所注视着的女人，似乎一个不小心，就会被吸入其中，再不得脱，万劫不复。

"死？"他微微一笑，"你既然选了本王，我怎会舍得让你死！"

什么啊？卞城王大人什么时候在这合欢楼里打工了？他的贴心服务……她可付不起啊！

"不，不要！"冠雪情急之下大喊，"我是冠雪啊！寂冠雪！"

我们两个是上下级啊，什么时候变成这种关系了？

冠雪正在挣扎间，自己的双手却被对方有力的大手扣住了，卞城王一手轻松地抓住她两只手按在头顶，欺身压过来在她耳边魅惑低语道：

"寂冠雪，合欢楼的这间包厢是我的。"

他温热的吹气让她的耳根酥软，一瞬间神思几乎飞上了天际：

"你既然知道我是卞城王，就是主动来找我的，此时还玩这些，未免装得过了。"

冠雪忽然意识到，卞城王大人似乎并不认为她是自己的属下！但她隐隐地有种感觉，感觉卞城王应该是认识她的。

可是现在这种境地，她并不想和卞城王发生什么不该发生的事情！

她看了看四处，觉得这里有些眼熟。

是了！

这里是七年前，她与卞城王初遇的地方！

她分明记得，那年她还是卞城一个小有名气的郎中，因替人换脸惹来麻烦。换脸的那人逃避仇家离开了卞城，于是冠雪被那仇家迁怒教训，对方一群人气势汹汹地要砍掉她的一只手泄恨，她匆忙逃离医馆，慌不择路地逃进合欢楼最隐蔽的房间之中。追她的人退去之后，正赶上卞城王进了门，她忙跪下谢罪，和对方解释了来意，卞城王对她的手艺颇感兴趣，当时就委以重用。从此她一路披荆斩棘，步步为营，从小小头目到秋雨堂堂主，再到卞城的二当家，她在卞城风光无限的起点，正是起于这合欢楼的小小包厢。

她本以为自己已经被卜星途杀死，却不想竟然回到了七年前。

一切都是起点的七年前，还没有认识卜星途的七年前，她没有得到权势，却也没有失去父亲的七年前！

正在思索间，身子一凉，卞城王的手竟抚上她的腰间。

不，不行！

"放开我！不要这样！"

冠雪情急之下一头朝卞城王撞过去，额头正好撞在卞城王头上的金属面具上，疼得她眼泪都流出来了。

"呃啊！"

冠雪捂着脑袋泪水长流："疼死我了，疼死我了……"

卞城王微微一怔，看了她一眼，随即叹息一声，随手拿起她的外衣为她披上，遮住了无限春光。

他有些哭笑不得，掩饰不住眼底的失落挫败道："不知道的还以为我强迫你……在这世上拒绝我的女子，怕也只有你寂冠雪一人了。"

卞城王有些落寞地坐在她面前，眉眼微敛，英气十足的五官如同匠人手中利刃削出来的一般粗犷锋利、狂放却不失精致，那一双长眉入鬓，那一双凤目看似冷酷无情，却隐隐中含着一丝难以名状的孤独与失落来。

那般平日里在鱼龙混杂的卞城威压十足的男子，在此时，在她的面前，仿佛一只断去了利爪坚齿老虎，他外表看起来依旧强大无畏，可是，仿佛在他灵魂深处的某个地方，有什么说不清的东西，已经悄悄地坍塌了。

或许，冠雪拒绝了他，这好像让他颇为挫败。

冠雪看着对方眼底的黯淡有些于心不忍，她忙说道："可是你是卞城王啊！你可不是寻常的男子！你是这卞城最高的王，让所有人都唯你马首是瞻！"

想了想，她觉得拍对方马屁也该抬高一下自己，于是继续说道："我也是有点名气的！我可是卞城里赫赫有名的神医寂冠雪！"

卞城王微微一笑："哦，那可真是久仰了啊。别告诉我你来这里，是为了躲避尹芳华手下的追杀？你给她的仇人换了脸，让她的仇敌重获新身份躲避追杀，她岂能放过你？"

　　冠雪吃了一惊："哎，这你都知道？"

　　卞城王也将衣服披在身上，开襟露出结实的胸肌，一路延伸到腹肌，这般遮挡上了，越发有些让人遐想的味道，反而引得人目光流连。

　　似乎是察觉到冠雪的目光，卞城王之前黯淡的眼神此时又点亮了起来，颇有些骄傲的意思，他微微拉开了衣襟，似乎在对她说：想看随便看，这样可以看得更清楚一些。

　　但他如此坦诚，冠雪反而不好意思再看了。却见卞城王开口道："我是这卞城的王，卞城发生的事情，我怎会不知道？"

　　冠雪连连点头，心不在焉地接茬："也是，你有暗影卫……这卞城哪儿有你不知道的……"

　　她的话语还未完全说出口，对面的男子眼中竟掠过危险的精光，锐利得如同鹰隼一般。他伸手卡住她的脖子将她按在墙上，危险的气息扑面而来，四周的空气都几乎为之一凛：

　　"你怎么会知道……暗影卫？"

　　糟糕了！冠雪心底咯噔一声：她惹怒了面前这个危险的男人了！

　　她忘记了！此时是他们的第一次相遇！此时的她，不可能知晓卞城王最秘密的情报暗杀团队——暗影卫！

　　卞城，正如"卞"字象形所示，它居于地下。"卞"字以"一"为界，"一"是地面，上面那一点，是西御国的都城，位于地上的龙安，下面的比上面一点更深邃壮大的"卜"，则是卞城。卞城是西御最大的黑市和江湖帮派混居之地。在这关系复杂、弱肉强食的世界里，卞城王是绝对威严的存在。

　　卞城王有非凡的智慧、强大的内心、超强的武艺，以及，杀伐果断的残忍。"卞城王"也是十殿阎罗的名字，用来称呼西御国第一帮派卞城的老大，再贴切不过。任何冒犯和威胁到他的人，都会坠入地狱，尸骨无存。

　　杀气，铺天盖地的杀气都集中在她身上。和他共事七年，没有人比冠雪更了解卞城王的秉性，每次散发出这种狩猎者气息的卞城王，都会有猎物牺牲在这杀气之中。这杀气好像受诅咒的刀剑，一旦出鞘，不见血不罢休，不杀人，绝不回鞘！

　　卞城王冷然而危险的脸靠近过来，他明明是如此俊逸不凡的男子，此时却如同一株怒放的曼陀罗，致命，却美丽。

"寂冠雪，你来告诉我，你是怎么知道暗影卫的？"

怎么办？冠雪急得一头冷汗，总不能说"五年之后是你把暗影卫交给我负责的，所以我才知道，哈哈哈！后来你还提拔了我做二当家呢！大家都是上下级，你杀了我岂不是伤了和气……"这样的话吧？

根本没法解释啊，说错话会被他一手捏死的啊！

可是还没开口呢，冠雪就觉得自己的咽喉已经被他捏紧了，她无法顺利呼吸，脸涨得通红，似乎发现了自己用力过大，卞城王放开了她，冠雪一头扎在床上，张大嘴喘息不已，好像被抛上岸的鱼一般。

冠雪抬头看向卞城王，他脸上没什么特别的表情，看起来闲适自在，却暗藏杀机。

必须……先蒙混过去！不然她可能活不到七年之后了！

"因为我，喜欢卞城王大人。"冠雪转了转眼珠，决意来一招美人计。她靠近过去，轻轻揽住了卞城王的脖子，伸出手轻轻抚摸他的脸颊，毕竟刚才曾经有过那般的肌肤之亲，以她的了解，卞城王不是随便的男人，和他共事七年，她从不知他有过任何女人，以此可推，洁身自好的卞城王应该是对她有好感才会想和她一度春宵，何况，她寂冠雪的容貌和身材，向来是不赖的。

何止是不赖，简直是很好。

因为她出生的时间非常不好，己丑年丁丑月乙丑日丑时，四丑齐聚，百年难遇，所以她一出生就被算命先生说是孤苦命。这种奇特的命格传遍了卞城，结果以讹传讹，人人都说她面容丑陋。冠雪百口莫辩，也没法为自己正名。小时候她还会辩驳几句，后来也懒得管了，谁爱说就由他们说去。丑又怎么样？丑她不也一样平步青云？丑她不也一样踩着那些骂她丑的人往上爬？

不少见到她真容的人，每每确认过她就是丑女冠雪之后都会惊呼一声"你也不丑啊"，每每她对这种评价都不置可否，从小到大，喜欢她的男人从来都不少。

她没用过自己的美色达成什么目的，但今天，她决定用了。

失身总比送命强吧？

如今的首要大事，是要活下去。好不容易重来一次的机会，不可以就这样结束。

她寂冠雪想做什么事情，没有做不成的！她寂冠雪要活下去，就一定不能死！

正是因为有着对自己美貌的自信，冠雪将自己柔软的身子贴上对方坚实如钢铁的胸膛，在她贴近的时候，她能感觉到对方身体一震、气息瞬间紊乱，心底不由得一阵得意：

能拒绝她寂冠雪的男人，还没出生呢。

"因为我喜欢你，所以跟踪你，知道了你不少秘密……其实今天来到这里也是欲擒故纵，我做的一切都是为了得到你……"冠雪大言不惭地说着情话。

"我想与你成亲。"冠雪看着他，轻声说道，"但我知道我配不上你，若能得你垂青，哪怕只是一夜露水情缘，我也……"

这话也没来得及说完，卞城王已经掐着她的脖子把她按在了床上：

"小骗子，敢骗我，嗯？"

冠雪一瞬间有些错愕：这怎么回事？难道她的表白不够真挚动人？难道自己这身皮囊还不够上乘？竟然无法迷惑面前这个强大而冷静的男人？

不知道是哪里出了问题，卞城王已经欺身上来，用捕食者俯视猎物的冷漠表情看着她，仿佛他尖利的獠牙已经抵在了她动脉跳动着的脖颈：

"我最恨人说谎。这是你最后一次机会。"他的语气冰冷而疏离，"说，不然，我有一万种方法，让你后悔来到这世上。"

卞城王心思缜密，智谋过人，想在他面前瞒天过海，当真不是一件易事。

他是卞城王，却也不是卞城王。

冠雪记得她所熟知的卞城王，纵然他对其他人都提防心狠，却唯独对她无条件信任和温柔，他不曾对她凶过，即使她犯过错，曾经令卞城蒙受损失，只要她跪在他面前，难过地抹眼泪，他就会伸出手来轻轻抚摸她的头发，对她说："不妨事，总有解决的办法的。"

而此时此刻眼前的他，虽然并没有对她严刑逼供，但这样冰冷的态度，却不是她印象中的他。

曾经，如兄长，如恩师，如挚友的那个卞城王。

而现在，如对手，如敌人，如仇雠的这个卞城王。

一滴冷汗从冠雪的太阳穴滑落，强大的恐惧之后是一片空白，她定定地看着面前强大威严的男子，这一瞬间恐惧忽然消失，她冷静下来了。

不，重生的这一世，无论是谁取她性命，这个人，都不应该是卞城王。

即使这是他们初相识，即使卞城王并不了解她，冠雪从骨子里透露出来的感觉告诉她：他不会杀她。

冷静下来不再恐惧的同时，冠雪迅速理出思绪，想到了一个更为稳妥的解释。

她和他朝夕相对七年，对他的了解比其他任何人都多，若她想不出脱身的法子，那其他人，就更不可能了。

"大人，之前是冠雪的错。"她伸出手轻轻地按在他压在自己脖子上的手上，那如古树般粗壮的手腕在被她温柔碰触的瞬间仿佛颤抖了一下，如同被闪电击中似的僵硬。她轻轻摩挲一会子之后，感受到对方力量消减了下去，她稍稍用力便将对方的手拿开："冠雪这就对您吐露实情。"

卞城王的脸似乎微微有一点红，他微醺似的眯起了眼睛，散乱不羁的长发披在肩头，他并没说话，只是看着她，等待她的解释。

冠雪对他单膝跪下，右手握成拳头，拇指伸出抵在自己左胸的位置行了一个礼：

"属下参见大人！"

他是卞城的王，与朝廷分庭抗礼的黑市老大；他是她的王上，她的上司，她对于和他相关的一切事情，都了如指掌。

"属下正是飞鹰破云的成员之一！"

飞鹰破云是暗影卫的前身，它是卞城的最高机密。最初的飞鹰破云成员身怀绝技，每个人的身份都是谜，他们受当时的二当家飞鹰管辖，就连卞城王也不知晓他们的真实身份，他们忠贞不贰，随时为卞城王牺牲一切。但后来的一次意外，飞鹰破云在落城集会时消息泄露，朝廷派出大内高手围剿，大半成员惨死于朝廷雇佣的异能者之手，少数逃脱，那次惨剧被称为"落城之难"。

那一役，二当家飞鹰为保护卞城王殒命，飞鹰破云几乎全军覆没。那之后过去一年，卞城王组建暗影卫，人数更少，成员武艺越发高强。暗影卫各个成员直接听命于他，也再不集会，但各个暗影卫互相都不认识。

冠雪是在赌，赌这次"落城之难"的漏洞，飞鹰破云残部有一部分人金盆洗手，有一部分人直接转成了暗影卫，择选暗影卫时，卞城王曾经让所有残部成员自愿选择要不要继续追随他，当时的成员皆覆面，有部分人卞城王并不认识，也任他们离去。这件事情，冠雪曾听过自己暗影卫中的手下提过，而这位手下，也是曾经飞鹰破云的成员。

能够知晓所有飞鹰破云成员名字的飞鹰已死，那么，就没人能知道这个秘密！

她知道的这件事，或许能够在此时此刻派上用场。

想到这里，冠雪更加笃定了几分，言辞恳切坚定："属下经'落城之难'一役武功尽失，无颜面对大人，请恕属下来迟之罪！"

卞城王微微一愣，顿了一下，说道："你可记得最后一次集会的暗语？"

这话正好问在了点子上，冠雪的嘴角不由得微微翘起，这件事情，她相熟的那位属下，也说过！

"拔萃出群，飞鹰破云！"她的声音中带着几分豪迈。

卞城王淡淡地看了她一眼，道："嗯，你说得确实不错。"

果然赌对了！冠雪心中暗喜，却也不忘记继续在卞城王这里寻个差事，毕竟共事七年，卞城王大人可是她最理想的上级！

"大人，今日误闯您的雅间，冠雪十分抱歉。这些年来冠雪仍想为您继续效力，只是机缘难寻。正好今日有此缘分，如蒙不弃，请允许我日后为您再效犬马之劳！"

卞城王脸上没什么特别的表情，他微微挑动了一下唇角，道："这些日子，想来你在外面奔波也是辛苦，不如回来继续为我所用，这事情我允了，待我想想给你安排个什么差事，再派人寻你。"

"谢大人！"冠雪内心雀跃，此时她心里一直揣着的一个念头不停地蹦出来：

若这真是七年前，那父亲还应该未死，此时此刻回到家中，是不是就能看见他？

为了验证这个想法，冠雪简直迫不及待地想要回家了，她强行按捺住心里的念头，恭敬行礼道："今日属下打扰了大人，不敢再叨扰，先行告退！"

卞城王没有说话，脸偏向一边不再看她，随意地挥了挥手示意她离开，冠雪领会，忙不迭地下了床，将外衣草草穿好便离开了包厢。

冠雪关上门的那刻，卞城王的脸色阴沉了下来。

他轻轻地打了个响指，门悄无声息地推开又关上，一个黑影进入，对他跪倒行礼：

"属下听命。"

卞城王紧锁眉头，好像在思考什么事情，但这并不妨碍他发号施令：

"查一查寂冠雪，再细致些。"

黑影回答得十分坚定："是。"转瞬间又悄无声息地离开了，就好像从不曾来过一样。

卞城王从床上站起来，走到床边，从怀中取出一只破旧的香囊。他看了看那已经有些褪了颜色的香囊，想了想，小心地打开，从里面抽出一张金箔来。

金箔仍是闪亮的，上面画着让人看不懂的符咒。卞城王低头看着这张符，忍不住牵动嘴角，一抹温柔的笑容如满月初生。

他收好符，又抬头看着天外的一轮月亮，在心底思忖道：

飞鹰死后，他留下了所有飞鹰破云成员的名单，可那名单上，分明没有寂冠雪的名字！

寂冠雪，你是如何知晓这一切的？

第二章 / 爹爹长欢

从合欢楼出来,冠雪迫不及待地往家赶路。

家里,家里……她脚步匆匆,气喘吁吁,一口气跑回了旧宅门口。旧宅的一切都是老样子,这个时候的她还只是卞城的郎中,没有气派豪华的府邸,她在卞城里寻觅许久才盘下这家医馆,医馆后面是小小的宅子,小小的庭院,当初搬到这里的时候父亲还说:"啊,这里真气派啊,比从前住的茅草房好多了。"

父亲。

念叨起这两个字,冠雪的喉头泛起阵阵苦涩。

父亲出身卑微,在龙安卖唱,花名长欢。寂长欢十五岁褪朱,十六岁成了龙安城中炙手可热的花魁。他相貌俊美,精通诗词,擅长丝竹,爱他的女子数不胜数,但又不是寻常女子能够染指得了的。

那时长欢的客人非富即贵。他每每走在街上必然被人围观簇拥,说是掷果盈车也不为过。然而就在长欢最红极一时的当儿,偏偏出了一件事情。

据说,长欢的一个拥趸,那女子是龙安贵族,与长欢颇有私情。一夜风流之后,过期的避子汤失效,令她有了身孕,而那贵族女子又是虔诚的清净教徒,不可堕胎杀生,于是十月怀胎之后生下一女。贵族女子嫌这女儿出身卑贱,生辰又是在四丑之际,算命先生说是天生的孤苦命,索性满月后直接丢给了寂长欢,连一分钱都没给他。

吃这碗风尘饭，最忌讳的是给客人添麻烦，长欢虽然在欢场上声名扫地，却也有旧日的恩客说愿意与长欢成亲，但前提是长欢必须处理掉这个拖油瓶孩子，长欢思来想去，看着那小小肉乎乎的婴孩抓着自己大拇指"咯咯"笑个不停，他就在想，这孩子哪里像是一生孤苦的命啊，便为她取名"冠雪"，冠雪冠雪，冠发如雪，希望她可携心爱之人白首到老。

到底还是抛弃不了这份血缘，长欢替自己赎了身，带着冠雪隐姓埋名下了卞城。

卞城是强者为王的地界，没有王法，没有规矩，唯有强者才能站在顶端。性格柔弱的长欢没少被欺负，他在卞城青楼门口摆摊卖合欢散，一手拿着药瓶叫卖，一手抱着孩子哄着，总有人踢翻他的药摊收保护费，长欢交不起，只能被对方打一顿泄气。

冠雪自记事起，就发现爹爹平日里总是备受欺凌，那时她便下定决心，一定要出人头地，让爹爹过上安生顺遂的日子，以后找个贤良的上门女婿伺候他。

长欢当爹又当妈，一把屎一把尿把冠雪拉扯大，冠雪从小被爹爹照料，没什么男女大防的界限，为人大大咧咧，向来不遵礼法。

六岁那年她离开西御国，前往东曦国拜师学艺，在东曦的世外高人那里学得几下拳脚功夫和一身医术，从寻常的诊治开药，到换手换脸，冠雪学了个遍。待她十六岁学成归来之后，自己便在卞城开了一家医馆，凭借着精湛的医术和不择手段的性子，再也没人敢来欺负他们父女。

前世里，自从那年与卞城王于合欢楼包厢初遇，卞城王就对她十分看重，她肯拼，什么都肯做，性子强硬又狠辣，一路水涨船高升迁上去。在她被提拔为秋雨堂堂主的那天，她兴冲冲地跑回家想告诉爹爹一个好消息。

她想说，爹爹，我们有钱了，我已经定下一间大宅，明日就搬进去。

她想说，爹爹为女儿操劳一世，女儿要让爹爹享几年清福了。

然而，一肚子的话都哽在喉头，她推门进去，看到的却是爹爹倒在血泊之中的尸身。爹爹即使是死的时候也是美的，冰肌玉骨，脸色更加苍白，他阖着双目神色安详，身下的深红仿佛一朵妖娆绽放的曼珠沙华。

树欲静而风不止，那些畅想，那些哽在喉头的话，终是来不及实现，也来不及说出口。

最终还是子欲养而亲不待。

冠雪愣愣地站在门口，手在空中僵了许久，却不敢敲下去。

她在害怕。

她怕推开门看见的，是那年爹爹倒在干涸血泊里的模样；她怕推开门，时光再不曾换她一个活生生的爹爹。

正在犹豫间，那门却"吱呀"一声自己开了，寂长欢敷了一脸葱郁的黄瓜切片走出来，看见冠雪站在门口，似乎是吓了一跳，随即他又看见冠雪眼角的泪，不由得硬了气息，道：

"怎么哭了？是谁欺负我们丑丫了？"

因为四丑齐聚，爹爹索性给她取了个小名叫"丑丫"，起初冠雪不喜欢，后来叫得惯了，平添了几分亲切起来，如今听得爹爹这样唤自己的小名，冠雪再也忍不住，扑上去抱住了爹爹：

"爹爹！我好想你啊！"

长欢纳闷："不是早上才出去躲仇人吗？怎么弄得好像许久不见似的？"

爹爹自然是不会晓得的，冠雪那些年每逢冬季最冷的几天去给爹爹上坟，心里冷得也如同落了雪那般，而在爹爹的某一年的忌日，她也死了，死在了离爹爹坟墓不远的地方，怀着身孕，死在了自己夫君的手上。

她死在他死去的几年后，死在了长欢所不知道的光阴之中。

回溯这七年的生死，好像隔了一世。

冠雪的声音有些哽咽："我做了个梦，梦到爹爹不在了……"

话没说完头顶就挨了个栗凿："丑丫头你咒谁呢？你爹爹我今年芳龄才三十有四，想要我香消玉殒起码还得五十年！"

冠雪笑着哭，哭着笑，哭哭笑笑的表情配着止不住的眼泪，好像这世上的大喜和大悲混合在了一处。

爹爹还活着，真好。

曾经多少次她梦到活生生的爹爹，在梦里，她拼命抓住了爹爹的衣袖说："爹爹，跟我回去过好日子，女儿绝对不会让任何人欺负了你。"爹爹怎么舍得拒绝她呢，爹爹就笑着点头，如同一朵载满阳光的向日葵在风中摇曳，爹爹说好。

他说："丑丫啊丑丫，爹爹和你一起回家。爹爹收拾收拾就跟你回家。"

然后梦就醒了，她抓着卜星途的亵衣衣角呆愣良久，知道是梦，知道爹爹再不可能回得来，知道自己满怀了希望又失望，她哭泣得不能自已。

卜星途便知道她又梦到了死去的爹爹，他向来寡言，此时绝不多话，他会默默地把她手中的衣角抽出去，然后翻身过来把她揽入怀中，任她将泪水涂了自己满胸口。

卜星途不算是个体贴的夫君，但在冠雪梦魇的这刻，他却做得无可指摘。

怎么又想起了那个卜星途？

冰冷的眼神，冰冷的剑，温热的鲜血，抽走的力气，渐渐昏暗的视线，那一幕如同刚刚发生一般触目惊心，明明被卜星途如此残忍地杀死，她为什么还是总会想起他？

也是，他们夫妻七载，有太多共同的回忆，她已经习惯了身边有这样冷冰冰的一个人存在。夜里同床共枕，白日里在外打拼会想，家里有个人在等她。

再到后来，没有人等她，她也再回不去那个家。

爹爹看冠雪哭得更伤心，心疼得不行，他上前就把冠雪拍在了怀里，一只手不停地摩挲她的头发，好像她还是要糖吃他给不起的小孩子一般：

"哦，丑丫不哭哦，丑丫不哭，是爹爹不好，爹爹不会再打你了……"

冠雪赖在爹爹怀里不肯起来，太好了，爹爹还活着，爹爹没有死，再重来的这一次，她发誓要好好保护爹爹，不让任何人伤害他分毫。

而之前杀死爹爹的幕后真凶……她花了三年的时间终于查明，杀死爹爹的凶手，正是她今日不得已躲进卜城王包厢躲避的仇人，尹芳华！

尹芳华，是卜城第一大青楼——春风楼的掌柜，干的是欺男霸女的勾当。这春风楼囊括籍没入官的罪臣家眷、拐卖偷盗来的孩童无论男女，只要是看起来有几分姿色的，尹芳华一概全收。而她除了做这些生意，也有些独特的癖好，她喜欢调教漂亮的男子，这些人被她玩腻了就丢弃，再换新人。尹芳华财大气粗，据传她背后有高人撑腰，有钱有势，曾经在卜城炙手可热，狂妄得很，就连卜城王，她也不怎么放在眼里。

冠雪是卜城的黑医馆郎中，医术诡异，以给人换脸换手脚为生，因为这次给尹芳华的仇人换了脸，使得那仇人逃出了西御国，就这么和尹芳华结下了梁子。冠雪躲避尹芳华的追捕慌不择路逃入卜城王的包厢，机缘巧合为卜城王效力，尹芳华作为卜城春风堂堂主，位比她高，使了不少绊子。后来仇怨越积越深，冠雪位高权重被尹芳华忌惮，她不惜对冠雪痛下杀手，可当时只有父亲留在家中，父亲替她而死，冠雪苦苦奔走收集证据，查出尹芳华是幕后真凶，将证据呈于卜城王面前。卜城王大怒，夺其堂主之位，没收家产，要将她枭首示众，却不想她在押解途中逃走，从此再无踪影。

从那以后，冠雪再也寻不到仇人的影踪，却也没有逃过惨死的命运。

或许……那般阴险狠毒的血箭，也是出自尹芳华的手笔！毕竟，冠雪曾经将尹芳华逼到绝境，她失去一切，如疯狗一般反扑冠雪，也是情理之中的事情。

所以，重生之后，冠雪最先要小心的敌人，仍然是尹芳华。

冠雪回家睡的第一晚，有些不太安稳。

习惯了身边有卜星途陪伴，此时独自一人躺在榻上不觉有些清冷。她的神志浑浑噩噩，好像漂浮在半空中，这些年的很多事情如走马灯一般在眼前一幅幅跳过。回首那过去的七年，冠雪步步为营，不曾退让，别人给她一掌，她必定要奉还十拳；别人得罪了她，她必然要赶尽杀绝。这七年里，她没有朋友，甚至没有能交心的伙伴。她一直锋利无比，她一直所向披靡，最终，却也落得了一个横死的下场。

即使不是卜星途，也会有其他人来杀她，她树敌无数，一切都只是时间问题罢了。

她需要伙伴，需要真心实意的朋友，再重来的这一次，她觉得有些累了、倦了，她不想再那样过着刺猬一样针刺向外的日子了，她想变得淡然一些，把名利放下，把目光投向身边的风景。

这一夜没有睡得安稳，第二天冠雪顶着两个黑眼圈起来的时候，正撞见敷得一脸黄的长欢进来，扑面而来一股酸腐的气息。冠雪忍不住打了个喷嚏，问道："爹爹，你脸上敷的是什么？"

长欢用手按了按脸上的物事，有点为自己的智慧骄傲的意思："黄瓜呀。"

"不对，我闻到酸味了！"

"废话。黄瓜不易保存，我趁便宜的时候买，腌起来一缸又一缸，可以敷很久。"长欢嘿嘿一笑，"丑丫，你爹我是不是很聪明？"

自作聪明吧。

冠雪只丢给他一个白眼。

长欢自我陶醉了一会子，忽然想起了什么似的："呀，卜城王找你去无双门。"

冠雪一愣："他有没有说是什么事？"

"没有。"长欢看着自己的闺女问道，"你是怎么勾搭上卜城王的？"

他闺女还真有点本事，这卜城里最风光的男人非卜城王莫属了，在这弱肉强食的卜城里，她终于寻到靠山了。

冠雪披上外衣就跑出门去："不要用'勾搭'这个词好不好！卜城王大人是真的赏识我的！"

看着自己的闺女急匆匆地跑去会汉子，长欢十分欣慰地倚靠在门口微笑："哎呀，我家女儿这么漂亮，不知以后入赘进门的，会是怎样的男子呢？"

第三章 / 再遇云珩

冠雪在卞城的街道里匆匆行走，一边走她一边回想，记得当年初识卞城王后过了两日，他就差人给她送来了洛云珩。那时候卞城王说为他做事难免危险，有个随身护卫还是稳妥些。她起初以为云珩是卞城王在她身边设下的眼线，终日行监视之事。最开始的几年里，她对云珩爱理不睬，从不信任他，也不怎么带在身边，后来日子久了，她发现云珩对她确实忠心耿耿，便对他渐渐好了起来，当作亲弟弟一般信任，她也对他许下诺言：有她寂冠雪飞黄腾达的一天，便有他洛云珩风光无限的一日，她是他的依傍，他们同甘共苦……

同生，共死。

那年许下的诺言，不想后来一语成谶。洛云珩惨死的那日，也是寂冠雪生命终结的那天。

云珩为她尽了一生，到死都护着她。重新来过的这一辈子，她要怎么还？

一步一步走过去，一月复一月的回忆，一日又一日的碎片，满满的七年回忆，走着走着就到了。

不知不觉已经走到了无双门。

无双门，是卞城的地下人口贩卖场，是卞城冬雷堂堂主楚无鱼开设的。这位楚无鱼是卞城王的心腹，冠雪重生前和他认识许久，但没什么交情，也没有仇怨。冠雪印象中楚无鱼是个很有眼色的人，他一直待她十分恭敬，不知是不是看在卞城王的面子上。

冠雪在无双门门口停驻了一会，深吸一口气走了进去。看守十分圆滑，冠雪说明来意，对方十分恭敬地为她指了方向——那边是贵客专门的包厢区域，居高临下看场上人口贩卖，看得更为清楚直观。

冠雪沿着缀满红灯笼的走廊一路走去，走到尽头，她没有看到卞城王，倒是看到了在场子里忙前忙后的楚无鱼，冠雪看到他情不自禁地喊了一声："楚大哥！"

楚无鱼嗔怪地回头看过来，望着她颇思索了一会，片刻之后他说道："这位小姐，我们应该是没见过的吧？"

糟糕！她忘了这时候他们还不认识！共事七年习惯打招呼了，让她装作不熟反而困难！

"楚大哥你是卞城王身边的红人，这卞城里有谁不认识？"千穿万穿马屁不穿，冠雪毕竟也是曾经做过二当家的角色，什么场面上的话也是张口就来。更何况这句话倒也没错，楚无鱼深得卞城王信任，算是心腹角色，和他拉好关系总是没错的。

果不其然，这句话也算是正中靶心，楚无鱼唇角挑起，得意地笑了笑："过奖过奖。不知……小姐如何称呼？"

冠雪刚要开口自报姓名，却听得身后有人唤她：

"寂冠雪。"

这声音有些温柔，温柔得冠雪怔忡了那么一会，然后她回过头，在忙碌的人群中却没有搜索到熟悉的身影，黑压压的人群看得令人窒息的时候，那声音又说话了：

"抬头看，这边。"

冠雪依言抬起了头，卞城王在高处的尊贵包厢里对着她笑，然后，整个世界都亮了。

红彤彤的灯笼在他身后，可他的脸却还是好像映着一片光华般那么好看。卞城王唇角微微挑起一个完美的弧度，朝她伸出了手：

"冠雪，过来这边。"

或许是他太好看，或许是那笑容太温暖，或许是她感染了那点温柔，寂冠雪鬼使神差地朝着他把自己的手递了过去，她踮起脚举起胳膊，把自己的小手放在那宽厚温暖的大手里，卞城王大人在包厢里探出身子握着她的手，两个人这么握了不知多久，终于是卞城王忍不住笑了：

"傻丫头，你难道要我这样把你拉进来？"

冠雪当时就醒过来了，她一边捶着自己的脑袋一边傻笑："怪我怪我，傻掉了！"

她忍不住在心里说自己，怎么别人朝自己伸手过来就一定要拉住呢？重生回来，她寂冠雪就这么禁不住汉子的诱惑吗？

冠雪从后面的台阶上了包厢，包厢里环境真是幽静，她坐在挨着卞城王的位置上，不知怎么竟然有一点紧张。

重生之前，卞城王可没有把她叫来这里过，那时他直接把云珩送给了她，这回把她叫到如此幽静的地方看人口拍卖，不知他葫芦里卖的什么药？

卞城王大人还是一如既往的那般样子，这是她所熟悉的卞城王。共事七年，他不是话多的人，但每每说话总能切中要害。如果他不想说话，不见得是心情不好，或许他在想事情，一般来说，他所想的事情的广度和深度，总是比她更胜一筹。

所以他才能做得了这卞城的王，从这适者生存的地界一步步爬上去。他必须比常人警惕狠厉许多，才能坐稳这个位置，让那些蠢蠢欲动反对他的势力不敢与他为敌。

冠雪大气不敢喘，正在合计着卞城王在想什么呢，没想到他先问自己了："在想什么？"

真是措手不及！冠雪纵然是老江湖，也被对方这不按套路出牌问了个正着，结结巴巴道："没……没什么……只是有点受宠若惊……"

这时候小二来包厢里谦恭地上茶了："大人是贵客，小的特地给您上了上好的普洱茶！"

冠雪习惯性地蹙了眉，随手就把那壶茶给推了回去："不不，他不喝这个的。你去泡一壶橙花香茗，顺便再来一盘椰丝糕。"

她和卞城王共事七载，是卞城王的心腹爱将，没有谁比她更了解他。卞城王喝不得普洱茶，沾一丁点儿就夜不能寐，他素来喜欢橙花的香气，也爱那椰香吃食，她和他每每外出，她都会把这些安排妥当。

这次，也一样。

小二愣了一愣，看了看卞城王没有说什么反对的言辞，便笑着退了出去，不多时又端上了冠雪要的橙花香茗和点心。

卞城王的视线淡淡地扫过冠雪的脸庞，没人知道他在想什么，他轻轻抿紧了唇角，移开视线。

冠雪习惯性地倒了一杯香茗放在嘴边欲喝，杯子还没碰触到嘴唇便被卞城王握住了手腕：

"你做什么？"

冠雪一副理所当然的表情："给你试毒呀！"

以前一直是这么做的，习惯了。

卞城王是朝廷的心腹大患，在外树敌不少，不知有多少人想要取他性命，冠雪是郎中，有随身带着药材的习惯，每次卞城王用膳，她都会先尝一下，如果真有什么毒，她能马上配出解药给自己服下。平心而论，一向谨慎的卞城王没有遇到过几次下毒，偶尔一次两次也被冠雪轻松化解了，她试毒这件事，其实并没有看起来那么大的风险。

谁想卞城王握着她的手把茶杯放了回去，似乎有点不开心似的："我不喝就是了，不必你为我做这种事。"

心头不知怎么就一暖，冠雪放下茶杯看着卞城王的侧脸，不知道是不是因为四周的大红灯笼的映衬，他的脸也红红的。

这样看着卞城王，冠雪忽然觉得他生得也是蛮好看的。重生前的他没有女人，或许是因为，没有女人敢嫁给他。可是卞城王他……明明就很好。虽然他不像其他男人那般温文尔雅，但他的果敢强势不择手段，也别有一番风味。

啊啊啊！她在想什么啊！她为什么会想到这样的男人应该和什么样的女人在一起这种事情？！

"你如何知道我的喜好？"卞城王大人又忽然发问了。

冠雪额头有点滴汗，她伸手擦了擦，调整出一个最自然的笑容说道："因为我一直……崇拜大人您……所以暗地里打听了不少您的喜好……"

不知道为什么，她看到卞城王微微冷笑了一下，还来不及反应过来，卞城王已经微微起身，一手撑在她背后的墙上，暧昧的气息扑面而来，道：

"说到我的喜好……我喜欢谁，你也知道吗？"

他这话里好像有话？他这么问，到底什么意思？

冠雪脑子转不出来他想说什么，只好对他笑道："大人可以告诉我嘛……冠雪什么都愿意为您分忧……"

卞城王笑了笑，没接着她的话茬聊下去，复又坐了回去。他坐姿端正，表情无侵，好像刚才什么都没有发生过。

冠雪一颗悬着的心也慢慢落地，卞城王看着台下拍卖的人口，有些心不在焉。

她想说点什么缓解气氛，却听见身后有人娇滴滴地说话："属下参见卞城王大人。"

这声音，不必回头看便知道是尹芳华！

冠雪站起身不爽地看着对方，尹芳华虽然口上说的参见，可身上却没有任何动作，她甚至连鞠躬的姿势都没有，就那么端着手里的烟袋锅站得倨傲。卞城王冷冷地看着她，并没说话。

传言中尹芳华背后有大人物为她撑腰，也不知道那位大人物是谁，但有一点可以确认——她果然是不怎么把卞城王放在眼里啊。

尹芳华气焰嚣张地看着寂冠雪，皮笑肉不笑地说道："哎哟哟，这位不是卞城大名鼎鼎的丑女神医寂冠雪嘛，怎么今儿没给人换脸？"

她的话讲得阴阳怪气，满是夹枪带棒的火药味。

昨天幸亏冠雪跑得快，不然就要被尹芳华手下痛扁一顿了。想到这里，冠雪也气不往一处来，她冷笑道："是啊，昨儿让你的敌人跑了，怎么办？冠雪不敢得罪尹姐姐，不如我给你也换一张，权当赔罪了。"

看到尹芳华的脸气得青一阵白一阵，冠雪不忘火上浇油："你这张脸也实在需要换一张能看得过眼的才行啊！"

尹芳华再忍不住，气得破口大骂："你这小浪蹄子，别以为身边有了卞城王大人撑腰就张狂起来了！我可是春风堂的堂主，你算什么东西！"

冠雪嘻嘻地抱着自己做戏："哎哟哟，冠雪好生惶恐哦……怕怕……"

此举更让尹芳华火大，她伸出烟袋锅就要烫上冠雪的手臂："丑丫头敢跟我作对，有你好看——"

话没说完，尹芳华的手腕已经被一道强大的力量攥住。卞城王面不改色，仍是冷冷的模样，他加重了手上的力气，尹芳华再握不住那烟袋锅，"当啷"一声，烟袋锅坠在地上，一串火星从锅儿里蹦出来，火星如尹芳华周身嚣张的气焰般昙花一现，转瞬间黯淡了下去，没了踪迹。

"哎哟！"尹芳华吃痛，哀号了一声，栽倒在地。

卞城王也放开了她，把冠雪挡在身后，冷冰冰地蔑视着倒在地上的尹芳华：

"对我的女人客气点。"

冠雪感觉这句话好像一支燃烧着的烟袋锅，直直地捣进了胸口，害得她心跳加快紧张了起来。

"属下无意冒犯大嫂，罪该万死！"

卞城王将视线转向冠雪，似乎是在征询她的意见。

冠雪也不想像重生前那般做事做绝，便笑了笑，道："啊，算了，我和尹姐姐闹着玩呢。"

卞城王这才冷冷地开口："滚！"

尹芳华狠狠地瞪了她一眼，唯唯诺诺地退了下去，嚣张气势不复存在，离开的时候好像夹着尾巴似的灰溜溜地跑掉了。

尹芳华离开包厢，四处再次归于平静。冠雪和卞城王坐在华丽的包厢中，气氛一度陷入尴尬。

冠雪有点紧张，经过刚才的事情，她不知道应该如何开口，可是看到卞城王用冷淡的视线扫着台上拍卖的奴隶时，她试图打破尴尬："那个……卞城王大人……刚才您说……"

不等她说出来，卞城王已经开口："你别多想。最近尹芳华气焰嚣张，我不过是借此教训一下她罢了。"

冠雪愣了愣，心中暗想：那么其实卞城王大人并不是那个意思咯？她是大嫂什么的……都是说说而已吧……

卞城王脸上微微含着点笑意道："怎么，失望了？"

这话说完，他轻轻将视线瞥过来，仿佛在观察她的表情，期待什么回答似的。

冠雪实在不知该如何接下面的话："啊……属下不是那个意思……不敢不敢……"

为了转移尴尬，她把视线投向下面，几个奴隶在被叫价，因为资质普通，底价不高，叫价也不踊跃，稀稀拉拉地有几个人跟着提了几次价格就没人跟了，冠雪有点担心地看着下面。

她有些怕。她怕她看不到云珩。

她又怕看到云珩，她怕自己看到他会忍不住把他带回家，之后因为跟了自己再受牵连，她怕他再一次惨死在自己面前。

可她即使怕，却还是忍不住，忍不住想要再看他一眼。

她想要看到他平安喜乐地过完这一生，她亏欠他的，希望他能从一个普通女子那里得到。

最好不相识，便可不相思。

冠雪正在想着，卞城王忽然靠近过来，他顺着她的视线也看过去："你看了那么久，可有属意的？"

冠雪沉浸在思绪里一时间没听见他说什么："啊？什么？"

卞城王笑道："我想送你一个人，不知道这里面，有没有你看上的？"

冠雪感觉额头上汗涔涔的：这位大人出手好生阔绰，一上来就送人！她是否有福消受呢？

"送我个……男人吗？"她擦着汗笑着问道。

"你不想要？"卞城王表情玩味地看着她。

"属下家贫，怕是养不起……"她跟着打哈哈。

卞城王微微叹息了一声："看来是没有相中的呢……"他看着她笑了笑，忽然欺身靠近过来："那你觉得我如何？"

啊？什么意思？冠雪一时间有点蒙蒙的。

"若是我在下面待价而沽，你可愿意把我买回去？"他笑吟吟地看着她，一双眼眸眯着，敛了精光的那双眼，此刻看起来格外温柔，温柔得好像一个不小心，就会溺毙在那一池秋水中似的。

冠雪有些愣神，很快她回过神来，有些惊讶地指着对方失声喊了出来："啊？卞城王大人您？"

这得多大价钱才能买得起！她怕是无福消受啊！

似乎是她的发问有些生硬，卞城王眼中温柔的光渐渐黯淡了下去。他转过头不再看她，嗓音低沉道：

"说笑罢了。"

果然是开玩笑的！冠雪如释重负地出了一口气，再望向台下的时候，发现那帷幕后面依稀一个熟悉的人影。

这个身影……

她的瞳孔赫然放大起来。

此时却听台下的楚无鱼介绍道："今天我还留了一个压箱底的上等货色。前面的不过是开胃小菜，接下来要拍的，可是极品中的极品！"

说到这里，楚无鱼将帷幕大大地拉开，一个身负镣铐的男子站立在那里。

冠雪看到那个熟悉的身影的时候，眼泪就落了下来。

"这位就是前护国大将军的独子，从小跟大将军学了一身好武艺的洛云珩！"

云珩。洛云珩。是洛云珩。

云珩是忠良之后。他洛家三代都是护国将军，为守卫西御立下赫赫战功，而他的家人因为被卷入权力争斗，被奸臣陷害而获罪。一个"意图谋逆"的大罪，没有满门抄斩已经是天子的慈悲。

云珩因此籍没，落入地下黑市人口贩子之手，在这里忍受屈辱被拍卖。

他原本是官宦子弟的啊，那般被人看重，悉心培养的天之骄子，只是因为朝廷争斗让他失去了所有，变成了这卞城黑市底层最低微的存在。

他的名字好像一块尖锐的金属滑入喉头，刺着她，扎着她，让她疼着，让她喊不出他的名字，让她一直默默地捂着自己的嘴，只能无声地哭泣。

若再相识一次，若再相伴一世，云珩是否仍逃不过为了她惨死的命运？重生前从云珩胸口喷溅而出的热血还未冷却，她怕他再因为她陷入险境。

这一次她决意放手，她要放开云珩，让他过寻常人的生活，她要看着他和平常女子幸福终老度过这一生。她要他得到这世间最普通也是最难得的幸福。

这是她给不了他的。

卞城王冷冷地看着她。

云珩明显与其他奴隶不同，他身上那股子贵气和傲骨出类拔萃，更不必说他本就相貌英俊，因为自小习武，身材更是一等一的好。下面的看客见到云珩忍不住纷纷议论起来：

"这小模样生得俊俏，这皮肤真水嫩。"

"身子板儿看起来结实，似乎十分耐用啊！嘿嘿嘿……"

"那屁股翘的，啧啧，这要是买回去还得了？"

洛云珩原本阴郁的表情渐渐浮现起红晕，听着这些戏词浪语，他咬牙在心中啐道："该死！这些登徒子们！若是落入他们手里该如何是好！"

楚无鱼一脚踢在云珩小腿上："进我无双门的都是货，是货不配站着，给我跪下！"

云珩被他踢得摇晃一下，咬紧牙关，却如磐石一般屹立不倒。

楚无鱼意识到这个洛云珩是个硬骨头，他根本不可能如前面几个奴隶那般逆来顺受、任人鱼肉，他面上不动声色，做了一招顺水推舟："大家也看到了，洛云珩不但长得好，武功也高强！买回家中，既是良伴，还能防身。"

楚无鱼炫耀似的撕开云珩的衣袖："这小公子细皮嫩肉，原本是大富人家的公子哥！底价一百两，真心不贵！"

洛云珩武艺高超，却甘愿在寂家做一个任劳任怨的下人。他曾经追随了冠雪七年，这七年来，他寸步不离地护在她身边，家中大大小小的零活也都由他来操持，虽然名义上是护卫，但干了许多长工的活。冠雪也曾想为他找个妻子厮守终生，可云珩每次都不肯——云珩说自己是寂家的人，绝不离开寂家。

既然那样，不如一开始便不相识得好。

云珩出众的外貌和贵气令在场的看客们不由得精神一振，纷纷跟拍叫价：

"一百三十两！"

"一百八十两！"

"二百两！"

"三百两！"

云珩的价码一路水涨船高，每次叫价都让云珩的脸色越发的难看。冠雪含着眼泪在包房里看着云珩，或许这是她最后一次看云珩了，她要记住他，好好地记住他的脸。

这张尚且稚嫩年轻，未曾经过七年打杀打磨过的青葱脸庞。

这张尚且天真纯净，未曾被血污沾染伤害过的漂亮脸孔。

忽然洛云珩的视线朝她望了过来，冠雪含着泪水愣愣地看着他，云珩与她的视线对了个正着。

云珩明显愣了一下，视线在她脸上多停留了一阵子。

她为什么看着自己哭泣？那张脸孔算得上美貌，气质也是颇为端庄，和其他那些人不一样，那双眼睛中透出来的表情，明显是在意自己的。

那她为何不叫价？

若是她的话……倒真是这群人里最好的主人了。

洛云珩不知怎的就想到了这些，忽然发觉自己有些逾越了，连忙转开视线，一张俊颜微微红了，咬紧嘴唇低下头看着自己的脚。

冠雪也垂下头不再看他——就这样吧，云珩就这样寻个普通女子度过一生，无惊无险岁月静好的一生，这是她唯一能为他做的事情了。

"我出一千两。"一声熟悉的叫价，让寂冠雪如同被一盆冷水从头浇到脚。

她转过头望去，尹芳华满脸赞赏地看着台上，吸了一口手中的烟袋锅，吐出一缕青烟，似乎在想象什么场景之后，心满意足地回味一般。

旁边的看客们不乐意了：

"什么？一千两？够平头百姓几年的收入了！他再好看也不过是个落魄公子哥罢了，值得这么多银子？"

尹芳华一张脸好像喝了陈年老酒般红彤彤的，眸子里满是满足的精光，好像盯上了猎物的猫："你们懂什么？买谁都是买，玩谁都是玩，这样身子骨强健的，可以多玩段日子，还可以丢在青楼里，又有得玩又能回本，这买卖，不亏。"

买卖。尹芳华把云珩说成是一桩买卖。

稳赚不赔的一桩买卖。

没有人比冠雪更知道尹芳华是什么样的人，她是春风楼的掌柜，最喜欢玩弄调教长得漂亮的男子，有些是为了取悦客人，有些纯粹是出自她的不堪欲望。这些年里，被尹芳华玩弄的男子不计其数，而那些男子大多留下终身残疾，生不如死。

不！绝不能让云珩落入她手！只是想象着云珩被尹芳华凌辱就已经让她无法忍受了，若是让他被丢进青楼任各色人玩弄，她几乎能呕出血来。

怒火上涌的当儿，她想也不想地站起身来高喊一声：

"我出两千两！"

她这么一喊，引得雅座之下观众席的看客们纷纷抬头来看她，人群中似乎有认得她的，不知谁说了一句：

"这不是卞城里百年难遇的丑女郎中寂冠雪吗？"

这人说完之后，旁边有不认识她的人不禁感叹一句："丑女？这样貌端正的，哪里丑了？"

倒有知道内情的还解释了一番："不是因为长得丑，而是因为这丫头的生辰八字都跟丑搭边，丑年丑月丑日丑时，就落了这么个诨名，和样貌倒是没什么关系。"

旁人跟着议论纷纷：

"丑不丑不重要，但看起来倒是有钱得很！"

"看着岁数不大，却这般富裕？想必有点本事！"

"你看她身边的不就是卞城王？听闻卞城王有断袖之癖，莫不是替他买的？"

"嘘……别被大人听见了！卞城王大人可不是什么善茬！"

冠雪才不在乎底下那群人说她些什么，当务之急是绝对不能让云珩就此落入尹芳华之手！

她咬住嘴唇紧张地站在包厢里，在这里可以看见对面的尹芳华，尹芳华一袭红衣好像燃烧的一团火似的。她有点傲慢地看着冠雪，深深吸了一口烟袋锅之后，吐出一团白色的烟雾，微微笑了笑，说道：

"玩玩而已的货色，郎中你当真了？我买他还有翻本的好处，你买他，那就是居家自用。为了一个赚不到钱的货花这些银子，我倒是佩服你是个情种。"

冠雪冷冷地瞪着她："别人无所谓，这个人绝对不能落在你手上！"

尹芳华是何等八面玲珑的角色，她把手中的烟袋锅往鞋底上磕了磕，站定之后巧笑倩兮道："你看你，玩玩罢了，何必这样呢？若是你喜欢这小子，我就把他让了你，权当刚才冒犯的赔罪了。"

虽然她尹芳华背后有人撑腰,但她毕竟是卞城里讨生活的人,是春风楼的掌柜,春风堂的堂主,她可不能得罪了卞城王!最近因为她气势太强,似乎让卞城王颇为忌惮,这可不是好事,因为她习惯了跋扈,"大人物"已经警告了她,若是此时再生事端……

尹芳华忍不住打了个寒战。

不行,"大人物"喜怒无常,行事难以预测,若是被他知道自己处理不好卞城王这边的关系,那她尸骨无存都是轻的。

"冠雪郎中请便,祝你今晚闺中如意,春梦无边。"尹芳华把话说完,便步履轻盈地走了。

冠雪一颗心终于稍微放下来,她发现自己手指颤抖,伸手摸了摸脸颊,竟然摸到两行湿冷,她什么时候哭的,连她自己都不知道。

云珩抬头望着她,二人视线交接良久,云珩浅浅地绽放出一抹笑容,很快便羞涩地调转了视线。

冠雪有些错愕:自己标下了他,他就这么高兴?

也罢。若是命中注定如此,她也只能顺着命运这条线把云珩拉回来,不过想想那场刺杀是在七年后,她有七年的时间不四处树敌,她有七年的时间韬光养晦预防这场悲剧,或许……命运真的会不一样。

楚无鱼倒是高兴的,两千两这个数目太可观了,果然当时在洛家被抄家的时候挑出这个小子是最正确的选择,那些庶子庶女和洛云珩比,根本卖不出大价钱。

他刚要落锤,却听得一声清冷的叫价:"五千两。"

五千两?

楚无鱼兴奋得差点攥不住锤子了,他两只手紧紧地把着锤柄,生怕锤子掉了下去:"五千两!夏电堂堂主、无忧钱庄的大当家裘怀玉出价五千两!"

人群中,一双冷漠无波的眸子转了过来,淡淡望着寂冠雪。

她的眸色很浅,长长的睫毛似乎每动一下就会席卷着冰冷的风扑面而来,夹霜带雪,不动声色地暗流涌动。

冠雪看到了她,好像雪白天地里一株傲然存于天地间的寒梅,不声不响,不卑不亢,无喜无忧,无欲无求,一身芬芳隔绝红尘世俗。

裘怀玉,卞城里最有钱的女人。她个性清高冷傲,对谁都是一副爱理不理的模样,前世她曾与她共事,二人交集不少,话却不多。记得那时有一次应酬,酒席之上她借口身体不适，其实是想早点回家陪星途，在偷跑的门口与怀玉撞个正着，她看着自己微微笑了一下，说了一句：

"你那夫君真是好福气，能让你这般的女子一心一意。"

冠雪那时愣了一下，怀玉却又说道："快去吧，别让你那有天人之姿的夫君等得久了。"

那时怀玉的笑容，不知怎么的，有几分苦涩。

或许，怀玉是羡慕她的？因为怀玉从不曾有过任何不雅的风评，她从不近男色，没准在心里羡慕她有那样英俊的夫君？

其实又有什么好羡慕的呢……

她最后，不还是死在了那位有天人之姿的夫君的剑下？

不知道在她死去的那个世界，若是怀玉知道她被那天人之姿的夫君杀死，会是个怎么样的表情……

她忙止住思绪。

回忆从前总会连带地想到星途，或许是她还放不下，也或许是七年夫妻，星途如同另一个自己一般融入了骨血之中，让她忘不掉，丢不开，甩不掉。

冠雪对望着自己的裘怀玉浅浅绽放了一个笑容。

这样很好。真的很好。怀玉是无可挑剔的女人，若自己是个男人，她倒是很乐意和怀玉共度一生。无论是哪个男人，能找到怀玉这样的妻子是天大的福气，若是怀玉收留云珩，那对云珩来说，再好不过了。前世她在遇刺之前，曾经要把云珩托付给怀玉，那时怀玉也答应了，果然……怀玉与云珩，就应该有此缘分的吧。

冠雪看向云珩，她想再最后看一眼云珩。

她怕自己忘了他，忘了他意气风发、青葱年少，忘了他丰神俊逸、星眸皓齿，忘了他在那年那月的那一天，春光之中，为她绽放的笑。

而当冠雪看云珩的时候，云珩的视线早已在她身上。云珩眼中有几分慌乱和意外，他清澈如水的眸子里带着渴盼，他定定地望着自己，眼中满是哀求。

他在求她带走自己。

冠雪含着泪转过视线，她不能再留在这里了，不然，她怕自己即使倾家荡产也要拼死把云珩带回家去。

"一万两。"身畔的人忽然发话了。

这声音是清冷的，霸气的，不容抗拒的。

冠雪惊讶地看向身后一直不发一言的卞城王，卞城王的脸色很冷，他站起身来，一股王者气息无可抵抗地扑面而来，底下的看客纷纷朝他行礼。

"一万两，黄金。"卞城王冷冷地睥睨天下，如王者降临，"这个洛云珩，我要了。"

"大人……"冠雪惊讶地想要跟他说话，可卞城王根本看也不看她一眼，果断地转身离开。

冠雪还想追上他的背影，却被随从拦住了去路："抱歉。大人并没有命你同行，请回吧。"

而台下，洛云珩已经被楚无鱼命人拉扯着锁链撤下了，冠雪看着心疼，大喊道："云珩，不要怕，我……我一定会带你回家的！"

云珩抬头看她，二人就那么相视了一会，粗壮的侍仆重重地拉扯云珩的锁链："磨蹭什么？还不快走！"

冠雪气得大吼："不许弄疼了他！"

那人毕竟是个下人，云珩刚被卞城王标下，搞不好以后会是这城里的红人，侍仆不想惹事，讪讪地象征性地拉扯了两下锁链，云珩最后看了冠雪一眼，便低着头跟那人走了。

卞城王已经乘着马车离开无双门，冠雪看着那马车绝尘而去，完全没有为自己停留片刻的意思。她拔腿在车子后面狂奔起来，她当然跑不过马儿的脚力，跑了一段路就气喘吁吁地扶着膝盖休息，喘上几口气之后再跑。

她拼尽全力地向卞城王的府邸奔去，却没有察觉身后锲而不舍追着她的黑影。

"该死……这丫头跑得真快！"

冠雪跑到卞城王府邸门口，守卫象征性地拦了拦，她态度强硬非要进去，几个守卫互相使了个眼色，竟然让开了一条路，假装没看见似的让她过去了。

冠雪虽然暗暗吃惊，但此时情急也没办法了。她轻车熟路地跑向卞城王的厅堂，气喘吁吁地跑进去，却看见卞城王端然坐在宝座之上，他一手似是无趣般地扶着脸畔，一双晶亮的眸子，如秋水，似寒冰，清清冷冷地看着她。

云珩就站在下面，被两个侍从带着。

冠雪还在喘着粗气，卞城王也不等她说话，声音不大，却朗然一路敲进了人心里似的：

"把这个洛云珩，推出去斩了。"

侍从得令，拉着云珩镣铐就要拖下去。

冠雪当时就喊出声来："不要！"

卞城王蹙了一对剑眉，眼中似有浓黑的阴郁。

这是……他开始恼怒的前兆。

寂冠雪跟随卞城王七年，她比谁都更了解面前这个危险的男人。卞城王说话做事雷厉风行，独断专横，只要是他决意要做的事情，任何人都休想改变，若有谁不自量力，妄图阻拦，最后都是个灰飞烟灭的下场。

冠雪跪在地上，双手撑地，她低着头不敢看上面那已经周身漫出杀气的卞城王，说道："请卞城王大人饶了云珩一命！请……请大人收回成命！"

不可以……她不可以看云珩再次惨死在她面前！

重生前历历在目的惨痛，重生前云珩喷溅在自己脸上的鲜血还没冷却，此时此刻，她怎么能再看着他死一次！

一边的楚无鱼怒目而视吼了一声："寂冠雪！你也太大胆了！大人的成命，岂是你说收就收的？"

冠雪跪在地上，带着哭腔又说道："求大人……收回成命！"

卞城王高高在上，她看不见他脸上的表情。

卞城王始终未发一言。

侍从继续拉扯着云珩，冠雪听见镣铐丁零的声音，忙起身朝云珩望去，却见云珩脸上带着纯粹干净的笑容，他望着她，柔声说道：

"小姐肯为云珩如此，云珩感激不尽。你我今日初次相识，云珩得小姐照拂，实在三生有幸。"

他漂亮的眼眸下面有弯弯的卧蚕，越发显得那双水眸清澈明亮："适才我向人打听了，原来您就是卞城赫赫有名的丑女郎中寂冠雪，您的名号虽然是丑女，但您一点都不丑，冠雪小姐……"

他的话说到这里顿了顿，白皙的脸上浮现出淡淡的粉色红晕："您是我见过的，最美的女人。"

云珩！

冠雪伸手想要去拉云珩，云珩却被身边的侍从先一步扯着镣铐带走了。他慢慢地跟着那人走出去，还不时回头看她。

冠雪知道此时此刻，只有一个人能阻止悲剧的发生！

她跪在冰冷的汉白玉砖石上，繁复的花纹硌得她膝盖生疼，她不在乎，一步步蹭

到卞城王的宝座边上,扬起头满眼哀求地望着他,再一次哽咽道:

"求大人收回成命!"

卞城王转了视线,他微微垂下头看她,声音低沉:"你就只有这一句话吗?"

冠雪沉下心去,狠狠地说道:"若您非要斩了云珩的话……就让我以身替之!"

不听这话还好,卞城王一听她这么说,当时就站起身来。他高大魁梧的身材如玉山般矗立在她面前,他居高临下,目光中甚至带着杀气。冠雪直视着他,她不再说话,只是眼泪一直往下流。

她在赌,即使是重来的这一次,她赌他不会杀她。

其实连她自己都不知道,这份自信是从哪儿来的。

卞城王就那么低头看了她一会儿,慢慢地,他周身的杀气渐渐消散了,取而代之的是一股淡淡的失落与哀伤。他弯下腰,粗糙的手指极尽温柔地拭去了她脸上的泪,那一滴泪被他拈在手里,他看着她,说道:"你就那么喜欢洛云珩吗?"

"不……"冠雪还在哽咽着,"我不喜欢他……"

"不喜欢?"卞城王似乎是苦笑一声,他拈着手指看那滴已经蒸发了的泪,"可你,为他哭了。"

是的,从前即使冠雪犯下再大的错误,只要她落泪,无论什么事情卞城王都会原谅,无论怎样的残局他都会收拾。从前她以为是自己为他立下汗马功劳他的赏识,现在回想过来,她的莽撞和疏于思考,哪里为他创造过汗马功劳啊。

重来的这一世,即使她与他只有几面之缘,她哭了,他马上就心软。

有转圜的余地。冠雪跪在地上抱着他的腿,可怜巴巴地看他:"大人,求求你……云珩其实是我……"

话音未落,卞城王眼中一凛,竟然飞起一脚把她踢开!

被踢飞的冠雪心里还在纳闷:就这么讨厌我吗?我不过是碰了你一下,竟然把我踢飞?

但她很快发现,她之前所停留的地方,赫然一串寒光闪烁的箭。

箭?

她在地上翻滚了几圈,还来不及起身,卞城王就已经朝她跑过来,抱住她在地上翻滚到宝座后面,身后传来暗影卫与刺客"叮叮当当"的打斗声,流箭像雨一样朝他们所在之处射来,卞城王将她护在怀里。

"竟然还有人敢来我这里撒野?"他怒目而视,拔出腰间宝剑,卞城王回过头看了冠雪一眼，嘱咐道，"你躲在这里，我去会会他们。"

他刚要走，冠雪习惯性地抓住了他的胳膊，卞城王被她的动作弄得一愣，冠雪柔若无骨的小手抓着他壮实的胳膊，轻声道："大人，小心。"

卞城王避开了她的视线，不知道是不是她的错觉，他的耳朵一瞬间红红的，看起来十分可爱。

卞城王大人也会害羞？

卞城王向来勇敢，他无畏箭雨冲了出去斩杀刺客，冠雪担心云珩，待箭停了之后就跑出去寻他，却看见云珩呆呆地站在厅堂的柱子后面，毫发无损。

很显然，刺客的目标不是他。

冠雪记得很清楚，七年前，卞城王的府邸上并没有这场刺杀，突如其来的这场变故，到底为何而来？若对方的目标并不是云珩，那么还有谁，是不该此时出现在卞城王府邸里的那个人？

有什么不祥的预感在冠雪脑海里一闪而过，她并没有当回事，因为此时此刻，她更在意云珩的安危。

冠雪开心地朝他跑过去："太好了，云珩你没事就好……"

就在此时——

忽然一道阴影从冠雪头顶掠过，她感觉身后一阵寒风，刚刚转过身，便看见寒意四射的一柄剑朝她冲了过来。

"冠雪，小心！"卞城王看到了，朝她跑过来，但距离太远，他根本来不及冲过来。

冠雪只感觉那个熟悉的身影拥抱住了自己，熟悉的体温和气息扑面而来，但紧随其后的，是温热黏稠的鲜血。

熟悉的，带着一丝腥甜气息的，云珩的鲜血。

前世的云珩喷溅在她身上的鲜血还未干涸，今世云珩的热血又融进她的身体。

她怔怔地看着云珩肩膀露出来的锋利刺中了自己的肩膀，他炙热的血随着剑锋汨汨流进了她的身体，她在他的注视下，神志渐渐涣散，化作了一只蝶，自茧中破出，振振翅膀，飞离了身体。

意识越来越远地飘离了此地，耳边回响着卞城王焦急的喊声："寂冠雪！你醒一醒啊！"

模模糊糊，依稀往日光阴。

那日暖暖的，是冠雪成婚的第六个年头，她那时正得卞城王赏识，春风得意，刚刚在街上看到有人成亲，身畔的云珩目不转睛地看了许久，回到家，云珩仍是一副心事重重的样子，冠雪心想，云珩肯定也是到了思春的时候，掐指算算，他也已经二十岁，按照西御国男子十五岁成年就可以成婚的规矩，云珩早该成婚了。

冠雪也是舍不得，她一直向着宠着云珩，生怕一般女子委屈了他，就这么拖着误了他的终身大事。

冠雪在家中的小院子里看着春光中的云珩，她笑眯眯地对云珩说道："云珩，刚才你定定地看那新郎官成亲，是不是羡慕了？"

云珩微微怔忡，仿佛想到什么似的，眼神闪烁："我、我才没有……"

冠雪哈哈一笑："我还不了解你吗？也罢，我们家云珩年岁不小了，也该给你找个新娘子了……"

云珩将脸别过去不看她："我……我还不想成亲……"

冠雪满脸了然地笑笑："说什么不想，这肯定是心里有人了。没事，你看上了谁家的姑娘，我替你去说。不管是谁，就算她是堂堂西御国的公主，我也有法子让你得到她！"

嗯，如此想想，也只有公主才能配得上云珩了吧？

不不，好像即使是公主也配不上这么好的云珩呢……

云珩还没转过头来看她，冠雪只当他是害羞了，却听得他喃喃道："不，主子你做不得主，即使连主子你啊……也决定不得……"

冠雪笑意更深："哎哟哎哟，你这是害羞了？刚才目不转睛看人家新郎官成亲的时候可没这么臊呀！"

云珩不再吭声，反而似乎很沮丧似的低下了头，冠雪到底疼他，走到他跟前，对着比自己高半头多的云珩笑意盈盈地说道："你就说你心里的人是谁，我们家云珩这么俊帅，哪个姑娘能不爱你？"

那时的云珩已经颇为老成，他双眼清澈却也坚定，他垂下眼眸仔仔细细地看着她，嘴角挑起一丝微微的笑意，有些郑重，也有些小心，好像生怕打碎什么般地谨慎说道：

"那……主子你……可以爱我吗？"

"啊？"冠雪愣住了，一时间竟然不知该如何回答。

两人就颇有些尴尬地站着对视，春光里的云珩面若桃花，有那么一瞬间，冠雪忽然有点舍不得把他推出去给别的女人了。

可是，她的夫君怎么办？

就在这么一瞬间的混乱中,身后传来刻意的几声咳嗽。冠雪转过头去,看见卜星途站在二人旁边,他的脸色不太好,一向高冷的他此时周身似乎聚集了更多寒意,见冠雪回头望着自己,他说道:"抱歉,是我打扰了你们?"

冠雪忙笑道:"啊,夫君,没事没事,我和云珩聊天呢。"

星途仍是一贯的清冷模样:"我也听见了。云珩有意,你若是喜欢,明天我们去官府和离,我给你们腾地方。"

冠雪一愣:"啊?"

星途目光朗然地看着她,灼灼然如仙人下凡,周身都是不食人间烟火的清冷:"我自然是没意见的。你我夫妻六年,想你也是有些厌了,家里只有我一个入赘寂家多年,没能令寂家人丁兴旺,岳父大人泉下有知,想也不能瞑目。我岂是个不贤明大度的?你想换个夫君,就换吧。"

他冷冷地看着她,复又补充了一句:"我没兴趣管你的闲事。"

冠雪马上就听出了卜星途清冷语气后的火气:他、很、生、气!

"夫君!我们没什么的!你听我解释!"冠雪急匆匆地就朝着星途的背影奔去,"星途!我寂冠雪今生今世只有你一个!你信我……"

星途的背影近在眼前,她伸手去抓,碰到了那衣衫就紧紧抓住:

"星途!星途!"

然后她忽然就醒了。

睁开眼,自己躺在床上,鼻端是卜城王身上的气息,那是类似阳光般明朗好闻的味道,她微微转过头,看到自己手里紧紧地抓着卜城王大人的袖子。

是梦啊……

怎么会有那么真的梦呢……

她记得那天发生的事情,因为云珩的那一句话,星途一下午都不搭理她。晚上二人熄了灯一片漆黑的时候,星途忽然把她抓过去……一夜未眠。

从此冠雪不敢再动任何花花心思。

之前的星途……虽然说不上好,但冠雪总觉得,他心里应该是有她的吧。

虽然是她强要了他在先,虽然是她不该折下这朵高岭之花,但两个人好歹是有些缘分,到底是结成夫妻过了日子,她一心一意地爱他,他虽然没有太多明显的回应,却也能从点滴中感觉到对自己的在意。

本以为守得千年铁树开了花,却没承想在她怀了身孕之后,被他毁了一切,望断天涯。

恨。还是恨。

当初的爱有多深，现在的恨就有多浓。

卞城王看着她，眼中有几分复杂的光芒，他微微含着笑意：

"星途？"

冠雪此时一听见这个名字就炸毛："别提，我不想听到这个名字。"

卞城王饶有兴味地说道："不想听？明明是你念叨了好多次的！刚才昏迷的时候一直在'星途星途'的，还说什么别走，怎么醒过来了就不认账？"

卞城王意味深长地看着冠雪："又是云珩又是星途的，寂冠雪啊，你的心上人可真多。"

冠雪马上否认："云珩可不是我的心上人，星途……他也不是！"

在那一剑刺入她身体里的时候，他就已经不是那个让她爱到骨子里的夫君了。

冠雪惦记云珩，起身问道："云珩呢……"

这一动牵动了肩膀的伤，她吃痛一声："哎哟！"

卞城王起身扶住了她，小心地复又让她躺回去，他看着她清冷一笑："还说不是心上人？你看你担心云珩的样子！"

冠雪连忙解释："云珩是我亲弟弟一样的人，大人你可不要误会。"

卞城王听了这番话，眉头渐渐舒展开来："你这么说，可让我好过了不少。"

大人你好过的点可真是奇怪啊……

卞城王的语气也不由得轻松起来："放心吧，洛云珩那小子身体硬实着呢，那一剑虽然穿透肩膀，但好在没伤到要害，他底子好，休养一月估计就能康复。"

呼……这样就可以放心了……

重生之后的冠雪发觉自己小心谨慎患得患失，经历了那样大的变故，她也在日夜反省是不是之前性格太狠戾导致树敌太多，再重生回来之后她学会了害怕，学会了在心中怀有敬畏。

她害怕她所拥有的这一切，都会在某一天瞬间失去。

她怕再没有重来一次的机会。

"那些杀我的人……是谁？"她低头思索，问道。

卞城王轻声叹息一声："查不出来。对方失败的刺客全都自尽了，身上也没有任何能够证明身份的东西，这些刺客武艺高强，毫无痕迹。"

冠雪心中一凛：如此老道的手法，能请得起这样刺客的人，必然不是一般人！

"寂冠雪，那些刺客都是冲着你来的。"卞城王伸手捏住了她的下巴，"你到底是谁？"

是啊……她到底是谁？

为什么重生回来没多久，就有人要取她性命？

冠雪笑嘻嘻地转移话题："大人，我还能是谁呀？我是寂冠雪啊，卞城黑市的郎中啊！"

是的，她的身份是这样，可是一个小小的郎中怎么会有人如此兴师动众地请人去暗杀？

她心知肚明，事情没那么简单。

说不定……卜星途杀她，也是另有原因。事情恐怕不是她看见的那么简单。

怔忡中，卞城王温暖宽厚的大手握住了她的，他柔声道："那些杀你的人都大有来头，为了安全起见，你就住在我的府邸中，我身边有暗影卫，他们个个武艺高强，一定可以护你周全。"

冠雪思索了一下，低声说道："不……我觉得……我不能再给大人增加麻烦了。"

眼看着卞城王脸色阴沉了下来，冠雪心中一惊，忙伸手抱住他的胳膊，须知伸手不打笑脸人，她满脸谄媚地对他笑："大人，王上……"

卞城王用一种奇怪的眼神看她，似是不太适应。

冠雪继续谄媚地笑："还是请大人饶了云珩一命，你把云珩送我，他武艺高强不输暗影卫，有他保护我就可以啦！"

卞城王看着冠雪急切讨好自己的样子，忍不住叹息一声："也罢。我本就不是真心杀他的，既然你这么说，他也有些作用，就让他跟随着你吧。"

冠雪开心得如获至宝，忍不住抱住了对方："冠雪谢谢大人！大人你真是大好人！"

他被她抱得一僵，冠雪看着卞城王的耳朵竟然又开始红了。

"王上……那我就先回去了，爹爹一人在家，我十分想念……"冠雪小心翼翼地说道。

"去吧。云珩在大门口等你。"卞城王将头转过去不再看她。

冠雪兴冲冲地跑了出去，卞城王低了头，从身上又拿出了那只褪了色的香囊，他在手中把玩了一会，忽然低声道：

"来人。"

几个悄无声息的黑影如鬼魅般进入房间，恭敬而整齐地跪在卞城王脚下："王上。"

卞城王发号施令道："你们几人从今以后，跟随寂冠雪左右，日夜守护，务必要保护她的安全。"

那几人闻言一愣："王上，我们几人都是一等一的武艺，要我们这么多人去守护她一人？这未免太劳师动众。"

卞城王的威严无法抵抗："你们领命便是。因为要杀她的人，也不是寻常之人。"

黑影们领命："我等必不辱使命。"

卞城王转过头不再看他们，他默默地望着窗外的景致——

既然你不肯来，那我只能倾我所有护你周全。

第四章 / 花魁离殇

冠雪顾不上身上的轻伤,她一路小跑跑到卞城王宅邸的大门口,在门口的春光之中,她看见了那个熟悉的身影。那人背对着她,长身玉立,玉树临风,背影还稍显稚嫩,却笔直挺拔,如苍柏,似翠松,他似乎是察觉到她的脚步,便转身过来了。

他的脸在柔柔的春光之中,看见她来,便笑了。

那明朗的笑容,生生折煞了三春时光。

云珩的肩膀上还缠着层层保护,他几步走过来,眼神中满是关切地看着冠雪:"主子,你的伤怎么样了?"

这一声"主子"叫得好生顺口,有这么一刹那,冠雪记忆中那个恭俭温良的云珩好像从这光阴裂缝中回来了。

云珩回来了,他正在春光中含笑看着自己,他还那么年轻稚嫩,好像这七年的光阴从来没有流逝过似的。

好像他不曾为她死过,好像那场可怕的刺杀从未发生过。

不,云珩并不是下人,不是奴才,不是护卫。

云珩是她重要的家人,这些年相伴的岁月里,他好像如她的骨血般融入了她,分不开,挥不去,不可分割。

她一时间有些哽咽,伸手便抓住了他的手:"云珩……你的伤……"

云珩愣了愣，复又微笑了："我没事的，我从小习武，这点小伤算得什么？"

冠雪很怕，很怕他再为她死一次，她紧紧地攥住他的手："云珩，不要为我拼命，你要好好活着，我要看着你好好的。"

云珩脸上飞了红晕，他低了头避开她的目光，声音很轻地说道："嗯。云珩什么都听主子的。"

"那就不要叫我主子了！"冠雪看着他，"你是我的亲人，你叫我姐姐就好！"

"姐姐？"云珩讶异道，"云珩怎敢造次？"

冠雪噘嘴正色道："你刚才不是还说什么都听我的吗？怎么，不算数？"

"不不不……我怎么敢……"云珩红着脸，偷偷瞄了她一眼之后又迅速转了目光，声音嗫嚅地说道，"姐……姐姐。"

云珩低着头红着脸叫姐姐的样子可爱死了！冠雪觉得自己心头都被这声"姐姐"融化了。她踮起脚抱住云珩就往怀里带，把他抱在胸口不停念道："太可爱了！云珩你太可爱了！"

云珩红着脸低着头被她抱着，什么话都没说。

冠雪放开了云珩说道："以后你就跟着姐姐我，姐姐我保证让你吃香喝辣！"

云珩红着脸答道："就算挨饿……我也愿意跟着姐姐……"

冠雪心头一暖："为什么呢？"

云珩避开她的视线："因为姐姐是第一个肯拼着性命保护我的人……今生今世，云珩誓死追随姐姐！"

太可爱了！冠雪几乎控制不住想再次把他抱在怀里的冲动。

她伸手拉住他的手，云珩身子一颤，有些诧异地看了她一眼，发现冠雪也在含笑望着自己，他忙转过视线，大手回握住她的。

二人就这么手牵手在集市里行走，冠雪在各个摊位上给云珩买了好多补品和吃食，还去裁缝铺里给他又量身定做了一身新衣服。云珩受宠若惊说不要再花钱了，可是冠雪看见云珩那开心的小模样就忍不住一直买买买，恨不能把这条街都给搬回家去。

二人正在集市里悠闲地逛着，却见迎面跑来一个人。

那人的骨像生得极好，身长玉立筋骨挺拔，他个子很高，举手投足带着一股贵气，即使是看似惊慌地奔跑，也丝毫没有一丝狼狈。

待他跑得近了，让人不由得惊呼他五官身材都堪称完美，俊朗如天神下凡，仿佛是不怎么晒日光的关系，他的皮肤白净细致，看起来养尊处优，应该是富家子弟。

男子脚下被石头一绊，玉山般的身子就那么倾倒在地。他俊美的脸上露出抓住救命稻草的神色：

"救救我……小姐，我不想卖艺……"

世上竟然有人说话这么好听！这一声求救从耳朵进去，散布到全身每个毛孔都无法控制地打了一个冷战——生得如此好皮囊不说，还有这般有如天籁的好嗓子，这男人简直完美得不像凡夫俗子！

这样丰神俊逸的男子，令人过目不忘。冠雪很快就想起了自己重生前也遇到过他，只是那是在遇到卜星途的一个月后。那是她在去见星途的路上，因为急着见星途，这男子也是这般在自己面前求救，她眼里根本见不得他人，便没有理他径直走了。

重生后为何又见了他？而且时间竟然提前了一个月？

冠雪有些愣愣地看着倒在地上的绝色男子：这家伙到底从青楼里出逃了几次啊？

那男子倒在地上一副体力不支的样子，他身后几个凶神恶煞的小厮已经追了上来，他连连哀求道："求求你……救我……"

那几个粗壮小厮七手八脚地抓住了他，那力道在他白皙的肌肤上留下了鲜红的印记，看得人忍不住心疼，冠雪气沉丹田吼了一句：

"放开他！"

云珩会意，立刻抽出随身长剑指着那男子身后的几个人："我姐姐让你们放开这位公子！"

几个人的气焰顿时短了下去，他们讪讪地放了手，看着寒光四射的长剑退了一步："你们……是谁啊……这是我们的花魁……"

是花魁啊，怪不得生得那般英俊，嗓音那么好听，岂是寻常人能及的。

冠雪将那花魁护在身后，正气凛然道："这里是卞城，你们不可逼良为娼！这位公子说了，他不愿意，你们要多少钱，我付给你们就是！"

她说完这句话，自己都觉得自己真是好大的口气啊。

那几个小厮被她说得一愣："他是我们春风楼在册的花魁，岂是你说拿钱就能赎的？行有行规，想为他赎身，须得在春风楼出价竞标获得，你现在这般巧取豪夺，我们告到卞城王那里也是有理的！"

呀，春风楼，这么巧，冤家路窄地迎面撞上来，偏生是尹芳华家的买卖。

她忍不住又看了一眼把住自己大腿求救的男子，忍不住合计起来：在戒备森严的春风楼里逃了个七进七出，看不出他好武艺啊！

这些姑且不提，她若带走了这位花魁，岂不是当众砸碎了尹芳华的饭碗？断人财路如杀人父母，出来卞城混的，规矩总要遵守。

冠雪当然也知道对方是占了理的，但是这花魁也毕竟开口求了自己，她强出头为红颜，此时也不好退缩，正在两面为难的时候，却听见身后花魁朗然道：

"你们不必为难这位小姐，我跟你们走便是。"

他的声音清清冷冷的，他念着词句的样子仿佛口吐珠玉，清脆悦耳，莫名的好听。

花魁从她身后走出来，整理了一下衣裳，他整个人好像变了个样子似的，好整以暇地昂首而出，而那几个小厮被他的气势震了这么一下，根本不敢伸手抓他，都垂手恭敬地立在他身畔，仿佛他才是春风楼的主子。

那花魁一双清澈明亮的眸子就那么直勾勾地看着她，冠雪觉得自己的魂魄几乎都要被勾离了躯体，他轻启薄唇说道：

"小姐一副菩萨心肠，在下感激不尽。这份心意在下铭记于心，明日是我的褪朱之日，小姐若有意搭救，在春风楼，我等你来。"

最后的这几个字他念得很轻，轻盈得像一片羽毛似的在搔弄着她的耳朵，冠雪觉得自己浑身每个毛孔都被这句话撩拨得春意无边，不由得结结实实地打了个激灵。

就在她发愣的时候，那位花魁已经转身走远了。

美人就是美人，即使只是一个背影，也是看得人挪不开视线。

冠雪呆呆地看着那花魁的背影愣神，身畔的云珩递过来一片方巾，她才回过神来："做什么？"

云珩脸上看不出什么表情："姐姐，擦一擦。"

冠雪不明就里："擦啥？"

云珩有点硬生生地把手帕塞进她手里："你的口水。"

冠雪这才看出来云珩有点不高兴了，她笑着拉住云珩："好啦好啦，跟姐姐回家，我们好好吃一顿，你也好好养伤！"

云珩没有说什么，只是低着头轻轻回握住她拉着自己的手，小心翼翼地，生怕什么碎了一般的谨慎。

到了家，长欢见到冠雪把个标致的汉子带回家来，高兴得不得了，几下子就把冠雪的卧房给重新装点了一下，满目皆是夸张的大红色。长欢扯着红色的帷幔笑得开怀：

"丑丫，我就知道你此去一定能带回来汉子！爹爹我早就盼着你给我找个入赘的贤婿了！这夫君也是不错，身体强健，吃苦耐劳，为寂家添了个壮劳力！你们快快成婚，我们寂家必能人丁兴旺！"

冠雪一头黑线地看着爹爹："啥？我……我跟云珩不是那样的关系！"

长欢一副深谙其中的表情拍她肩膀："不必多言。你今年已经十七岁，是该成亲的年纪了。云珩看起来性格温柔，想来不会计较入赘之事！"

冠雪欲哭无泪："卞城王大人赏赐云珩给我是做护卫的……"

长欢哈哈一笑道："成年男女同一屋檐下，关了门窗，孤男寡女，你爹爹我信你们清白，你问外人，谁信？"

也是。大户人家买来的奴仆都是由不得自己的，主子想怎样就怎样，别说是身子，就算是这条命都不是自己的。冠雪重生前做什么，云珩几乎都跟在身边，曾经卞城王也问过冠雪与云珩之间的关系，冠雪回答得倒是坚决："属下只有卜星途一个夫君，再无其他。"

那时候卞城王只是笑了笑，没有再接话。

是啊，那个时候她的心里，怎么就完全看不到其他人呢？好像是中了魔一样，心里只有一个卜星途，完全不把其他人考虑在内，虽然她也对云珩动过点心思，但那点小火苗也很快就被星途给掐灭了。

重来的这一世，她要不要……考虑一下？

冠雪这边正在合计呢，不知道什么时候爹爹已经出了卧房，却看见云珩红着小脸站在自己面前，再回身看卧房的门早已被从外面关上。云珩的长发披散着，还滴着水，身上都是淡淡的皂角香气，他身上只披着一件单薄的纱衣……

冠雪慌忙收了目光，一颗心跳得仓皇。

云珩垂着头就那么站了许久，他不见冠雪有所行动，不由得抬起头看了她一眼，恰好此时四目相对，云珩目光如星，对她微微一笑，便坐在了床上。

洛云珩此时想得很清楚了，他虽然被买回来的名义是护卫，但他很明白自己是被赏赐给寂冠雪的，寂冠雪要他，他绝无二话。他虽然曾经是护国将军家的公子，也曾锦衣玉食，意气风发，但树倒猢狲散，他见了太多人心丑陋，看了太多世态炎凉，而冠雪在这些丑陋的人之中，无疑是最好的一个。

她待自己不薄，甚至为了自己肯拼上性命，她如果不是对自己有那份心思，又何苦为他做这些事情？护卫职责他必须尽，而只要她需要，无论是什么，他都会尽全力做到。

云珩是个保守的人，其实他不太能与初次见面的女人有如此亲密之举，虽然冠雪貌美如花，虽然他对冠雪心有好感，但也希望能够先开始爱恋而后自然而然地由此进阶，今时不同往日，此时此刻，他没得选择的资格了。

冠雪笑了笑，她起身靠近过来，云珩的神经在那一瞬间收紧，他想，这个时候终于来了。他有些紧张却又期待，迎上去微微噘起了嘴，谁想这样僵持许久也不见有吻落下来，反倒是冠雪不知从哪里又取来一件衣服为他披上了。

"姐姐？"云珩不明就里。

冠雪拍了拍他的肩膀："云珩，我买你，并非将你当成奴仆，你是我十分在意的人，今晚你就在我这里凑合一下，明天我给你腾出一间房，一定把你的房间收拾得舒舒服服，绝不会委屈了你的。"

说着，冠雪给他一床被子盖好，自己另盖一床被子，转过身背对着云珩躺下了。

就这么……躺下了？

云珩愣了半晌，心底里不知怎么就弥漫出一股子失落的酸意来，他有些沮丧地垂着头，问道：

"云珩不合姐姐心意？我不够好吗？"

冠雪被他问得一愣，复又起身，她看着云珩消沉黯然的样子心里就一阵疼。

他是不是以为她对他完全没有那个意思，难过了？

"不是！你很好！云珩，没有人比你更好了！"她急忙说道，生怕他伤心。

云珩抬头看向冠雪，纯净的眸子里掠过一丝无处隐藏的伤痛：

"那花魁相貌俊逸掷果盈车，所以你……要省着力气去找他吗？"

云珩这是想到哪里去了！

冠雪心疼他，忍不住就抱住了他："云珩，你别瞎想，我没那个意思，真的，你看我没什么钱，我也特别吝啬，今天我为你买了那么多东西还不能证明我的心意吗？别瞎合计了好不？

"云珩，如果说我对你完全没有男女之间的心思，那是骗你，也是骗自己的。但若是说我垂涎你的美色，却又绝不是这样。我当你是我最重要的家人，我也有一点喜欢你，可是这一点的喜欢并不够。云珩，我不能随便待你，我怕一时纵情，最终伤了你的心。云珩，你对我而言是不一样的，我非常非常在意你，你懂吗？"

云珩微微眯起眼睛看了她一会儿，便垂下眼帘低语道：

"姐姐如此珍惜云珩，云珩粉身碎骨不足为报。姐姐现在不想要我，云珩知道自己还配不上你，云珩不会一直做一个下人，云珩会努力，努力让姐姐过上好日子！"

不知怎的，冠雪心底仿佛被他触动了什么，一个如此美好纯粹的少年，他要为了自己成为更好的人，成为他眼中配得上自己的人，一个把自己低进了尘埃之中，努力扎根壮大开花的少年，让她不自觉地有些心疼。

他越是这般美好，她越是不能趁着他懵懂的时候哄骗了他，她会让他成长，让他成为一个真正的男人之后，再请他做出选择。

冠雪这一晚与云珩和衣而眠，一夜好梦。第二天早上，冠雪在云珩的臂弯中醒来，云珩安静的侧脸对着自己，另一只手放在她的腰际，这般自然的样子，即使是她重生前与卜星途，也少有如此亲密。

卜星途只会在她做噩梦之后才拥抱安慰她，不然，二人事后便各自背对着睡下了。冠雪忽然感觉到，或许自己一直以来都不懂情爱之事，云珩明明是这样喜欢自己的，但她却一直践踏了他的情谊，辜负了他的心意。

原来被人关心着，是这样幸福的事情啊。

冠雪动了动，那边云珩便醒了，他睁开双眼露出一丝痛苦之色："嘶……"

原来是冠雪这一夜枕着他的胳膊熟睡，他的手臂已经麻掉了。

冠雪是郎中，忙为云珩推拿过血，几下子就弄好了，二人相视微笑的时候，听见门外爹爹在呼唤：

"二位新人起了吗？我能进来不？"

冠雪忙将云珩有守宫纹的那条手臂的衣袖落下来遮住："爹，没事的，进来吧。"

爹爹乐呵呵地端着早餐进来："二位新人辛苦了，爹做了好吃的给你们补补！"

白天一转眼便过去了，眼瞅着一轮日头要落下去，算算时辰差不多了，冠雪寻了一个云珩不在身边的空当，悄悄地从家里溜了出来。

冠雪轻车熟路地来到了春风楼，虽然褪朱仪式还未开始，但这里已经挤满了人，冠雪四处望去，竟然看到了一个熟人。

裘怀玉！

裘怀玉自在地坐在一间包厢里，身畔还有个位置，她就那么雅致悠然地坐在里面喝茶。一会儿就看见有个女人去问她什么，她爱理不理地摇头，模样甚是清高。问的那人叹了口气，只好退出去站在闹哄哄的大厅里和旁人挤着。

估计那女人是问她身畔的位置有没有人，看样子是被拒绝了。

冠雪决心也去试试运气，被撅了面子也无所谓，反正她在怀玉那里也没什么面子可言。重生的这一世，她认识怀玉，可怀玉还并不认识她啊……

"请问……怀玉姐姐……"冠雪笑嘻嘻地在包厢探进了头,"你身边有人吗?我可不可以……"

怀玉看也不看她,一脸清高不屑,漂亮的小嘴噘起来,爱理不理地偏了头:"喊,少废话,坐吧。"

冠雪得令就退了出去:"好咧,我滚。"

唉,等一下?刚才她说的好像不是"滚出去"?

冠雪一只脚都踏出去了,回过神的她又把脚收了回来,笑嘻嘻地一屁股坐在怀玉身边的舒适绸缎软座上,嘴上甜甜地溜须道:"谢谢怀玉姐,你真好……"

怀玉秀美的眉瞬间就蹙了起来,她好像打了个冷战似的,一只手在胳膊上搓了搓:"别这么叫我,肉麻死了。"

冠雪看着怀玉冷漠的样子,心想对付女人她可是有一手的。她电光火石地打量了一下裘怀玉的一身行头,微微一笑,计上心来:

"怀玉姐,你皮肤真好,平时用哪家脂粉店的护肤品啊?

"哇,这包包是锦瑟家今年最新限量版的吗?好棒哦,我都没抢到!

"你的衣服好漂亮,是鲜衣铺定制的吧?

"你的发钗是皇室御用的那个什么品牌来着?

"姐姐平日里都去哪里玩啊?小妹很想知道呢!

"姐姐喜欢吃什么呢?如意斋家的点心最近可火得很,我跟姐姐强烈推荐!

"妙音坊的歌舞双绝,你去看过的吧?它家你可有属意的戏子?"

她一连串的话语悉数丢了过去,每一句话都暗藏深意,心想只要是女人,这几句话里总有一处会中招,只要被她找到破绽,顺着对方的喜好一路聊下去,今晚,必会收获一个臭味相投的酒肉闺蜜。

有这样的土豪成为自己的闺蜜,以后去哪里逛街,不都得像个螃蟹似的横着走?想想就觉得很是得意啊。

谁承想她这些话丢出去,裘怀玉神色一点没变,她甚至轻轻地啜饮了一口香茶,一双清淡的眸子无忧无喜,连一点涟漪都没泛起。

不对啊!这走向不对啊!正常来说不应该是对方两眼冒光地跟自己就某一领域聊成共识迅速熟络吗?

没用,完全没用,那个裘怀玉仍然清冷无波,如一棵水边的水仙花,孤芳自赏,难以接近。

冠雪缴械投降，只能尴尬地和她并肩坐着，正在她垂头丧气之时，却忽然听得对方开口了：

"你就是卞城百年难遇的丑女寂冠雪？"

冠雪被她这么一叫，又重新燃起了斗志："怀玉姐，你认得我？"

裘怀玉似乎是轻轻笑了一声："卞城谁人不知你的名号？四丑齐聚，百年难遇，难得你生在了这么古怪的时辰里。"

冠雪摸着脑袋"嘿嘿"一笑："难为姐姐这么了解呢，他们都说我丑是因为容貌，把我说成前无古人后无来者的绝世丑女……哈哈，也难为他们的想象力了。"

怀玉轻嗤一声："那些人懂什么？以讹传讹罢了。你这副容貌若是丑的话，别说这卞城，就算加上龙安，也找不出俊俏的女人来了。"

这一番话说得冠雪好生受用，她摸着自己的脸陶醉于怀玉的赞美中几乎不能自拔："怀玉姐你真好……你好会说话呀……"

怀玉瞪了她一眼，视线复又瞟向别处："跟我套近乎也没用，我不会让你的。我们俩可没有什么交情可言。"

冠雪被这句话差点噎死，这裘怀玉就这么讨厌自己吗？

怀玉浅淡的眸子转了转，清清冷冷的目光看着冠雪："你还真是个色女啊……昨天刚买了一个，刚过了一晚，今儿又要买花魁？寂冠雪，你还真是见色起意、见异思迁、见缝插针啊！"

这词语用的，什么跟什么啊。一口一个"见"的，好像她很贱似的！

裘怀玉好像对她有很大的误解，冠雪连忙解释道："怀玉姐你误会了……其实我真的不是……我完全没有……"

她的话被台上的尹芳华打断了，却听见尹芳华扯着嗓子在台上喊："各位静一静！今儿是我们春风楼花魁的大喜日子！各位客官，可瞧好了！"

尹芳华身后是一帘大红色的流苏，流苏里面影影绰绰一个人影。她笑了笑，吩咐人拉开流苏，就在流苏拉开露出里面的人的时候，整个世界都好像被点亮了。

流苏里面坐着一个倾国倾城的人儿，他一身大红的长袍，修长的手指指节分明，甚至连指甲都精致粉嫩得如同鲛人身上晶莹的鳞片，他脸上的表情有些哀怨，弹奏的一曲悠然如泣如诉，听得人心里总是有那么点波澜。

那琴声中分明有一股淡淡的哀愁，听起来竟有些压抑着的痛楚，可是在场的客人们却群情激昂，一个个眼冒精光，如同看到肥肉的狼群一般。

冠雪这边悄悄地拭去了眼角的泪，她有些自嘲地想着，是不是自己年纪大了，怎么听一首曲子都如此脆弱了？

"这位花魁曾是当朝礼部侍郎宿莲之的独子，琴棋书画皆是精绝。这容貌不必我说，世间可难得如此尤物！他便是我们春风楼的花魁——宿离殇！"

冠雪不由得被那弹琴的男子夺去了视线，在看见对方的那一瞬间，她连呼吸都忘记了。

精心装扮过的宿离殇，比那日向她求救的花魁，更美。

宿离殇，原来他叫宿离殇，他让她来这里救他，可是……她要怎么救？

一双手在她眼前挥了挥，冠雪这才回神，转头看到收回手的裘怀玉，怀玉看她懵懂的表情冷笑一声："还说你不是见色起意，你那双眼睛都快要被花魁迷得看不见别的了！"

冠雪尴尬一笑："姐姐取笑了……这宿离殇的美色确实不错，我只不过是多看一眼罢了，并不是你想的那样，我并不垂涎……"

台上尹芳华将宿离殇拉了出来，推在众人面前炫耀："这宿离殇不仅容貌绝色，琴棋书画都是一绝！"

下面有女子冷笑道："老娘才不在意什么琴棋书画，别说没用的，衣服撕开让我们看看身材！"

尹芳华笑道："客官想看，可要端详仔细了！"

"嗤啦"一声，尹芳华忽然发力撕开了宿离殇的外衣一边，露出半边结实的胸肌，他的肤色很白，看起来不是十分强壮，可上身的肌肉却意外地十分有力量感，他……甚至有隐约的腹肌。

这是何等完美的身材！

冠雪之前与怀玉的半句话说到一半，看到这幅活色生香的画面她的鼻血不由得喷了出来，嘴里还是之前的后半句："不、不垂涎他的美色……"

裘怀玉冷冷的眼神中闪过一丝戏谑："哟哟，嘴上说着不垂涎，鼻血倒是诚实得很啊。哼，色女，今天有我在这里，绝不会让你标下他！"

冠雪连忙擦掉鼻血："不不不，鼻血只是个意外，我今天来这里，也是为了救花魁的！"

说完，她站起来从包厢探出身子，指着尹芳华吼道：

"尹芳华！你怎么可以这样？做人可不要太过分了！"

在卞城底层摸爬滚打长大的她嗓门很大，在她气沉丹田吼出这一席话的时候，在场所有人都安静了，原本喧闹的青楼竟然没人吭声，这么静了一会儿之后，忽然有人跟着附和起来：

"说得对！太过分了！要露就全露出来，让我们看个真切！这半个膀子怎么能看得够？"

这句话说出来，如同水滴炸了烧开的油锅一般，一时间，群情激愤，更有人跳着脚在下面指点尹芳华：

"小气鬼！没诚意！要脱就脱个彻底啊！"

"就是就是！全脱光！货要验全了才能出钱！"

"无良奸商！如此上好的货色还掩掩藏藏的，好生吝啬！"

尹芳华的脸色当时就沉了下来，她眯起眼睛看着寂冠雪，目光中带着一丝杀气，好像在说："看你干的好事！"

冠雪连忙摆手摇头地对她打着手势："我不是这个意思！误会啊！这里面一定有误会！"

尹芳华冷笑一声："我还当是谁呢，这位不是卞城里大名鼎鼎的丑女郎中寂冠雪？莫不是冠雪郎中昨日买回去的那个中看不中用，今儿又跑到我这里来？我家的花魁，岂是你这样的穷鬼能高攀的？"

寂冠雪被她这样看扁轻视，气不打一处来："瞧不起人吗？今天这位花魁我救定了！多少钱我都要把他救下来！"

尹芳华笑得灿烂："可以啊，今儿宿离殇的褪朱之夜拍卖起价五千两，来拍吧！"

冠雪此时头顶好像有一盆凉水浇下来凉透了全身，她就那么瞠目结舌地站了一会，咽了一口唾沫，颇为尴尬地挠了挠后脑勺，什么都没说，就又坐下了。

人群中窃窃私语：

"看她气势那么横，我还以为她财大气粗有的是钱呢！"

"是啊，能和裘怀玉坐在一起的女人，害得我对她还有些期待呢，没想到竟然真是个穷鬼！"

众人失望的言辞被冠雪听在耳里，她忍不住握紧拳头，穷怎么了？

这要是她前世的火暴性子，早就站起来又腰揍个怼回去了。重生之后她倒也觉得没什么坎儿比死更可怕，毕竟死都死了，这世上还有什么能比死更让人难以忍受的？

正在自己生着闷气呢，这边怀玉塞塞窣窣地递过来一张纸，冠雪接过来，发现那是好纸张，和市面上软塌塌的宣纸明显不同，甚至有点淡淡的香味，她展开纸来看，发现上面是雕版印刷出来的字迹：

"急用钱？找我们！小额借贷，月利九分，无抵押，立等可取！"

冠雪看到之后气得一把撕碎了，这都什么乱七八糟的！

"月利九分你怎么不去抢！月利九分，一年就是一百零八分，借一两银子，一年后要还你一百零八两银子！无良啊！高利贷啊！你不如去抢！"

裘怀玉仍是一脸云淡风轻，她好整以暇地喝着茶，道："在这地下黑市卞城，放高利贷可是合法经营。我一不逼你，二不坑你，白纸黑字我们签好，按章拿钱，愿者上钩，有何不可？"

是，裘怀玉的钱庄一直是这么干来着。除了钱庄，她还有赌场。总之一切和钱有关的行业，她几乎没有不涉足的。

这个女人也是不简单的，看起来冷冷清清寡言少语，但是一手算盘倒是拨得明白，不然怎么能坐拥如此大产业的财富？

裘家家主，可不是什么简单的角色。前世冠雪与她交情不深，但对方对她倒是一直和煦的，同为堂主共事的那些年，冠雪只要有求于她，裘怀玉从未推脱拒绝过，都是办得十分圆满了才和她交接。在冠雪印象里，裘怀玉是个十分大方慷慨的人。

如此慷慨的人，即便是她要求对方不与自己竞争，应该也没问题吧？

四处叫卖得热闹非凡，转眼间，花魁宿离殇的价码已经攀升到一万两白银了。冠雪看着自己身边安静坐着的裘怀玉，只见她目光清冷，绝尘高贵，仿佛这青楼的喧闹都与她毫无关联一般。

"怀玉姐，那个……"冠雪十分谄媚地在她耳边觍着脸笑，"花魁宿离殇英俊潇洒，世间难得，姐姐觉得他如何？"

怀玉转过脸来看她一眼，竟然也没有嫌弃冠雪离自己太近，清清冷冷地应了一句："还成。"

就是嘛！怀玉姐你一向不是个好色之女！冠雪微微笑了笑，继续说道："如此琴技了得的花魁，姐姐不想要吗？这点钱对你来说是小意思吧？来都来了，你不跟个价？"

裘怀玉冷冰冰的眼神打量在冠雪脸上："冠雪郎中这话，是什么意思呢？"

冠雪笑嘻嘻地搓着手："没什么意思，就是看怀玉姐坐在这里许久了也不出价，难道你不是为花魁而来的？"

裘怀玉冷冷地别过头哼了一声："我叫不叫价关你何事？春风楼的茶水好喝，你管得着吗?"

"哈哈哈哈……"冠雪忍不住哈哈笑了起来,"不愧是裘堂主,来春风楼只为喝茶,有你这句话我就放心了。今天我与这花魁有些私事要谈,只求好姐姐成人之美,行个方便,让我一些,可否?"

裘怀玉抿紧了嘴唇不言语,有些气呼呼地把头转过去不再看她,冠雪以为这就是应了,于是起身叫价道:"我出一万二!"

冠雪这边话音刚落,就有人发话了:

"我出两万。"

那清冷慵懒的声线,不是别人,正是她身边坐着的好姐姐裘怀玉!

冠雪气得差点吐血,揪着身边人的长袖问道:"好姐姐你不是来喝茶的吗?说好的成人之美呢?"

不标下花魁,怎么询问宿离殇身上那些古怪的事情!

裘怀玉转过头微微一笑:"我是为茶来的,标下花魁只是顺便罢了,反正——"她瞄了冠雪一眼,笑意更深,"来都来了,不是吗?"

好一个来都来了!裘怀玉你果真不虚此行!

冠雪也不管这些了,扯着嗓子就大吼:"我出两万一!"

那边裘怀玉轻轻地吹开茶杯上漂着的盈盈绿茶:"三万。"

"三万一!"

"四万。"

反正也是买不起了,冠雪索性大吼了一声:"我出十万!"

她这边瞎喊不要紧,那边尹芳华气得拍桌:"丑丫头你喊这么高价,有钱付吗?难道我还不知道你家底有几斤几两?"

冠雪这边耍无赖地"嘿嘿"一笑:"没钱有什么要紧,大不了我在这春风楼里给你打工呗。"

尹芳华气得掀桌:"老娘养你这坐吃等死的废物有何用!一个废物还要我贴钱给你买花魁?你想得美!"

啧啧,尹芳华真是的,没事总说什么大实话啊,留点情面不好吗?

寂冠雪一副死猪不怕开水烫的嘴脸,让坐在流苏后面的宿离殇忍不住"扑哧"一声笑了出来。他凤眼一挑,对尹芳华勾了勾手指,尹芳华连忙跑过去,宿离殇在她耳边低语了几句,尹芳华这才笑逐颜开地站在了台上,说道:

"哎呀，瞧我这人，上了年纪，一高兴就什么都忘了，今晚这花魁褪朱大会的价码啊，我说的不算，底下的各位叫价也不算，到底卖给谁，卖多少钱，还得我们春风楼的头牌自己来定，花魁大人，您出来看看，这台下可有您瞧着顺眼的？"

修长精致的手指轻轻拨开了流苏，众人眼前俱是一亮，那玉山般挺拔的人缓缓走出，指着寂冠雪说道："这位冠雪郎中宅心仁厚，妙手仁心，她曾经救我一命，我无以为报，今儿她想要我，我以身相许，使出全身解数伺候她也是应该的，我要卖给寂冠雪，价格是……"

冠雪只觉得头皮一紧，心想："糟了，这要是对方狮子大开口，我下半辈子岂不就要卖给春风楼了？莫不是宿离殇和尹芳华给我玩什么'仙人跳'？"

这一瞬间冠雪思绪万千，却被花魁一句话尘埃落定：

"一文钱。"

冠雪这边如释重负，忍不住笑了起来：花魁大人你果然良心！一文钱买不了吃亏也买不了上当！你真是足金足两，童叟无欺！

这边冠雪的笑容还挂在脸上，下一刻她就被尹芳华的手下架上了台，不知道谁手欠一推，正好把她推到宿离殇身上，冠雪的脸结结实实地撞到了对方的胸口上，坚实的肌肉，来自男子身上独特的阳刚气息让她不由得神志恍惚了一瞬，脚下一软，险些摔倒。

那宿离殇有力的双手接住了她，轻轻松松搂在怀里，脸上带着微笑，声如撞玉，铮琮动听：

"今晚，你便是我娘子了。"

冠雪被他揽在怀里，宿离殇修长的手指在她后背摩挲了几下，就这么几下，让她全身酥麻了一阵，神志都几乎要飘到九霄云外去了。

宿离殇亲手为她披上了大红的嫁衣，为她戴上了凤冠。戴凤冠的时候，他含着笑意低头看她，冠雪的视线和他碰撞，不小心看到那双深邃的眸子，好像月色荡进了银河，泛起星光点点，摄人心魄。

二人就这么各自一身大红的衣裳，宿离殇执了她的手，被他牵手的感觉很是奇怪，冠雪感觉二人交扣的指尖好像有闪电游走一般，鬼使神差地，她和他，在台上对着戳好的两支红烛拜起了天地。

"一拜天地……"

再抬头时，尹芳华不知何时摆了太师椅坐在二人对面，她笑得开怀地拍拍冠雪的肩膀:"嗯,丑丫头,乖哦,娘亲给你压岁钱。"

唉,等一下,尹芳华你占我便宜?

冠雪骂人的话都在嗓子眼里马上要蹦出来的时候,一只修长白皙的手将她的脖颈按住,来不及反应,那只手带着不许抗拒的力量把她的身子重重地压了下去。

宿离殇微微一笑,撩开前摆也跪了下去。

"二拜高堂!"

冠雪不可抗拒地跪了,顺便奉送了一记响亮的磕头。

不等冠雪起身,宿离殇自己在地上调整了一下位置,他面对着冠雪,一双手捧住了她的脸,忽然靠近过来:

"娘子今晚好美。"

"哎?"冠雪被他这句恭维弄得一愣,随即不好意思地笑了起来,"你太客气了,哪里哪里,你才是美,真的,离殇,你特别特别……俊美……就是那种好像不属于这个世界的好看……"

寂冠雪觉得自己的语言在宿离殇的英俊面前简直黯然失色,宿离殇明明那么惊为天人,美人如花隔云端,可她怎么就是说不出来呢?

宿离殇听到她这句笨拙的对白之后忍不住加深了笑意,捧着她的脸在她耳边低声道:"你夫君我啊……可不仅仅空有皮囊,还很实用哦。"

什么意思?是说他宿离殇好看也实用?怎么个……实用法?不会是……

冠雪这边还在胡思乱想,那边又响起掌礼的声音:"夫妻对拜——"

她的头又被重重地按了下去。

那之后很久,冠雪回忆起和宿离殇那晚的成婚细节都在想,她怎么就糊里糊涂地和这个人三拜成亲的呢?明明她的神志很清醒,按理说不会犯下如此愚蠢的错误,或许……是那晚的离殇太美,他身上的气味太魅惑,害得她控制不住自己,如同扑火的飞蛾,一步步拥抱炽热的烈火。

拜堂之后寂冠雪就被塞进了房间。这间房极尽奢华,甚至在房中间有个水池,冒着袅袅热气,水面上漂着鲜红的花瓣,暧昧得好像发生什么都可以被原谅。

宿离殇不在屋里,据说是沐浴更衣准备去了。寂冠雪一个人,一身大红坐在床上,久久回不过神来。

怎么回事?刚才发生了什么?不过一炷香的时间,她就拜了堂成了亲了?然后这就要……洞房?

冠雪仔细回想这发生的一系列事情，稍微冷静下来以后，她觉得从跟花魁的初识到刚才的褪朱大会，这一切实在是顺利得不像话。本来她就只是想打探一下这个花魁虚实的，可是后期发展太快，连她自己都措手不及。

一会花魁进来之后一定要问清楚！这家伙是不是知道什么？一切肯定不是巧合！他会不会是那群暗杀自己的人派来的？！

冠雪在衣服里暗暗地摸出了银针：如果宿离殇真是暗杀她的人，一会等他来了，看势头不妙，就先下手为强！

冠雪这边正在合计呢，那边门开了，一个修长挺秀的身影缓缓而来。宿离殇随手反锁上了门，他沐浴后的长发散开披在后背，滴滴答答地滴着水，衣衫被水打湿，微微勾勒出结实的肌肉曲线，他朝她走过来，笑意盈盈地伸出一只手：

"娘子，今晚，莫要辜负了春宵。"

冠雪摸着衣服里银针的手登时就松开了。她不得不腾出双手捂住喷溅而出的鼻血的时候，心想：不不不，这么倾国倾城的妖孽不会是刺杀她的人！他要是刺客的话，敌人也未免太强大了吧？花得起如此血本请出惊为天人又技法精湛的刺客的敌人，她寂冠雪也只有等死一条路可走了。

牡丹花下死，这死法，值。

宿离殇走到了她近前，伸出纤纤玉手拉住了她的手，单膝跪下，将她的手指放在自己唇边轻吻："娘子，为夫今晚，终于与你洞房花烛了。"

他不过是蜻蜓点水地亲了她的指尖，这边冠雪顿时感觉全身燥热起来。她连忙甩开了他的手，自己滚到床上的被子里钻作一团，只露出个脑袋在外面："不不……不用洞房花烛了！你我二次见面何必这么客气！"

离殇轻轻一笑，四处的红烛都好像被他惊艳得一震："呵，娘子调皮了。"

离殇也顺势爬上了床，猫一般靠近过来，他伸出手在她脸上轻轻摩挲："那日初见，为夫就知道你我缘定今生。我知道，你心中也有为夫，不然今天怎么会和众人叫价，只为与我一夜春风？"

寂冠雪的头摇得跟拨浪鼓似的："不不，你误会了，我只是想跟你打听点事情……你……认识我吧？"

离殇笑得倾国倾城，随手就拨开了她裹着的被子："当然认识，你是寂冠雪，我的娘子啊。"

冠雪被他的动作一惊，随后就被宿离殇整个人压倒在床上，冠雪惊得大喊："等一下！宿离殇！我还没有准备好！"

离殇仍然是笑，他笑起来十分好看，好像让人沉浸在这笑容里，死了都甘心："这码子事，何必劳力娘子做准备？今晚，娘子只需将自己全都交给为夫就好。"

宿离殇和她初次相见，这个男人可不是看起来的这般温润如玉，他有着与他身份不相符的强势，他绝对不是一个普通的青楼花魁！

冠雪连连拒绝："宿离殇，你放开我，不然这样，你先让我回家吧，改天，改天我登门造访，再和你好好聊聊。"此时此刻，她觉得面前这个宿离殇太危险，他根本不回答她的问题，当务之急是赶紧金蝉脱壳了再说！

可那边的花魁好像完全没有一点要放走她的意思。

"好啊，娘子，你我郎情妾意成其好事，过了这一晚，明日一早，为夫自然陪你回家拜见岳父大人。"

为何只是拜见岳父大人，绝口不提岳母？难不成他知道她家里只有父亲？

宿离殇，你这明明是把我家里查了个清清楚楚！

离殇脸上带着促狭的笑意，好像在把玩一件新鲜的玩具似的。

寂冠雪紧张得满头是汗，当务之急是转移这位花魁的注意力伺机逃脱，她急中生智喊道："宿离殇，你早已经把我调查清楚了吧！那日你在街上求我救你，不过是你自导自演安排的一场戏罢了！"

一丝阴鸷的光芒从他眼中一闪而过，之后花魁再次恢复为波澜不惊的笑意："哎哟，有趣，那你来说说，你怎么看出来我是在做戏的？"

宿离殇虽然在笑着，可那目光却是清冷无波的，在那清冷之中，有一丝不易察觉的好奇，这一丝好奇中夹杂着倨傲，那个意思，好像在说：

"寂冠雪，我不信你能猜出我的底牌。"

"寂冠雪，你在我面前，不过是一只无知的蝼蚁罢了。"

底牌她当然猜不透，眼前这个宿离殇深不可测，但从现有的蛛丝马迹中，倒是可以做一些猜想。

看到宿离殇现在的注意力转移到这里来了，冠雪在心底微微松了一口气，她不急不慌道："首先从你我初次相逢说起，那天闹市距离卞城王的宅邸不远，你从春风楼跑过来，春风楼距离我们相遇之地大概有四里之遥，你一口气跑了四里地，额头没有汗水，头发没有一丝凌乱，衣服鞋子上没有一点灰尘，甚至于你们都没有气喘吁吁……宿离殇！你出来让我帮忙之前,追你的那几个人是不是还给你补过妆,整理过衣服头发,确定完美无缺才过来的？且不说春风楼守卫森严，连个苍蝇都飞不出来，你是春风楼的头牌花魁，说出来就能出来，你哪里是花魁，你宿离殇，才是春风楼幕后的掌柜！"

冠雪基本可以确定了，宿离殇是春风楼幕后的控制者，但他到底还有什么猫腻？他怎么会对她家中的情况了如指掌？从尹芳华在卞城里的嚣张气焰来看，她背后必定有一个大人物，但那个大人物可能不是花魁，毕竟，真正厉害神秘的人怎么可能会在风月场上抛头露面呢？所以，冠雪推断，宿离殇虽然不简单，但应该不至于是幕后真正的神秘人那么厉害，但他很可能是神秘人身边很近的人，想必他一定知道幕后黑手。虽然冠雪不觉得宿离殇是这个控制春风楼的神秘人，但还是先这样说了出来，主要也是投石问路看看离殇反应。

听到冠雪这一席话，宿离殇不由得一怔，但那惊愕的怔忡不过是电光火石的一瞬，他随即很快扶住额头，似是无奈地叹息一声："你果然和那些愚蠢的人们不一样，但是……我宿离殇何德何能做得了春风楼的掌柜？我也不过是奉命行事罢了。寂冠雪……怪不得他们对你那么有兴趣，因为我对你……"

冠雪这边还在仔细观察宿离殇说话之间的真假，却猝不及防地被他扑倒在床上，宿离殇低语道："也开始有兴趣了……"

他轻轻抚摸她的嘴唇，表情中带着一丝迷醉："你如此美，为何卞城里会有你是第一丑女的传言呢……寂冠雪，你觉不觉得这是你的爱慕者传出来的？他这么说就是不想让其他男人靠近你……我好像能理解这个爱慕者的想法了，因为那样就没有人和我抢你了，你……就只属于我一个人了……"

怎么回事？刚才这家伙的注意力明明被自己转移走了，现在怎么又来了！今晚她难道难逃一劫吗？心里这样担心着，她不禁奋力呼喊道："宿离殇！你别这样！我拍你褪朱之夜并不是想要这样的！"

宿离殇又靠近一分，道："钱我都收了，岂能辜负你一番美意？春宵苦短，娘子快放开怀抱吧！"

冠雪气得一巴掌就要甩在他脸上，却被离殇轻松地抓住了手，冠雪喊道："我可没给你钱！我今天出门，一文钱都没带！"

宿离殇嬉笑道："没事，娘子和为夫何必见外，这一文钱先赊着好了。"

冠雪气得吐血，这人怎么就说不通呢！

"宿离殇我没和你开玩笑！我不喜欢你！我对你一点兴趣都没有！你再不停下别怪我不客气！"

宿离殇被她这声断喝吼得一愣，他停下动作抬起头和她对视，那双清澈的凤目中盛满了小心翼翼，仿佛一句话就会让他崩溃，下一刻他就会哭出来似的：

"你不喜欢我……对我没兴趣……你、你真的不要我？"

冠雪被那双摄人心魄的眼睛打动了，好像自己拒绝了他是做了天大的恶事一般，她的语气也没那么狠厉了，毕竟她面前的是个倾国倾城的人儿，是被多少爱慕者捧在手心里的宝贝，她这般呵斥他，他岂能受得了？

"我真的不喜欢你……今天就放过我吧，钱我会给你，但人我就不要了，那我先回去了，改日有空登门拜会，我们一起喝茶哈！"

宿离殇放开了她，冠雪连忙把外衣套上，离殇见状，一把抓住了她的手腕，强大的力道将她拉入了他的怀抱，宿离殇一手紧紧地放在她的腰际，一边言语中带着委屈：

"你不喜欢我？我哪里做得不好？是我不够英俊俊朗，还是不够体贴温柔？是我才艺配不上你，还是德行有亏？你我已经拜了天地，你就想这么一走了之？"

说着，他捉住她腰际的腰带用力一扯，冠雪只感觉衣服顿时松松垮垮，衣襟敞开了去，只见宿离殇手里捞着她的衣带站在她面前冷笑，伸手一抛，衣带的另一端骨碌碌地滚到了床下：

"我爹死得早，从小我娘也不疼我，现在我的娘子竟然不要我！这让我怎么活才好？"说着，他一个跟头灵巧地翻到地上，在地上撒泼打滚起来。

冠雪头疼得不行，连忙下床拉扯住他好言相劝："不不不，你很好，你特别好，只是我们俩萍水相逢一面之缘，感情这事需要培养，不能一蹴而就对不对？真的，如果有人爱上了你一定离不开你的！"

宿离殇不依不饶，说什么都不肯起身，他耍起无赖来："不行！你少来敷衍我！不提别人，就只提你！我宿离殇这辈子就只要你！别说什么强扭的瓜不甜，今天我偏要把你扭下来尝一尝，苦的我也认了！我宿离殇这辈子生是你的人，死是你的鬼！"

大晚上的……别说这么瘆得慌的话啊……

冠雪还在拉扯离殇的当儿，忽然离殇神情一凛，好像变了一个人一般，他迅速将手中的衣带重重地甩了出去——

冠雪看见那衣带敲在了一个黑衣人头上，可是这黑衣人是什么时候潜入的房间，她一点都没察觉！

这一击，明显带着内力，黑衣人被砸得一滞，似乎是晕了一下。就这极短的时间里，宿离殇已经飞身下床，将手中衣带勒住了黑衣人的脖子。宿离殇用力一拖，黑衣人应声倒地,他手脚麻利地将对方绑得严严实实,却不盘问对方是谁派来的,只是狠狠地掐住那人的下巴,目光冰冷地与那人对视。

只是看了一眼,宿离殇就冷笑一声放开了他,这才用脚踢踢黑衣人,有点慵懒地说道:"不知天高地厚的家伙,以为你在谁的地界?快说是谁派你来的,不然有你的苦头。"

黑衣人不语,血痕自嘴角流淌下来,一双眼睛渐渐失神涣散,宿离殇也不在意,云淡风轻地瞥了一眼:"果然自尽了,这刺客也够专业。"

冠雪被他行云流水的动作吓了一身冷汗:"宿离殇,你也很专业啊!"

这边二人在说话,那边窗户开了,一个精干打扮的人攀在窗外抱歉地对冠雪说道:"冠雪大人,抱歉!是我们疏忽了!等我们解决了刺客,冠雪大人继续享用春宵吧,不用在乎我们!"

不不不,你们好像有很大的误会!不要对卞城王大人胡说这些事情啊!

宿离殇挑眉朝那人看了一眼,便微笑了:"哟,娘子真是不简单,竟然有本事让堂堂卞城王倾心相对,还派了暗影卫特意寸步不离地保护,我这初来乍到的夫君还八字没一撇呢,这就有人在身后虎视眈眈觊觎这寂家赘婿的身份了?"

我说宿离殇你是不是想多了……

这边刚刚平复,那边房门就被大力撞开,云珩提着剑面色紧张地闯了进来:"姐姐!我听说你遇到了刺杀,马上就赶过来了!"

云珩进屋看到冠雪和离殇,不由得一愣,他眼中光亮瞬间黯淡下去,转过头不再看她,低语道:"对不起……我打扰你们了……"

冠雪连忙解释:"不不不!云珩,不是你想的那样!我和离殇不是那种关系!"

云珩闷闷地说道:"离殇?你叫得好生亲近。你们之间是发生过什么吧,不然怎会如此熟络……"

完了,越描越黑了。

离殇忍不住笑出了声,他伸手就把寂冠雪拥在了怀里,低头亲吻上她的头发,道:"没错,我是你姐姐的夫君,以后我们一起好好相处哦。来,叫姐夫。"

云珩背对着他们,拳头紧紧地攥着,关节发出"咔嚓咔嚓"的声音。

话音未落,房门又被大力撞开,尹芳华带着一群人风风火火地闯进来,进了门就大吼道:"寂冠雪你个扫把星!每次遇见你准没好事!"她小心地围着宿离殇左看右看,满眼心疼道:"你有没有受伤?那群刺客有没有把你怎样?你可是我们春风楼的头牌啊！"

宿离殇看了看尹芳华，又看了看寂冠雪，忽然一副犯了心悸的样子，用手扶着额头做眩晕状坐在了椅子上，他仿佛喘不过气来似的，说出来的话绵软无力，断断续续说道：

"好可怕……方才……吓到我了！我宿离殇只是一个手无缚鸡之力的男子，见惯了春花秋月吟诗作赋，何曾见过如此野蛮血腥的刺杀！我……气都喘不上了……浑身一点力气都没有……险些昏厥过去……"

冠雪扶额头疼：刚才你擒拿刺客的动作行云流水，内力狠厉无人可敌，现在在这里装虚弱，你果然是专业级的戏子！

尹芳华气得大骂："寂冠雪瞧瞧你干的好事！要不是你，宿离殇怎么会受到如此大的打击！他可是我们春风楼的摇钱树！伤了他，你赔得起吗？"

那边宿离殇用袖子掩着脸，身体颤抖得仿佛风雨中摇摆的树叶："我从未经历过如此可怕的刺杀，寂冠雪，你必须负责。"

尹芳华连连附和道："没错！必须负责！"

冠雪差点翻了白眼：你们俩是合伙来碰瓷的吧？

冠雪叹息一声："如果我不负责，会如何？"

尹芳华在那里和寂冠雪拍起了桌子："不负责？好啊，黄金一亿两就是我们花魁的价码！"

冠雪心想：你们明知道我家里几斤几两，这就是要逼着我负责的节奏嘛……

"那负责是怎么个负责法？"

尹芳华"嘿嘿"一笑，看向了宿离殇，刚才还用袖子擦眼泪的他忽然一脸笑意："寂冠雪，你也知道我是个循规守矩的人，是个有担有当的好男人。既然你我拜了天地，那就是夫妻，作为夫君，我愿意入赘在你家，从此孝敬岳父、管理寂家，都是我的分内之事。"

那边云珩备受打击踉跄地后退了几步，一双小鹿般清澈的眼睛里满是伤痛："姐姐，婚姻大事岂同儿戏？你和他……一个卖艺的戏子……拜了天地？"

冠雪已然百口莫辩，她捂着脸："云珩……不是……不是你想的那种拜天地……"

不等她说完，洛云珩已经夺门而出。

冠雪长叹一声，唉……这以后的日子……可怎么过啊……

第五章 / 离殇进门

当晚宿离殇就收拾了行李搬到了寂家。宿离殇从春风楼叫来足足五架马车来拉行李，光是衣服还有胭脂水粉就整整一车，更别说他平时用惯了的金玉器具，个个都是价格昂贵的上等货。一进门，宿离殇瞧了一眼冠雪厨房里的餐具，就吩咐手下人把那些破烂全都扔掉，换上了他用惯的上品。家里被他折腾了半宿，他把冠雪的闺房装饰一新，丢了冠雪的破衣柜，换上了自己带来的黄花梨木大衣柜，里面塞得满满的都是他的衣服。总之，他把寂家的装饰摆设家具都换了个遍。

冠雪一脸蒙地站在自己曾经极为熟悉的家里，此时此刻，被装点一新，充满暴发户品位的装潢让她有一瞬间的恍惚：这里是哪儿？真是我家？发生了什么？我是谁？我在哪儿？

长欢明显对这个暴发户品位的女婿很是满意："哎呀呀！这女婿不但有倾国倾城之貌，竟然这么有钱！明明是入赘来的，彩礼居然如此丰厚，真是绝世好男人呀！"

宿离殇拿了一盒金灿灿的膏体交到长欢手上，对他说道："岳父大人，这是小婿的一点薄礼。这乃是漠海国的工艺，将纯金细细磨作粉末，掺在上好的羊脂中，用它调制面膜敷在脸上，可保面色红润，容颜不老！"

长欢满眼星星地接过："哎呀哎呀，这等贵重的礼物老夫怎能受得起！"

离殇笑道："岳父曾是艳艳龙安的倾城之色，只有岳父才能配得上如此好物！岳父三十有四，肌肤如同十三四岁的少年，岂是我们能企及的？"

长欢笑得合不拢嘴："好个孝顺孩子！我家丑丫有福了！"

冠雪默默地推门出去，在院子里，发现竟然多了两棵刚刚被移植过来的荔枝树……

什么啊！连树都带过来了！宿离殇这家伙是多看不起她家的穷酸啊！

不远处坐着孤单的云珩，冠雪心中一动，走到他身边坐了下来。

感觉到冠雪坐在他身边，云珩连忙把脸背到远离她的那边，声音有些颤抖道："姐……姐姐……"

冠雪抱住了云珩的肩膀强迫地把他脸转过来对着自己，不想却摸到一手湿冷："云珩，你哭了？"

云珩默默擦去脸颊上的湿冷，他一双清澈的眼眸中结了一点冰霜："姐姐，我知道我不应该这样，对不起，云珩马上就好。"

冠雪叹息一声抱住他："傻云珩，你哭什么啊？"

明明难过得躲在角落里黯然神伤，却还要装作一副无所谓的样子，他越是这样，冠雪越觉得心里难过。

云珩伸手推开冠雪，把头转向一边："姐姐不肯要我，特地趁我不在的时候去找那花魁，可见在姐姐心里，那花魁远胜于我。现在花魁来了，姐姐终于如愿以偿，云珩不该打扰你们，我一会儿自会收拾东西离开这里……"

冠雪一听，气得连忙吼道："谁说要你走了？你绝对不可以走！不管谁来了，我寂冠雪都会养你一辈子，知道了吗？"

云珩转过视线看着她，眼中有不敢置信的惊喜："真的吗？姐姐……真的会留我一辈子在身边？"

冠雪轻轻抚摸他的头发，云珩的头发很软，像可爱的奶狗绒毛一样让人爱不释手，她微笑地摸着他的头："当然啦，云珩，我绝对不会放开你的，我会照顾你一辈子！"

云珩眼中仿佛有感动的水汽升腾，他点头，微笑道："谢谢姐姐！云珩一定会尽心尽力地侍奉姐姐的！"

见冠雪抚摸自己的头发，云珩有点不好意思道："姐姐……什么时候需要云珩，云珩绝无二话。云珩一定会努力工作的，绝不会输给那娇滴滴的花魁……"

这边冠雪在安慰云珩，身后长欢笑嘻嘻地过来了："丑丫啊，爹爹知道你宠云珩，可是离殇已经和你拜了天地，你是不是，该陪一陪他？"

冠雪忍不住扶额头疼，但也没有办法。她站起身来走向自己的闺房，每一步都步履沉重，好像走向刑场。

本以为推门而入的将是离殇风情万种的勾引，却不想看到了离殇光着膀子穿着短裤拿着抹布拼命擦洗做家务的情景……

哎？这个妖孽花魁宿离殇，出人意料的宜室宜家啊？

离殇看见推门而入的冠雪也不由得一愣，他看了看手里的抹布，飞速地丢在一边，双手有些局促地背在身后，讪笑道："那个……娘子……我不是……我没有……"

冠雪尴尬一笑："屋子有点乱是不？我是不是打扰你干活了？"

她觉得有点不好意思，刚刚迈进屋里的脚就要退出去，离殇却慌忙地抓住了她的手："不不不！我不是来帮你做这个的！"

冠雪点头，恍然大悟："对对，你不应该是做这些的。"

还有别的嘛！宿离殇这明显是需要一个展示他贤良主"夫"的机会，只是收拾屋子也未免太看不起他了，机会有！有的是！

冠雪打开衣柜，如同瀑布般喷泻而出的脏衣服撒了满地，她拍了拍他的肩膀，发现宿离殇盯着满地的衣服表情似乎有些呆滞，于是笑道："把这些脏衣服洗了吧！"

说完，冠雪美滋滋地跑到客房睡觉去了。

睡到半道，冠雪感觉有人碰触她，最开始她不太在意，那手好像春风一般温存，慢慢地，对方的动作里似乎带了些其他的情绪……

冠雪周身火热，睁开眼，看见宿离殇眉头紧锁，一双眼睛带着几分抱怨看着自己："娘子，我来寂家入赘的第一晚给你洗了半宿衣服，你不心疼也就罢了，还跑到客房里躲我，留我一人新婚之夜，这样，妥当吗？"

冠雪想起身，却又被生生地按了回去，离殇褪下堪称华丽的绸缎外衣，结实的肌肉带着温热靠近过来，他的言辞之中颇有些委屈的意思："新婚之夜，你为何要逃？娘子……莫不是讨厌我？"

冠雪叹息一声："我怎么会讨厌你啊……如果讨厌你的话，你贴过来我就把你一脚踢飞了……"

就是因为有那么一点好感，所以才不排斥他总是臭不要脸地贴过来啊……

离殇微微一愣，随即露出笑容："为夫可不喜欢动手打人的粗鲁女人哦，我虽是温柔体贴打不还手骂不还口，但你若欺负殴打我，为夫也是会伤心的。"

冠雪困得睁不开眼，凭着感觉找到他所在，拍他肩膀好言相劝："离殇，别闹了，我很困，我想睡觉了。"

离殇撒开手，有点不甘地哼哼道："我不管，我要和你一起睡。"

冠雪此时困得连自己姓什么都不知道了，打着哈欠转了个身倒下喃喃道："随你随你，别对我做奇怪的事情就可以……老实地睡觉……"

话刚说完，她再次进入了梦乡。

好在后来宿离殇也没对她做什么奇怪的事情，她感觉天快亮的时候宿离殇匆匆忙忙地起床出去了，翻了个身继续睡，就这样睡啊睡啊，她被一阵异香给唤醒了。

冠雪扑棱一下从床上坐起来，眼睛还是闭着的，她贪婪地吸着鼻子嗅着："好香！这是什么味道？"

门外长欢开心地说道："丑丫快起吧，离殇女婿给你做了一桌好菜！"

冠雪翻身下床就直奔厨房。刚刚跑进厨房，正好看见宿离殇端出最后一盘热菜，看见冠雪，离殇不由得蹙眉："娘子啊，锅烧焦的味道你闻不着，好菜出锅的味道，你倒是闻风而动快得很嘛！"

冠雪这才知道，清晨的时候长欢本来好意为他们做饭，结果烧焦了锅子，宿离殇嗅到了焦糊的味道，忙活了好一阵，才张罗了这一桌的菜。

说来也怪，明明都是一些寻常材料的菜色，可是宿离殇做出来的，看起来就那么好看，闻得人心痒难耐，冠雪忍不住，连忙用手抓了一大块炒鸡蛋塞进了嘴里。

宿离殇看着冠雪的模样，瞠目结舌。

冠雪基本是在离殇全程目瞪口呆的表情中吃完这一顿饭的，其间她添了两次饭，一共干掉三大碗白米饭，扫空了桌上一多半的菜肴。

宿离殇还没动筷子，冠雪就已经伙同长欢、云珩等人把菜扫荡一空了。

离殇扫视餐桌上的每一个人，有些不敢置信地试探问道："我做的菜……真有这么好吃？"

冠雪不顾肚腹充盈，咬着牙"扑通"就跪在了地上，她抱着离殇的大腿，感激涕零："离殇！宿离殇！你是救苦救难的活菩萨！我求求你！以后我寂冠雪的一日三餐就拜托你了！你要多少钱我都给你！"

离殇轻笑一声："你怕是付不起。"

他伸出手，如同拍小宠物一样拍了拍冠雪："我不要钱，我只要你。"

冠雪眼泪汪汪的："给我点时间……我会考虑的……"

冠雪这才发现，原来她能抵抗得住美男的色相和各种勾引的路子，对于这美味佳肴她却是毫无抵抗力。倒不是说离殇做菜的手艺有多好，也不是冠雪没吃过上好酒楼的菜色，就是很巧合的，冠雪向来喜欢口味重的菜色，喜多油多盐辣一些，酸甜也爱，偏偏离殇做菜烟火气重，恰巧合了她的胃口。

前世因为星途爱清淡，为了就和星途的口味，她一直吃清淡的，重生后她总是被一件又一件的事情整得焦头烂额，没时间寻觅自己喜好的那一口，谁想上天掉下来个宿离殇，他做出来的菜式刚好是她爱吃的。

离殇见她的样子，也知她是真心爱极了自己做的菜，不由得舒展了笑意，脸上的神情也得意了几分："娘子是个有品位的，我不常做菜，却没有人像你这样爱吃我做的菜，既然娘子喜欢，士为知己者死，我辛苦一点倒也无妨，日后只要有空，我就做给你吃。娘子爱吃什么就告诉我。"

冠雪如同被他驯服的耗子一样连连点头："离殇你做什么我都喜欢！"

离殇被她取悦了，"扑哧"一声笑了起来："好好好，那我随便做，多做几个，你随便挑着吃。"

看着冠雪双眼冒光的样子，离殇不由得叹息一声："你要是喜欢我像喜欢我做的菜这样就好了……"

吃罢了饭后，离殇说什么都要跟着冠雪去医馆，看在离殇厨艺的分上，冠雪没敢拒绝。到了医馆她哈欠连天，精神明显不足，宿离殇撩了她一会儿又看她身边的环境不顺眼，铺天盖地地好一顿拾掇，冠雪打着哈欠给病患开药的时候，不小心把治便秘的药当成求子药给了对方，还好及时发现给人家换了回来。

冠雪趴在医馆的桌上睡了一觉，被一阵短兵相接的声响弄醒了。她揉着惺忪的睡眼看着一群穿着夜行衣的刺客被暗影卫吊打，不禁叹息一声：

那些要杀我的人是不是没钱了？怎么请来的杀手一拨不如一拨？大白天的蒙着面穿着夜行衣来刺杀，生怕别人看不出他们是刺客吗？

一支流矢朝她射来，冠雪也不慌张，只待那箭"夺"地射在了她身后的百子柜上，她才懒懒地起身伸手拔了去，箭射得不深，软绵绵的没力气。

冠雪喝着茶打趣道："今儿是没吃饱饭吗？射的箭软绵无力，要不要我给你们把把脉，开一副方子补补气血？"

那些刺客哪有回复她的闲暇，不出一会儿死的死伤的伤，剩下的趁着暗影卫没灭口的空当都逃之夭夭。

慢慢习惯了刺杀成为生活一部分的冠雪，再遇到大风大浪也没那么紧张，或许是卞城王的暗影卫武艺高超很是靠谱，或许是她的心性也磨炼得更加坚强，她想知道是谁那么急切地取她性命，但她无论怎么下功夫都毫无收获，查不出，她也就释怀了。

不然还能怎样呢？惶惶不可终日是一天，悠闲喝茶也是一天，好不容易活回来了一世，她想在没死之前好好看看前世一路错过的路边风景。

冠雪悠闲地喝着茶，一阵清风拂来，她就那么盯着茶杯中的茶水，忽然一片花瓣打着旋轻盈地飘落，正好跌在她的茶杯里，落在茶水中，泛起一丝微小的涟漪。

冠雪看到花瓣愣了一下，忙抬起头去看，发现枝头上已经缀满了累累桃花，粉红色的花瓣初绽放，一簇一簇地迎风而动。

桃花开了，说明春天来了；春天来了，说明春光祀就要到了。

而春光祀……是关于那个人的。

算算日子，那个人，应该也快到龙安了吧？

那个人，她不敢说出他的名字，她想把他忘掉，却忘不掉。

七年平淡如水的夫妻情谊，浅淡平静的小小幸福之后，是痛彻心扉的那一剑。

那冰冷锋利的剑刺入身体的时候，她几乎听见了自己身体裂开的声音，血和肉都搅和在一起，她疼得浑身发抖，她想说，住手，这身体里孕育了你的孩儿，可却疼痛得根本说不出话来。

他毫无半点怜惜地刺穿了她的身体，那一双清冷的眸子中，没有半分动容。

剑在身体里搅着，他冰冷地问道："现在，你可信了？"

牙关打战，鲜血从喉咙涌出，汩汩而出的血喷涌之后，只剩下彻骨的寒冷。

好冷，她冷得抱住自己，每次噩梦惊醒都好像又重复了一次那般悲惨的杀戮。

梦中她无数次地被他无情地杀死，满目绯红的鲜血，有她的，也有孩子的。

对那个人，她不知是恐惧多，还是恨意多，抑或是他身上解不开的谜团多。

那时被他杀死，她在心里对他说，若有来世，不要再遇到他。

若是真的遇到了，她该怎么办？

那人杀她是在她强行得到他的第七个年头，若她那时没有一时冲动勉强了他，她没有与他成亲，没有那七年相伴的生活，他没有杀她，那么初遇他时，她还要不要先下手为强杀了他以绝后患？

对于还没有犯下罪行的那个人，她应该怎么办才好？

冠雪低低地叹了一口气，放下了茶杯。

肩头一沉，她转身过去，来人竟然是卞城王。他含着笑意看着她，问道："明日是春光祀，我陪你一起去龙安看看祭祀，逛逛花灯，如何？"

春光祀，应该是西御国最盛大热闹的节日了。春光祀以神女庙的祭祀活动为重头，神坛两旁的桃花树挂满了祈愿的红缎带，几乎城内所有未婚的男女都会参加。据说相爱的男女在春光祀同时祈愿与对方相恋相守，他们就可以结成佳偶，生生世世都会在一起，永不分离。

一般同性相约去春光祀是为了结识各自中意的异性。前世春光祀，冠雪就是和裘怀玉无意邂逅到一起游玩的，冠雪不虚此行，认识了卜星途，很快就成了亲，而裘怀玉却没有觅得佳偶，如此单身了七年，可见春光祀成就恋人这事也看缘分。

而邀请异性去参加春光祀，无异于告白，这就表示了"我对你有意，想与你成就姻缘"的含义，春光祀上除了祈愿与对方生生世世在一起，更有杂耍、游戏、美食等热闹可逛，和心爱之人一直逛到午夜时分都逛不完，简直是完美的约会之地。

卜城王早早地约她春光祀同行，难不成是对她……

冠雪有点发愣，她并没有想到一向欣赏自己的卜城王会对她提出这样的邀约，毕竟重生的这一次他们的关系不如前世亲近，她寂冠雪何德何能，能引得卜城王如此叱咤风云的男人对自己倾心相对？毕竟前世之中，卜城王从未有过任何心仪的女人哪。

从前她只认为卜城王信任她所以提拔她，因为自己是卜城医术最精湛的郎中，可现在看来……

冠雪感觉自己的世界打开了新的大门，"卜城王大人喜欢我"这件事，饶是她再迟钝，如此明显的暗示也让她不能不想确认一下，毕竟，卜城王可是把暗影卫都派给她提供随身保护了。

"大人约我春光祀同行，是有公事，还是……"冠雪看向对方那双精光四射的眼睛，试探地问道。

"哈哈哈哈……"卜城王那双眼弯成了月牙笑起来，"冠雪郎中，此次春光祀之约，我并非是为着公事的，我只是以私人的身份，邀请你与我同行。"

这么看来……卜城王的意思已经很明白了。

冠雪没办法再装聋作哑下去，毕竟卜城王身处高位，都已经主动到这个份上，她再不表态，就未免太说不过去了。

扭扭捏捏的，以后还怎么做卜城的二当家。

"大人，你很好，你是个叱咤风云、不拘泥于小情小爱的男子。身为这卜城里的郎中，我看着你一路坐上了这个位置，确实十分佩服，你做到了这世上很多人都做不到的事情。你如此看重我，我真是十分受宠若惊。"

卞城王眼中的光芒渐渐黯淡下去，想他也听出了冠雪的弦外之音，他嗤了一声道："冠雪郎中这话说得倒是圆满，拒绝人之前，先把人好生夸赞一番，那接下来的话是不是应该说'你真的出类拔萃太过优秀，你太强，我配你不上'？"

对天发誓，冠雪真的没有这样想，她连忙解释道："不不不，我不是这个意思，我不想去春光祀是因为一个人……"

卞城王冷笑一声："哦，那就是了。因为你心里的那个人，所以你不肯跟我去。"

冠雪点了点头："对，因为他我才不想去……哎，大人你别走！大人，你别不说话啊，大人你走得太快了，大人你等我一下——"

冠雪紧跑了几步抓住卞城王的衣袖，气喘吁吁道："大人……你生气了？"

卞城王没有回头，他任冠雪抓着自己，她在身后看不见他的表情，只能听见他语气淡淡地道："你家里，有随时护卫你的洛云珩，有你去春风楼标下的花魁宿离殇，洛云珩是如同你家人一般重要的存在，与你亲密无间；宿离殇容貌出众令无数女子意乱情迷，他假借赘婿的名义住进了寂家。他二人近水楼台先得月，都与你朝夕相处，自然比我更容易接近你的心……"说到这里，他顿了顿，似是想到了什么，很轻很轻地叹了一口气道，"而我不是，我不能与你朝夕共处，我只能在远处守护。日头毒了，我为你遮阳；天漏水了，我为你挡雨；乌云里的闪电打下来，我让它先劈中我——寂冠雪，我是你需要的男人，却不是被你放在心上真心在意的男人。"

"寂冠雪，我不是你选择的那个男人。"

冠雪抓着他的衣服愣住了，她不知应该如何回复对方的这一席话，只是感觉到那一瞬间，有什么东西击中了自己的心——一直以来她刻意冰封住的、深深隐藏在嬉笑表象之下的那颗真心，似乎在冰层之下，轻轻地悸动了一下。

就在她愣着的当儿，卞城王已经果断地抽开了衣袖，头也不回地走了。

她呆呆地看着那人的背影，心中一阵怅然。

她不想去春光祀，不想见到那个人，她无法想象再次见到了那个人，自己应该如何面对他。

冠雪心事重重地回了家，天色早已黑了，云珩殷勤地为她端来饭菜，本来情绪低落的冠雪吃了一口眼睛顿时亮了起来，阴霾不清的沉重心情瞬间甩到了九霄云外："离殇！是离殇做的！"

宿离殇在门口抱着肩膀半笑半怒地看着她："娘子每天有暗影卫护着，有卞城王这么大的靠山，就算有人不开眼地想杀你，你也完全不用往心里去，想去哪儿去哪儿，想什么时候回就什么时候回,当今圣上都不如你气势如虹呢!"

宿离殇这边夹枪带棒地讽刺她回家晚,冠雪看在他厨艺了得的分上姑且全都忍了,把气全都撒在饭菜上,不一会儿就把云珩专门为她留的饭菜吃得精光。

春风楼的伙计来找离殇,离殇听他们耳语了几句就匆忙要走,冠雪抓住他,千叮咛万嘱咐地要求他一定要早点回来,回来给她做饭。

宿离殇似是有些无奈,他扶额头痛了一会儿,转过身摸了摸冠雪的脑袋,无奈却又温柔,好像面对一只对他摇着尾巴却不通人性的狗狗一样。

吃饱了的冠雪开始犯困起来,昨晚她就没睡好,于是直接就躺下睡了。云珩知道她白天在医馆遇到了刺杀,自责自己忙活家里的事情没随身护卫,于是守在她床边提防刺客。

冠雪很快就进入了梦乡。梦里,她梦到了卜星途。

这次梦到的卜星途不是那个用刀杀她的卜星途,他还是和她共度七年光阴的夫君。他寡言少语,吝于表达,却也在冰冷的冬夜里温暖过她,偶尔在没有熄灯的明亮中,他也会用温柔的目光看着她,然后就轻轻地吻上了她的嘴唇,无关情欲,冠雪也一直当他发自本心。

她以为,就算最初有过恨有过怨有过不甘,在那些如平淡流水的日子里,他应该是爱过她的,就算不是爱,他心中,应该也会有对她的几分欢喜。

于是这个梦里的卜星途,是她印象中那个沉默寡言却身体温暖的星途,她又看见他拥着自己取暖,她忘记了那一剑的痛,她将他紧紧抱住,喃喃道:"我好想你。"

若不是那一剑,她现在应该还爱着他。

那温暖的身子顿时将她包裹住了,冠雪感到从未有过的满足和幸福,她发现她在恐惧的另外一处心房里,隐秘地藏着对他的渴求。

她拥着那人,那是十分结实而富有弹性的年轻的身体,他的味道很好闻,有三春时分的暖阳气息,那属于男子独特的味道如同迷药一般将她蛊惑。

他的肌肤很热,他笨拙地亲吻她,却不小心咬疼了她,冠雪"嘶"的一声吃痛,神志醒了三分,抱怨地嘟囔道:"怎么笨手笨脚的?轻点啊,星途……"

"星途……"那人的动作突然停了下来,他喃喃地咬着这两个字,"星……途?"

被中止的冠雪有些不满,她伸手拉着那人抱怨道:"星途,你怎么停下来了……"

她的一双眼睛聚焦到自己身上表情哀伤委屈的那人的时候,吓得浑身一颤:"云珩?!怎么是你?"

洛云珩脸上还带着未褪去的红晕，但整个人已经陡然蔫了下来，他沙哑着嗓子：

"抱歉……姐姐，是我，不是你日思夜想的那个……星途。"

他站起身来背对着冠雪，他孤独的身影在烛火下分外寂寥，他低着头，蜡烛的光在他身后，冠雪看不见他的脸，她看不到云珩此时此刻，是什么样的表情。

冠雪懊恼地给自己一个嘴巴，这算是什么事儿！她好好的胡乱做什么梦！她还把他当作另外一个人，云珩的心里该多难过？

冠雪小心翼翼地好言相劝："云珩，我睡迷糊了，你别怪我……"

云珩的嗓子依然是哑着的，他的声音里有一丝难以觉察的倔强："是啊，姐姐睡迷糊了，要不是姐姐睡迷糊了，云珩就是躺在姐姐面前，姐姐也坐怀不乱，看都不会多看云珩一眼。姐姐是何等正派的女子，怎是我能随意高攀的？"

冠雪心下一沉，暗暗喊了一声糟：完了，云珩这是生气了。

前世的云珩从来没有跟她生过气或是闹过一丝别扭，无论发生什么，云珩总是默默承受。他初来寂家的时候，冠雪当他是细作，给过他不少白眼甚至还出手打过他，最狠的一次是她一巴掌把他的头打歪了过去让他滚回卞城王宅邸，云珩默默擦了唇边的血迹，低声说："主子，我先退下了。"再无二话。

洛云珩总是隐忍承受一切事情。虽然冠雪没有亲见也没有问过，但她知道星途是一直不待见云珩的，在她没看见的地方，云珩受了星途多少委屈，她不敢想。

冠雪忽然一阵心疼，她拉着云珩，把他的身子转过来对着自己，她捧着他的脸逼他与自己对视，果然看见云珩揉得红红的眼睛，明显刚刚是哭过了。

冠雪就这么捧着他的脸，把额头抵上他的："云珩，你现在，是不是很喜欢我了？"

真心喜欢上了一个人，就不会止于远远地观望，喜欢上了一个人，就会慢慢地不能满于现状，他想要更多，想要在她心中，占据更多的领域。

云珩垂下眼帘，叹息一声道："姐姐，云珩不知道。云珩明白自己这样很不懂事很没规矩，云珩应该恪守本分，一切以姐姐为主。云珩有生以来第一次有这种古怪的念头，我想和姐姐在一起。看到姐姐笑，我就欢喜；姐姐吃了糖，我比姐姐还甜；姐姐痛了难过了，我想用尽全身力气讨姐姐开心……我希望姐姐心里有我，我希望姐姐和我一样这般想。我知道我不该有这种不知天高地厚的念头，我已经不是昔日的名门之后，我只是个奴隶，一个被姐姐护着收留的下人，是姐姐心地善良才把我看作弟弟，可我，却有了如此大不敬的念头……姐姐……我该怎么办才好？"

冠雪怜惜地摸着他的头："傻孩子，你的心意如此，姐姐可是开心得紧呢！能被你这么善良的孩子喜欢着，姐姐高兴都来不及，你哪里有什么大不敬呀？"

云珩比冠雪小两岁，但心智比重生的冠雪小了太多，其实冠雪也能感觉到云珩对自己的心思，可她是一个成熟的过来人，云珩还对这个世界认识太少，他很容易把对自己好的第一个人当作恋人来喜欢，可他毕竟青葱年少，不懂情爱为何物，冠雪不能以自己过来人的资本趁着他青涩早早诱骗了他，让他没有选择其他人的权利，这样太自私，也太下作。

换句话说，云珩现在是一颗尚未成熟的果子，青涩蒙昧，冠雪不能在这个时候摘下他，除非他成熟的那天，知道了自己心中所爱的时候，她才能接纳他。

云珩紧紧抱住了冠雪道："姐姐，是我做得不对，可我希望以后姐姐可以看到云珩，姐姐不要再把云珩当作别人！"

冠雪回抱着他："对不起，我不会再这样了！"

不想云珩却轻轻地推开了自己，向后退了几步，郑重地跪下，他跪在地上抬头看着冠雪："不管怎么说，云珩今日造次了。云珩未经姐姐允许犯下错事，请姐姐责罚！"

冠雪擦着额头上的汗笑道："别，不用这样，今天是我迷迷糊糊把你当作了别人，不管怎样都是我不对，你不怪我就好啦……"

说着冠雪就要去搀扶他起来，但云珩跪在地上避开了她伸过来的手，表情坚决道："不，云珩犯了错就必须有惩罚，姐姐不惩罚，我就不起来！"

没办法，冠雪有点无奈地看着面前表情认真的云珩，心里在盘算怎么能让他如愿以偿，怎么才不会伤了他，想了想，冠雪走上前去朝着他的脸伸出手："你这傻孩子这么想要惩罚的话，就如你所愿好了……"

说完，冠雪双手拉住了他的脸颊，轻轻一拉，就给云珩做了个鬼脸。

云珩满眼的不敢置信，冠雪又把他的脸揉圆，如此捏拉搓揉一阵之后，冠雪哈哈大笑起来："好了！我已经狠狠地惩罚过你了！快起来吧！"

手感真是不错啊，年轻的皮肤柔软又充满弹性，简直让人爱不释手！

云珩捂着脸缓缓地从地上站起，低着头说道："姐姐如此宠溺云珩，云珩会恃宠而骄的……"

冠雪拍他肩膀："姐姐这算什么宠溺啊？姐姐觉得差得远呢！云珩你有什么想要的，跟姐姐说就行，姐姐一定都满足你！"

云珩低着头，声音低不可闻："如果我……想要姐姐呢？"

他声音太小，冠雪一时间没听清，把耳朵凑到云珩面前问道："什么？你刚才说了什么？我没听清，你再说一遍！"

云珩摇了摇头，把身子转过去："姐姐早点休息吧，云珩出去外面保护姐姐。"

冠雪急切地拉住他的手："云珩，没事的，你在屋子里守着我也可以啊！"

云珩背对着她摇了摇头："不可以。云珩可能没办法控制得好自己。"

说完，他挣脱了冠雪的手，头也不回地出去了。

冠雪有些怅然地躺回了床上，她睁着眼睛，发现自己的心思一时间变得很乱，有些理不清头绪来了。

如果可以，她并不想活过来……真的，那时死在那个冰冷的雪天就好了，她不想醒过来，不想再面对这些纷杂混乱，因为她根本没有把握保证重来的这一回，不会再死一次。

重新把这些重要的人还给她之后，再一次全都夺走的痛苦……她怕她没有力气承受第二次。

她就这样思绪混乱地睡了过去，没有再梦见杀自己的那个人，这样睡到了日上三竿的时候，她感觉鼻端痒痒的，想打喷嚏却又困，于是转过头继续睡，谁料那痒也一路跟过来，冠雪似乎还听到了某人低低的笑声，这笑声十分耳熟，她闭着眼睛大吼道："宿离殇！离我远点！我要睡觉！！！"

宿离殇的笑声无法控制地在她耳边爆开，那撩人的声线如同鹅毛一般搔着她的耳朵："为夫累得风尘仆仆的，脸都没洗就想着你，回来了就跑来陪你，你不但不感动，还吼为夫！你这样对夫君凶或者打夫君的女人不是好妻子哦……"

冠雪睁开眼睛，一双深黑的眼睛在目不转睛地注视着自己，宿离殇支着脑袋躺在她身边，一只手握着自己漆黑如瀑的长发——那是刚才一直萦绕在鼻端作弄她的痒，他放下长发，那根手指轻轻地点着她的鼻尖：

"娘子呀……为夫不在的这一晚，你是不是没有好好吃饭？为夫摸着你都瘦了，真是好心疼……"

冠雪白着眼睛瞪他："少废话，给我做饭去。"

宿离殇笑了起来，仿佛月染霜林，又如旭日初升，他朗然道："为夫奔波忙碌了一整天，身上实在乏得无力，只要娘子主动亲亲我，我才能有力气起来做饭。"

冠雪一头又栽倒在床上："那算了，饿死我得了。"

离殇不爽地抱着胳膊："寂冠雪，你诚心气我吗？你以为我真不敢饿死你？"

冠雪放出了自己的鼾声作为回应。

宿离殇窒了一会，复又在她耳边笑道："娘子啊，我的亲亲娘子，你来伸手打我一下如何？来来来，为夫绝对不躲，你来打我呀……"

冠雪气得起床气又来了："滚。"

"你打一下试试嘛，我绝对不生气，来来来，我把脸凑过来，我左脸打起来的手感比较好，还很有弹性，就这一次哦，还不试试？"

冠雪气得大吼："闭嘴啊！"

她刚想要伸手出来的时候，发现，她根本就伸不出来！！

怎么回事？

寂冠雪忽然瞪大了眼睛坐起身来，她的双手被柔韧的绳子捆着，以巧妙的形式连接着身体，绳子很贴心地避过了让她觉得不舒服的位置，捆绑得恰到好处，但却让她伸不出手，不能随意活动。

这是什么结绳的手法啊？

"宿离殇，你放开我！"冠雪气得大吼，"你你你你要干什么？"

宿离殇半卧在她身畔，一手气定神闲地托着下巴看着她："娘子，今天是春光祀，离殇既然已经是你的夫君了，你就得随为夫去春光祀庆典上拴个红绳子，顺便祈祷你我生生世世都不分离哦……"

春光祀。是的，在西御国的风俗里，男男女女在春光祀上同时祈愿与对方相爱，神明就可以护佑他们生生世世厮守在一起，永不分离。

生生……世世……

曾几何时，寂冠雪希望和那个人携手相伴，一辈子不够，也曾幻想过生生世世。

第六章 / 前世之约

那年春光祀的桃花树下,落英缤纷,夜幕之下,手执莲花神灯的卜星途虔诚地进行祭祀仪式,烟雾缭绕之中,他的脸于光影之间若隐若现,忽然烟花升起,满目俱是光亮,那张脸终于被光映衬分明的那一刻,冠雪感觉自己的整个世界都被点亮了,大团大团的焰火在她心底绽放,她定定地看着神坛上的那人挪不开视线,心底里,一个躁动的声音在呼喊,几乎要跳出胸腔一般:

是他!就是他了!这个人……注定就是她的那个人!她要他,今生今世,她一定要得到他!

不知道是不是她的错觉,在烟花绽放的那时,当四下明亮的那刻,他朝她这边投来了视线,春光祀上明明游人如织,可他却仿佛攫到了她的心声一般,奇迹般地朝这里看过来。

四目相接,他在看她。

烟花大片大片地绽放,四处一片光亮,纷纷扬扬的桃花花瓣如同静止了一般,偌大的喧嚣世界之中,好像只有他们两个人。

两个人,四目相对,四下俱静。

冠雪看着那双浅淡漂亮的眼睛心想:如果能和他厮守一生,那将是最大幸事。

不,只有一世厮守也不够,她想和他在一起,一直在一起,生生世世……

俊美的神官与她对视不过是电光火石的一瞬间而已，在旁人来看，他只是身形微微停滞了一下，甚至于更像是仪式的停顿，而那从台上瞥下的目光中，有种神明俯视苍生的慈悲感。

那一瞬目光相接之后，神官毫无表情地转过身去继续仪式，而寂冠雪却开始在神坛下疯狂地打听关于那个神官的一切事情。

经过简单地打听就得到了那个神官的消息：他是神女庙的司礼贞人，位置仅次于神女庙执掌兼国师的天鉴天师。在神女庙，他主要负责神坛祭祀仪式的工作，因为此人生得实在俊美，所以神女庙对外的仪式活动都由他来主持，只要有他的场所，都会吸引一大批信徒前来膜拜。

这神官是个寡言的人，但他的信徒和拥趸却比天鉴天师还要多。他生性冷淡，自带一股子不食人间烟火的傲气和纯粹，让人觉得这样如神祇般完美的存在，一定是天庭上犯了什么错被打入凡间的神仙，所以他才会拥有如此出众的天人之姿和绝尘绝世的气质。

这位神官姓卜，名为星途，因为是司礼贞人，神女庙的信徒常常唤他为贞途上人。每每他出现的地方，信徒们全都跪拜在地朝他行礼，这并不是因为他的出众容貌，而是因为有传言说，曾有人得了无法医治的绝症，郎中说那是血液病只能等死，而这位贞途上人只是朝那人伸出修长白皙的手指，在那人面前轻轻挥了挥而已，那个病人竟然就痊愈了！

于是，贞途上人是神仙下凡的传言愈传愈盛，人们崇拜他，也有很多人把他的画像悬挂家中，据说有护佑身体康健的力量。

那么多拥趸信众将贞途上人视为神祇，唯独冠雪，在看他第一眼之后，就动了据为己有的龌龊念头。整个春光祀的仪式上，冠雪都在心里盘算着一些不堪的想法——她满脑子都是如何得到这个男人的旖旎幻想。

仪式结束，冠雪就不管不顾地跑了过去，贞途上人面无表情地经过朝他顶礼膜拜的信徒之后拐入一个小巷，刚准备从小巷的后门走进神女庙的时候，他的衣袖就被人死死地抓住了，回过头，一个面色绯红表情急切的女人脸上扬着笑意对他说：

"你是叫卜星途对吧？我……我很喜欢你！你给我做夫君好不好？我发誓，我一定会爱你一辈子的！"

卜星途愣了愣，似乎没料到竟然会有人拉着自己的衣袖求爱，他浅淡的眸子之中掠过一丝疑惑，如同蒙着些氤氲气息的湖面，那一瞬间的恍惚，更是让冠雪爱得不行：

太可爱了！他简直可爱得要人命！

待卜星途意识到寂冠雪意图的那刻，他整个人的脸都沉了下来，他冷冷地瞪着她，喝道："放手。"

"嗯？"冠雪听到他的声音，极富磁性，声如撞玉，玎琮动听，还带着一丝冷漠的语气，这不但没有让她觉得疏远，还平添了几分魅力。

"小哥哥，你的声音好好听……再多骂我几句吧……"冠雪的口水都要流下来了。

卜星途不敢置信地瞪大了眼睛，好像他从来没见过如此不要脸的浪女一般，他看着她，一时间竟然说不出话来。

冠雪还死死地拉着他的衣袖，见他愣住，她不禁想要得寸进尺起来。冠雪朝他几步走过来，贴上他的身体，另一手抓住了他藏于宽袍大袖中的手，距离他嘴唇极近地诱惑道："小哥哥今晚有空吗？你我去个好地方如何？"

和他的外表不一样，星途的手很温暖，她拉着他的手，他的手比她的大一些，与他交握时，他们十个指头交扣在一处，他的手指似乎可以把她的小手全都包裹起来。

卜星途愣愣地看着她，竟然没有把她推开。冠雪看着他，仿佛从他浅淡的瞳孔中看到了自己的身影。

她之前拉着他衣袖的手沿着胳膊一路攀爬，最后停留在他的胸膛上，宽大衣袍里，他的身体瘦削却结实，她一手牵着他的手，脸靠近他的脖颈处，在他耳边吹气如兰："卜星途，跟我走吧，我真的很喜欢你的……"

他的耳根瞬间红了，冠雪嗅到他身上淡淡的檀香气味，这体香让她几乎酥软，她再忍不住，于是得寸进尺地揽着他的脖子，对着他的嘴唇就吻了下去——

柔软的，带着桃花香气的嘴唇，美好得超乎想象的触感，冠雪阖着双目陶醉得无法自拔，当她想更进一步的时候，她的身体已经被对方狠狠地推倒在地——

"你做什么！"仿佛刚刚如梦初醒似的，卜星途的呼吸有些急促，他用手背抹着嘴唇，红着脸瞪着冠雪，"你疯了吗？这里是神女庙！"

冠雪被推在地上，虽然身体硌在坚硬的地面上有点疼，但她却仍然笑眯眯地舔着嘴唇道："那么你的意思是……如果不在神女庙，我就可以为所欲为咯？小哥哥今晚可有空？我们去外面好好谈谈如何？"

冠雪从地上爬起来，神态自若地拍了拍灰尘，又凑近过来道："你也喜欢我的，对吧？刚才在祭祀的时候你看我了，我知道的！既然你我情投意合，何不在一起呢？真的，我不是玩玩的，我很认真地想要你。我发誓，我寂冠雪今生今世只爱你一个人！"

只要有了你，其他男人，就算国色天香倾国倾城地跪在我面前抱我大腿我也不要！我要你一个人就够了！只要你相信我，入赘到我寂家，我会尽我所能给你最好的生活，我养你一辈子，让你成为这世上最幸福的男人！"

卜星途愣了愣，话也不回她，转身就走。

眼看他要进门了，冠雪连忙几步扯住了他的衣袖："小哥哥别走啊！今晚和我出去逛街吧！我是真心的，说不定我们俩很合得来呢！"

卜星途回头瞪她，浅淡的眸子里盛满不动声色的怒火："放开，疯女人！"

冠雪和他拉拉扯扯，卜星途一只脚都已经迈进了门槛她却还抓着他不放，卜星途索性用力一甩，甩开冠雪之后径直走进门去，狠狠地摔上了后门。

冠雪追着的脚步没停住，差点一头撞在门上，她用力地抓着门上的装饰拉扯了一番，拉不动，想是卜星途在那边把门闩上了。

这一晚冠雪在床上辗转反侧，满脑子都是神官卜星途惊为天人的场景。一连三天她茶饭不思，几乎天天晚上都会梦到卜星途。第四天，寂冠雪决定不能再这样下去了，无论付出什么代价，她一定要得到这个名叫卜星途的男人。

不知道为什么，她在心底似乎有一丝冥冥中的感应：这个卜星途，命中注定是她的人。

她花重金收买了天鉴天师，背着行李在神女庙做了一名见习神官。当她穿着见习神官衣服出现在卜星途面前笑嘻嘻地对他打招呼时，她明显感觉到看似波澜不惊的卜星途，一双眼睛瞪大了。

在无人的神殿之中，冠雪含着笑意靠近跪在神像前祷告的卜星途，在他身后轻轻蒙住他的眼睛，故意娇滴滴地撒娇道："师兄，你猜猜我是谁？"

卜星途抓住她的手回头断喝："放肆！"

冠雪跪在他身旁的蒲团上，故意将蒲团靠近他，肩膀顶着卜星途，转过头来看着他笑："师兄别气嘛，我来祷告而已。"

说完，她双手合十闭着眼睛在神像面前煞有介事地说："神女娘娘大慈大悲法力无边，请娘娘聆听弟子的心声，弟子心悦师兄卜星途，爱他爱得要死要活，求娘娘成全弟子与师兄的姻缘，不然，弟子这辈子得不到卜星途，就没办法活下去了，求求你大发慈悲呐……"

卜星途气得抬起手来作势要打她，冠雪笑嘻嘻地把脸对着他："师兄要打我？好呀好呀！能被你的手抚摸脸，我求之不得！快来打我嘛，来嘛来嘛……我好喜欢你，你打我我也喜欢你……"

卜星途瞪她一眼，起身避过她，离开了神殿。

那次之后，不管冠雪如何挑逗调戏卜星途，他的反应都相当冷淡。

这天冠雪端着经书拉低了胸口靠近他身边问他："师兄，经文好难哦……这里我都看不懂，你给我解释解释可好？"

不等冠雪碰到自己，卜星途已经起身，刚好避开她："我也不懂，你去问天鉴天师吧。"

他看也不看冠雪一眼，径直离开了。

不远处，卜星途刚好遇见莲花小师妹，这位莲花师妹是神女庙一级神官，平日里和星途最是熟络，只见莲花师妹笑着凑过来对星途说道："师兄，你我一起背诵经文可好？"

星途背对着冠雪，对莲花说道："好。"

好？他说好？冠雪气得一口老血闷在胸口：为什么要跟莲花师妹背诵经文！我也可以和你一起背诵经文、一起祷告、一起早课、一起打坐的！做什么我都可以陪你！为什么你不找我要找莲花啊啊啊啊！

冠雪不开心，但看到卜星途那刻，胸中所有不爽都灰飞烟灭了。每次看到星途，她就会自然而然地笑起来，看见他心情就会变好，于是接下来的日子里她厚着脸皮给他端茶倒水，为他递送祭祀物品，对他嘘寒问暖……虽然她尽心尽力地做了很多，卜星途却还是避开她，视她如草木一般。不，不是草木，更确切地说应该是洪水猛兽，那是一种看见就远远走开唯恐避她不及的疏远。

比如那天，星途一大早就在房间里洗衣服，冠雪想这或许是个改善关系的好机会，于是推门而入柔声问道："师兄在洗衣服呀？让我来帮你吧，我六岁拜师求学很会照顾自己的哦！师兄，我们成亲之后你不会干活也没关系，入赘到我家不是用来干活的，我会很疼你，不用你做这些粗活，你的手那么细嫩，洗粗了我可是会心疼的……"

还不等她把肉麻的话说完，她整个人已经被星途踢出了房间："出去！不许随便进我房间！"

冠雪以狗吃屎的姿势被踹了出来，她的脸直接摔进了门外草丛的烂泥里。

好疼……

星途踢在她大腿的地方疼，着地的脸也好疼，心里更疼……

冠雪就那么一头厥进烂泥里，"呜呜呜"地哭了起来，哭了一阵也没人搭理她，她捂着腰起身，一瘸一拐地蹭到星途门外哭诉道：

"师兄，你就那么讨厌我吗？你下手太狠了啊！我的大腿都被你踢得淤青了一片！我的脸扎在烂泥里也疼死了！师兄，我待你真心实意，你干吗那么讨厌我？"

门里没有声音，冠雪拍着他的房门干号："疼啊疼啊！我站不住了！我的腿好像折了！完了完了，我要死了！我经脉尽断马上就要死在你门口了！我不活了，呜呜呜呜嗷嗷……"

她哭号了一阵，房门开了。

卜星途板着脸站在门口面无表情地看着她，他冷冷道："你伤在哪里了？"

冠雪跪在地上一脸黑泥，看见他心情马上就好起来了，她乌黑的脸上露出雪白的牙齿笑起来："师兄，我疼，你来给我揉揉嘛……"

星途无视她的言语调戏："我问你伤到哪里了？"

冠雪颤巍巍地站起身来，撩起裙子，露出白花花的大腿给星途看："这里！你来给我揉揉！"

星途一张冷峻的俊脸瞬间红透，话都变得断断续续的："寂……冠、冠雪！你，你你……光天化日做什么呢！你简直……不可理喻！"

"砰"的一声，星途那边狠狠地关上了房门，门外，冠雪施施然整理好了裙子。

还行，这顿打没白挨，看到了卜星途脸红紧张的模样，值得，太值得了，不然她以为卜星途终日只有一个表情呢。原来她的星途师兄也有害羞紧张的一面啊，这打挨得太值了。

那之后好几天，冠雪到处堵星途都没看到他一面，也不知道他怎么会躲得这么好，神女庙就那么大点儿地方，他竟然能完美避开！只要冠雪去的地方，那里必定没有卜星途，甚至连神女庙早课星途也推病不去，冠雪看着星途空落落的座位，心里也空空的。

她想，她应该是疯了。

看不见星途几天，她就好像被人扼住咽喉一样喘不上来气，心口仿佛有一块大石头压着，又好像有无数只蚂蚁咬着自己那么难受。

想见他，非常想见他。

忍不住相思煎熬的冠雪又去星途门口敲门，低声下气地说道："师兄……师兄……这几天你是不是躲着我？我错了，你原谅我好不好？我真的不能看不到你，我好想你，看不着你我会死的。你知道鱼和水吗？我是鱼，你是水，如果鱼没有水会死的，我没有你也会死的，求求你，我不会再冒犯你了，我不会再调戏你，只要你让我看你一眼，你让我做什么都行……求求你……做什么都行，真的……"

门内安静沉默了许久，冠雪倚靠在房门那里垂泪哽咽，就这么哭了一会儿，门忽然开了，冠雪"咚"地一头栽进屋内。

她栽进门的时候，头碰到了什么东西，抬头一看，卜星途居高临下地看着她，面色凛冽，如同结了霜。

冠雪连忙离开他的腿，生怕他又生气："对不起对不起！我不是故意的！"

星途淡淡地看着她："伤好了吗？"

冠雪被他问得一愣："什么伤？"

星途清清冷冷地垂下眼眸："你腿上的伤，好了吗？"

原来星途说的是踢她那一脚！冠雪连忙摆手："早就没事了！其实你踢得一点都不重，其实我连淤青都没有，那天你也看见了……什么痕迹都没留下……"

星途别过头去："人你已经见到了，出去吧。"

冠雪急切地说道："我不会说让你不开心的话了，所以让我多看你一会儿成吗？因为晚上很难熬，我想多看你的脸几眼，晚上能梦到你就圆满了！"

星途又看向她："你晚上睡得倒熟，我这几日休息得不好。"

冠雪仔细看去，发现星途眼窝处确实有淡淡的阴影，忙问："师兄，你失眠了？"

星途垂下眼帘不看她："这几晚，总会做……噩梦，睡得……甚不安稳。"

冠雪连忙拍胸脯道："师兄，我是卞城第一的郎中，你等我给你抓几服药，安神促眠的汤药对我来说是小事，稍晚时候我送给你，包你一夜熟睡到天亮！"

星途没回答她的话，只是说道："你看够了？回吧。"

冠雪只得恋恋不舍地走出门外，看着卜星途关上了门。

冠雪回到住处就开始用随身携带的药材熬药，熬了几个时辰，终于熬得一碗汤药，怕星途嫌药苦，她又放了蜜糖和甘草，小心翼翼地端着走到星途房门外时已是夜里。

她看里面灯亮着，于是伸手敲门，里面没人理，她只好轻声呼唤道："师兄，我是寂冠雪，我给你送药来了。"

没过多久，房门开了，卜星途一身亵衣出现在门口，和白天不同，现在他的脸微微有点红，看到她，呼吸也略微急促一些，似乎是身子羸弱的关系，他倚靠在门框边道："很晚了，我已经躺下了。"

冠雪献宝似的对他举起手中的汤药："师兄，这个是我精心熬制的，对治疗你的失眠绝对有效！"

她用期待的眼神看着他，却不想卜星途转开视线，轻声道："我已经服过药了。"

冠雪的眼睛瞬间黯淡下来，她有点委屈地看着自己手中还热着的汤药说道："说好了的……明明说好了给你熬药的……可你却先喝了……我熬了三个时辰……"

星途的声音低了下来："可我又没答应你喝。"

冠雪觉得更伤心了："是啊……你又没答应我……是我自作主张地要给你熬药，是我一厢情愿地想要你好，一直都是我自作多情……你一直讨厌我，躲着我，可我还自以为是地追着你，我真的让你很烦是不是……"

说着说着，冠雪哽咽了，泪水流淌出来滴在汤碗里，泛起一圈一圈的涟漪。

冠雪哭得十分伤心："我明明知道……明明知道你不可能喜欢我……可我就放不下你……我好喜欢好喜欢你……我知道，我不能这样没脸没皮下去……只要你说你很讨厌我，你再也不想看到我，我就离你远远的，呜呜呜……求求你让我死心吧……我不要再喜欢你了，我要去喜欢别人……这世上肯定有人喜欢我的……"

星途沉默了好一阵，只说了一句："别哭了。"

冠雪哭得更厉害了："我就要哭就要哭！你管我！反正你是不可能喜欢上我的！我去喜欢别人好了！我要忘了你，我要找好多好多男人，我要左拥右抱在美男堆里打滚！我谁都要就是不要你，哼！反正你也不在乎我！"

星途等她哭哭啼啼地骂完了，伸手接过了她的汤碗，他炽热的指尖有意无意地划过她的掌心，害得她心底一阵酥麻。

刚才还说什么找一大堆男人不要他了，现在他只不过用指尖轻轻碰了她一下，她又开始想入非非了！

星途的声音很柔和："我喝就是了。"说罢，他端着汤碗仰面喝尽。

他把汤碗还给她，冠雪接住碗的时候连同他的手一起握住，星途看着她，一时间却也没有抽出手来。

他就这样被她握了好一会儿，漂亮的眼睛注视着她，好像看到了她心里："好些了吗？不哭了？"

冠雪瘪着嘴摩挲着他的手："我还想要抱抱……"

星途冷冰冰地抽出了手："别得寸进尺。"

"我不得寸进尺！你把这'寸'先还给我！"冠雪急忙又把他刚刚抽回去的手抓回来，死乞白赖地握着他的手摇啊摇的，"再让我摸一会儿！就一会儿！我晚上睡觉一定能梦到你！"

星途任她牵着手，问道："你总会梦到我吗？"

冠雪有点难过地噘起了嘴："并不多……我每天都很努力地想要梦到你，却不能如愿……"

星途忽然问道："如果……即使不见，也总是梦到一个人……这意味着什么呢？"

冠雪抬头看着星途，星途的眼睛里晶晶亮亮的，她有点不敢置信地问："师兄……你总会梦到谁？"

星途红了脸，把手抽回："没什么，我要睡了。"

冠雪在身后围着他转，急切道："是莲花吗？你总会梦到她吗？梦里你都对她做了什么？师兄，师兄……"

她已经跟着卜星途进了房门，她在他身后喊个不停，卜星途捂着她的嘴把她抵在了墙上，生怕被人听到似的在她耳边低语道："住口！不许再胡说八道了！"

冠雪用手摸着他的手，眼泪又掉了下来，见她又哭，卜星途忙放下手："怎么，弄痛你了？"

寂冠雪不管他是不是讨厌自己，上前就扑进了他的怀里，抱住了他的窄腰："师兄……你有心上人了……你在梦里和别的女人在一起了……可……可我梦里只有你……我只有在梦里才能和你在一起……我不甘心……为什么啊……为什么你喜欢的人不是我……"

她隔着薄薄的一层衣料抱着卜星途，褒衣下的星途身体在发热，热得他的气息都有些不稳。

冠雪有点愣住，抬头看着脸红的星途："师兄，你……"

卜星途把她推出了门："出去！我要休息了！"

冠雪在门外把头贴着门缝低声地对他说道："师兄，我不许你找别的女人！我的房间在西苑最西边的清净居，那边人少，也不会引人注目的，师兄，我等你——"

星途狠狠地在门上踢了一脚："闭嘴，走！"

冠雪只好悻悻地离开了，夜色之下她在院落中穿行，心里在抱怨："哎……为什么我和师兄住的地方离那么远啊……如果是隔壁多好……竟然这么远……趁火打劫都不方便……"

回了房间，冠雪洗了个澡就躺下睡着了，做了个浅浅的梦，梦里是面色绯红的卜星途在她身边……

冠雪这边美得冒泡，耳边却传来粗重的呼吸声，她感觉这好像不是梦，睡眼惺忪地揉着眼睛转过身看去，她吓了一跳。

屋子里有一个人扶着床边站立着，定睛一看，这不是卜星途？

"师兄？你怎么在这里？"她惊讶道。

卜星途脸色有不对劲的绯红，他一手撑在床边，看着她冷冷道："你自己送的药，还不清楚吗？你说实话，难道……这不是你想要的？"

"什么啊……"冠雪还没睡醒，被他说得稀里糊涂的，"药好用吗？你睡着了吗？"

卜星途伸手拉住了她的手腕，他的力气大得惊人，冠雪之前调戏过他那么多次，今晚，她第一次发现卜星途竟然有如此的力量。

"别装傻，寂冠雪，我只问你，你想不想要我？"他呼出的气息炽热得几乎要点着了火一样。

冠雪看着他的样子都入迷了，今晚的星途美得让人挪不开视线："我当然想了！我那么喜欢你，我做梦都想要得到你！"

卜星途看着她，目光中带着一丝寒意，他掐住她的脸，语气冰冷地说道："寂冠雪，今晚……我如你所愿。"

说罢，他狠狠地吻上她的唇。

他吻得很用力，说不清是因为愤怒还是激动，他近乎狂风骤雨一般地啃啮着她的唇，他的吻乱得没有章法，他炽热的气息渡过来，好像濒死的人一般把她抵在床榻上狠狠地汲取着她的气息。

寂冠雪从来没见过如此主动的卜星途，可他全身上下的气息和味道都表示着这就是卜星途，冠雪伸手抚摸他胸口的守宫纹——那是一只振翅欲飞的仙鹤，仿佛要冲破什么桎梏一般。

"我喜欢你……卜星途……我、我爱你……"说着冠雪反将卜星途压在了身下。

卜星途的守宫纹是一只仙鹤，鹤展开双翼绽放在他左边胸口的位置，冠雪不禁在心中赞叹：也只有这般出尘绝世的鹤，才配得上卜星途这般谪仙似的人儿。

星途一双眸子水波迷离地看着上方，而慢慢地，那双漂亮的眼睛渐渐恢复清明的时候，他好像想起什么似的推开了寂冠雪："不……不行！"

冠雪被他推得一愣："怎么了？"

星途的声音冷了下来，他的眼眸中不再炽热："寂冠雪，停下来，我不可以这样。"

冠雪笑了笑道："师兄，刚才你怎么对我的，这么快，你难道忘了不成？"

卜星途有些紧张："刚才我蒙了心智，现在我醒过来了，寂冠雪，今晚就到这里吧，我不想继续了,你让我起来。"

寂冠雪用腰带将他的手腕紧紧捆住,卜星途低吼道:"寂冠雪,你干什么?!"

寂冠雪笑道:"卜星途,错过这次,我怕……这辈子都没有机会了,你说……我会不会让你离开?"

卜星途瞪着她:"我是神女庙的司礼贞人!我绝不可在神女庙里……行这种事!你快放开我,不然……"

寂冠雪冷然地看着他,把他手腕上的束缚系得更紧了些:"不然怎样?你喊啊?"

卜星途瞪大眼睛。

寂冠雪笑了起来:"有本事你就喊,喊得神女庙所有人都过来看看你我的这般样子,你也好好跟天鉴天师解释一下为何深更半夜你会跑到我的房间里把我弄成这样,你也问问神女庙的那些人,有谁相信是我强迫你的?"

"你……住口!"星途被她说得眼眶都红了,"寂冠雪,你放过我!"

冠雪俯身就吻住了他。

一吻终了,冠雪在他耳边温柔道:"既然你不愿我吻你,你为何不推开我?是不是……舍不得?"

星途把脸转过去,表情似是痛苦地闭上了眼睛。

他不再说话,他放弃了抵抗。

"我知道,你是害羞了。"冠雪笑道,"难为情的话就闭上眼睛,一切都交给我就好了。"

卜星途偏过脸去不再看她,他的侧脸似乎也是一副痛苦的表情,一行清泪自他眼角无声地流淌而下。冠雪又有几分不忍,于是轻轻吻去了他的泪。

片刻之后,卜星途胸口处的仙鹤守宫纹,终于彻底消失,再也不见。这意味着,这个男人已经完全属于了她,他是她的,从头到脚,从头发到汗毛,他的每一寸每一毫,都已经属于她了。

红潮渐渐褪去的星途睁开眼睛,面无表情地用被子把自己层层包裹,他双目呆滞地抱着自己蜷缩在床的角落,冠雪伸手欲搂抱他也被他无情地推开,不管冠雪如何好话说尽,他始终呆滞地看着前方,一言不发。

他就那么蜷缩着自己的身体枯坐到东方发白,冠雪无奈,穿好衣服之后出了门,等她用完早膳再回房,卜星途已经不在了。

冠雪找遍了神女庙,终于在神殿上找到了一袭便装的卜星途。

他长发披散，双目失神，即使如此，他依然美得惊心动魄，不知是不是因为昨晚的缘故，今天的卜星途比起往日里清冷禁欲的他多了几分引人犯罪的美，他一双眼中秋水纵横，嘴唇嫣红，俊美得不像凡人，更像是一只闯入凡间的妖孽。

这个高不可攀的男人，曾经是悬崖绝壁上不可摘取的高岭之花，现在，他已经是她的了。

卜星途披散着头发跪在天鉴天师面前，一头磕在冰冷的地砖之上："弟子破了色戒，再不配留在神女庙做司礼贞人，今日倾血还俗，望大人成全。"

天鉴天师微微一愣："不可能吧？卜星途，你一向清冷自持，怎会破戒？"

星途的头还磕在地上，洁白的汉白玉地砖上，殷红的鲜血渐渐蔓延开："是真的。弟子尘缘未了，六根不净，请大人成全。"

天鉴天师叹息一声："也罢，那就还俗吧。"

卜星途终于起身了，他的额头流出汩汩鲜血，在脸上蜿蜒流淌，他一手握着匕首，重重地朝左手手腕割了下去——

"师兄——"冠雪尖叫一声就要冲过去，被其他弟子死死拉住。

"冠雪师妹不要过去！师兄要还俗，就必须倾血以付！否则……依据清规，他是要上火刑的！"

火刑，不贞的神官若是隐瞒身子被玷污的实情碰触了神圣的法器，又不曾倾血还俗的话，一经查明，就要接受神女庙最残酷的惩罚——火刑。

把人捆在干柴之上，浇油，点火，直烧到渣滓都不剩，才算还清了亵渎神明的罪过。

冠雪在神殿后面，看着背对着自己的卜星途毫不留情地在自己胳膊上划出一道又一道，整整五条深可见骨的伤口蜿蜒在星途的左臂上，他半个身体的衣服都被血迹染红了，手腕部还在朝外面喷着血。

倾血还俗的仪式并没有明确规定需要多深的伤口和需要割几刀，有些人还俗只不过是在手臂上划出一条血口做做样子罢了，寂冠雪从未听说过曾有人像卜星途这般，以如此惨烈的方式倾血。

到底是为了什么，以至于卜星途觉得，如果不是如此强烈凶残的方式，就无法清偿内心的罪孽和欲念？

"可以了。"天鉴天师叹息一声，"卜星途，从现在开始，你不再是神女庙的神官，如今，你已经是俗人之身，你想成亲，想和谁在一起，都是你的自由了。"

冠雪跌跌撞撞朝卜星途跑过去，她膝盖一软跪在他身旁，心疼得不能自已。她哭泣着捧起他流血不止的手腕，为他撒上止血的粉末，抱着那只胳膊啜泣："对不起……都是我不好……你不应该受这样的痛苦的！卜星途，对不起……是我错了，你，你在我的手上也割几道吧，不要，你不要这样伤害自己……我受不了……"

卜星途面无表情地被她拥抱住，天鉴天师叹息一声做出一个赶走他们的手势："你们二人快点离开神女庙，此生此世不要再踏进这里一步！我不许你们玷污此地！"

寂冠雪为星途简单包扎了一下伤口，搀扶着他离开了神女庙，星途任她抱着自己的胳膊，他目不斜视地看着前方，始终面无表情，没人知道他心里在想什么。

冠雪直接把卜星途接回了家里，她为他敷上了更好的草药，又小心地将伤口重新包扎了一遍。说来也怪，星途的刀伤当时明明深可见骨的，可到了寂家的第三天他就好得差不多了，五天之后，伤口全都愈合，只留下五条浅浅淡淡的红色印子。

长欢自是对这个女婿赞不绝口，虽然他说十句卜星途都没有回应过一句，长欢却把他从头夸到了脚，冠雪也不知道爹爹从哪里看到了卜星途的优点，总之，长欢瞧卜星途，一万个满意。

星途是淡漠的性子，他从来没有表露过对长欢的尊重和在意，但在入赘的第七天，他送给长欢一盒胭脂。冠雪甚至不知道星途从哪里来的钱，那时候他还未以寂家夫君自居，冠雪的钱也没有交给他打理。

一个月后才是二人的婚礼，其中婚服的选择、成亲前的准备、婚礼的事项，冠雪拉着星途一起按部就班，这一切，星途没说愿意，也没说不愿意。

因为无论愿意不愿意，他已经没有了其他的选择。

七年夫妻，七年平淡如水般的日子，星途从始至终都没有太大的抗拒，冠雪一直觉得，他是爱着自己的，虽然或许爱得不多，或许他爱自己不如她爱他多，但终究是有感情的。

她一直是这样以为的，直到那天，他亲手一剑刺穿她所有幻想。

"现在，你可信了？"他残忍的话语在耳边回响，她想，她的梦，该醒了。

她本想永远都醒不过来，永远都不想再看这个鲜血淋漓的世界，可她到底是醒过来了，面对七年前的一切，她不知道，自己所迎来这重新开始的机会，能否扭转乾坤，改变悲剧的一切。

第七章 / 春光之祀

离殇在她身边打了个哈欠:"娘子……你想了这么久,这春光祀,你是跟我去,还是不去?"

冠雪收回思绪叹息一声:"不去。"

离殇气得从床上弹了起来:"你耍我玩呢?我等你想了这么久你跟我说不去?那我再给你两个选择,你是好好地你情我愿跟我去,还是我绑了你扛着去?"

冠雪淡淡地扫他一眼:"宿离殇,你何必非要跟我去呢?你可别告诉我你想和我在春光祀上许愿,要生生世世和我在一起哦。看你的样子,感觉你不是那样的人。"

离殇瞪圆了眼睛翻了个白眼:"生生世世?呸!骗傻子的话你也信?我才不要什么生生世世,一辈子和一个人在一起就很无趣了,不腻吗?还生生世世,我这辈子就是要游戏人间妻妾成群,怎么,不服你咬我?"

冠雪连连附和:"不敢不敢,我服,我服了行吧?宿离殇大爷相貌超群色遍天下,小女子祝宿大爷早日得偿心愿,宿大爷你倾国倾城这般长相,千万别在一棵树上吊死,你一定要多见识这世界的女人,这样才不枉你这样的妖孽身份,你一定要好好颠倒一下这世界的众生。"

宿离殇掐她的脸,恨恨道:"这话没毛病,可是从我娘子嘴里说出来就有毛病了!什么意思?急着把我推出去?我宿离殇就这么入不得你法眼?你好歹得占个便宜之后再便宜别人吧？怎么，我这样相貌的男人天天在你身边，你就不为所动？到底是我有毛病还是你有毛病？"

冠雪被他掐得龇牙咧嘴："我我我我！是我有毛病！我是瞎了眼！宿离殇大爷你大人有大量！我瞎，你别跟我一般见识！你的美貌绝色有目共睹，岂能因为我一个瞎子而打了折扣？宿离殇大爷你放过小的，这个春光祀让小的在家里睡一天觉，我就谢谢您呐！"

宿离殇冷笑一声放开了冠雪，看着自己手指上残留的香气哼道："那我把话摊开了说吧。寂冠雪，我知道你根本就不在意我，我现在呢，确实也没有爱上你。我不是非要你不可，也没兴趣做那觍着脸追女人的龌龊事儿，我宿离殇不屑。但我就非要你跟我去春光祀不可！我不为别的，就是为了这口气，我，宿离殇，咽不下这口气！我在那么多人面前一文钱贱卖给了你，枕席都没沾到也就罢了，反正外人不知道！但你竟然不跟我去春光祀，这就是甩圆了大耳光子往我脸上打！寂冠雪，我宿离殇今儿就铆上你了，我丢不起这人！春光祀，你去也得去，不去，也得去！"

冠雪叹息一声，心里想宿离殇不愧是青楼出身的，说话一套一套，她很难跟得上，既然说不过，她索性两眼一闭倒在床上装死。

耳边是宿离殇的冷笑："娘子这是打算装死到底？你别以为你不吭声我就没法子整治你！今天，就在你寂家，这件事，我说了算！"

寂冠雪听这话一出，忍不住翻了个白眼："你什么意思？这是寂家！你宿离殇口口声声自称是我寂家倒插门的夫君，竟然也敢做这目无妻家、上房揭瓦的事情？宿离殇，别以为我让着你就翻上天去了！你别以为绑了我就能如意，这家里，我爹爹还在！他岂能容你撒野！"

宿离殇冷冷一笑："拿爹爹来压我？"

冠雪也不甘示弱："怎么着？爹爹压不住你？"

宿离殇满面的杀气一瞬间一扫而光，如同唱戏的一般，他不知道从哪儿抽出一条手绢假模假样地抹着那并不存在的眼泪，一边带着哭腔说道："我的爹——爹！爹啊！你快来给小婿做主啊！我娘子不陪我逛街，她还凶我！她还要让爹爹你来压我！嘤嘤嘤啊，呜呜呜……爹爹啊！小婿我是孤苦无依的赘婿，被娘子这般欺负，我活不下去了啊啊啊——"

冠雪刚想笑，却听得一声柔媚的声音从门外响起："哎哟哟？我们贤婿这么好，谁给他气受了？寂、冠、雪！你这个小兔崽子！又惹我贤婿不开心了？你可知道贤婿为了见你一面，脸都来不及洗，觉都来不及睡，衣服来不及换，就为了你一个春光祀之约！他进门以来做了多少活你可知道！你看看你那狗窝！原来脏乱成什么样子，没有贤婿的拾掇，还能看吗？更别说贤婿的厨艺天下无敌！他这么好，你还有什么不足？你还欺负他！"

冠雪只觉得冤枉："爹！你看看他把我捆起来了！"

长欢一脸黄瓜，表情悠然地进了房门，优哉游哉地咬了一口手里的半截黄瓜："我知道呀，不捆着你你不就跑了吗？是我让他捆住你的啊。对了，绳子是我给的，有弹性又结实，你挣不脱也伤不得，这是我从青楼带出来的上好物件，便宜你这小兔崽子了。"

冠雪愁得脑袋瓜子疼："云珩呢？他在的话岂会不来救我？莫不是爹爹你……"

长欢笑得千娇百媚："对呀，他被我支走去买黄瓜啦！一大早走的，路途遥远，我估计他赶着那一车黄瓜晚上都不一定能回来，哈哈哈……"

宿离殇这边哭哭唧唧地去长欢那边好像一个受害者一般："爹爹……你不必逼迫娘子了……她……她没有错！她只是不喜欢我而已！是小婿无能，小婿没法让娘子喜欢我，全是小婿的错！"

冠雪看得一脸蒙圈。

长欢义愤填膺地拍着哭唧唧的离殇安慰道："你有倾国倾城之貌，丑丫怎能不喜欢！你可不要妄自菲薄了自己！"

离殇惺惺作态："爹爹，雪儿她只是对春风楼的花魁好奇才接近的我，而我搬进寂家做了赘婿后……得到丰厚彩礼她就不珍惜我了……都怪我，一进门就把自己的全部身家都给了她，拿到钱她就视我如敝屣……而我只会勤勤恳恳洗衣做饭操持家务把她一切都安置好，在她眼里，可是半点新鲜感也没有了……"

长欢气得上来就要动手打冠雪："丑丫！是爹爹太疼你了，竟然把你养成了一个见利忘义的小人？"

离殇拦住长欢继续哭诉："爹爹！不要打她！你打她，我心里疼得不行！要打就打我吧！这就是我应该受的惩罚！我就算自己再委屈再难过，也舍不得让娘子难受一点啊！"

冠雪在那里气得差点冒烟：宿离殇你说这话不觉得良心疼？你现在捆着我我就很难受啊！

长欢叹息一声："贤婿如此贤惠贴心，世上哪有你这般好的男子！唉！"

冠雪心觉不妙："爹……"

长欢面色冷冽："寂冠雪！"

冠雪心里喊了一声"糟"：从小到大，只要爹爹连名带姓地唤她，下面肯定少不了一顿胖揍的。

"寂冠雪，今晚你如果不跟贤婿去春光祀，就不要再喊我爹爹！"长欢气得黄瓜片掉了一半，"我们寂家不能出这样随意践踏别人心意的子孙！你要有担当有责任！"

冠雪还想说什么，宿离殇梨花带雨地走过来，拉扯起冠雪，在她耳边低语道："跟我去春光祀，回来我给你做好吃的。"

说完这句，又想起什么似的在她耳边补了一句："你没吃过的。"

冠雪十分激动："成交！"

寂冠雪在心里合计：何必绑着我呢，你早说给我做好吃的，我可能早就答应了……

这边她刚应了，那边，一身大红的尹芳华大摇大摆地走进门来："不必担心，这次你们去龙安，我率人全程保证你们的安全！但去无妨！"

冠雪在心里腹诽：就是因为你负责，我才觉得不安全！

尹芳华进了屋子，视线落在一个人身上，她就那么地看着长欢，一双眼睛里仿佛抹了胶一样，挪都挪不开。

冠雪觉得不妙，她刚想伸头去看，宿离殇就走过来挡住了她的视线，轻轻拉住一个绳结，冠雪身上的束缚瞬间释放。离殇坐在冠雪身边，握着她的手，冠雪有些沮丧似的："宿离殇，我是百年难遇的孤苦命，我这辈子，都不能和谁白头偕老。"

她曾经想要与之白头偕老的那个人，在她心窝上插了一刀。

宿离殇笑了起来："一样的，我也不想和谁白头偕老啊。我不是说了嘛，一辈子和一个人生活好无聊的，我讨厌无聊，虽然我脾气古怪，但我现在觉得你很有趣，是打发无聊的好伴侣，所以，今朝有酒，何不一醉方休？寂冠雪，我欢迎你和我一起纵马狂欢，推杯换盏，为你我的相逢，这个春光祀，我们开开心心地过！"

冠雪看着宿离殇，忽然觉得这个人活得很是通透，或许一直以来，是她自己不敢面对，她在怕，怕遇到卜星途，怕念叨那个名字，她恐惧那场可怕的刺杀，甚至否认了那七年与卜星途一起度过的时光。

"离殇，今晚春光祀的路线由我决定，可好？"

离殇笑得旖旎多情："当然！你是我娘子，我什么都听娘子的。"

离殇的手温柔地摆弄着冠雪的手指，冠雪并不讨厌离殇和她的亲密，甚至于她已经很习惯了这样的亲昵，冠雪也握住他的手，轻轻抚摸他的指尖，离殇的手指修长，指甲圆润晶莹,也不知道他是怎么保养的,那双手好像光洁的葱白一般,漂亮得不属于凡尘。

"离殇,你的手真好看呢。"冠雪爱不释手地把玩着他的手,忍不住赞美道。

离殇笑意更深,在她耳边轻轻低语道:"你夫君我身上,好看的可不止这一个地方呢。"

冠雪一张脸瞬间通红,有点嗔怪地在他胸口轻轻敲了一记:"说什么呢!"

转过头看到尹芳华那边含着笑意在调戏长欢,长欢脸上只剩下了一片黄瓜,尹芳华靠近了他:"哟……这黄瓜看起来可真可口!"

长欢脸红害羞,不敢看她。

冠雪这一看,也顾不上自己了,几步上前揪住尹芳华就打:"你这个不要脸的要对我爹爹做什么!变态!"

尹芳华赔着笑脸:"别这样嘛!丑丫,以后你我没准还是亲戚,我自会和你好好相处的!"

说完,她拉着一脸羞涩的长欢就走了出去:"我们不打扰他们,我们出去谈!没想到丑丫头竟然有这么俊美的爹爹!"

长欢娇羞道:"丑丫虽然样貌不如我,但也尽得我真传……"

"你比她强多了!她那样子怎么能和你比!你就是九天之上的仙人啊!不不不,就算是仙人也比不过你!"

后面的话,肉麻得没法听。

冠雪气得几乎想追出去打了,离殇却在身后温情脉脉地拉住了她,轻轻一带,又把冠雪拉进了怀里:"娘子,说好了哦,晚上我来接你。"

离殇在她发丝上印下轻柔的一吻,冠雪愣愣地看着离殇飘然而去的背影,摸着头顶,感觉自己的脸又不争气地红了起来。

是夜,龙安。

宿离殇温柔的时候真的很招人喜欢,他总是笑眯眯地看着冠雪,无论冠雪想做什么,想看什么,他都含笑点头。离殇笑起来特别好看,漂亮的凤目下有一对卧蚕,越发显得那双眼睛明亮透彻,当他含着笑意看着你的时候,你很难不心跳加快,脸红不已。

即使是男人也无法抗拒这样的离殇,冠雪就见过离殇对云珩笑的时候,云珩红了脸不自然地转过视线。

怪不得有那么多的女人喜欢离殇。冠雪也感觉自己差一点就喜欢上离殇了,但她知道，宿离殇根本不喜欢她，他接近自己是有着别的目的，还有一点，那就是有趣。他觉得她有趣就会跟在身边对她好，给她温暖，什么时候他觉得腻了，烦了，无聊了，冠雪心想，那个时候，宿离殇就算是把她沉入湖底灭口了都有可能。

宿离殇这个人，她抓不住，看不透，这个男人在她面前总能翻出不同的花样，让她应接不暇，难以招架。

冠雪和离殇坐在桃花缤纷的夜色下小酌，落英悠然地在离殇身后翻翻落下，他握着酒杯微笑着饮酒，不羁的长发映着月色光华，世上怎么会有这么漂亮的人啊，他漂亮得颠倒众生，漂亮得睥睨万物，他坐在你面前，只是轻轻绽放一个微笑而已，就会让你有奋不顾身上刀山下火海的欲望了。

就算冠雪觉得他危险，此时此刻，也不由得沉浸在对美男的欣赏之中。

"娘子酒量真好。"离殇一双凤目微醺着赞叹，他借着酒意挑起她胸口的发丝放在手里把玩，"娘子，我喜欢你，你喜不喜欢我？"

冠雪一口酒差点没喷出来："宿离殇你正经一点！"

离殇噘起小嘴抱怨起来："娘子，你不相信我。"

"你上午还说你根本不是喜欢我，只是不甘心要面子才约我来春光祀的。"冠雪哭笑不得，"跟我你就不用客气了，我们俩谁跟谁，来，我们聊点真诚的。"

离殇美得惊心动魄的凤目里含着水泽，仿佛受了天大的委屈似的，"娘子，你不相信我……你当我宿离殇是谁啊……我什么时候这么在一个女人身上花过心思……尤其……你看你要钱没钱，要势力没势力，我、我图你什么啊……"

冠雪气得一口老血闷在心里：这个宿离殇关键时刻的实话说得也太伤人了吧！

见冠雪不悦，离殇微笑着朝她的脸伸出手轻轻抚摸着，道："我还不是看你长得漂亮……谁让你生得好看，让我一眼瞧上了呢……"

这一席话说得冠雪颇为受用，她有点不好意思起来："虽然你说的是实话啦，哈哈哈，嘿嘿……可是我不只有美貌的……"

离殇一双黑眸深深地看着她："寂冠雪，你是第一个让我挫败的女人……所有人我都可以一眼看透，为什么唯独你不能？你的过往，到底是什么？"

冠雪也喝得有些醺然，有什么话语中的关键之处一晃而过，她没太在意，只是一杯一杯地和离殇对饮，喝到后来，她捏着离殇的脸蛋嘻嘻笑道：

"小哥哥你长得真是不赖啊！说！你用你这身美色皮囊勾搭了多少女人！你简直是祸害啊……也就是我……一般人早就把持不住扑倒你了！"

离殇笑得秋波纵横:"好啊,我欢迎你随时扑倒我,如果我反抗你一根手指头,我就跟你姓寂。"

冠雪耍起酒疯来,大喝道:"你就别装了!宿离殇!你根本不是喜欢我才留在寂家的!你一定有什么不可告人的目的!我知道,你这人绝不简单!我就是不明白,我寂冠雪一穷二白,只有一点手艺,有什么是你能看上的!这卞城里,比我厉害比我有钱有势的人多了去了,你为什么非要围着我转?你告诉我,你为什么要这么做?"

宿离殇微微一笑,握着她的手在唇边一吻:"因为你长得漂亮,我第一眼看见你的时候就不由心动,加之你医术精湛,是让我很佩服仰慕的女人。我又没想和你过一辈子,只不过想让你为我褪朱罢了,找个顺眼的可有什么错吗?"

冠雪虽然醺然,听到这句话后不自觉地扯开了嘴角的笑意,她掩着口得意道:"哈哈哈,平日里对我表白的男人也很多……咩哈哈哈哈,但是我可不是外表看起来那么浪荡风流的女人呀,我很专一的!不爱上谁倒是无所谓,一旦我爱上谁就会一心一意,我的夫君一定是我心爱的!我的医馆虽然不能大富大贵,但小康之家还是可以达到的。倒插门进我寂家的赘婿,我绝不会让他受苦……我夫君他就是身在福中不知福……"

离殇就那么含笑点着头听着冠雪絮絮叨叨的酒话,偶尔附和几句,冠雪越说越晕,最后一头栽倒在酒桌上时,听得对面那人清清冷冷地笑了一声:

"你遇到我之前尚未婚配,为何说的这些,倒像是个成亲多年的妻子似的?而且听起来,你对你家里的那位夫君似乎还不满意?寂冠雪,你真是个有意思的人啊……"

天旋地转的迷蒙中,她感觉到一双渗着含义的手在轻轻抚摸她的脸颊:"怪不得那些人说星盘骤变,帝星偏移,须得快点找到你,果然……你身上是存在了什么让他们一看便知的变故了吗?"

冠雪感觉自己被很温柔地放在了什么地方,总之睡起来感觉很舒服,迷迷糊糊中,她能听到耳边的喧闹,甚至于妇人嫉妒的言论:"这夫君又美又体贴,能找到这样的如意郎君真是几辈子修来的福分……"这些话语很快就淹没在汹涌的浪潮之中,冠雪迷迷糊糊地做了个梦,梦里有爹爹,有云珩,他们站在阳光里对她微笑,冠雪奔跑过去的时候……

一切归于平静。

她在宿离殇的大腿上睁开了眼睛,离殇一手支着额头,阖着双目,长长的睫毛微微翕动,如振翅欲飞的蝶,他就这样闭着眼睛低着头,冠雪疑心他睡着了,她身上还盖着他的外衣,想是他担心她受凉,特意披上来的。

宿离殇真的很细心啊。

她动了动就想起来，还没起，那边宿离殇闭着眼睛微微一笑："娘子醒了？"

冠雪有点不好意思，她扶着额头起身，讪讪道："我喝醉了是不是有点讨厌？给你添麻烦了，不好意思……"

离殇睁开眼睛，仿佛天上的星辰都坠入了那深邃的眼眸之中，他笑得秋波纵横道："娘子和为夫客气什么？这都是为夫该做的呀。更何况，醉酒之后的娘子特别可爱，若不是因为这里是外面，为夫可能忍不住就……"

"忍不住什么？"冠雪脸红。

离殇笑意更深，凑近过来贴着她的耳朵道："就和你心里想的一般。娘子心里想的，就是为夫所想。那么娘子要不要把心里想的那件事跟我说出来，为夫一定不会让娘子失望哦……"

冠雪一手掐住离殇那几乎能掐出水来的脸笑道："我现在心里想着要打你一顿，怎么样，你不要让我失望哦！"

离殇闻言瘪了嘴，"你忍心下得了手吗？只要你忍心，你舍得，那你就打过来吧，为夫温柔体贴，怎么会忤逆娘子的要求呢？"

冠雪用手在他脸上轻轻拍了拍："好了小妖精，时间不早，我们也该回去啦。"

离殇牵着她的手，二人在桃花纷飞的夜色中行走，街上的花灯正闹，星星点点的花瓣仿佛从天上的银河飘洒下来似的，离殇的手扣着她的手道："娘子啊，为夫的心里……只有你啊。"

冠雪只觉得心头一震，一时间她有点不太敢看宿离殇，低着头红着脸说道："哦。"

冠雪和离殇朝卜城走回去的时候，祭祀神坛的火焰刚刚熄灭，想是仪式结束了，神官应该也要从后门走回神女庙歇息了。

离殇朝神坛的方向张望："娘子，要不要去神坛旁边的神树上系个红绳？"

冠雪忙拉开他："不了，我们回家吧。我有些倦了。"

够了，已经够了。她不想再遇见那个人，不想再在神坛下仰望他，她想逃开他对她的所有伤害，想忘记这一切，从这个有他的世界逃离而去。

逃离到，那个没有卜星途的世界之中去。

她拉着宿离殇反向而行，从回家的路来说，这是绕了一下的，离殇任她拉着自己，二人走在僻静的小巷中时，离殇说道：

"娘子避开了那边，是因为有不想见的人吗？"

冠雪心头一震，有点紧张地看着离殇，离殇仍然是微微笑着的，他头顶，桃花开得正盛，大簇大簇的桃花纷纷扬扬的，如同落了雪一般。

一如她在那年大雪之中，死在心爱之人的剑下。

冠雪偏过头不看他："没，也没什么……"

见冠雪不肯说，离殇便也只是笑笑不再多问，二人手拉着手在小巷子里行走，不远处的灯光也熄灭了。

这一年的春光祀，结束了。再想见识如此盛大的节日，只能等到明年了。

只是，明年里的一双人，是否会和今年春光祀上许下愿望的是同一双？年复一年，身边的那个人，还是他吗？

曾经她在神坛下祈愿与之生生世世度过的人，在他们成婚的第七个年头，一剑刺破了她生生世世的幻想。那一剑捅在她身上，捅在她尚未出世的孩子身上，捅在了她一颗爱过他的心上。

捅这一剑的那个人，现在可能就在距离她很近的地方，她想，还是避开比较好，正如那时他杀了自己她心里所想的那样：卜星途，我宁愿，从来没有遇到过你。

刚刚想到这里，面前一阵疾风，卷落了枝头无数繁花，搅和着一股花瓣汹涌地扑将过来，冠雪被这狂风险些迷了眼睛，宿离殇贴心地用自己的宽袍大袖遮住她的脸，待风停了，他挪开衣袖，冠雪面前，多了两个人。

两个她曾经认识的人。

卜星途如同九天上云端走下来的神祇一般款款走来，他身畔跟着一路小跑的莲花师妹。就在这个阴暗的小巷子里，卜星途过了祭祀的时间，冒着宵禁擅出被惩罚的风险，他走在如此僻静的小巷里，到底想做什么？

卜星途和莲花好像没有看到她一样，他们二人缓缓地迎面走来，冠雪定定地看着那二人，她看着卜星途高冷绝尘，一如她与他七年夫妻那般，七年凡人的柴米油盐都无法抹杀他身上那股子不食人间烟火的气质，从前是，后来是，现在亦如是。

莲花似是有些冷地裹紧了身上的衣服，言辞中颇有嗔怪："师兄……这么晚了，你到底要买什么呀？天鉴大人那边虽然我可以蒙混一阵子，但也不能太久，太晚了的话连我一起都要受罚的……"

卜星途好像没听见她说的话一样，他目不斜视，腰板笔直，脚步从容，就那么和冠雪擦肩而过，他走过去了，冠雪回过头看着那决绝沉默的背影，一时间，所有的愤怒都涌了出来：

卜星途，你我夫妻七年，我从来没有对不起你过，可你却如此狠心绝情！只要在这里杀了你，杀了你……那一切的一切都不复存在！只要卜星途死在这里，就不会有七年后的一切悲剧。卜星途！是你我算账的时候了！

寂冠雪抽出了腰间随身携带的匕首，她站在卜星途背影后面，就是这样，趁着他没有回头，毫无防备的时候下手——

一双颇有力道的手按在她的手上："娘子，你做什么？"

冠雪刚想挥开按着自己的离殇，一道疾矢破空而来，它穿过冠雪的长发，"夺"的一声钉在身后的桃树树干上。

随后，漫天箭雨，如蝗灾的蝗虫一般，无数羽箭朝她射来。

离殇紧紧地把冠雪揽入怀中，尹芳华在身后一声令下："快保护好离殇！"七八个手执盾牌的黑衣人层层挡在冠雪和离殇身前，透过缝隙，冠雪看见卜星途在自己前方不到一丈的位置，此时此刻，莲花早已跑到身后的桃树之后把自己藏了个严严实实，而只有卜星途，他如一块磐石一般站在原地，迎着漫天箭雨，不但没有躲闪，反而闭上了眼睛。

冠雪看到一支箭直直地奔着他的额头而来，她大喊一声："该死的，浑蛋！你不能死！"

你欠我的，你只能死在我的手上！在我没杀死你之前，你怎么可以就这样不声不响地死去！卜星途，你的这条命，是我的！

那支直奔着卜星途额头而来的箭摇晃了几下，仿佛听到了冠雪的声音一般失去了力量，从半空中跌落，沉沉地坠了下去，正好落在卜星途脚边。

卜星途有些诧异地睁开眼睛，低着头看了一眼脚边的箭，然后，他转过头，冷然的目光穿过人群和盾牌，看向在看着自己的冠雪。

那一刻，躲在盾牌缝隙后面的冠雪觉得卜星途好像真的看到了自己。

卜星途似乎是叹息了一声，然后他看着朝自己偶尔射来的几支乱箭，自那之后，再没有一支箭能够碰到他分毫。

尹芳华率着一队精英从房上突袭，以少敌多，杀得对方措手不及，十余个弓弩手死的死伤的伤，尹芳华用手拎着一个半死不活的，掼在宿离殇面前，宿离殇冷冷地看着那人："你家主子没跟你说我是谁？"

那刺客愣了愣，上下打量了一番宿离殇之后慌忙道了一声："糟了！"刚想自尽，宿离殇却冷笑道："没用了，我已经都知道了。现在你死不死与我都无用了，若是你下不了手，我派人送你一程，如何？"

一边的尹芳华会意，一掌击在那人天灵盖上，那刺客如同一截枯木似的倒在尘埃之中，断了气。

宿离殇抬头，眼中有暗暗燃烧的狠绝和杀意："追杀所有行刺者，一个不留！"

尹芳华留守离殇身边，其他人各司其职，或将身边刺客灭口，或几人去追逃走的刺客，冠雪身边暂时安全。卜星途转过身来，一双浅淡的眸子静静地看着冠雪，冠雪满眼恨意地瞪过去，手中的匕首早已落地，她却不知道该不该捡起来。

二人正在对视之中，莲花从树后跑过来，抓着星途的衣袖问道："师兄，你没事吧？刚才那场面好可怕！我本想带你一起逃的，可是……"

卜星途看也不看她，淡淡地做了个挥止的动作："不必说了。"

宿离殇从尘埃之中拾起了匕首，漂亮的手指轻轻拈着刀尖，将刀柄递到冠雪手里："娘子，这个还你。你想刺谁，就刺谁，想好了就去做，没什么好犹豫的。"

寂冠雪有些纠结地看着那柄匕首，最终她叹息一声，又将匕首收入鞘内，放回了腰间。

说实话，她并没有想好要不要就这么杀了卜星途，她还不知道星途杀死自己的缘由，甚至，重来的这一次，卜星途自己也不知道他会犯下这样的杀业，为一人从未做过的事情而杀死他，她这样做就是对的吗？

冷静下来之后的寂冠雪狠狠地用视线剜了卜星途一眼，便不屑再看他。宿离殇微微一笑，握住她的手在她额头轻吻一记："我的好娘子，今日你又让我有新的惊喜呢！刚才那支箭是不是你的杰作？没想到你竟然还身负异能！只怕你的异能，可不只是念力这么简单吧？"

冠雪摇头："我不知道，我只是个普通人罢了。"

宿离殇笑得不动声色，拉着她的手往卞城方向走："好啊好啊，你说什么就是什么吧，我的普通人娘子。"

寂冠雪心事重重地任由他牵着自己走了几步，身后忽然被另一个人拉住了手。

那人的手有些冰冷，仿佛来自另一个世界一般，冠雪诧异地回头望去，只见卜星途紧紧地扯住她另一只手，一双浅淡的眸子略微睁大了，仿佛不可置信似的：

"你……成亲了？"

那双本来应该冷漠的眸子却投射出一丝她不熟悉的情愫，那道视线，仿佛穿越了千万年，经历过沧海桑田之后，恍如隔世地，落在她身上。

他就那样拉着她的手，冠雪想挣脱开来，却发现卜星途紧紧地握着，指尖都泛了白色，他好像抓着了什么救命稻草一般，冠雪被他抓得手腕生疼，根本无法甩开。

　　什么啊！卜星途你难道……还会记得我吗？这分明是我们相识之前，为什么你的神态语气，都好像记得我一般？

　　宿离殇那边拉着冠雪的另一只手，回过头来，看着卜星途握着冠雪，漂亮的凤眼掠过一丝阴郁，他冷笑着回过头上下打量着卜星途，道："哟……这位神官大人是从哪儿冒出来的？你明明是出家人，这般拉扯着我的娘子是做什么？"

　　卜星途一言不发，他只看着冠雪，他的视线就那么直直地望着她，好像在期待她的一个回答。

　　在卜星途看着自己的那个时刻，冠雪在恍惚间生出错觉来，仿佛卜星途只想听她亲口说一句：不是，我没有成亲。

　　他好像在期待她的一个否认。

　　但她没有给他。她对于他，满腔都是熊熊燃烧着的仇恨，当她看见他期待的视线一点一点地在眼中熄灭下去的时候，心中满是复仇的快意。

　　寂冠雪在心底怒吼着：卜星途！你看到了吧！没有你，我也可以过得很好！你背叛了我，我自会找到比你爱我的人，我和他郎情妾意、恩爱非常，我有全天下大把大把的男人可以随意挑选，但我偏偏不会选你，不会选你这样一个薄情负心，不，你对我不只是薄幸，你是冷酷无情，是狠心绝意，即使是禽兽也不会做出杀死妻子和腹中孩儿的事情，而你卜星途，你做了。

　　卜星途，我不会原谅你。

　　寂冠雪目光冰冷地看着他，绝情的话语刚要脱口而出，却见那边宿离殇哼了一声："哎哟，这位神官看起来有些奇怪呢，雪儿，我的亲亲娘子，你可认识这个神官？"

　　寂冠雪将头歪向另一边不看卜星途："我不认识他。"

　　宿离殇这边和冠雪一唱一和，他笑道："我就说嘛……这位神官虽然相貌堂堂，但眉眼之间一副苦相，好像被人抛弃了般哀怨，就算是你的旧相好，你也犯不上找这种家伙，天下男人多得是，何必找一个六根不净、深更半夜不在庙里待着，非要在大街上扯着别人家妻子不放的神官？"

　　这话刺得一旁的莲花师妹不悦起来，她不爽地撇了嘴，道："你凭什么胡说八道？师兄,这女人到底是谁？我才不信什么旧相好之类的,难不成是她欠了你钱没还？放心，杀人偿命，欠债还钱，这是天经地义的事情，师兄你说不出口，我替你说！"

莲花说到杀人偿命那里，冠雪感觉卜星途的手似乎颤抖了一下，随即他放开了自己，低了头，垂下眼帘道："对不起，是我认错人了。你……你不是我要找的那个人。"

他的声音很轻，说完这些话，卜星途转过身步履匆匆地走了，似乎是走得急了些，他的手放在嘴边不住地咳嗽，他咳嗽得几乎路都走不稳，整个人跟跟跄跄的，好像随时都会摔倒。

莲花追上去在他身边说道："师兄，你怎么了？你的身子骨好像一直都很弱，天气有点凉，你赶紧回去喝点热汤暖暖身子吧！"

寂冠雪看着卜星途渐行渐远的身影，手伸向匕首攥得紧紧的——她还是下不了手，不是不恨，只是她还没有办法放下共度七年夫妻的身份，她习惯了爱他，却不知道应该如何将匕首插入他的胸膛。

身畔的宿离殇轻轻地拉住她，冠雪回过头，撞上那双泛着水泽的温柔眼眸。

宿离殇一只手伸出，稳稳地接了一片桃花，他将这片桃花放在冠雪手心："娘子似乎有心结？"

冠雪不语，她并没想把自己的心事和他说。

"来的，由它来；去的，随它去。"宿离殇将冠雪的手心摊开，"谁对谁错，过眼云烟。何必将从前的恩怨带到如今？世上没什么是放不下的，过去的已经过去，把握好现在，纵情开怀度过每一天，岂不快哉？"

冠雪愣愣地看着离殇，仿佛有什么柔软的东西撞上了心头，如潺潺流水一层一层地在融化她心上的冰霜。

她什么都没有说，仅仅是察言观色，宿离殇就已经将她的心事猜得八九不离十，这人果然通透伶俐！

冠雪有些郁郁地说道："你说起来倒是轻松，但有些事，你真能放得下？"

不提恩爱，单论仇恨，那不是说放下就能放下的。

离殇笑意更深："你放不下，匕首握了许久还是掉在了地上，若你下得了手，不早就刺了过去？你既然刺不过去，那就不如不再想，反正狠绝你做不到，不放下，还有其他可选？"

冠雪叹息一声，离殇看着她，轻轻一拉，便将她带入怀中，他在她耳边低语道："是不是夫君不够好，让你不能沉湎于为夫的温柔之中，还总是忍不住去想那不可能的人？"

冠雪有点不敢看他："离殇，你就别逗我了。"

他有点不悦地噘嘴："看来为夫不表示一下，娘子总当我是说笑呢。"

宿离殇含着笑意靠近过来，他一手捧住了她的后脑，倾国倾城的那张脸就朝她印了下来——

冠雪脸红心跳起来，一颗心好像要跳出胸腔，不知是今晚夜色太美，抑或是桃花太漂亮，面前的宿离殇俯身过来的那刻，她竟然不知拒绝，就那样迎着他的脸闭上了眼睛。

本以为会发生她预想中发生的事情，却不想对方的唇轻轻地印在了她的额头之上，他的嘴唇很软，动作也很轻柔，好像一片拂过她额头的桃花花瓣，美好而芬芳。

那一刻，冠雪有些情不自禁地想入非非：宿离殇的唇，是什么味道的呢？

失神只有那一瞬间，片刻之后，耳边传来离殇含着笑意的声音："怎么，以为我要吻你的唇？"

离殇挑起她的下巴，深黑通透的眼睛看着她，那一眼，冠雪误以为他看到了自己的灵魂："娘子，亲吻这种事，为夫比较想给你一个惊喜。别急，现在，还不是时候。"

不愧是风月场上的老手宿离殇啊，什么时候亲吻，什么时候勾人心魄令人欲罢不能，他最是有一手，既要吊着你的胃口，又要让你捉摸不透。若是前世，冠雪在认识卜星途之前，若是遇到了宿离殇这样的男子，恐怕她也一定为他倾倒被他攻陷——他实在是个太有趣的人，总会给你意想不到的惊喜和感动，尤其他身上有股子摸不清猜不透的谜团，深不见底，令人忍不住想去探究了解。

只是……她是活过了一次的冠雪，那些曾经让她觉得有趣的东西，在经历过一次浩劫之后，她还是她，也重新拥有了十七岁的自己所拥有的一切，只是，她也变得不再是她。

她的心被一层冰霜包裹了起来，她不再像从前那样可以宽容接受很多事情，有些花哨而不实用的东西，她不会那么上心——比如感情。

作为一个情人，宿离殇很好很好，但他的那些好，他带给冠雪的那些心动，都不是冠雪想要的。

如果不是真心实意爱她的，如果不是如她前世那般一心一意投入感情的对象，冠雪不会、也不敢付出感情——不是知根知底，她不敢倾心以对。

春光祀的这个夜晚很美好，是这个国家青年男女们都喜欢的节日。春光祀的宿离殇也很美，他握着她的手，对她说，再等等，现在还不是时候。

确实不是时候啊……宿离殇，根本就不爱她。

他不是她需要的那个人。

那之后的很久，冠雪回想起那个她对宿离殇心动的夜晚，无数次地在想，如果那晚，宿离殇吻了她，她和他之间，会不会，很不一样。

或许……他吻她的那个夜晚，她会爱上他，可能，就没有后面那些故事了。但她知道宿离殇不是那样的人，他不会吻一个自己不爱的人，那之后的很久，当他吻她的时候，她却已经告别了那次心动。

他们谁都没有错，仅此而已。

冠雪心底有一丝的失望，却很快又对抱有这样失望的自己嗤之以鼻，她在心里耻笑自己道：寂冠雪啊寂冠雪，你就是个痴人，他不过是逗你几句，哄你说喜欢你，你怎么就当真了？重生过一次的你怎么还是这么不长记性？你到底是要被人捅过多少次剑才会记得？

冠雪和离殇回了家，离殇拉着冠雪进了房门。没有点灯，他已经将冠雪抵在墙上，声音中带着沙哑的魅惑在她耳边低语道："娘子，今晚……"

冠雪推开他："你不是说还不是时候？急什么呢？"

离殇似乎有一阵的愕然，之后他又微微笑了："娘子该不会是在怪我？如果刚才我吻了你——"

冠雪用行动打断了他接下来的话，她已经转身推开了房门："离殇，我想找爹爹谈谈。我们俩的事情，改天再说吧。"

离殇没有拉住他，冠雪走出房间的时候在想，或许宿离殇他自己也不清楚，他到底想要的是什么。

他只是一个跟着感觉和本能行事的人，他无拘无束，喜欢新鲜有趣的事物，或许宿离殇自己都不知道，寂冠雪带给他的惊喜和趣味，还会持续多久。

或许……宿离殇很快就会离开自己了吧。

第八章 / 黑市擂台

冠雪行走于星辉月光之下，她走到爹爹的房门，见里面的灯还亮着，她随手就推门进去——

地上有散落的衣衫。

她看见了女人的粉肩。

尹芳华压在爹爹身上，二人见她进来，神色慌张。

冠雪慌忙又把门关上了：怎么回事？她刚才看见了什么？那两个人……是爹爹和尹芳华？不不不……她一定是看错了！

尹芳华前世里可是杀死了爹爹的凶手，他们两个怎么可能搞在一起！

冠雪深深地呼吸了一下，手颤颤巍巍地又将房门推开，只见房间里灯火通明，长欢和尹芳华衣着整齐地坐在床上品茶，二人一人手上一杯茶盏，宁心静气地啜饮一口香茶，长欢道："芳华，想我在龙安的那些年，我这泡茶的手艺不知招待过多少权贵女子，她们全都赞不绝口！"

尹芳华阖着双目，似乎在细品茶中乾坤，赞叹道："长欢不愧艳绝龙安的美名！这茶艺功夫果然了得！长欢你有所不知，现在我春风楼里的小倌，绝没有如你这般擅长琴棋书画茶诗酒花、基本功过硬之人了！"

寂冠雪翻了个白眼，走上前去不容分说就把跪坐在床上的尹芳华给拉扯下来，尹芳华被她扯住脖领不由得龇牙咧嘴红了脸道:"丑丫头,你别这样!有话慢慢……哎哟,疼!你给我留几分面子好吗?我毕竟是你长辈,以后是你寂家的人,还是你的后妈,你给我记着那句话,做人——"

寂冠雪不等她说完,已经接出了下半句:"做人留一线,日后好相见。"

尹芳华一愣:"你怎么知道?明明我是第一次对你说……"

寂冠雪把她拎到房门口,一脚踹在她屁股上:"出去!休想打我爹爹主意!你这样的人我见多了,我岂能让你诱骗了爹爹占他家产!"

说罢她关了房门,尹芳华不甘地在门外喊:"我没有诱骗他!我也不是为了占他家产!我对长欢是真心实意的!再说我比你们有钱好吧?"

冠雪不再搭理她,转过身看着房中的爹爹,长欢有些心虚地捧了手里的茶递向她:"丑丫……这茶好得很,你也尝尝?"

冠雪不悦:"爹!尹芳华在卞城恶名远扬,她最爱虐待漂亮的美少年,不知祸害多少男人,你可别上了她的当!"

长欢放下茶,微微一笑:"丑丫,你不必为爹爹操心,你爹爹在风月场上行走了半辈子,分得清什么是真情,什么是假意,芳华待我如何,我心里有数。"

有数个毛啊有数!你们俩才认识一天多你就相信她了?

冠雪叹息一声,她看着爹爹,心中的浮躁仿佛一扫而光,这一刻,她自然而然地就安稳了下来,很多事情浮现在脑海,她叹息一声,道:"爹爹,我最近很累,也很怕。我曾经做过一个梦,一个很长很长的梦。梦里你死了,后来我也死了,梦里的我得到了一切,又被最信任的人夺走了一切。我很难过,心里也有恨意,因为我在这里又遇见了那个人,遇见了那个梦中杀死我的人,我不知道应不应该杀了他报仇,我不知道怎样做才是对的。"

冠雪说的这番话没头没尾,但长欢的脸上却没有一丝疑惑,他微微一笑,坐在冠雪身边,一只手握住女儿的手,说道:

"丑丫,爹爹刚刚抱回你的时候,你小小的,你的手……"他在她掌心画了一个小小的图案,"只有这么大。那时候我什么都不懂,也没想好自己能不能养活得了你,可是你的小手就这样握住了我的大拇指,你看着我咯咯笑,那时候我就下定了决心,无论以后多苦多难,就算让我抛下这一切,我也要尽我全力把你养大。"

长欢抚摸着她的手指,好像她还是当年襁褓中的小婴儿一样:"你心里的愁苦,爹爹懂得。爹爹知道你恨,知道你怨,可是,你看看自己,你不是还好好地活着吗?

那个在梦里杀死你的人还在世上，而你也在世上，你看看爹爹，爹爹也还活着，梦里的事情，过去就过去了，那个人没有再杀你，你又何必因为他没有做过的事情而对他下杀手？丑丫，没有发生过的事情，何必用来折磨自己呢？记忆是时光的印记，但记忆也是让你自寻苦恼的源头。该放下的，不如放下，你放下的不是他，而是你自己啊。"

长欢伸手摩挲她的脑袋，慈爱道："丑丫，放了自己吧。"

爹爹的声音很温柔，他安慰自己的时候，冠雪觉得爹爹还活在世上真是太好了，她忍不住鼻酸起来，抱住爹爹，放声大哭。

爹爹只是温柔地摩挲她的后背，安抚她的哽咽，冠雪回溯失去爹爹的这几年，此时此刻，爹爹活生生地拥抱着她，劝慰着她，这比什么都令人安心。

足够了，这就足够了，这些年的尔虞我诈，这些年受的委屈痛苦，甚至于经历了最心爱的人的背叛伤害，此时此刻，都微不足道了。

她又可以在现实中拥抱活生生的爹爹，而不是在梦境里，她不用害怕醒来，她可以随时看到爹爹的笑，听见爹爹的声音，这比什么都重要。

冠雪擦去眼泪，心里一时间满满地全是开心的事情："爹爹说得对！我有什么理由再纠结那梦境里的事情？没发生的事情，谁也不知道会有怎样的变数！谢谢爹爹！我回去了！"

爹爹微笑着看着她："不谢。以后进我房门记得敲门就行。"

冠雪一听这话气又不打一处来："那个尹芳华不是什么好人，你离她远一点！"

长欢额头滴汗连连称是，冠雪觉得爹爹根本没对自己说的话走心。

回到房间的时候，冠雪发现离殇已经不在里面。她看着空荡荡的房间有些失神，很快就释怀了。

对宿离殇来说，这不过是一场游戏罢了，而她寂冠雪已经死过了一次，她根本没有心思也没精力和离殇玩什么把戏。宿离殇城府极深，和她相处这么久，她对他的底细一无所知，宿离殇这人，根本就不是她能够掌控的人，既然无法摸清他的来头，他也很可能充满危险，她没道理留着一个危险在身边，冠雪决定慢慢远离他，等二人冷了之后，一刀两断再不往来。

冠雪没有游戏人间的心情，也没有那个时间。

她躺在床上准备睡觉，却发现云珩的身影在窗外矗立，她心底一动，想起自从上次和云珩在床上把他当作星途之后，云珩再也没有进过她的房门，他似乎一直都刻意地对自己保持着距离，冠雪就觉得心底有点隐隐作痛。

云珩是值得她信任的，现在回过头来看，冠雪很后悔自己没有一开始就对云珩好，她后悔她曾经薄待了他，委屈了他，所以现在，她舍不得他受一点苦，舍不得让他有一点委屈。

冠雪打开窗子，云珩吓了一跳，一双小鹿般清澈的眼睛扑闪扑闪的，无辜地看着自己。

冠雪伸手摆弄云珩的长发，笑嘻嘻道："云珩，外面凉，你还是进来吧。"

云珩躲闪地垂下眼帘："没事。云珩一点都不冷，云珩就在这里守着姐姐，姐姐不用担心的。"

云珩心思单纯，有时候也犟得很，但冠雪和他一起也七年了，一向了解他的脾气秉性，怎么对付他，她成竹在胸。

冠雪故意装作生气的样子："怎么，我的云珩连姐姐的话都不听了吗？你不是说什么都听姐姐的吗？姐姐让你进屋，你却跟我闹脾气？"

云珩慌忙解释道："云珩不敢！万万不敢生姐姐的气！云珩真的没有！云珩只是……只是不想再出现上次的情况……"

冠雪"嘿嘿"地在云珩耳边坏笑："上次什么情况呀，我的小云珩，跟姐姐说说？"

云珩的一张俊脸霎时红得几乎可以滴血，他低着头，连声音都结结巴巴的："就、就是……上次……那样……"

云珩的反应实在太可爱，冠雪忍不住起了逗弄他的意思，伸手把他拉到自己身边，隔着窗子，她在他红红的脸上轻轻掐了一记，在他耳边继续问道："跟姐姐好好说说，上次姐姐和你都做了什么？你如此在意……是不是还在幻想什么？"

云珩被她这一席话吓得弹出了一丈开外，他的脸通红通红，根本不敢看她，他有些手忙脚乱地解释道："云珩……云珩知道错了！云珩不会再回想那晚的事情……对不起姐姐……云珩对不起……"

这单纯的傻孩子，她还没说什么呢，他自己就全招了。

冠雪挥手示意他过来，云珩不敢看她，慢慢磨蹭回她身边，冠雪温柔地抚摸他的头发："没事的，云珩，如果你早晚都是我的人，又何必因为你的这些想法而自责难过呢？"

云珩低着头看着自己的脚尖，冠雪叹息一声："云珩，我对你是很认真的，我也非常在意你，对我来说，你不仅仅是我的侍卫，也是我的家人，我希望你能在寇家自在开心，而你我二人的关系，我现在是觉得你年纪还小，你还不知道这个世界有多么精彩，所以不想让你没有选择就屈就于我。云珩，我会等你，等你到成熟的那天，再好好考虑你我的关系，如何？"

云珩不敢抬头看她，只是闷闷道："云珩全听姐姐的。"

见云珩情绪低落闷闷不乐，冠雪柔声在云珩耳边说道："我的小乖乖……你是不是怕姐姐呀？"

云珩听闻耳朵动了两下，不满地争辩道："我才不怕呢！"

冠雪噘着嘴笑道："我家云珩小乖乖一定是怕了，怕我对你做些什么，哎呀呀……一边说着什么都是姐姐的，其实还是处处提防你的姐姐，说起来，你其实并没那么在乎姐姐吧？"

云珩的脸涨得通红："才不是呢！去就去！我才不怕！"说着，他已经快步疾走进了冠雪房间，坐在冠雪床前以剑抵地，道："姐姐好好睡，我在这里守着你。"

冠雪很欣慰地摸了摸云珩的头发，如同抚摸自己心爱的宠物一般，云珩似乎也是感觉到了这一点，他抬起一双水眸坦然地看着她，这种可爱的模样，让冠雪一瞬间有一种错觉，如果云珩有尾巴，他此时此刻，一定是兴奋地摇着尾巴的。

冠雪忍不住笑了一下便躺在床上盖了被子，似乎是因为云珩在身边很安心，她很快就进入了梦乡。

梦里，她梦到在一片一望无际的大草原上有微风徐徐而来，微风温柔地抚摸着她的头发和脸庞，让她觉得很舒服，梦里在草原上跑来了一只可爱的小狗，那小狗一双清澈漂亮的大眼睛望着她，然后朝她撒开四蹄奋力奔跑而来，她开心地朝它张开怀抱，而那只狗却只是温柔地舔了舔她的额头。

这一觉睡得很是香甜，她迷蒙中想搂住梦中可爱的小狗同眠，却被对方轻轻地移开了。

一觉到了天亮，冠雪舒服地伸了个懒腰，发现云珩趴在自己床榻上，枕着她的胳膊睡得正熟。

他的睡容漂亮而安静，长长的睫毛在眼窝处投下阴影，他熟睡时没有一点声音，似乎是因为练武出身的关系，他的气息收敛得很好，冠雪竖起耳朵才能听见一点点呼吸的声音。

初升的阳光投射在他头顶，借着日光，可以看到他白皙无瑕的肌肤上有一圈圈可爱的绒毛，如同刚成熟的桃子一般诱人，让人忍不住想要咬一口。

冠雪看得有些失神，从前她并没有发觉，云珩生得竟然如此好看。

当然她是知道他好看的，走在街上，很多人随着他的身影移动视线，不少大户人家的女人差媒人来和冠雪提亲，冠雪都不声不响地推了回去，她觉得，那么好的云珩，这些女人都配他不上。

而此时此刻，沐浴在初阳中熟睡的云珩，却让她有了怦然心动的感觉。

冠雪忍不住朝他的睡颜伸出手去，指尖温柔地分开他的额发，让他的那张脸更多地显露在自己面前，云珩真是一个粉雕玉琢的可人儿，此时此刻，自诩一直以来未曾动心过的冠雪，看着他，忽然生出了一种奇妙的感觉。

正在这时候，云珩忽然睁开了眼睛，一双眼中还带着迷蒙的水汽，他有些愣愣地看着冠雪，不明就里地问道："姐姐，怎么了？"

冠雪的手还在他的额头处。

如同被捉现行一般，冠雪急忙缩回了手，连忙从床上弹起来打着哈哈："没什么！我看你头发上有东西就帮你拨一拨，早饭应该好了，我这就去厨房看看！"

冠雪急匆匆地跑出房间，刚进厨房，迎面一阵黄瓜的清香。

就冲这个味道她闭着眼睛也能猜到：宿离殇今天不在，是爹爹下厨做的饭，而且这个味道，她很确定，今天早上这是一顿食材以黄瓜为主的全瓜宴。

谁让他们家别的没有，就是黄瓜多呢？

偌大的饭桌上摆着不少盘子和碗，放眼望去，腌黄瓜、拌黄瓜、拍黄瓜、炒黄瓜、煲黄瓜、炸黄瓜（黄瓜竟然可以裹了面炸！这只有爹爹能想出来吧），万里江山一片翠绿景象，生机盎然，看得人满目舒爽。

这颜色，眼睛是舒爽了，就是味道差了点。

长欢坐在桌边咔嚓咔嚓地啃着半根黄瓜，冠雪忍不住叫苦不迭："爹，这些黄瓜，难不成要吃一天？"

长欢嚼着嘴里的黄瓜白她一眼："女婿走了，没人做饭，就这些，你凑合吃吧。女婿昨晚走的，我觉得他不太高兴。你是不是又和他闹别扭了？"

冠雪仿佛心底有一根筋隐隐作痛，应该是她的失望和冷淡让宿离殇感觉到了，没错，通透伶俐如他，怎么会看不出自己的心中所想？

她要的，他给不了。无论是一颗真心，还是冠雪的信任。

这些注定了她和离殇不会再往下走，游戏人间她也没兴趣，她早已经过了玩那些爱恋游戏的时候了，既然两个人不合适，还不如早些断了干净。

冠雪叹息一声："爹爹，离殇和我没什么关系，我自会和他讲清楚，从此他是他，我是我,我和他不过是一场游戏拜的堂,我和他不合适,早早断了对我对他都好,我不能这样耽误了人家。"

爹爹微微愣了愣,苦笑一声,说道:"我知道。青楼里的欢场上,什么男欢女爱,什么郎情妾意,大多不过是逢场作戏。女婿出身春风楼,我也知,你没有因为这个看低了他,他比我更擅长和人打交道,什么人虚与委蛇,什么人敷衍赔笑,他心里有数得很。在欢场浸淫得久了,有时候不敢把真心交出去,甚至,他会以嬉笑怒骂的样子把真心露给你看。若他对你无意,怎会在你身上下这么大功夫?你真当他是闲人?他就算闲,会闲到给你收拾屋子做饭?会闲到花一整晚的时间和你喝酒赏花?他肯在你身上花心思,就是对你有意,对你,总归是和其他人有不一样的道理,你就不能给他个机会,让他真心实意地待你?"

冠雪喝了一口汤,摇头道:"爹爹,宿离殇这人深不可测,我怕是没精力去探究他是什么样的人。他的深不可测让我很怕,我怕他有那么一天,会因为他的利益而伤害我,若有那么一天,不如就此打住,即便他以后有心害我,纵然我被他害了,我也伤不了心。"

将自己的感情交托出去如同授人以柄,刀尖朝内指着自己,不知何时就伤得鲜血淋漓。

带着感情的背叛,比简单的屠杀更伤人,那种从刀尖传递到骨子里的寒意,是她挥之不去的噩梦。诛心,诛身,二者同行之时,身心都被伤得万劫不复。

这样的伤,有过一个卜星途就够了,她不想再添上一个宿离殇。

爹爹也叹息起来:"罢了。这毕竟是你们年轻人的事情,老夫年纪大啦,说什么你也听不进去,你毕竟早已成年,凡事心里有杆秤,或许你觉得女婿不是个好人,但老夫觉得,女婿此人是值得信任的良人。"

父女言尽于此,冠雪也不再多说,二人无话地吃着饭,却见云珩走了过来:"姐姐,有人找你。"

冠雪啃着黄瓜,嘴里满是清香:"请她来。"

云珩身后,裘怀玉表情冷漠地走过来,她袅袅婷婷,高贵大方,一双冷眸瞥过来,在饭桌上扫了一圈,嘴角微微挑起了一点弧度:

"冠雪郎中……你这早餐很是清淡嘛……"

冠雪刚刚谈论着不太痛快的话题,听得裘怀玉这厢阴阳怪气话中似有嘲讽,心底里的不悦涌了出来,她一向牙尖嘴利,毫不留情就怼了回去:"我们小门小户比不得裘家的大掌柜，裘家掌柜一日三餐自是大鱼大肉山珍海味，早餐席面上，想也至少两个肘子、大盘牛肉伺候着，我们寂家就只能买得起黄瓜，寒碜了您的凤目，小人真是一死都不足以谢罪呢！"

本以为裘怀玉会更加不悦，谁想这一席话却引得她"扑哧"一声笑了出来："冠雪郎中觉得有钱人的生活就是每顿席面上都有两个大肘子？那我每天都送你几个，让你也好好阔绰一番。其实我早上吃得也很清淡，不过是一些小菜罢了，我只是看到你桌上和我家里一样做了这道拌黄瓜，并没有嘲讽你的意思。"

什么？有钱人的早餐也吃拌黄瓜？

冠雪心情不是很好，虽然听了怀玉的解释心中受用了不少，脸上却仍然没变颜色，呼噜呼噜地扒拉下一盘子黄瓜，懒得再吭声。

见冠雪没有搭理自己的意思，怀玉也不觉得局促，她清了清喉咙，复又正色道："今日我来寻冠雪郎中，实在是因为受人所托。楚无鱼楚堂主的斗技场马上开了，拳脚无眼，难免有人受伤，冠雪郎中是卞城数一数二的郎中，所以我想带冠雪郎中去一趟无双门，也妥当一些。"

一想起楚无鱼那个一毛不拔的个性，冠雪一点兴趣都没有，她爱答不理地吃了一口菜："感谢楚大哥和裘堂主的抬爱，只是我寂冠雪生性淡薄，不喜抛头露面，希望能够坐在这卞城深处的医馆里做个隐士高人，裘堂主还是请回吧。"

裘怀玉冷笑道："不喜欢抛头露面……前阵子你去无双门买了个护卫，近些日子又去春风楼拍了个花魁……寂冠雪……你可真是隐居世外从不抛头露面啊……"

面对裘怀玉的啪啪打脸，冠雪完全不为所动，年纪大了，脸皮厚了，爱说什么让她说去，寂冠雪仍是一副高冷绝尘的表情，用手握成拳头在嘴边咳了几咳："咳咳……在下只是经营医馆的寻常郎中罢了，卞城医馆无数，你们大可以寻别的郎中去瞧着，在下一心清净……"

裘怀玉微微冷笑，伸手就露出了掌心中白花花的银子："可惜，楚大哥给了我五十两银子，让我把这钱付给今天在擂台边看管的郎中，没想到冠雪郎中隐居世外，视金钱如粪土，那就没办法了，我也只能……"

一听到有银子，冠雪的耳朵根子都竖起来了，她忙丢了手中的半截黄瓜站起身来，大手一挥扯住了刚要离开的裘怀玉："裘堂主如此相信在下的医术，我怎能让你失望？从小爹爹教导我，朋友有难，不能不管！没办法，我跟你走一趟吧！拳脚无眼，医者父母心啊！我寂冠雪岂是那见死不救之人？"

裘怀玉强忍住嘴角一丝上翘的弧度："那真是多亏了冠雪郎中一颗仁心一双妙手，罢了，为了这份心意，只能勉强你这清净淡泊之人去一次喧闹俗世了。"

　　冠雪一把接过银子，亲热地挽住了裘怀玉的臂弯，被她初次挽住的时候，她感觉裘怀玉的身子明显是震了一下，行动走路似乎都僵硬了一会儿，走了一阵子，怀玉放松了一些，一只柔若无骨的手似是无意地握住了她的手。

　　怀玉的手很温暖。冠雪也没想到自己会和这样财大气粗的土财主成为朋友，她有点高兴，暗暗地瞄着她的侧脸——裘怀玉很好看，高鼻深目，竟然有几分异域美人的味道，冠雪看着看着就不由得有些失神，却看到怀玉的耳朵微微红了，转过头来瞪她："你看我做什么？"

　　冠雪嘻嘻地捏了捏她的手："我看你好看呗。小姐姐，可以让我多看几眼不？"

　　怀玉看似有些恼怒，但嘴角却无法自抑地上扬起来："油嘴滑舌的！"

　　这明明就是很受用嘛！冠雪感觉一下子找到了哄怀玉开心的法子，之前裘堂主对吃喝玩乐美都无动于衷，但果然千穿万穿，马屁不穿，裘怀玉表面上沉着脸一副不悦的样子，可那微微笑着的嘴角早已出卖了她。

　　"你真的觉得我很好看？"怀玉不自觉地伸手抚上了眉眼的位置，却不等她回答，喃喃自语道，"是啊……他们都说我比从前更漂亮了……那一定是你的功劳吧……"

　　"啥？"冠雪被她的这一席话弄得摸不着头脑。什么意思？为什么她听不懂呢？

　　"没什么。"怀玉的脸上浮现出一点淡淡的悲伤来，她转过头不再回话。

　　冠雪又开始找话题，想了想，她说道："还是感谢小姐姐你叫我来，你我未曾深交，你就把这赚银子的机会给了我，我本以为，你是很讨厌我呢……"

　　裘怀玉脸上带了几分讶然地转过头来看着冠雪："讨厌你？为什么？我说过我讨厌你吗？"

　　冠雪笑嘻嘻地和她开起了玩笑："哎哟，你不讨厌我，难不成是喜欢我？"

　　裘怀玉的脸瞬间红了，红色褪尽后，她从怀里掏出一件物什，双手高高地举起来，满脸恼怒地就要朝她砸过来："你这个轻薄色女！你天天在外面调戏别人也就罢了，你竟敢对我也来这一套！"

　　她手里金光闪闪亮瞎人眼的那东西，不是金元宝是什么？！

　　冠雪当时就跪倒在土财主的脚下，双手高举呈接手状："小姐姐，你我打个商量可好？若是这个金元宝你砸不死我，不如就送了我吧！我不嫌弃它沉，我可以抱着它一路跑回家的！"

却不想裘怀玉爱理不理地收了元宝，哼了一声："果然越是美貌的女了就越轻薄。"

冠雪一记马屁迅速拍上："你也是很美貌的女子啊！"

二人一路打打闹闹，倒也很快就到了无双门。这次来无双门，和上次略有不同，之前那拍卖人口的台子上面安了一圈铁笼子，从上看下去，好像是一个密不透风的黑色鸟笼一般，这鸟笼子看得人有几分压抑，却阻挡不了场下汹涌的人群。

楚无鱼看到冠雪笑逐颜开，伸手就握住她的手如蒙大赦："冠雪郎中今日肯来真是帮了大忙了！你这个朋友，我楚无鱼交定了！没想到，这么麻烦还没有钱的活儿你也肯接！妹子的恩情我都记得，日后有机会必将报答，都是朋友，今天我给你留了好座位，来好好观看今日之比武吧！"

啥？没有钱？冠雪回过头来去看裘怀玉："不是说有五十……"

裘怀玉耳根又红了，她愤恨地转过头："你看什么看！当你的郎中去！别看我！"

怀玉端在手中的茶杯歪了，滚烫的茶水流出来，她似乎完全没有察觉到，冠雪唤她几次她都不理，最后竟气急败坏道："反正你收了银子干活就行了！我才不是想要让你陪我才找你过来的！"

冠雪弱弱地指着她身上的茶水说："不是……怀玉姐……你茶水洒了一身……"

冠雪手忙脚乱地帮着怀玉擦干了衣服，可衣服还是被茶水污了一大片，冠雪颠颠地出去给怀玉买了一身衣服，拎着衣服要跟怀玉进包厢里换的时候，却被对方一把推了出去。

"冠雪郎中在外面等候吧，不用跟我进来了。"

冠雪心里十分纳闷："我帮你换能快很多，这个腰带你自己绑不方便的。没事，都不是外人，大家姐妹一场，我帮你就行，别客气。"

说着冠雪就要挤进门去，却再次被无情地推开，这次，怀玉除了给她一个白眼之外什么都没有给她，她板着脸重重地关上了门。

冠雪一个人在门外发呆：至于嘛……这也太见外了吧？本来她以为经历了今天，她们可以成为无话不谈的好姐妹的，没想到裘家姐姐还是对她有点隔阂。

好吧，谁让她是个淡漠的性格呢，冠雪决定再多努力一些。

换好了衣服，那边擂台就已经开始了。

擂台上，今日比试的双方都已经准备好了。一位肤色黝黑、身材壮硕如猿人般的家伙站在擂台之上，远看如同一座黑色山丘一般，他一脚踩在擂台上，四处仿佛地动山摇，场下无数人欢呼雀跃地叫着他的名字："巨胜奴！巨胜奴！巨胜奴！"

巨胜奴一声咆哮，如同野兽般响彻四处，刺得人耳朵都微微发疼。

此人必定有力拔千钧之力，冠雪的目光却落在他对面一个小小身影上。

那人个子很小，看起来是个孩子，仔细看去，少年应该十四五岁左右，似乎是先天的关系，他生得比常人更加娇小。少年看起来出自异域，并非是西御国本地人，他肤色偏深，长发垂肩，明明看起来很是弱小，但那双眸子却异常冷漠。

为什么面对如此可怕的强敌，他完全没有一丝惊恐，甚至于连一点点怯场的紧张都没有？

这少年一双淡漠的眸子中，反倒是透着一丝不易察觉的轻蔑。

他竟然有一定会取胜的自信？这自信是从哪儿来的？

楚无鱼在一边介绍道："这位天生神力、力拔山河的大块头就是我们今天出场的首位战士——巨胜奴！他可是我们斗技场上的常胜王者，此前的比试中，巨胜奴连胜十五场，拥有拔山断河之力！从未有过败绩！"

"而巨胜奴今日的对手，则是这位小兄弟——"

"石千钧！"

对于石千钧的任何介绍都没有。他只是一个新人，一个第一次登上擂台的新人，对于这个新人，场下所有人几乎都呈现出一边倒的态度：

"这么小？开玩笑的吧？这不是一脚就踩死了吗？"

"这个小孩怎么可能打赢巨胜奴？我押巨胜奴赢！"

"这押谁难道不是很明白了吗？巨胜奴从未败过啊！这个小孩是新来的，怎么能赢？不用想了，下注就给巨胜奴！"

"巨胜奴！巨胜奴！"全场押注基本一边倒向了巨胜奴，楚无鱼表情阴沉着派手下去收钱记录，嘴角不自觉地挑起微微上翘的弧度。

寂冠雪心想：这里面怕是有猫腻！

楚无鱼是卞城王最得力的手下，在卞城里畅行无碍，虽然不是手段狠辣的人，但绝对是个长袖善舞的老江湖，楚无鱼精明算计，向来不做赔本的买卖。

这次比试绝不简单！

冠雪朝那少年看去，却看到那少年嘴角挑起了一丝阴郁的笑意——

这个石千钧，在笑？

面对如此强敌，他不但不害怕不紧张，还露出如此笑容，这个少年的背后一定有隐情！

"裘掌柜，冠雪郎中，你们要不要也买一份？"楚无鱼的助手嘿嘿一笑问道。

裘怀玉冷冷地抛过去一个白眼："我在卞城龙安开了十多家赌坊，你想让我在这里赌？"

言外之意，是无双门抢了她的生意不说，还有了点班门弄斧之嫌。

那助手脸色忽然变了，连连给自己掌嘴赔笑道："看我这记性！裘掌柜您大人不记小人过，别跟我这没脑子的一般见识！"

裘怀玉不悦地摆了摆手，已经有很明显的赶人的意思，对方忙堆着笑脸地退下，裘怀玉回头看了看冠雪，道："冠雪郎中……以你以往的经历，今天这个少年，你是不是也要志在必得？"

冠雪差点被口水呛到："裘掌柜说笑了，我有什么志在必得的……"

"无双门人口拍卖，你买了个小护卫回去；春风楼花魁褪朱大会，你一文钱白捡了个头牌回家；这次比试，你盯着那少年看了许久……怎么，你又耐不住寂寞，要把这个买回去凑一桌麻将玩玩？"

裘怀玉掰着指头一件一件数得个清楚明白，冠雪扶着额头："这孩子年纪太小，我岂是这样的人……"

"我看他也就十四五岁，还有一两年约莫着就成年了，再说你家里的那个护卫也刚十六岁而已，和这个差不多少，要不要买下来？没有钱我可以借你。"

冠雪被她阴阳怪气调侃得有些烦了，她也没了好气，也懒得跟她解释，索性哼了一声，破罐子破摔道："我寂冠雪是好色无误，不过我就爱各种风情类型的男人，这个年纪小的我家里已经有了，妖艳倾城的家里也有，我家里现在就单单缺点脾气刁钻小心眼的，怀玉姐，你可知道我男女通吃？男人我爱，女人我也要，我就看上你了，不知道你愿不愿意跟我回家？你这般新鲜古怪，我对你可是有兴趣得紧，不知道你出多少钱卖？"

这话说得已经是很不要命了……寂冠雪也确实是在气头上才如此口不择言，在这卧虎藏龙的卞城，裘家势力强大，黑白两道都摆得明明白白，这话一出其实冠雪就后悔了，她忽然有点害怕：就这么得罪了裘家大掌柜的，她会不会悬赏千金取她项上的这颗狗头？那一定有更多人来暗杀她的……

难道这一世要因为嘴坏而死一次吗？

但冠雪万万没料到，裘怀玉竟然没生气。

不但没生气，她的嘴角竟然还有几分微笑的弧度："你当真愿意买我？"

哎？这个回答和发展不对啊！

就在冠雪不知道如何回答的时候，裘怀玉眼中的温度黯淡了下去："不好。你已经有了名义上的护卫和赘婿，那我去寂家，算是什么呢？寂家还有什么空缺？怕也不过是个账房先生吧……可是做了你家的账房先生又能如何？你必须只有我一个，不然，我怎能放弃现在的这些……"

她的话说到这里，忽然叹息一声，然后巧笑倩兮地看着她笑了："你是在说笑的，不是吗？"

冠雪被她这话弄得左右为难，她不知道应该承认好还是否认好，不等她回答，怀玉咯咯笑了起来："你看你这副样子！哈哈哈哈，我也是说笑的呀！"

冠雪有点紧张地看着怀玉，却看见后者说完这席话之后狠狠地把杯中的茶水都喝光了。

可那茶水应该还是烫得很，不然，她怎么会在喝光茶水后烫得痛了、疼了，眼泪迷蒙上了眼睛，泪盈于睫，就这么低着头看着空落落的茶杯？

冠雪一手扶住她的肩膀刚想宽慰几句，场下的打斗已经开始了。

巨胜奴硕大强壮的身体十分灵活，他很快，快得如同一道闪电般冲向了擂台一角的小个子，好像一座冒着火的霹雳战车。而那石千钧微微蹙了眉头，灵巧地攀爬上擂台的铁笼子，猴子一样爬得高高的，躲过了巨胜奴的这次攻击。他一直爬，双手抓着头顶的铁条，双脚如同荡秋千一般荡着，就算巨胜奴身材魁梧，跳起来也没办法碰到他的一根毫毛。

"你下来！有种你下来！"巨胜奴咆哮道。

台下一个粗壮女人喊道："夫君莫急，沉稳些，不要躁，不信这棵小豆芽不下来！"

台下看客们纷纷起哄道："这是猴子荡秋千吗？算什么比试！快快下来受死！"

"我们可是拿了钱的！就让我们看这个？无良奸商！"

"退票退票！"

楚无鱼似是有些不悦，拳头握紧放在嘴边轻轻咳了几声，石千钧冷冷一笑，抓着铁条的双手赫然松开，巨胜奴猝不及防，石千钧落下的时候正好踩在了他的头顶。

说来也怪，他一踩在巨胜奴头上，就好像脚上生了根一般，任那巨胜奴如何挣扎都没有把他甩下来！

场下一片哗然。

石千钧微微一笑，纵身从巨胜奴身上跳下。巨胜奴揉着脑袋，一双眼睛瞪得血红:"你是什么东西?把你爷爷的头踩得好疼!爷爷我今天一定不会放过你!"

场下的巨胜奴妻子给他助威呐喊:"夫君好样的!打死这棵小豆芽!"

巨胜奴朝石千钧冲过去的时候,石千钧轻轻侧开了身子,仿佛什么都没发生一般躲过了他。

巨胜奴恼羞成怒:"敢戏弄你爷爷!拳脚无眼,今儿你爷爷我就打死你!"

石千钧表情冰冷,他看着对面杀气冲天的巨胜奴,淡淡道:"从刚才开始就一直在说什么死啊死的,你们这些人……知道什么是死亡吗?"

他的话一出,巨胜奴微微一愣:"老子管你什么!今天老子就是要打死你!在座的看官们花了钱的!老子要让他们看得尽兴!"

"你们这些人,对死亡根本一无所知。"石千钧眼中满是冰冷,"你们从来都不知道,死亡是什么!"

巨胜奴已经咆哮着朝他扑了过去,而石千钧已经握紧了右拳,在他挥出右拳的那一刻,那只拳头已经瞬间膨胀了几倍,质地也变成了石灰一般的灰白色。

"咣!"

那一拳狠狠地打在了巨胜奴的肚腹,巨胜奴被这一击震出了一口血来。

这一幕令人瞠目结舌,场下的看客纷纷张大了嘴,瞪大了眼睛,一时间竟然鸦雀无声。

这一切都太超出所有人的预期,场下忽然有人如梦初醒似的说了一句:

"这个石千钧……是个异能者!"

异能者!

场下沸腾了。

寂冠雪心下的疑虑得到了证实:异能者!这个少年竟然是异能者!怪不得他有如此十足的把握和自信!

曾经,在西御国,拥有异能者是皇族的象征。但因为一百年前的"铸神计划",药物和圣血让很多普通人也拥有了异能。七十年前,西御国打造出十分强大的异能者军团,当时攻打东曦国只差一步即可攻下王城,却离奇地撤兵而归,更离奇的是在东曦国潜伏多年的一位异能者忽然反水,反扑西御国,巧合的是也差一步攻下王城。从此之后西御国"铸神计划"暂时搁置,直到四十多年前才又修整完善了这个计划,很多良莠不齐的异能者纷纷涌现而出,其中异能者大多是后天铸神而成,而非皇族。

眼前这个在地下黑市打擂台的少年,不必多想,西御国的皇族怎么可能出现在这样的混乱之地？他恐怕也是被制造出来的异能者。

即使是被制造出来的，但因为死亡率高，一般来说异能者还是比较珍贵的存在，而且需求很大，皇宫、护卫队、暗杀机构，甚至于大户人家的护卫，只要能付得起高额的报酬，都有不少异能者的存在。一般异能者都有不错的收入，会沦落到地下黑市打擂台的异能者，真是少之又少。

所以说……这个异能者到底是多缺钱啊……

冠雪示意楚无鱼此场比赛已经可以结束了，因为巨胜奴被重击后口吐鲜血，内脏必然受了伤，这样的内伤治起来还是有些麻烦的，需要服药静养一段时间，甚至于再打下去，就会打出人命来了。

可是楚无鱼还没有叫停的意思，不仅仅是他，台下的押注看客们也在高喊着："不能就这么结束！继续打！"

"巨胜奴！我们押在你身上那么多钱，你不打得精彩一些，我们不会罢休！"

"不然就还钱！"

石千钧微微一笑，石化的硕大手臂拎起巨胜奴让他跪在自己面前，巨胜奴捂着受伤处咳血不止，石千钧冷漠地说道：

"我也觉得辛苦，一击结束多好，谁让你皮糙肉厚一时间打不透。而且那些人花了那么多钱，不打死你怕是不能交差。反正看你那台下的妻子也是财大气粗，她应该不在乎你，你只是个赚钱的工具罢了，打死你就不用赔给那些不满的看官们钱，她应该也是乐意的吧？"

巨胜奴断断续续地道："我妻子待我……情深义重……她才不是图我赚的钱……咳咳……"

石千钧蹙眉道："别恶心人了，就你这样丑陋的家伙，也配？"说着，他举起石头一般坚硬硕大的拳头就要砸下来。

"住手！休想伤我夫君！"台下的粗壮女子不知何时已经登上擂台，原本封闭如鸟笼的擂台打开了一扇门，女子似乎是强行撬门进入的，她手上握着一把匕首护住了身后受伤的巨胜奴。她颤抖着，明显是在害怕："他是我的夫君！我爱他敬他！你若伤他一根毫毛，我绝不会放过你！"

石千钧的表情很是冰冷："爱他？敬他？那为何为了这点银两，逼着你的夫君用命换钱？黑市打擂拳脚无眼，若不是你贪财爱享乐，他随便做点苦力不也可以和你安稳度日？你真爱他，为何不能放弃金钱虚荣？"

那女子表情紧张："我夫君天赋异禀，我岂能让他玉珠蒙尘，我，我只是……"

"既然出来混，那就要守规矩。"石千钧指了指场外激愤汹涌的看客们，"现在看官们都不满意，楚堂主也没有叫停，那按照规矩，我就只能打下去，打到结束为止。我们上台前都是签过生死状的，生死有命，与人无尤。我打死你们，别怪我。"

那女人还想争辩，却已经被石千钧推到一边，石千钧挥起硕大的拳头，带着风声就朝着巨胜奴袭来。

冠雪在台下早已经急得不行了，她拉扯着楚无鱼要他喊停，奈何楚无鱼摊手道："不行不行，若是就这么停了，一众看客都要找我退钱，这卞城里谁也不是好惹的，看官们要精彩，就只能打到他们满意。"

"可是再这样下去就出人命了！"

楚无鱼一副他也很无奈的样子，冠雪急得不行，刚转过头，这边就看到石千钧硕大的石头拳头朝着巨胜奴的脑袋砸了下去！

这可不是开玩笑的！这拳头有千钧之力，这要是砸下去，巨胜奴的脑袋一定粉碎！

冠雪只感觉自己身体里仿佛有一口亘古久远的钟一般，在那情绪焦急的一瞬间，她整个人断绝了和外界的一切连接，她看不见那硕大石化的拳头挥出，她听不见四处喧闹的吵杂，她眼前有一幅极美的图画，目之所及是一潭森林围绕着的幽静湖水，深蓝色的苍穹夜幕上缀着一弯月亮，月光皎洁，在湖水中投射出清晰的月影，忽然一只月白色的蛟龙从湖中破水而出，晶莹的鳞片映着朗朗月色，泛着玉石般的光泽。

月色之下，那只玉龙在看着她，它强大而美丽，仿佛伸手可及。

那高不可攀的玉龙低下了头，朝着她所在的方向靠近过来，近在咫尺。

她朝那只玉龙伸出了手，在碰触到龙头的时候，她从那个梦幻无比的场景中醒了过来。

睁开眼，石千钧愣愣地看着自己恢复成肉体的双手发愣："怎么回事……我的异能……消失了……"

石千钧的肚腹处，巨胜奴妻子已经将手中的匕首深深刺了进去，那个女人身体在发抖，却紧紧地握着匕首的柄不放。

冠雪慌忙跑上台去，双手小心地掰开女人的手让她放开匕首："小心一点，匕首不可以直接拔出来……好了，你带着你夫君下去找其他郎中医治，这边的事情就先交给我！"

冠雪将背着的药箱放下，把里面的家什翻看了一下，在台上对着下面的裘怀玉喊道："怀玉姐，麻烦你弄一个盆子帮我拿过来！"

不知道是不是她的错觉，裘怀玉在被她喊到名字的那刻好像颤抖了一下、

怀玉端着盆子过来了，放下盆她刚想走，却被冠雪一把抓住胳膊："怀玉姐，情况紧急，你帮我打个下手。"

怀玉似乎是愣了一下，然后不等她答应，冠雪已经撸了袖子开始诊治起来。

石千钧已经昏迷了过去，他伤得不轻，那柄匕首不偏不倚刺中了他的内脏，冠雪做了细致的手术，为了防止血流过多，她还让怀玉帮忙抵住石千钧流血的伤口……

裘怀玉表情木然地看着开了膛的石千钧，她瞪大了眼睛一言不发，冠雪让她做什么她就做什么，虽然听话得很，却一句话都没有说。

手术十分成功，冠雪包扎好伤口，做了一个简易担架，裘家的家丁非常贴心地将石千钧给抬到了附近的裘宅，这时候冠雪终于长长地松了一口气，回过头，却看见裘怀玉跪在擂台上呕吐不止。

"呕——"裘怀玉抚着胸口，无法控制地吐了满地污秽。

"怀玉姐……难不成，你……"冠雪一边帮她摩挲后背一边关切问道，"你是晕血吗？"

裘怀玉脸色煞白，像雪白的宣纸一般，她又吐了好几口，才气若游丝道："是……"

刚才强忍着没吐还给她打下手，真是辛苦她了。冠雪在心中感谢神女娘娘护佑的神迹：幸亏她没吐在石千钧肚子里……不然可有的忙了……

第九章 / 温泉诉情

裘怀玉吐完整个人都十分虚弱，冠雪本想扶着她回裘宅，但几个裘家家丁已经抬了软轿进来，冠雪不放心，就随着他们一起来了裘宅。

裘怀玉的情况还好，冠雪给她推拿了几下，又开了点药，怀玉吃了药已经没有大碍，她便出去歇着了。冠雪守在石千钧的病榻旁，查看石千钧的情况，发现他不但脱离了危险，身体还正在以堪称奇迹的速度回复。

这就是异能者身体的力量吗？

简直强到无法想象！冠雪一边不由得惊叹，一边擦拭干净石千钧身上的血污，清理干净之后发现，她身上的血污其实比石千钧还要多，衣服上血迹斑斑，如同杀了人一样。

身边的裘家管家似乎是看出了她的为难，于是捧上一身新衣服对冠雪道："冠雪郎中，这身衣服是新的，还未上身，您可以在裘掌柜的浴池里洗干净了换上。"

裘怀玉的私人浴池……冠雪想了想觉得这是人家私密的地界，她去洗了有些不妥当，万一怀玉姐是个有洁癖的，她已经给人家添了这么大的麻烦，真是不好意思再让她为难。

"我没关系的，就是想问下……有没有客用的浴室？"见管家面露难色，她又问，"或者是在屋外的……"

管家好像想起什么似的，连连点头："屋外有露天温泉，是从不远处的温泉泉眼引过来的，水是活水，冠雪郎中洗完水就流出去了，你大可不必觉得不自在。"

一听有活水温泉，冠雪瞬间心痒难耐起来，乐呵呵地捧了衣服问好了地方就出了屋子。

此时已经入夜，裘家大宅上下灯火通明，院落园林之中也挂着照明的灯笼，一串串连成排，冠雪顺着石子小路朝院落深处走去，曲径通幽，别有洞天，冠雪不禁羡慕起有钱人的大宅子来。

这院落景致设计匠心独具，不落窠臼，让人不仅看到了这一花一树一草木中白花花的银子，更能看出园林主人不俗的品位。

冠雪惊奇地发现，这园林的设计品位和她很像，如此的夜色之中，冠雪走在石子路上欣赏身边的小桥流水，亭台楼阁，觉得处处都合自己心意，甚至于细节都和自己的喜好如出一辙。

这园林的主人是裘怀玉的长辈吗？看园林中的树木高低错落，有的大树参天，看起来已有了不少的岁月，冠雪想了想十年树木，那么，这片园林恐怕是裘怀玉曾曾曾祖时候建下的了，没想到自己的爱好品味竟然和那么大岁数的人莫名的一致，不能与此人把酒言欢执手共谈，真是一件憾事。

走着走着，峰回路转，如冠雪所期待的那样，眼前出现了一座氤氤热气缭绕着的温泉池子，温泉池子四周是打磨光滑的石头堆砌的，看起来似乎无序，实则设计巧妙，乱中自有章法，乱中自有乾坤，看到这池子，冠雪忍不住又赞叹了一番。

冠雪脱了衣服走下池子，池水微热，蒸汽熨帖着身子说不出的舒适，她整个人都浸泡在潺潺的温泉水中，舒服地叹息一声。

对面水雾氤氲中，有人似乎警觉地说道："谁在那里？"那声音，听起来是裘怀玉独特的略带沙哑的声音。

"怀玉姐，你也在？"冠雪有些开心起来，她从水里起身朝对方声音的方位走去，边走边说，"要不要我给你刷刷背？我推拿的手法很好哦，借着温泉水给你推拿几下，更通经络哦！"

怀玉的声音忽然变得紧张起来："不要过来！不，你别走了，停下——"

近了，近了，冠雪已经可以看到怀玉的身影了，对方不要她过去，她的脚步有些迟疑，就在犹豫的时候，不小心踩到脚下光滑的石头，她一个不提防，整个人朝着前面栽了下去！

一个温热的身子接住了她，那人身体瘦削却很结实，肌肉紧实分明，以至于冠雪的手扶在对方坚实的胸肌上时，还以为接住自己的怀玉姐是个男人。

嗯，男人？

冠雪看着把自己接在怀里的那个人，没错，这是裘怀玉的脸，她的脸不是霸气凌厉的美，而是带着几分温柔的漂亮，她的长发散落在肩头，皮肤细嫩的脸颊不知是不是因为被温泉热气熨帖的关系，红得很厉害。

冠雪的手摸在她胸口，胸肌，没错，是结实平坦的胸肌，结实中带点让人遐想的弹性。

"怀玉姐……你的身体……好像，似乎，有点，看起来像是男人？"冠雪谨慎地措辞，"我不是第一个这么说的人吧？是不是也有其他郎中说过，你很像男人？"

裘怀玉的脸隐在夜色之中晦暗不明："冠雪郎中说得不错，我确实是男人。"

"真的是？"冠雪如释重负地松了一口气，笑道："我就说嘛！我还以为是自己看错了呢！"

"既然我是男人，男女授受不亲，冠雪郎中能不能把你的手从我胸口拿开？我不是你的什么怀玉姐姐！"

被对方骂得狗血喷头之后，冠雪这才如梦初醒地放开自己为非作歹的那一双爪子，她刚才只顾着查看了，竟然忘记了自己和对方是孤男寡女共处一池的尴尬情况！

完了完了，色女之名她是洗不清了。

"对不起对不起，我刚才真的只是身为郎中的鉴别，怀玉姐你别往心里去……"话刚说出口她觉得有点不太合适，于是又加了一句，"那以后，我是不是应该管你叫怀玉哥？"

怀玉冷冰冰地说道："你敢让别人知道我的男儿身，小心我杀你灭口。"

冠雪吓得一哆嗦："我错了！我知道了不该知道的秘密，求你饶了小人一命！或者……你我成了一家人，我是不是就不用被灭口了？"

"你这色女想得美！"裘怀玉额头的青筋隐隐浮起，"你想让我堂堂裘家掌柜入赘寂家么？我可不肯！只能你嫁过来！"

哎……听裘怀玉的语气好像这也不是不能商量的事情啊……

不不不，冠雪现在首先是不想被这位土财主给灭口了啊！

"那个……怀玉姐，啊呸，怀玉，你看我们两个这么熟了，我们还是好朋友对吧，我寂冠雪虽然贪财，但我绝对不是那种信口乱说别人秘密的人。你放心，你的这个秘密我一定守口如瓶，绝对不会跟任何人说的。所以……关于杀我灭口的那件事，能不能商量一下？"

裘怀玉冷冷地瞥了她一眼："若是别人也就死了。但你的话……你是有这个资格知道的。"

虽然不是很懂怀玉话里的意思，但冠雪感觉她自己暂时安全了，于是她打着哈哈力图缓和温泉池子里的尴尬气氛道："怀玉你今天真的吓了我一跳！我怎么也没想到你竟然是男人，哈哈哈哈……"

怀玉转过头来看了一眼冠雪，视线慌乱地从她胸口扫过又转了回去："你今天才是吓了我一跳……"

冠雪有点不明就里，凑过去问怀玉："我怎么吓你一跳了？"

怀玉气得涨红了脸一把推开她："男女授受不亲，你离我远一点！不要再讨论这件事了！"

冠雪连忙哄着他说道："好的好的，不讨论就不讨论，怀玉你说的算。要不然……我们谈谈这个园林？你们裘家真是有钱有品位！这园林太合我心意了！能问下是谁做的园林吗？是不是年纪太大早已作古，不然我真想和他把酒聊天……"

"现在这园林的一草一木一石，都是我亲手设计，指导家丁们做的。"怀玉白她一眼，淡淡道。

冠雪一惊："怎么可能？你那园子里有棵古茶树至少超过了百年！"

怀玉用看痴儿的表情看她："我在别处看中了，移植过来的。"

"那么大的树，怎么可能？"

"花钱就能。我还看上了一棵千年古树，那个是真的迁不过来，只能退而求其次要了这棵。"怀玉脸上有几分惋惜的神色，"就算是有钱，我也发现，这世上很多东西还是买不到的。"

不不不，裘怀玉你的钱已经买到很多东西了！上百年的古树都能挪过来，只能说是贫穷限制了我的想象力！

冠雪感叹一声："怀玉，这院子的感觉真是深得我心，有空你我把酒言欢好好聊聊，我觉得我们一定很谈得来。"

怀玉微微一笑："你的千蝶谷我也很喜欢，你爱看的书我也喜欢看，龙安的才女顾安之又写话本了，最新的那本《只是当时，君本无情》你买了吗？"

冠雪连连击掌："我都看了三遍了！你怎么知道我最喜欢她的书了？她的每本书

我都有！可惜我身边都没人看，我连找个能聊的人都没有！"

怀玉抬头看天，表情有些黯然："我也没有想到，除了你，我竟然再没找到其他和我一样的人。"

说完这句话，怀玉垂下眼眸沉默起来，冠雪不知道应该如何接他的这句话，她看着他有点伤感的表情，想安慰，又怕太暧昧。

于是二人只剩下了沉默。

其实冠雪很想问，为何怀玉会知道她的千蝶谷，为何怀玉知道她爱看的书，难道在怀玉的经历中，有她所不知晓的蹊跷？

想了想，冠雪轻轻地问道："怀玉，你为何会知道这些？"

怀玉窒了一下，说道："只是一些应该忘记的事情罢了。冠雪郎中不必放在心上，有些事情，越是想忘，就越忘不掉。或许是时间不够久，如果时间够久，应该没有什么是不能忘怀的。"

冠雪被他这一番话说得更迷糊了，她小心翼翼地试探问道："怀玉，你说的这些我都不太懂，能说得明白一些吗？"

怀玉冷冷地白了她一眼："不能！别再问了，烦你！"

冠雪只能无奈地闭上了嘴。

两个人默默地泡在温暖的泉水里，冠雪觉得这水真是好，如此绝佳的温泉，如此良辰美景，如果再来点香茶美酒美食，就更好了。

"怀玉……我问下……你说泡温泉这么舒服……再来点茶水或者酒啊、好吃的，一边吃一边泡不是更好？"

"有啊。"怀玉转过身去站起来，朝身后的石头上伸手过去，他端下来了一个精致的竹盘，竹盘上有两杯香茗和凉碟点心。他将竹盘放在水上，轻轻一推，竹盘便朝着冠雪的方向漂了过去，冠雪伸手接住，拿了一杯茶喝下，只觉得余香满口，看了看那两块点心，一个是桂花糯米糕，一个是椒盐千层酥，犹豫了一下，她拿了两块，一手一个都吃下了。

"好好吃……"嘴里囫囵着，冠雪赞不绝口。

"小心地吃，别掉在温泉里。"怀玉微微一笑，"吃完把盘子推回来，我这里还有。"

裘怀玉喝茶和吃东西的口味也和她一模一样呀！

冠雪想到了什么，嘿嘿说道："怀玉，我们俩的爱好真的差不多，吃东西的口味也很相似，有空我让离殇做几个菜，你来尝尝他的手艺，你一定喜欢的，我特别爱吃离殇做的菜！"

一提起"离殇"二字，裘怀玉不爽地眯起了眼睛，他冷冷地朝冠雪看过去，道："离殇？你叫得倒是亲热。怎么，这才几天，你就被他征服了？"

冠雪一愣，连忙摆手道："我和离殇不是你想的那样啦！离殇其实人很好的，他帮我打扫屋子给我做饭，除此之外我们什么都没有！"

这么一想也确实，离殇和她没有夫妻之实，却把赘婿该干的活都干了个遍，那些活儿，就算是在前世，卜星途也没做过的。

要不是她忌惮离殇，觉得离殇危险不可靠，其实与他成亲倒是一件不错的事情。

只可惜……离殇对她并没有情爱的心思，冠雪虽然有点动了心，但经历过那场浩劫的她更怕背叛，早早打住，动心的念头也不过是一小撮火苗，熄了，也就算了。

"他和你什么都没有，一心给你干活儿做饭，不求回报，一味付出？"裘怀玉忍不住问，嘴角扯起一丝嘲讽的笑意，"我怎么不知道春风楼的花魁竟然是如此高风亮节之辈？这哪里是花魁啊，这分明是救苦救难的神仙下凡。"

冠雪听得有点脸红："我也知道他肯定另有所图，我已经决定要和他撇清关系，宿离殇不是简单的人，我其实……也有点怕他。"

裘怀玉脸色稍霁，微微有了一丝笑意："那个护卫呢？你打算怎么处理掉？"

冠雪一愣："你说的是云珩？"

怀玉听到她如此称呼，又有些不悦："他没有姓氏的吗？还是你跟哪个男人都这么亲热？那个叫洛云珩的，武功也没那么好，留着有何用？我家里有的是武艺高超的护卫，女子居多，随便几个我都可以送你。"

奇怪了，裘怀玉怎么就这么想把她家里的两个汉子送走？

冠雪摇头："云珩是我重要的家人，无论如何我也不可以抛弃他。我要让他平安喜乐地过完这辈子，我会善待他，为他娶亲生子也罢，他愿意继续跟着我也罢，我都一定要让他得到幸福。"

冠雪很认真地说出了这一席话，裘怀玉有点发愣地看着她，他想了一会，问道："你和洛云珩并无逾举？那……宿离殇呢？你们……也是清白的？"

嗯？怀玉对这些事情好像很在意？

冠雪有点哭笑不得："他们两个又不是我去官府领了文书的正牌夫君，我能与他们有什么？这世上无论男女都有守宫纹和守宫砂，世人对男女婚前贞操都很在意，我不可能未婚乱来，他们也是。"

怀玉在那边沉默了，冠雪笑呵呵地问道："怀玉，你还是会认为我是色女的吧？你说得也没错，我不是很会拒绝男人。"

"这世上，确实有女人对男人来者不拒的。"怀玉忽然说话了，他看着她，隔着层层氤氲，灯笼之下的光有些暧昧，她可以清楚地看见他胸口晶莹的汗水。

"怀玉……"冠雪把心中的疑惑说了出来，"你身为男子，为何要扮成女人呢？"

怀玉看着冠雪，脸上扬着纯净的笑意，而眼中的光芒却一寸一寸地黯淡了下去：

"我代替的，是我姐姐的身份。姐姐长袖善舞，能力超群，一直是她做的裘家执掌，所有和裘家合作的人只认姐姐。与朝廷的牵连，和黑道的关系，裘家内部上下的号令……一切的一切，都非得姐姐不可。裘家富可敌国，若让仇家知道了姐姐已死，这对裘家来说，是覆巢无完卵的打击。"

冠雪沉默了一下："我不会和别人说的。我一定会保守你的秘密。"沉默了一会，她好像想到了什么似的对怀玉说道：

"怀玉，你是卞城王大人的亲信和得力助手，他势力强大，想来会帮助你振兴裘家，你何不找他助你……"

怀玉的表情微微地抽搐了一下，他蹙着眉头说道："我不喜欢你在我面前谈别的男人。"

冠雪一愣，噘起嘴别过头："你说不谈，那我就不说了呗……"

怀玉微微一笑："你是女人，所以很多男人的苦痛你体会不到。"

冠雪忍不住笑了起来："这世道男女都一般，任何位置都是有能力者居之，你虽然身为男子，接替了姐姐的家主之位，不也是对家人证明了你的能力？"

怀玉轻轻嗤了一声："裘家女子心思细腻，做事周全，认为财务之事应由女子负责。姐姐珠玉在前，为裘家打下一片天地，我再怎么努力，也不过是拙劣效颦。我怕出错，处处小心谨慎，但……仍不能达到姐姐的能力。"

冠雪好言相劝道："尽力而为即可，你不必给自己那么大压力的。我觉得，你应该从姐姐的阴影中走出来。你有你的优点，真的不必总用自己的短处去和别人的长处相较。"说着，冠雪伸手摸了摸他湿漉漉的头发：

"我希望终有一日，你可以做你自己。"

怀玉伸手握住了她的手，冠雪愣神的工夫，他已经朝她靠近过来：

"我现在想做我自己，就在你面前，做……一个男人。"

冠雪的脸一瞬间就红了："怀玉……你是在开玩笑吧？"

怀玉闻言，脸色有些晦暗，他冷冷地看着她："你觉得我是开玩笑的吗？"

他的唇眼看着就要贴过来，冠雪双手抵着对方胸口把他推开："够了！"

怀玉被她推了个踉跄，他愣住了，一双杏眼中满是错愕，仿佛不敢相信似的，慢慢地，那双眼睛的讶异逐渐暗淡，与这份不敢置信一起暗淡下去的，是他眼中的光，仿佛入夜熄灭的一盏盏灯火，他眼中灰蒙蒙的，仿佛心底里有什么东西，和眼中的光亮一起坍塌下去，土崩瓦解，灰飞烟灭。

他颓然地向后踉跄几步，好像难以承受似的，一手扶住了池边。

怀玉……这是怎么了？

见怀玉仿佛受到了很大的打击，冠雪顿时后悔了，她于心不忍，走过去试图搀扶他："是我说得过火了吗？你……别伤心，我不是那个意思……"

怀玉倔强地躲开她，嗓音嘶哑："别碰我。寂冠雪。你已经不喜欢我了。从前，你明明……明明对我……寂冠雪！！你这个骗子！我再也不信你了！"

哎哎哎？这从何说起啊？

怀玉有些黯然地转过身去："罢了，我要穿衣服了，你不要偷看。"

冠雪刚要转身背对着怀玉，却听见不远处有些嘈杂的声音：

"卞城王大人……这里是裘家的私宅之处，您不能擅入！"

那个霸气的声音忽而响起："我只问你，寂冠雪在不在里面？"

"这……小人……"对方是裘家家丁，声音中唯唯诺诺失了底气。

"我是来找寂冠雪的，不会叨扰他人，你给我退下！"那不容置喙的语气，不是卞城王是谁？

上次卞城王来找冠雪，还是因为春光祀的约定，冠雪那时拒绝了他，他愤然离开，让冠雪难过了好一阵子，本以为卞城王因此折了面子不肯再找她，没想到他竟然会特意来裘家寻她。

上次卞城王与她春光祀的约定已然将自己的好感都挑明了，冠雪其实并没有想好应该如何应对，此番他又来找自己，冠雪应该如何自处才好？

冠雪正在思忖着，卞城王阔步而来的脚步声逼近，而怀玉这边还没走出温泉池子。

"寂冠雪，你可在这里？"卞城王的声音隔着一道树丛，近得如同在眼前。

"不能让他发现……"怀玉脸色微变，此时如果上岸，他的男儿身恐将暴露。

就在卞城王走过来即将看见他们的那个瞬间，寂冠雪急中生智，按着怀玉肩膀，用力把他压进了水底——

"冠雪。"寂冠雪身后，那个对别人霸道，单单对她温柔的声音响起，在呼唤她名字的声音响起的时候，冠雪仿佛看到了对方呼唤自己时脸上的柔柔笑意。

"王上……怎么来了？"寂冠雪背对着他，回过头看去，卞城王站在大红灯笼之下，他身长玉立，低头含笑看着自己，仿佛从画中走出来似的，英伟魁梧，别有一番野性帅气的美。

"没什么事情，"卞城王的笑意加深，他的眼睛仿佛有一道光，那光芒温暖而耀眼，映得她心中如同有小鹿乱撞，"我只是……想你了，于是无论如何也要来见你。"

有人说，一个人爱上另一个人的时候，他的眼睛中是有光芒的。冠雪从前不信，因为她从来没从卜星途眼中看到那种光。而此时，此刻，她抬头看向含着笑意低头看着自己的卞城王，那个英伟强大的男人看着自己的时候，眼睛里，有那道光。

那是好像整个世界都被点亮了的光芒。

这个让她一直以来当作恩师和挚友的男子，对她说，他想她了。

冠雪的心，不禁漏跳了一拍。

经历过大起大落，见识过各样牛鬼蛇神的寂冠雪，行走江湖多年，她最擅长看人下菜碟，懂得虚与委蛇，很会虚情假意，风月场上的做戏，生意场上的虚伪，真真假假，利欲熏心的，她见了太多，此时此刻，但凡这眼神中有一丝虚假，她都能看得出来读得懂，但是，从卞城王眼中，她只看到了真情实意。

她没有想到，这世上竟然还会有人肯施舍于她真情实意。

难道……卞城王是真的喜欢她？

一时间，冠雪的思绪很乱，可是此时，她身前被按在水里的裘怀玉好像是气息不够了一般，开始咕嘟咕嘟地吐出了泡泡。

卞城王在高处看得分明，他不禁一愣："那些气泡是……"

冠雪生怕卞城王看出怀玉，连忙打了个哈哈道："不好意思，最近我身体欠佳，消化不太好，所以……"

不知是不是水下的怀玉听到了她的这些谎话憋不住，气泡越来越多，冠雪甩了一把汗水，笑道："这些气泡都是我……我……我放的屁！"

话音刚落，卞城王忍不住笑了出来："哈哈哈……"

冠雪觉得自己已经在卞城王面前颜面尽失了，让一个喜欢自己的人看到自己放屁这么尴尬的事情，算是她人生经历中最尴尬排行榜中上得了前三位的了。

卞城王会讨厌自己的吧……

谁想卞城王不但没有厌恶，反而笑得更加温柔："这也是常见的事情，生而为人，这不算什么，倒是冠雪郎中医术高超，早日把自己肠胃养好才是正理。"

冠雪一时间有点脸红：卞城王大人不但没有因为放屁而嫌弃自己，反而担心她的身体？

冠雪承认自己有点被感动到了，她红着脸有些扭捏，一个失神的工夫，怀玉就从她的手下溜走了，冠雪一愣，赶忙扭头转回来查看，却看见一个长发披散如同水鬼的人在自己胸口处慢慢浮起，张开嘴呼哧呼哧地喘气——

"呀——"冠雪吓了一跳，忍不住尖叫出声。

"怎么了？"卞城王警觉地喝道。

冠雪认出那个水鬼就是怀玉，她生怕引起卞城王怀疑，连忙打圆场道："没什么！大人不必费心！什么事情都没有……"

"那你为何尖叫？"卞城王岂是那么好糊弄的。

冠雪急中生智："是……鱼！一条鱼！好大一条鱼啊！我没想到温泉里竟然有这么大的鱼，所以吓了一跳！"

"有鱼？"卞城王忍不住笑道，"温泉里竟然有大鱼？一定是稀罕品种！我来帮你抓！"

说着，卞城王开始宽衣解带起来，脱了衣服就要下水。

他下了水，鱼可能抓不到，倒是有可能抓到一个大活人！冠雪在心里哀号一声，得想办法拖住他！吸引住卞城王全部注意力，怀玉应该就可以蒙混过关！

冠雪把身体转过去，此时卞城王已经背对着自己，冠雪正好看到了他宽厚的背，那可靠的背被他长长的头发遮住，虽看不分明，但轮廓堪称完美。冠雪看到那魁梧的背影，忍不住脸上飞红，仿佛有火在烧，她忙转过身去不敢再看。不一会听得水深阵阵，她再转过头时，卞城王已经离她不远了。

她看到他强壮的上身，肌肉分明，宽肩窄腰，没有一丝赘肉，实在是难得的好身材。

见她的目光胶着在自己身上，卞城王嘴角的笑意忍不住更深："看得这么入神，可还喜欢？"

卞城王目光坦然，脸上带着几分得意的笑意看着她，他不但没有怒骂冠雪是色女，反而自信满满地略有些炫耀的意思，而他这句问话，反倒让寂冠雪觉得不好意思起来。

"对不起……你身材太好，我忍不住多看了几眼……"冠雪连忙道歉道。

"这有什么好道歉的？"卞城王哈哈大笑，"我的小雪喜欢就好，你多看几眼，我可是不胜荣幸呢！"

面对卞城王的坦然，向来没有男女大防概念的冠雪，突然有点不好意思了。

卞城王真是冠雪所认识的所有男人中，最洒脱智慧，也是最与众不同的一个。前世因为卞城王是黑市的老大，杀伐果断冷血无情，很多女子惧怕他喜怒无常，不敢接近，但寂冠雪了解他是个心怀正义的侠士。冠雪是个慕强的人，无论是前世还是今生，她欣赏强者，也向来不掩饰自己对强者的欣赏，虽然这个世界男女平等，但无论男女，都需要付出很多才能功成名就，虽然大部分女子喜欢温柔体贴的男人，但冠雪觉得强势霸气的男人更有魅力。

卞城王就是这些男子中她甚为喜欢的一个，从前的这种喜欢和欣赏与男女之情无关，而重来的这一次，当冠雪得知卞城王对自己的好感之后，她发现，自己的这份欣赏之情好像也发生了变化……

比如此时此刻，她之前和怀玉同池沐浴尚且能泰然处之，偶尔几次心跳加速也是因为对方给她的惊讶，而此时面对卞城王，她只觉得自己从头红到了脚，一颗心剧烈地蹦跳着，无法平息正常。

冠雪想和他拉开一些距离试试心跳加速的情况会不会好一些，就在她朝身后挪动的时候，忽然脚下一滑，整个人都朝身后倒下去——

"小心！"卞城王手疾眼快，上前一把揽住冠雪腰肢，他力气很大，轻轻揽住腰往前一托的时候，冠雪已经被他拉入了怀里。

啊，心都要跳飞了……

冠雪不知道是因为对于卞城王与生俱来的信任，还是因为卞城王从不吝惜表露对自己的好感爱慕，抑或是……纯粹因为卞城王相貌英俊，身材魁梧？不知道，她无法知道，她只知道在被这个男人轻轻抱住时，她眼中似乎再也看不见除他之外的人了。

冠雪感觉有点不太妙，这种被一个男人遮住视线的感觉之前她体会过一次，结果很糟糕，重来的这一次，她有点怕。

"寂冠雪，我很想你，很想很想，"卞城王一手揽着她的腰，一手握着她的手，"不如你让我入赘寂家吧，我不要你的嫁妆，还把这个卞城都送给你做我的彩礼，以后你就是卞城的王，我辅助你，可好？"

哎！他说这话是当真的吗？

"你疯了？这卞城是你打拼了十年的心血啊！"冠雪发觉自己无法推开他，她轻轻地揽住对方的窄腰，说道。

"我的一切都是你的。"卞城王轻轻抚摸她的长发,"寂冠雪,你是我的一切。"

在这句话说出的那一刻,冠雪感觉到自己坚不可摧的心似乎颤抖了一下。

冠雪的手忍不住搂住了对方的腰际,那种感动的情愫在心中升腾,她拥住了他。

手在他的腰际往上仿佛摸索到了什么,冠雪一惊,忙和对方分开,说道:"你的后背怎么了?"她看着自己手上的暗红血迹,慌忙道:"你受伤了?快让我看看!"

卞城王微微含笑:"没事的,一点小伤,不足挂齿,你别这么紧张。"

冠雪强行把他转过身去,让他的后背对着自己,她撩开卞城王垂在后背的长发,这才看到了那草草包扎的伤口,伤口看起来有两天了,却仍然止不住血,暗红的血流淌下来,一直流到温泉水中。

"你受伤了不可以泡温泉!还有……这伤有两天了还没愈合,一定是你没有在意又打斗拉扯挣坏了伤口吧?你怎么这么不小心!"冠雪看着对方触目惊心的伤,心底忍不住地抽痛。

"我没事的。都说是皮外伤了,你别放在心上。"卞城王转过身不在意地说道。

"不行!你必须马上上岸!温泉会加速经脉流动让伤口流血不止,马上上去,我给你再处理一下!"冠雪抓着他的手命令道。

卞城王低头看着表情严厉的冠雪一会儿,忍不住又笑了起来:"你的气势还真的蛮适合做卞城王的,要不要考虑一下让我把王位给你?"

"你就不要再说笑了!你怎能不爱惜自己的身体?"冠雪使劲推着对方想把对方推上岸去,奈何对方块头太大,她根本撼动不了分毫。

"我不爱惜自己的身体,那不如……"卞城王的脸忽然靠近过来,"你来帮我爱惜我的身子?"

冠雪的心又怦怦地几乎跳出了胸腔:"大人……你……"

卞城王他……是真的喜欢自己吗?

那双看到她就会笑的眼睛,那双亮晶晶几乎要溺毙了自己的一双秋水,让冠雪有一瞬间的失神。

如果他真的喜欢自己的话……

卞城王的嘴唇几乎要贴在她唇瓣上的时候,耳边忽然响起了冷冰冰的话语:

"请问……卞城王大人和冠雪郎中在我的温泉里做什么呢?"

冠雪一惊,抬头望去,怀玉衣衫整齐地站在温泉之上,不容易被察觉的是,他的发梢还微微地滴着水。

"怀玉……"冠雪看见他已经穿戴整齐,不由得放心下来了。

卞城王一脸泰然地看着裘怀玉:"裘堂主来得倒真是时候,莫不是一直在旁边看着吧?"

这一席话说得冠雪心惊肉跳:难不成自己和卞城王在温泉池子里的种种,裘怀玉都看在眼里了?

裘怀玉眼中似能结出冰霜:"寒舍简陋,温泉不尽如人意,如此寒酸的地方,恐怕屈就了大人,大人和冠雪郎中想要行此好事,不如去大人的宅邸?"

卞城王冷笑一声:"也罢,这确实是本王考虑不周了。"

卞城王和冠雪双双穿戴整齐,冠雪又给卞城王好好处理了背上的伤,问及这伤是怎么弄的,卞城王始终缄口不言,冠雪问不出来也只能作罢。

第十章 / 后宫争宠

三人在厅堂喝茶，冠雪坐在怀玉和卞城王中间，她正喝茶呢，怀玉这边对卞城王说道："时候不早了，大人早些回去吧，冠雪郎中自会住在寒舍，大人不必担心。"

卞城王冷笑一声："我带了人来，冠雪和我上马车去我的宅邸更方便一些，冠雪和你毕竟不够亲厚，叨扰了你，我过意不去。"

裘怀玉冷冷一笑，这边转过头来对冠雪笑道："冠雪郎中别担心，今晚你就住在我的闺房，你我抵足而眠好好聊天，可好？"

冠雪有点窘：睡你的床？抵足而眠？盖被聊天？你确定我们两个，孤男寡女共处一室只能聊天？

冠雪嘿嘿一笑摆手，刚想拒绝，那边卞城王就拉住了她的手："冠雪，跟我走，我们继续讨论刚刚在温泉池子里的话题。"

冠雪看到他，一颗心又开始狂跳起来。怎么回事这是？今天怎么看到卞城王脸红心跳的毛病就一直好不了呢？

这边冠雪被卞城王拉着，忽然就有另一只手拉住了冠雪，那人重重一带，冠雪就落入了他的怀里，熟悉的脂粉香气扑面而来，冠雪推开他："宿离殇，你怎么来了？"

宿离殇笑得娇媚："为夫怕再不出来，你就要被别的野汉子抢走了。"

卞城王拍了桌子站起来，怒目而视道："你说谁是野汉子？"

宿离殇掩口而笑，眉眼弯弯的那么好看："小人怎么敢说您呢？野汉子有的是，不只您啊，您看看旁边那位一袭女装的，没准也是哦！"

裘怀玉的脸在一瞬间顿时变得煞白。

冠雪心底一惊，忙伸手捂住了宿离殇的嘴："离殇！话可不能乱说！怀玉明明是女人，你这样说是什么意思？"

冠雪忙转过头对卞城王赔笑说道："离殇这人没事就爱瞎说，大人可千万别往心里去呀！"

卞城王微微一笑："寂冠雪你是怕我误会……还是在隐藏什么事情？"

冠雪一时间不知该如何接话，正彷徨中，那边窗户忽然开了，月色之下，云珩握着剑踩在窗台，长发迎风飞扬，他看向冠雪说道："姐姐，天色已晚，我送你回家。"

看到云珩，冠雪好像看到了亲人一般，她心中一阵温暖，便朝着云珩走过去："你怎么跑到人家窗户上去了，快下来！"

云珩含着笑意跳下窗台，身后的怀玉一脸阴郁："我家的护卫看来还是不够得力，什么猫猫狗狗都放进来！"

冠雪刚要拉到云珩的手，却又被一股强大的力道拉了回去，再次被拉进那个脂粉香气的怀抱中时，宿离殇笑道："娘子要跑到哪里去？为夫才是你最亲的夫君啊！你可别被外面的狂蜂浪蝶迷昏了头脑！"

那边的云珩伸手，强有力的大手握住了冠雪的另一只手，云珩将冠雪拉到自己身旁，看着宿离殇冷笑："说到外面的狂蜂浪蝶，还不一定是谁！我比你早一步进寂家，你才是姐姐从外面惹来的烂桃花！明明是贱籍，还妄想进寂家，一味死缠烂打，也算是个良人？"

宿离殇被他说得脸顿时就沉了下来："你这个人口贩卖黑市的奴隶也配说我？你就算被买下来送给寂冠雪又如何？你不还是个下人？退一万步讲，你最好的结局不过是被雪儿认作干弟弟，你能做得了她的夫君吗？你配吗？"

云珩毫不服软，马上回嘴过去："我做不了夫君，你也休想！一个青楼出身的妖艳贱货，你以为你有机会？都是干弟弟，你的排位只能在我之后！"

"老子此生绝不做谁的干弟弟！"宿离殇怒道，"让老子在你之后？下辈子也没可能！"

二人一边说一边把冠雪往自己的方向拉扯，冠雪只觉得自己的骨头都几乎被二人扯散了。

明明都是大户人家的孩子，受过私塾教育学过君子德行的男子，怎么在女人面前如此争抢无礼，连小门小户的粗鄙汉子都不如了？是时候捡回自己前世的泼辣风格，用气势震慑他们了。

"你们两个……都给我住……"冠雪刚想拿出点气势来，她的声音和无力的身子就马上在那二人的互骂和争抢中淹没了，任她如何想反抗，却是一点都办不到。

"你们两个给我放开寂冠雪！"卞城王看出冠雪的痛苦，一声气沉丹田的呵斥响彻四周，"你们把她弄疼了！再不放开我就不客气了！"

冠雪感激地看向卞城王，觉得这世上果然只有他是在意自己的……

卞城王大人好像是真心喜欢自己的啊……

见那二人充耳不闻，卞城王忍不住几步走过来和他们撕扯起来，他生怕拉扯冠雪手腕让她受苦，便一手握住离殇手腕，一手握住云珩手腕："放开！"

"不放！"那二人回答莫名的整齐。

卞城王冷然地抽出长刀来："你们再不放，我就砍了你们的手腕！"

"谁怕谁？"宿离殇冷笑一声。

不等卞城王发作，裘怀玉也恼怒起来加入混战："这里是我家！你们以为在谁的地界上可以为所欲为？都给我住手！"

四个男人乱成一团，寂冠雪心中暗暗叫苦：是谁说享尽齐人之福让人羡慕的？男人争风吃醋起来根本拦都拦不住啊！

这么想起来，她心里有点庆幸：幸亏自己上辈子只谈过一次恋爱，不然，她估计连婚后七年都活不过去……

不敢想如果她有多个追求者，卜星途会怎样对她……可能在成婚的第二个年头就把她杀了吧……

她这边正在瞎合计呢，那边一个清冷朗然的声音响起：

"冠雪郎中在吗？"

那个熟悉的声音，是……

冠雪来不及多想，趁着身边人愣住的时候，如蒙大赦地挣脱了几人的束缚，一路小跑地来到那人面前："我就是！我是寂冠雪！"

那人站在她面前，一双浅淡的眸子清冷无波地看着她。

"卜……"冠雪差点说出了他的名字，又想到此时卜星途未必认识自己，于是捂住嘴把他的名字咽了下去，"卜……不知有何贵干？"

"冠雪郎中，神女庙的天鉴天师病了，龙安名医全都束手无策，需要你前往医治，现在就跟我去神女庙。"

他的语气是不容拒绝的强势，十分具有正牌夫君的底气。

冠雪看着眼前一如既往冰冷的卜星途，恍如隔世。

好像他还是她的夫君，好像他们兜兜转转走散了，她失去了他，他又回来找她，让她跟他回家，和从前无数次的寻找一样。

可是……她回不去了。

那痛彻心扉的一剑，他们还没来得及看到这世上阳光的孩儿，那一切，冠雪无法原谅他，即使时至今日，她终究无法对他痛下杀手，但她也终究不可能再和他重来一次。

她对他，早已被那一剑刺碎了心，和那颗真心一起被撕碎的，还有她对他的信任。

我曾视你为挚爱，而你给我的，只有鲜血淋漓的伤害。

卜星途，我们回不去了。

冠雪把手从自己腰际藏着的匕首处拿开，她暂时放下了杀死卜星途的打算，毕竟如同爹爹说过的那般，重来的这一次，卜星途并不是杀死她的那个卜星途。如果没有意外的话，这个卜星途仍是之前那个心高气傲、不食人间烟火的卜星途，他对她根本不屑一顾，他还是那个她纵然头破血流，也得不到的高岭之花。

他看她一眼都不屑，又何谈想要杀她？

千般恨，万般怨，对于此时的卜星途而言，不过一句不值得罢了。

冠雪平息下了千丝万缕的思绪，刚想说话，那边宿离殇走过来揽住她的肩膀，仿佛宣布主权一般："哟，这位不是之前在龙安街头遇到的那个六根不净的神官吗？上次在街上拉住我娘子的手问长问短，现在来这里想干什么？看不出你一副道貌岸然的样子，却闷骚得很啊！"

卜星途面不改色，完全不理宿离殇，他看着寂冠雪，冷然道："上次我错认了你，实在抱歉，这次我来是找你看病的，天鉴大人的情况有点紧急，怕是除了你，其他人都医不好了。"

离殇皮笑肉不笑地上下打量卜星途："神官，我家娘子医术卞城第一，想让她瞧病的人多了去了，她的出诊费可不便宜，先付定金来，让我看看你的诚意！"

卜星途没搭理宿离殇，伸手拿出一锭白花花的银子，冠雪看着他手里的银子发愣，没有接。

卜星途挑了挑眉，伸手握住冠雪的手，将沉甸甸的银子放在她手心上："这是定金，待你医治好了，余下的诊费好说。"

他的动作那么自然，仿佛与她的肢体接触再寻常不过，苦追过星途的冠雪比谁都知道，卜星途从来不会对任何人有主动的身体接触！他与她是初相识，两次相遇却两次主动牵她的手，卜星途……必有蹊跷！

难不成……冠雪在心底里做了一个大胆的假设——难不成卜星途和她一样，都重生了？

冠雪掂了掂手里的银子，这银子的分量有二十两，对她来说，别说是定金，就算是全部的诊费也绰绰有余。卜星途如何知道她的医术的？卜星途又如何知道她的诊费低于这个数？

冠雪冷冷地看着他，问道："你怎么知道我的？如何找到了这里？"

卜星途仍是面不改色："找人打听的，神女庙有人知道你的名号，我来卞城询问，他们说你在这里。"

卜星途的说辞无懈可击，寂冠雪一时间看不透他到底是说的托词，还是真的如此。

不管如何，先跟着他过去看看，打探一下虚实，试他一试，看看卜星途的底牌到底是什么！

但是看着卜星途，冠雪心底还是有点打怵，她怕自己再被他杀一次，于是转过身朝卞城王说道："大人，冠雪有个不情之请……这一路上……能否借您的暗影卫一用？不需多，两个就可以。"

卞城王微微一笑："傻丫头，暗影卫不是一直都跟着你吗？你但去无妨，我那七个暗影卫都给你带着。"

冠雪心底里一阵温暖：这个男人……待自己是倾尽真心实意的！她有点脸红，不好意思地说道："不不不，我只要两个，两个就够了。剩下的那五个务必要跟着你，这卞城里，想要你性命的人比想杀我的人多很多，我不许你有事。"

你不可以有事，因为你是这世上我最信任的人之一，也是不多的真心实意待我的人啊……

"哟，冠雪郎中开始担心我咯？"卞城王笑意更深，"好，听你的，那就给你两个武艺最高的。"说着，他比画了一个手势，窗外两道黑影倏然而过。卞城王温柔道："去吧。"

冠雪对卞城王笑了笑，转过身来看到卜星途，卜星途此时也在看她，一双眼中泛着道不清说不明的水泽，冠雪看到他，脸上的笑容马上就消失了，她冷着脸道："好了，走吧。"

卜星途没说什么,转过身就要走出门外,此时云珩忽然问了一句:"带走姐姐之前,得留下你的名号,万一你对姐姐做了什么不好的事情,我去哪里寻你?"

卜星途冷冷地转过头,清明傲然的目光扫过身后一众男子,他冷然道:"在下是神女庙的司礼贞人,姓卜,名,星途。"

他的声音不大,却自带一股强势霸道的气场,仿佛那句话带着冷气一般,无孔不入地渗入人的五脏六腑,让人每个毛孔都觉得凉。

说完这句话,卜星途头也不回地走了。冠雪跟在他身后,也走出了屋子。

云珩在嘴里念叨着他的名字:"卜……星途,星途……星途?!"之后他如梦初醒似的大吼起来:"他就是星途!不能让姐姐和这个星途走!你给我回来!"

离殇轻松地从后面扼住了云珩的脖子,云珩再说不出一句话来。一边的卜城王也思索着:"卜星途?莫不是小雪之前昏迷中反复叨念的那个名字?"卜城王蹙了眉头,又吩咐了一个暗影卫跟在他们二人身后。

冠雪跟在卜星途的身后。卜城华灯初上,虽是夜晚,灯光却还明亮,此时是仲春,夜晚的天气还有些凉,卜星途走在冠雪前面,宽大的衣袍为她遮住了大部分吹来的冷风,冠雪不禁想起自己和卜星途也曾经在天冷的时候一起出去,尤其是每年爹爹的忌日那天,卜星途会和她并肩走到爹爹的坟前。落雪的日子,他撑着伞,见到冠雪双手冷了在嘴边呵气,他便换了撑伞的手,把手从她肩膀绕过去,宽大温暖的手握住她的两只手,让冠雪受宠若惊。

他什么都不会说,只是默默地给她暖手,冠雪脸红心跳地看着星途波澜不惊的侧脸,心中小鹿乱撞:星途……还是喜欢她的吧?虽然最初被她强迫成了亲,但之后的日子里,是不是也慢慢地喜欢上了她呢?

那些无言的温暖和安慰,那每一个与她温存的夜晚,若不是发自内心的喜欢,怎么会做得到?

星途大部分时间都对她十分冷淡,但偶尔也会有对她温柔的时候,就是这些他偶尔的温柔,让她看到了希望,让她越发地对他死心塌地。

可是她没想到,他竟然一直都不肯原谅她。他竟然恨了她这么长,这么久,恨到一剑刺穿她的身体。

冠雪和星途就这样沉默着,一路无话地走出了卜城,在卜城和外面山谷的连接之地,冠雪微微地放缓了脚步。

这里，是卜星途曾经杀死她的地方。

从前发生过的一切，此时仍然历历在目。他的追杀，他的狠厉，他的果断，她再一次想了起来。

她默默地站在自己前世惨死的地方，看着眼前的背影，忍不住又把手探进了腰际，摸到了那柄锋利的匕首。

卜星途似乎察觉到了，也停下脚步，回头看着她。

"怎么不走了？"他的声音很冷静，听不出一丝波澜。

寂冠雪看着他面无表情的脸，冷冷道："这里是一个让我永远都不能忘记的地方。"

他淡淡地看着她："哦，是吗？"

"有一个女人，曾经死在了这里。"寂冠雪缓缓说道，紧紧地盯着对方的眼睛，她试探道，"她被自己心爱的夫君一剑刺穿，死在了自己爹爹忌日的那天。"

"哦。"卜星途脸上仍然没什么表情，"你认识她？"

无懈可击的反应和表情，冠雪完全不能从他的反应中获得任何提示。她看不出卜星途的破绽，他根本没有破绽。或许，他对她的追逐只是巧合，他应该真的没有重生前的记忆，他和她在这个世上所遇到的其他人一样，都没有重生前的那场记忆。

"你不觉得这个女人很凄惨吗？她本来是那么爱她的夫君，可是现在……"寂冠雪握着腰际的匕首，"她恨不能一剑杀了他！"

卜星途云淡风轻道："不是说已经死了吗？都死了还怎么杀人？"

冠雪被他噎得一时间说不出话来，正尴尬间，卜星途已经转过了身，继续用后背对着她向前赶路："时间不早了，快点跟我去神女庙给天鉴大人看病。"

好吧……寂冠雪灰溜溜地跟在卜星途身后，抬头看着头顶的树枝，一大簇一大簇的桃花大朵大朵地怒放，冠雪抬头，一阵风来，吹落了纷纷洒洒的花瓣，如雪一般落在她和卜星途的头上，让她想起了曾经落雪的日子里，她和卜星途在雪中行走，每个人都顶着一头的雪白，好像一路走到了白头。

这些纷纷洒洒的桃花花瓣，落了他们满头，冠雪错愕地看着自己和星途，好像也就这样一直走到了白头。只是"缘"之一字，到底是不能强求。

冠雪叹息一声，拂去了自己头上的花瓣，而前面行走着的卜星途并没有拂，他任那些花瓣缀了身上，仿佛行走的雕塑一般。

今年的桃花，为什么迟迟没有谢呢？难道这桃花，也在等着谁吗？

到了神女庙，冠雪为天鉴天师诊断了脉象，原来她是罕见的桃花风侵入身体，看起来症状和感了风寒很像,但吃药不会缓解只会加重。冠雪为她开了对症的方子,只需吃七天便可痊愈。

卜星途微微点头道谢道:"不愧是冠雪郎中,医术果然高超。"

冠雪冷冷地看着卜星途,起身对他说道:"还有一些注意事项,请卜先生借一步说话。"

二人出了天鉴天师的房间,寂冠雪走在前面,卜星途不声不响地跟在她身后,二人一路无话,冠雪已经轻车熟路地走到了卜星途的房间门口,她站在门口,示意卜星途把门打开。

卜星途没说话,他推开房门,寂冠雪进了屋,他也跟进来,随手闩上了房门。

房间里亮着一点如豆般微弱的烛火,卜星途冷然的脸在光亮和阴暗中来回摇摆:"冠雪郎中如何知道这是我的房间?你非要来我房中说话不可?"

寂冠雪冷冷地看着卜星途,她慢慢走近过来,近了,更近了,她整个人的身体几乎贴在了卜星途身上,卜星途没有动,只是垂着眼帘看着她。

冠雪更加靠近过来,她仰头看着他,气息几乎都喷到他脸上了,卜星途仍然那样看着她,只是气息略有些急促。

冠雪冷冷一笑,索性伸出双手揽住卜星途的脖颈,卜星途被她这么一揽,头就低了下来,寂冠雪微微踮起脚尖,迎着他的唇就吻了下去。

卜星途的唇瓣温暖而柔软,一如那么多次她亲吻过的一般,熟悉的,属于卜星途的味道。他的身上仍是淡淡的檀香气息,他的唇瓣仍是引人不禁想要深入品尝的桃花香气,寂冠雪浅浅地亲吻着他,他任她亲吻,吻着吻着,二人的气息不由得炽热起来,渐渐地,卜星途揽住了她的腰际,加深了这个吻。

寂冠雪眼中寒光闪过,她不容分说地推开了卜星途,一个耳光响亮地抽在他脸上。

"啪!"

卜星途的脸被她打出了一个鲜红的印子。他侧着脸,微微垂着头,她看不见他此时此刻的表情。

"卜星途!我没发现你好演技啊!"冠雪怒气冲冲地抽出匕首抵在他的脖颈,"还跟我装是不是?你再装作不认识我?夫妻七年,我还不了解你?你是那种和刚认识的女人就能接吻的人吗?想我当时追你追了多少年才给你练就了和我接吻的习惯?你这上来就轻车熟路地和我吻在一起?接下来你要做什么?如果我不打你,你是不是就要脱衣服躺平任我胡来了?卜星途,你是不是贱?"

卜星途正了脸看着她，表情仍然清冷无波："我不知道你在说什么。"

寂冠雪的匕首逼近他脖颈的皮肤，浅浅地切开一个口子，鲜血缓缓流淌下来："你还否认？你吻得这么熟练，鬼才相信你这是初吻！卜星途！我只问你，你为何杀我？夫妻七年我自问待你不薄，你为何对我痛下杀手？今天你给我说个清楚！说不清楚，莫怪我刀下无情！"

卜星途看着她："我承认我六根不净，因为你长得像极了我的一个故人，被你亲吻，我就想起她。刚才我是把你当作了她，幸好你打醒了我才没酿成大错。"

寂冠雪一愣，心底的酸味泛了起来："你……不可能！你只有我一个的！你怎么可能有其他女人！不会，不会的！你……你明明就只有我……"

卜星途看着她，眼中看不清是什么情绪，那好像是一种忧伤，一种不融于这个世界的忧伤："我的恋人……已经不在这个世上了。我刚来龙安不久，怎么可能和你夫妻七载？寂冠雪，你不是我的那个人，你不是她，这个世界上，没有人能取代她。"

寂冠雪忽然想起前世卜星途曾经跟她说过，他曾经有一个做梦经常会梦到的女人，他总是想念她，甚至于在梦中与她相见。卜星途来主动找她的那一晚，他好像中了什么春药，他特意跑了很远的路来找她，是不是因为自己长得太像他那个已经不在人世的恋人？他们夫妻七载，难道他偶尔流露出的温存和爱意，都是对着另一个人的？

寂冠雪如同遭到雷劈一般，她这些年来累积而来的美好回忆被这个设想瞬间击垮，溃不成军。

卜星途不爱她，他一直以来爱的都是另外一个求而不得的人，这个真相让寂冠雪一时间无法接受，眼泪从她眼眶中失去控制地流淌而出："卜星途……这些年来……我……我原来不过是一个笑话……你不爱我，你从来没有爱过我……你……你……"

寂冠雪捂着胸口跪在地上，她号啕大哭，吼道："卜星途！我恨你！"

卜星途看着她哭泣，寂冠雪没有抬头，没有看见卜星途眼中流露而出的，极致的悲伤。

他不曾爱过她，那她也可以忘却他，忘却他给予她的一切，忘却那些难得的恩爱，只留下鲜血淋漓的仇恨。

卜星途转过了身不再看她："或许我长得也像你的故人……但你……也忘了他吧。他让你如此伤心，是个不值得让你记住的人。忘记他，重新开始，好好地活着。"

寂冠雪摇摇晃晃地从地上起来，朝他伸出了手，卜星途转过身看她，愣了一会，他把自己的手放在了她的手上。

寂冠雪毫不留情地打击道："谁让你摸我手了？我让你把剩下的钱给我！二十两银子，少一分都不行！"

卜星途忙缩回了手，他的脸瞬间红了起来，不知道是羞愧还是窘迫，他转开视线不看她："诊费……会给你的……"

寂冠雪看着卜星途，心里说不出是什么滋味。平心而论，她觉得很窝囊，七年的夫妻朝夕相处都变成了一场泡影，她连最后一丝幻想都被打破了。她是怨的，是恨的，是不甘心的，无论样貌身材还是能力钱财，她寂冠雪差在哪里？她从来没让卜星途过一天苦日子，她爱着他疼着他，把他捧在心尖上，什么都听他的，她做到这一步，他难道就没有一点动心吗？

不甘，太不甘了。

卜星途翻出箱底的一锭银子，他伸出手将银子放在手心，冠雪故意伸出手在他手心用小指轻轻地挠了一下：夫妻七载，她没少这样调戏他。

卜星途的脸微微红了，他瞪了她一眼："别闹。"

他竟然知道她是在和他开玩笑……冠雪此时又觉得自己不能确定了：这个卜星途若不是重生而来的，为什么会给她如此熟悉的感觉？

眼前的卜星途，和最初她遇到的卜星途不一样，也和记忆中的卜星途不一样，曾经的卜星途不食人间烟火，是天上的神祇，而此时在眼前的卜星途，更像一个活生生的人。

鲜活的，有感情的，忧郁的人。

做个大胆的假设的话，会不会有那么一种可能——卜星途是重生前的卜星途，他口中那个心心念念的恋人……就是前世被他杀死的自己！

刚这么想，冠雪就被自己这个设想恶心到了：她到底是多有自信，都这一步了，还傻到以为卜星途是真心爱她的？

但这个设想倒是个有趣的点，用来逗逗卜星途也无妨。她忍不住调侃道："卜星途，你说的那个让你念念不忘的恋人，是不是前世被你杀死的我啊？那个我死在了那个世界，这个世界的我对你来说已经不是你爱着的妻子了，你一直要找的人，已经找不到了，对不对？"

寂冠雪本以为自己说的这番话会引来星途无情的嘲笑，可没想到她的话说完之后，卜星途竟然瞪大了眼睛，脸色苍白地看着她，一时间竟然说不出反驳她的话来。

"说中了？"寂冠雪哈哈大笑，心中充满快意：就算是骗自己的也好，在想象中卜星途爱过她，也好过她七年的一厢情愿。

来不及欣赏到卜星途接下来的表情，他忽然将她拉到身后，夺过她手中的匕首就切在自己手心之上。

什么意思？这么开不得玩笑吗？他这是要切手明志表明自己对她绝无半点情谊？用不着这么绝吧！

鲜血流淌下来的时候，淡淡的光芒将卜星途笼罩起来。卜星途一手掐指念诀，另一只流血的手在空中画了个不知名的法阵，滴下来的鲜血忽然变成了几支血箭，朝着窗户破空而去，窗外响起几个人"扑通"倒地的声音。

血箭！是前世袭击过她的血箭！

卜星途果然是当时袭击她的始作俑者！他竟然身负异能！冠雪呆呆地看着卜星途冷峻的侧脸，觉得这个卜星途不是她所认识的那个卜星途——夫妻七载，她从来都不知道卜星途竟然有这样的能力。

透过破损的窗户，寂冠雪看到几个黑衣人被血箭放倒在地，黑衣人手中还拿着武器和暗器，明显是来刺杀的刺客。

卜星途救了她？

冠雪有些诧异地拉住卜星途的胳膊："你怎么知道……"话音未落，卜星途神色微变，他转过身紧紧地抱住了她！

什么情况？卜星途竟然主动抱住了她？

冠雪脑海中一片空白的当儿，卜星途已经抱着她的身子纵身跃到没有家具的地方，与此同时，身后的爆炸声响起。"轰隆隆——"

一股无形的爆炸冲击波将他们推倒在墙边，屋子在这一瞬间塌了半边，木梁瓦片炸得成了碎片，呛口的灰尘混合着爆炸的气味刺得人几乎不能呼吸。

寂冠雪被卜星途压在身下，她一时间有些呼吸困难。四下灰尘满目，什么都看不清楚，却听到一个娇滴滴的声音好像撒娇似的在说话：

"哎哎哎呀，东家可没说这里有异能者啊，上来就把我的小妹们给结果了，看来得加钱才行。不过这个攻击的手段……和我一位故人倒是有些相像……

"咳咳，真的好呛人啊，喂，里面的人死没死呀，我说……"

冠雪看到了那个渐渐走近的人，那是个个子不高的女人，看起来岁数似乎也不大，脸上的脂粉有些厚，她穿着孩童的衣服，在那里噘嘴好像生气的样子真的有几分像孩子："哎……这不是阿途吗？"

女人手上托着一团像是火焰的东西，很明显，她是异能者，刚才的轰炸不是火药，而是她亲手所为。来刺杀冠雪的刺客们越来越难对付了，武功高强的刺客已经被淘汰，对方竟然找来异能者对付她！

那个女人笑了起来："没想到会在这里遇到你！阿途，你现在好吗？听说你已经出家了，原来是在这里的神女庙呀！"

卜星途冷冷地瞪着来人："好久不见，琉童。"

这个女人叫琉童？她叫卜星途什么？阿途？

冠雪有点气，她在卜星途身后掐了一把他的腰，卜星途没理她，但她已经表达了自己的不满：我和你成亲七年了，都没管你叫过阿途，这人谁啊，怎么叫得这么亲呢？

琉童看着把冠雪挡在身后的卜星途，忍不住笑了笑："阿途，你和这个女人是什么关系啊？"

卜星途一脸警觉地看着她："这笔买卖，你还是放弃了吧。"

琉童取出画像看了看，指着冠雪说道："寂冠雪，卞城黑市的郎中，就是你，今天我就要你的项上人头！阿途，这是我的工作，你这样，算什么意思？"

卜星途冷冷地道："她是我的猎物，你回吧。"

琉童噘起嘴撒娇道："什么嘛！你知道这笔买卖多少钱吗？我从来就没接过这么贵的单子！你现在可是神官呀，把这笔买卖让给我嘛，求求你了，我请你吃饭，拜托拜托啦！"

琉童的语气有些肉麻，害得寂冠雪起了一身鸡皮疙瘩，寂冠雪看着卜星途，心中打起了小鼓：卜星途和这个刺客认识！卜星途还说自己是他的猎物！卜星途前世杀了自己！这是怎么回事？难不成……卜星途接近自己就是为了杀自己吗？可如果是这样，为什么琉童会接同样的活计呢？

"滚。"卜星途惜字如金，冷漠道。

琉童眼中闪过一丝不易察觉的阴郁，可她仍然笑容满面道："你看看你！好久不见了还说这么冷淡的话，真是一点都没变呀！阿途，这样，今天我们先不谈生意，找个地方叙叙旧可好？"

琉童这边笑容满面，寂冠雪却发现卜星途的手已经开始掐指念诀起来了……

嗯？怎么回事？这个琉童有危险？

就在琉童哈哈大笑的时候，卜星途早已回身紧紧抱住了冠雪，与此同时，卜星途的血箭如同保护罩一般抵挡住了铺天盖地的爆炸！

琉童毫无预警地忽然发招？

卜星途抱着冠雪滚进了床下，而琉童那边根本没有停止攻击，巨大的爆破声将屋子轰得面目全非，木质的家具被轰成了碎片，飞扬的尘土让室内一片混沌，琉童拼命轰炸，把房子炸成了一片废墟，灰尘飞扬什么都看不见，她在废墟里咳嗽不止："咳咳……该死……咳咳……真脏，回去我要好好洗个澡才行……"

尘埃渐渐落定之后，屋子里再次露出清明，琉童看着满目疮痍叹息一声："是我太强大了吗？哎哎哎，如果都被炸成碎片了可怎么办才好啊？怎么跟东家领命啊？我还得拿到几片能应付差事的尸块才行啊……"

琉童用脚踢着四处："还活着吗？活着就吱一声，我好给你们个痛快的！阿途，我知道你不会死的，你很强，虽然你已经……但你仍然很强！阿途你出来！和我好好对打！我一直期待和你一战！"

此时此刻，床下。

卜星途压在冠雪身上，他的一边胳膊已经受伤，血顺着伤口汩汩流淌下来，因为一只胳膊受伤的关系，卜星途没办法用自己的力量拉开和冠雪的距离，他只能半压在她身上。

二人距离很近，卜星途警觉地从床下的缝隙朝外看过去，轻微的举动却压得冠雪嘤咛一声："嗯啊……"

卜星途另一只没有受伤的手忙捂住了她的嘴，他轻轻摇了摇头，比画了一个噤声的手势，示意她不要出声。可如此一来，他整个人就完全压在她身上了，所幸卜星途身子比较单薄，并不重，冠雪负担得了，她连连点头，表示会意，卜星途这才撤下捂住她嘴的手，受伤的胳膊撑不住，他歪斜着身子，唇瓣就朝她猝不及防地压了下来。

在这种情况之下，冠雪的唇被卜星途的唇压住了，他索性堵住了她的嘴，却没有挪开。

冠雪在心里腹诽：这是嫌用手捂嘴麻烦，直接用嘴堵上？

本来嘴唇相贴是个意外，但卜星途没有修正这个错误的意思，他甚至在压住她的嘴唇之后，抬起头来看了她一眼，冷冷地看她一眼之后，好像不相信她会闭嘴似的，再次用嘴压住了她。

冠雪根本发不出一点声音。

外面的琉童把散乱一地的碎片清理得差不多了，甚至于压在床上的木板也被扔掉了，就在琉童看到床的这刻，卜星途微微起了身，冷漠地朝外面扫了一眼，他一手结印，一个闪着光亮的小小法阵在掌中运动起来，与此同时，两个傀儡人偶不知道从何而来，灵巧地朝琉童攻去！

一个人偶劈手就给琉童后脑勺来了一下，琉童吃痛，转过头来看见那两个傀儡，在看到傀儡脖颈后面闪亮的血色法阵的那刻，她咬牙切齿道："竟然用血傀儡对付我！"

琉童恨恨地躲闪着血傀儡的攻击，低声吼道："卜星途！别躲在暗处！有本事你出来和我单挑啊！"

"啊啊啊，我生气了！该死！"

琉童打不到血傀儡，却总是被打得东倒西歪，她气得发狠，使出全身力气："烈火招来——"一阵惊天动地的声音之后，血傀儡被打散倒在尘埃中，琉童则几乎不能站立，扶着门框喘着粗气。

就在她休息喘气的时候，一道寒光劈了下来，琉童躲闪不及，脸被突如其来的剑尖划破了，一道鲜血顺着脸颊流淌而下，她惊愕地退后两步，用手摸了一下脸，看着手中的殷红，琉童气得发抖："欺负我！你们这群人欺负我！你们都是坏人！坏人都该死！"

云珩手中持剑，冷冷地瞪着她问道："我姐姐在哪里？"

琉童此时力气基本耗得差不多了，刚才打血傀儡的那招是最后的力量，此时她竭尽全力用烈火打中了云珩："去死吧！"

虽然琉童已经是强弩之末，但云珩还是被打出了一丈多远，他受了伤，还好并不严重。云珩的肚腹渗出了血，他倒在地上，只觉得全身的骨头都好像散了一般，身体根本动弹不得。

琉童扶着废墟哈哈大笑："你不过是一个普通人罢了，竟然敢挑战异能者？今天是老娘手下留情，若是平日，你早就四分五裂了！"

"我看，你的力气是已经用尽了吧。"离殇笑眯眯走了进来，看着几乎不能站稳的琉童道，"琉童，虽然你的异能厉害，但你的能力和谋略都不怎么样。我劝你早点回去比较好。"

琉童看到离殇的那刻微微一怔，她又看到离殇身后的卞城王和缠着纱布的石千钧，忍不住狠狠地咬牙道："你们这群浑蛋，我们走着瞧！"

说罢她抛下一枚烟幕弹，一片雪白的烟雾弥散四处，待烟雾消散的时候，琉童已经不见了踪影。

逃之夭夭，见势不好绝不恋战，这个琉童还不算太傻。

离殇在屋子里转了一圈，最后他撩起遮挡床的帘子，看见里面以暧昧姿势交叠在一起的卜星途和寂冠雪，宿离殇冷笑道："这位六根不净的神官，你能不能从我家娘子身上下来？"

卜星途没说什么，沉默地从床下出来之后，半跪在地上，刚伸了手要去拉床下的冠雪，宿离殇抢先一步探进身去把冠雪拽了出来，星途的手僵在半路，又收了回去。

离殇这边把冠雪拉出来，那边卜城王已经冲了过来，他抱住冠雪的肩膀上下打量了好几遍，担心地问道："没受伤吧？那个异能者有没有伤到你？"

冠雪心头暖融融的，她笑着对卜城王说道："放心吧，我没事，是卜星途……"

说到这里，冠雪越过卜城王的肩膀朝卜星途看过去，只见卜星途拖着受伤的胳膊，步履有些踉跄地慢慢走开了。

冠雪想喊住他，却听得石千钧说道："冠雪郎中，你的护卫受伤了！"

冠雪连忙朝喊话的方向跑过去，只见云珩倒在地上起不来，冠雪怕他伤得重，不禁担心地上前查看，还好他只受了一点皮外伤，筋骨倒也无碍，冠雪替他处理好伤情之后，云珩一脸担忧地搂住冠雪的胳膊道："姐姐……我们回家吧……我好担心姐姐，一直一直担心姐姐……"

冠雪觉得自己的心都要化了，她忍不住抚摸着云珩的头发，好像抚摸着自己最疼爱的宠物一般："好啦好啦，云珩，乖，姐姐这边处理好事情我们马上就回家呀！"

冠雪赔了一大笔银子给天鉴天师，天鉴天师目不能视，但伸手摸了一把银子就忍不住呵呵笑了起来："冠雪郎中真是太见外了，不就是拆了个房子嘛！欢迎常来！"

好吧，天鉴天师还是一如既往地贪财啊……对这个女人而言，就没有钱不能收买的事情……

冠雪作别了天鉴，看到星途背对着自己站在院子里抬头看着树梢上的桃花，夜色之下，落英缤纷，他淡然地看着桃花，仿佛一幅绝美的画卷一般。

"卜星途！"冠雪叫住他，他转过头来，冷冷清清地看着她，没有答话。

"你的伤怎么样了？"冠雪朝他伸出手去，"让我看看，我给你好好处理一下。"

星途退后一步避开了她伸过来的手，他垂下头，额发遮住了眼睛，她看不见他的眼睛，只能听到他低沉的嗓音道：

"我没事。冠雪郎中不必费心，你……请回吧。"

二人就这么面对面站了一会儿，竟然不知说什么才好。

就在沉默时，离殇和云珩走过来了，一人一边牵起了冠雪的手——

"娘子，时候不早了，赶快回去吧。"

"姐姐，回家吧！回家好好休息！"

冠雪想对卜星途说什么，但其实一时间也不知道该说什么好，不等她说话，卜星途已经转身走了。冠雪带着云珩和离殇回寂家，石千钧以有伤为由，竟也想跟她一起回家，谁想卜城王脸色阴沉地拎着他的后颈将他拖走了。

这一路，离殇和云珩仍是"嘴仗"不断，但好在气氛还算其乐融融，三个人就这样回了家。云珩和离殇又因为今天谁应该守在冠雪房中争了起来，二人在冠雪房里就这么吵了起来，冠雪不敢惹，于是趁他们不注意灰溜溜地逃了出去，看了看月色和院落中的桃花，冠雪又想找爹爹谈谈了。

推开爹爹房门的时候，一种似曾相识的熟悉感扑面而来。

熟悉的场景，熟悉的两个人，他们又在乱来了！

寂冠雪吓得心惊肉跳，恨不能自戳双目，随即她马上关上了门，捂着胸口感觉整个世界都要被颠倒过来了。

这这这是个怎么情况？！

冠雪在门口好好地喘了一口气，复又小心翼翼地推门去看，这一番再打开门，之前看到的东西全都一扫而光，只见长欢和芳华衣着整齐地站在书桌边，长欢手中握着一杆毛笔，刚刚在纸上写了两个字：虫二。

长欢写罢，有些不好意思道："书法我只是略知一二，写得不好，见笑了。"

尹芳华连连击掌赞叹道："好字！长欢书法遒劲有力，堪称完美！"

冠雪冷着脸瞪着他们："你们俩又在搞什么风月无边的事情了？"

尹芳华一脸严肃："如你所见，我和长欢在研究书法……"

话还没说完，尹芳华就被冠雪一脚从屋子里踢了出去。

"丑丫头，你怎能如此对我！须知做人……"尹芳华从地上爬起来揉着被踹的屁股嚷嚷道。

"去你的做人留一线，日后好相见！不想和你相见了！别再让我看到你在我爹爹的房间里！看见一次我打你一次！"

尹芳华在门外哭号喊冤："我承认之前我花心，可自从有了长欢，我就再没有别人了啊！"

冠雪懒得听她的哭号，打开门又在芳华另外一边的屁股上补了一脚才把她赶走。

回到屋子里，长欢额头滴汗，颇有几分心虚地端上一杯茶笑道："丑丫，喝点茶。"

冠雪也不好再责备长欢，毕竟长欢年纪不小了，行事的分寸，都无须她这个女儿指指点点，只能叹息一声道："爹爹，你都一把年纪了……和尹芳华逢场作戏，有些不妥吧？"

长欢低下头："不是逢场作戏，芳华待我是真心实意的，我对她也有情谊……爹爹心里有数。"

冠雪叹息一声，也知道自己管不了爹爹的事情，索性不再谈这个话题。她捂着有些闷闷的胸口，对长欢说道："爹爹，我今天经历了很多事情。那个我曾经爱过的人，我发现自己在他心里其实不过是个笑话，那个梦里杀了我的人，他救了我。我现在心里很乱，有些经历过的事情，现在自己都不知道能不能相信，那场梦境对我来说越来越虚幻，虚幻得好像根本没有发生过似的。"

长欢忍不住笑了起来，他摸了摸冠雪的头："傻丫头，之前爹爹就说过，既然是梦，就不要再多想了，既然是没有发生的事情，你就应该放下，从梦里醒过来，看看现世的一切。那个曾经梦里不喜欢你的人，没准会在现世中爱上你，那个曾经在梦里杀了你的人既然在现世救了你，咱们就要感激。爹爹一直教你知恩图报，不要欠了别人的人情，人家对你有救命之恩，你要铭刻在心，一定要报答。退一万步讲，你因为没发生的事情记恨人家，人家却还救了你，你说说，是不是你对不起人家？"

冠雪捂着额头愣住："竟然是我对不起他了？"

长欢哈哈大笑："其实啊，这世上的事情，哪有那么多能计算得清的呢？爹爹我年轻的时候，曾经被人辜负，也辜负过别人。人和人之间的那些恩怨，又怎么是一两句能说清的？丑丫啊，你跟爹说，你是不是还在意着他？"

冠雪噘着嘴别过头："我才不喜欢他了哩！他都没有喜欢过我，我也不要再喜欢他了！"

长欢托着腮看着她："我家丑丫长大了，烦恼也多了。我家丑丫生得漂亮，又有拿得出手的技艺，喜欢你的男子一定不少。你跟爹爹说说看，你身边的这些男子，你喜欢哪个？"

冠雪微微一怔："喜欢……哪个？"

长欢笑了："对啊。爹爹看到你身边有这些人，是忠诚体贴的洛云珩，还是强势霸道的卞城王？是风情万种的花魁宿离殇，还是富可敌国的夏电堂主裘怀玉？"

"爹！裘怀玉只是来我家找过我一次，你就看出来他是男的了？"

长欢哈哈大笑："别小瞧爹爹啊，我可是风月场上闯荡多年的，别说是人，就是兔子放在面前，爹爹我看一眼也能分出公母！不仅如此，爹爹我看出来了这些男子都或多或少对你有意，虽然情谊多少不一定，但如果丑丫你有看得上的，和他多多见面培养感情，假以时日，你一定都能领回家里来！"

冠雪一惊："爹爹，你也太瞧得起女儿了！哪有那么多人喜欢我！"

长欢嘿嘿一笑："你是当局者迷，爹是旁观者清。"

冠雪摇头："我现在没有谈情说爱的心思。我现在不会轻易喜欢上谁。"

经历了一次刻骨铭心背叛的她，再不敢妄许深情。曾经她以为爱上一个人，把自己最好的一切都给他就可以厮守一生，而到现在她才知道，那个人从来就没有爱过她，他对她偶尔流露的温柔和体贴，都不过是对着另一个人的。感情并不是付出就会有回报的，这一世，她除非遇到一个真心实意爱自己的人，如前世她奋不顾身爱着那个人一样爱着自己，否则，她不会再轻易动情。

这一次，她只想拥有两情相悦的爱情。

不知怎么的，冠雪忽然就想起了卞城王。

自己明明是不敢再爱的，可卞城王对自己的感情，好像确实是真情实意的。说实话，冠雪不是不动容的，只是一直以来，冠雪对卞城王并没有产生过那个念头，现在忽然知道他喜欢自己，心里一时间还是难以接受。

长欢看冠雪有些愣神，语重心长道："爱也好，恨也罢，爹爹希望你的心不要变。这世上啊，记恨的人多，记恩的人少，就因为太多人心中怀着太多戾气，他们才会过得终日不开怀，其实没什么是放不下的。丑丫，爹爹希望你过得快活自在，有时候，傻一点，迷糊一点也是好的。计算得多，心累，稍不如人意就会抱怨，爹爹不想你成为那样的人。"

冠雪感觉这句话被爹爹说在了心坎上，回想起曾经的种种，她眼角噙着泪花，道："爹爹……在那个梦里啊，你死了之后，再没人这样开导我，我就那样慢慢成了爹爹说的那种人，对不起……如果爹爹在的话，看到了那样的我，你一定会生我的气的，会嫌弃我的……"

长欢微笑地拥抱住女儿："傻孩子，你是爹爹心尖上的宝贝，哪有父母会嫌弃自己的孩子呢？你啊，一定是看到爹爹软弱被人欺负所以才变了的吧？其实就算经历过那么多苦痛，爹爹仍然觉得很开心，因为我有这么懂事的女儿，每天看到你开心喜乐，爹爹比什么都高兴。"

冠雪忍不住伏在长欢怀里哭了起来，她好像变成了当年那个在外面被欺负的小女孩，回到爹爹身边之后，爹总会抱住她好好安慰，让她撒娇，讲笑话让她开心。

那些让她回忆起来又痛苦又快乐的时光，此时此刻，都是冠雪想要拼命保护住的东西。

劝慰得好了，长欢揉揉冠雪的头发笑道："丑丫别哭了，今天是春光祀之后的月圆之夜，按照惯例得吃饺子！正好离殇在家，爹爹和他包点饺子给你吃！"

冠雪一愣："今天是春光祀之后的月圆之夜？"

"对呀，"长欢笑吟吟的，"想吃什么馅儿的饺子？"

春光祀之后的月圆之夜，冠雪记得分明，那是她前世第一次得到卜星途的日子。那天晚上的卜星途和平时不同，他来找冠雪的时候明显是中了什么药的样子，冠雪那时只顾着开心，也没管那么多，后来和卜星途成了夫妻，他很忌讳那一晚的事情，冠雪也不敢再提，那一晚的事情就一直成了一个谜。

今天也是月圆之夜，卜星途会不会还被下一次药？

想到这里，冠雪站起身来："爹爹，不用包饺子了。你教育我做人要知恩图报，那个人曾经救我一命，我现在就过去还他一个人情。"

说罢，她披上衣服就出了门。

第十一章 / 前情新欢

深夜的龙安很冷，冠雪在路上狂奔不止，她怕自己去晚了卜星途就会遭遇到不测，前世的惨剧，冠雪不希望卜星途再经历一次，回想起那躲在角落里面如死灰的他，那个披着头发跪在天鉴面前还俗的他，那个把自己的胳膊割得血肉模糊的他，那个被她当作赘婿领到家里和她一直无话过了一年的他……

寂冠雪不想再看到那样的卜星途。

她气喘吁吁地跑进了神女庙，卜星途原来居住的房间早已经被琉童炸成一片废墟，而神女庙屋子太多，她也不知道卜星途搬去了哪里，她在他之前居住过的院子里找了个遍，也没找到卜星途。

他到底搬去了哪里？

寂冠雪接着一路寻了好几个院子，慢慢接近了自己前世曾经居住过的院落，发现自己曾经住过的那间房亮着灯，她心底一动，拔腿欲跑过去的时候，只见那道门板从内往外飞了出来！

和门板一起飞出来的，还有莲花。

等一下，莲花？

莲花揉着脸上的红印子哭唧唧："疼死我了……竟然直接踢到人家如花似玉的脸上！这和说好的也不一样啊！不是说中了合欢散就浑身无力任人鱼肉吗？师兄完全没

有任何影响啊！我怎么觉得他的力气更大了呢？"

冠雪一惊："是你给卜星途下的药？"

莲花瞪了冠雪一眼："你……看着有点眼熟。你来干什么的？你也想占师兄的便宜不成？哼！别想了！不可能的！师兄根本没有反应，我连他的衣袖都没碰到就被踢了出来，不怕死的你就上吧！"

莲花气得一瘸一拐捂着脸走了，一边走一边还在念叨："可惜了那么好看的一张脸，谁想竟然是个中看不中用的废物！谁稀罕啊！"

什么？中看不中用？星途可不是这样的啊！

莲花走了，冠雪呆呆地看着地上的门板，身后一个冷然的声音响起："你又来这里做什么？"

冠雪一惊，转过身去，看到了卜星途抱着胳膊站在门口。

"你怎么会搬到我的住所来，这里是我们俩……"冠雪看着卜星途，发现自己从来都不了解他。

卜星途冷冷地挑眉："你什么时候住在这里了？我的房间毁了，这里是空房，我搬过来又有何不可？"

卜星途……你真的不记得从前的事情吗……你又为什么要住在这里，难道这一切真的是偶然？

冠雪黯然地垂下了眼眸，那边星途冷冷道："我问你为什么会来这里？"

冠雪如梦初醒，看到了地上的门板，忙把门板举起来："我是来给你安门的！"

卜星途愣了一下，冠雪殷勤地把房门装上了，嘿嘿笑道："这种粗活交给我就行了！我力气很大的！"

卜星途挑了挑眉，就那么看着她，冠雪抬头迎上卜星途的目光，不知怎么的，她觉得那目光中有些炙热。

"啊，你别误会！我和莲花不一样！我来这里不是为了占你便宜的！我只是担心你……"冠雪有些紧张地解释道，"莲花说她给你下了药，你有没有感觉不舒服？我是郎中，我可以帮你诊治一下的！"

不过冠雪预想到了星途拒绝的态度，匆忙给自己留了个台阶下："当然如果你觉得没事，我这就走……"

"我不舒服。"卜星途忽然开口说道，他看着她，"我确实不舒服，身上也没什么力气。"

说着，卜星途留下半开的房门，自己走回屋内，他躺在了床上，不知是有意还是无意，他的亵衣衣襟开了，露出结实的胸口，那胸口有些暧昧地起伏着，他脸上也有了不可名状的红晕："呼……冠雪郎中，你来帮我看看，我这到底是怎么了？"

美男在卧，活色生香，卜星途这明摆着是在色诱她吧？

前世和星途感情不错的时候，偶尔他也会这么逗她一逗，那时的她每次被他这么诱惑一次，都会受宠若惊，血脉偾张，但现在想想，他肯陪她玩那些花样，也许是把她当成了他放不下的那个人了吧。

这个念头如同一盆冷水似的泼下来，让本来有些激动的冠雪冷了下来。

冠雪站在原地没有动，卜星途在床上等了她一阵，见她不来，蹙了眉头问道："怎么了？"

冠雪叹息了一声朝他走过去，她坐在床边，面无表情地拿起他的手腕，搭在他的脉上。

星途看着她，似乎想说什么："寂冠雪……"

冠雪回望过去："卜星途，我希望你不要把我当成任何人。我寂冠雪还没贱到那个地步，别以为你拿我当成得不到的人勾勾搭搭，我还会乐滋滋的……卜星途，如果你是想抱着那种念头的话，我劝你还是死了这条心。真心喜欢我寂冠雪的人，这世上还是有的。我犯不上贱到给你当替身，懂了吗？"

卜星途眼中的光彩黯然了下去："我……并没有那个意思。"

寂冠雪冷冷道："卜星途，我承认，我现在对你还有几分爱恋。但你这样伤我的心，你不要，我就给别人，想要我这一颗真心的人大有人在。卜星途，我不是非你不可的。"

卜星途垂下眼帘："我知道。"

"我只是担心你的身子。"寂冠雪发现他脉象虚浮不稳，身体虚弱得不堪一击，她记得他曾经身体很好的，就算受了伤也很快就会痊愈，如今这是怎么了？

"你的身体怎么了？"寂冠雪抓住了他的手腕，"你身上发生了什么？怎么会如此千疮百孔？"

卜星途从她的手中渐渐挣脱开来："我很好，冠雪郎中不必担心。"

"你的身体都这样了，我怎么能不担心！"冠雪几乎要吼了出来，"卜星途，你在做什么啊！你倒是告诉我发生了什么事情我才能帮你啊！"

他抬起头，目光朗然地看着她："寂冠雪，你听好了，我卜星途，从来不需要任何人帮。"

冠雪被他气得几乎要吐血了："你这个家伙怎么还是这么死心眼！"

他这是成心要气死她啊！

"我就是这么死心眼的人。"卜星途冷冷清清地别过头去，"冠雪郎中家里还有美郎君等着，早点回去，别在我这里浪费时间了。"

冠雪气得上了床把他按在床榻之上，她俯身压在他身上："你能不能听我的话？"

他冷冷地反唇相讥："我凭什么听你的话？"

好！真是太好了！无论是前世还是今生，卜星途从来就没有把她放在眼里过！

冠雪气得就要在床上压制住他，二人撕扯间，卜星途之前受过伤的胳膊又开始渗血，直到那斑斑血迹洒在了洁白的床榻上，冠雪才发现。她劈手就把他的胳膊夺过来："你看看你跟我铆什么劲儿！又受伤了不是！"

卜星途又要把手抽回去："不用你管。"

冠雪这回是气炸了："你给我老实点！不然我可不保证我会对你做什么！"

卜星途听闻此言愣住了，冠雪说完也发觉在这屋子里孤男寡女说出这话不太合适，竟盯着卜星途不知说什么好。

卜星途脸色绯红地别开头："别看我。"

冠雪拉过他的胳膊："那你就老实点，别反抗。"

这回卜星途终于难得地听了一回话，他转过头不看她，耳朵通红："随便你好了。"

冠雪打开了斑斑血迹的白布，发现伤口丝毫没有愈合的趋势，她记得从前卜星途的身体不是这样的，他从前的身体恢复力好得不像人类，现在回想起来，那是因为他身负异能，和石千钧一样，身体恢复的速度如同神仙。

冠雪替他处理好伤口，一时间往事涌上心头，她不由得心疼起卜星途来，眼角噙了泪水，一边包扎一边喃喃道："你这个笨蛋是怎么搞的……"

冠雪感觉到有一只手轻轻地拭去了她眼角的泪水："我没事，我很好。真的不用为我担心。"

冠雪迎上了他有些炙热的目光，星途躺在床上对她伸出手，她忍不住握住了那只温暖的手，星途也回握住她的，他的大手，似乎是拉着自己欺身过来一般，冠雪试探着伸过头去吻了他的脸颊，虽然他们有过无数次耳鬓厮磨的亲热，但在如此明亮的烛火中亲吻，还是第一次。

冠雪一路亲吻，她忽然觉得哪里不太对劲，一下子惊醒了过来：

"星途！卜星途，你的守宫纹呢？"

卜星途脸上的红晕还没褪去，他也好像被这句话惊醒了一般瞪大了眼睛。

冠雪抓住卜星途光裸的肩膀，问道："你胸口上的守宫纹呢？你的仙鹤守宫纹去了哪里了？"

卜星途低着头，声音清冷无波："这……很重要吗？"

冠雪的声音拔高了几度："发生了什么？从前……不是这样的！星途，你……你身上到底发生了什么？"

卜星途别开视线，脖子上还未褪去红晕："我身上发生了什么事情，与你无关。"

冠雪伸手抓住他的胳膊："就算与我无关，你怎能……随随便便跟别人……"

卜星途低着头，冷冷地嚼着她说的这几个字："随随便便……呵呵呵呵……"

他哑了嗓子冷笑了几声，好像是很痛似的。

卜星途忽然挣脱了她，目光冷然地瞪着她："没错，我确实是这样的人。我刚才不也差点随随便便地跟你上了床？"

冠雪气得不知说什么："卜星途……你怎么会变成这样……"

星途看着她，眼中有清冷的决绝："冠雪郎中，你当真了解我是怎样的一个人吗？我倒要问你，你何时，何地，了解过我？你是否……想了解过我？"

冠雪一时间竟不知如何回复。没错，她不了解他，无论前世，今生，她只是一厢情愿地爱着他，一厢情愿地把自己认为最好的东西塞给他，却没有问过，这些是不是他想要的。

她不了解他，她也不了解爱情。她不了解如何爱一个人，不了解如何让那个人也一样爱自己。

"我确实不了解你……可我对你……"冠雪想不出如何答复，她面红耳赤，口舌笨拙，"你还没还俗就破了戒，以后可怎么好？"

卜星途冷冷地推开她："这是我的事情，不劳冠雪郎中费心！"

冠雪张口结舌："你！你你你……"

卜星途冷笑一声："冠雪郎中瞧见了我这污秽的身子，想必从今往后都没兴趣碰我了，既然如此，今天我们就到此为止吧。"

冠雪拉扯住他的手腕："不行！卜星途，今天你给我说清楚！"

卜星途冷冷地瞪着她："放手。"

寂冠雪一时间愣住了："你说什么？放手？卜星途，我是寂冠雪啊，我摸你的手又怎么了？"

卜星途强硬地甩开了她，冷若冰霜："我是我自己的。寂冠雪，你是我的什么人？"

"你……我……"冠雪有些不知所措地看着他，"卜星途，你怎么可以……就算你杀了我，我心里仍然有你，我本来可以杀了你，我本来可以不管你让你被箭射死，可我还是牵挂着你啊！我还觉得你是我的夫君，纵然你对我不仁，我也不能对你不义，结果你对我说你一直以来都爱着别人，还和别人……卜星途，我……我……"

你让我情何以堪？

卜星途冷冰冰地推开她："你可知道你在说什么？我没有把你当作别人，你……又把我当作了谁？"

这一句话让冠雪瞬间醒了过来：是啊，他是卜星途，却不是前世她的夫君。她习惯性地把他当成了她的人，她的所有物，可是，已经不是了，她不再是他的妻子，他也不再是她的夫君。

那曾经约束着他们的一纸婚书，在这个世界里，从来就没有存在过。他不是她的什么人，她也再无权干涉他的一切，他和谁发生过什么，都和她再无关系。

她一下子从自己破碎的梦中醒来，跟跟跄跄地下了床，她站在床边看着离自己这么近又这么远的卜星途，低下头，声音嘶哑道："对不起。"

卜星途没有看她："不送。"

这是很明显地下了逐客令。

寂冠雪狼狈地从房间里跑了出去，落荒而逃。夜色中她一路奔跑，她不知疲累，也不知今夕何年，她觉得自己是世界上最傻的大傻瓜。

失神落魄地回到寂宅，刚刚进了房门就被久等在那里的宿离殇拦下，他皮笑肉不笑地看着寂冠雪："娘子晚上又去神女庙厮混神官了？"

冠雪没好气地："别瞎说，我和他没关系。"

宿离殇脸色一冷，抓着冠雪肩膀把她抵上了墙壁，他的力气太大，冠雪完全没有还手之力。不等她反应过来，宿离殇已经欺身过来，含着笑意在她耳边低语道：

"娘子，你是不是觉得我出身青楼，就会对你放宽要求？你是不是觉得我熟读经书，就会做个贤明大度的夫君？寂冠雪，你错了。我宿离殇虽然游戏人间，但我一旦爱上谁，我绝对不允许那个人有别人！不然……我可能……"

说到这里，他的手渐渐挪到她的脖颈，毫无任何预警地，他在一瞬间扼住了她的脖子，在那一瞬间，寂冠雪的一切气息经脉都被切断。

短短一瞬之后，他放开了她，宿离殇笑嘻嘻地伸手轻轻抚摸她的脸颊："雪儿，你颤抖什么啊？放心好了，我还没有爱上你呢！"

寂冠雪摸着自己的脖子喘着粗气，豆大的汗水从额头不住地滴落。

"宿离殇……我没有求你爱我，你能离开我吗？离殇大爷，你的爱我无福消受，我不知道你图我什么，为什么来到我这里，但我求你放过我，行不行？我配不上你，我也不可能爱上你，你不是我能高攀得起的，你我没什么缘分，不如就此别过吧。"

宿离殇冷冷地看着寂冠雪，她忽然觉得离殇眼中的光芒冰冷得可怕：

"寂冠雪，你已经和我扯上关系了。但凡是我宿离殇有兴趣的人……在我觉得索然无味舍弃之前，没有人有拒绝的权利！"

冠雪觉得眼前的这个离殇有点陌生，她有些畏惧地嗫嚅道："宿离殇……我并没有主动去招惹你……就算是在春风楼拍你，也只是想打探你的虚实而已，因为我知道你一定不简单，你接近我一定有我不知道的目的……我错了，我根本看不透你，现在我后悔了，我们两个……能不能当作没有认识过？"

宿离殇的表情越发阴郁，他嘴角挑起一丝让人恐惧的微笑，伸手钳住了她的下巴："你后悔认识我了？我进你寂家这段时间以来，只要我有时间，哪怕片刻工夫，我都会抽时间来料理家务照顾你的生活，虽然我们还未去官府领取婚书，但我做的，哪里不够尽责？我自认身为夫君，万事都无可挑剔，可你呢？你有了我还不知足，一个晚上就跑了神女庙两次，和那个卜什么的不清不楚，你当我是什么？我哪里比不上那个冰山野男人？你竟然放着我不要，几次三番地被他勾搭出去偷腥，就算我没爱上你，你这也未免太不把我放在眼里了吧？"

冠雪被他咄咄逼人的气势吓到，她一步步后退到墙角："宿离殇……虽然你进了寂家，但我……我们并没有夫妻之实。我对你尊敬有加，一直以礼待你，我感激你对我做的一切，若你……若你是真心实意爱我的，我真的可能会与你结为夫妻。可是你并不爱我，宿离殇，你是带着我不知的目的接近我的，你让我如何信你？"

宿离殇挑眉："怎么，我不爱你就不能让你爱我了吗？我的身份越神秘，你越看不透不就越有魅力吗？寂冠雪，我非要你爱上我不可，我要你和其他女人一样，爱我爱得死心塌地不能自拔，这世上，但凡我稍微用点心思，就没有能抗拒我的女人！寂冠雪，我偏偏不信邪，凭什么你放着这么好的我不爱，非要看上别的男人？"

冠雪叹息一声："离殇，我拗不过你。你我不是一种人，我们两个相差太大了，你不会爱上我的，我也不会爱上你。我承认之前对你有好感，这就足以证明你的魅力了，但是我只想找一个真心实意爱我的人，平平安安过完这一辈子，宿离殇，我们不合适，我们也不相爱，你非要拴着我又能如何？离殇，你有倾国美貌，还那么擅长哄人开心，凭着你的条件，就算做了皇女的驸马也不为过，你为何不能放过我？"

宿离殇微微一笑，倾国倾城的妖孽气质又让寂冠雪心底怦动，他笑吟吟地道："皇女不漂亮，她没你好看，我偏要你！就算我不爱你，我也要你和我成为真正的夫妻！"

冠雪一口老血闷在胸口差点没摔倒在地。

"宿离殇……你该不会……待在我家就是为了这个吧？"

宿离殇拉扯着冠雪："不然呢？要我走也可以，今天在这儿把事儿办了！这样我死了心，从此你我井水不犯河水行了不？"

今天这是怎么了？一簇一簇的烂桃花在头顶朵朵绽放！除了卞城王，其他这几个人没一个是真心喜欢她的！她寂冠雪是应该骄傲还是应该觉得倒霉？她也不是那种游戏花丛的风流女子，现在的男人是怎么了，一个一个都好像没见过女人一样，天底下女人那么多，能别吊在她一个人身上吗？

也是，就连清冷自持的怀玉、不食人间烟火的星途都这样了，难不成是自己随身佩带的香囊遇到了什么古怪的药材产生了其他反应？

回去真的得检查一下香囊才行了……身边的男人一个一个的都不正常，她更要保持清醒了！

冠雪刚把身上的香囊掏出来想要查看，就被宿离殇扑倒在了床上，离殇按住她的手腕，香囊应声掉落，他笑起来的样子像是擒住了兔子的狐狸："娘子，你今夜刚刚私会神官，应该知道野花不及家花香，现在夜深了，让你的亲亲夫君来好好陪陪你，如何？"

冠雪感觉头疼不已："离殇，今天我差点就死了，我倦了，你能不能让我休息一下？"

宿离殇不爽地噘嘴："什么嘛！你跟那神官幸福得要死关我什么事！"

冠雪气得很想爆粗："宿离殇你脑子里能不能有点正常的东西！我说的死不是那种死啊啊！我是真的差点被异能者杀死了啊！你现在还一心只想什么风月之事，可我完全没有心情！"

宿离殇被她吼得一愣，随即眼中仿佛盛满了什么委屈似的，态度也从强横无理变成了做小伏低，他的声音矮了下来，避开她的锋芒："娘子怎么……又凶我了呢？为夫虽然强势，但你知道，我是个温柔体贴，为你着想的夫君。你可不能恃宠而骄，因为我疼你爱你就骑在我头上了，你是不会伸手打我的吧？为夫就爱你的温柔贤淑，知书达理……"

冠雪感觉头更疼了，面对宿离殇这样的男人，她是骂也骂不得，打更是打不得，讲道理对方也是有恃无恐。面对卜星途，寂冠雪感觉自己什么手段都能使得出来，可是面对宿离殇，却只有她被吊打的份儿，离殇这种老江湖感觉像是一只狡猾的老猫，成天拿她当耗子耍，软硬兼施，害得她一身力气都使不出。

"离殇，"冠雪叹息一声，"我也没工夫跟你废话。我今天只想好好睡一觉。我给你两个选择，一是你现在就出去，在客房里睡；二，你实在太寂寞的话，我让你睡在我旁边，你要是敢对我有半点逾越，我就给你踢出去，让云珩把你乱棍打晕。"

离殇笑嘻嘻地枕在她胸口："我偏不。我选三，我……"

离殇话还没说出口，冠雪就推开他的脑袋，从床里面拿出了鸡毛掸子指着他说："不好就滚！"

离殇见势不妙，忙用双手捂住头："别打脸！我就靠这张脸混饭吃了！为夫搂着你睡行不行？娘子香香软软的，让我抱着睡一宿，我保证乖乖的啦！"

冠雪掐了对方的脸警告："不许乱摸。"

离殇满脸无辜地举着手："我就摸摸腰，好不好？"

冠雪实在也太困，她打着哈欠就倒下了，背对着离殇阖上眼帘的时候，她感觉一双温暖有力的手环住了自己的腰际，身后那人的身子很暖，莫名地让人有点安心。

一夜无梦，早上的时候，冠雪在熟睡中感觉有人在摸她肚子，渐渐地感觉越来越清晰，那是五只修长灵巧的手指在把玩她小腹上的赘肉。

冠雪一醒来就被弄得来气："宿离殇！"

身后的离殇声音欢快开心，他手上拈起冠雪肚子上的肉拍了拍又弹了弹："娘子的小肚子好可爱呀！软绵绵的，为夫真是喜欢，这手感好像五花糕！"

冠雪气得从床上坐了起来，伸手就把离殇的手从肚子上甩了出去："不许摸我的肉！啊！我要减肥！我要把小肚子都减掉！宿离殇，你故意的对不对？你这是诚心骂我啊！"

离殇一脸委屈："为夫是真的喜欢你的肚子啊……好软好好摸！不要减肥嘛，为夫就喜欢你这样的……"

冠雪低着头推开他："宿离殇，你年纪也不小了，不能总是这样游戏人间，你找个和你真心相爱的女人过一辈子吧！我怕我会耽误了你。"

"我觉得一辈子只和一个人很无趣啊，"离殇拈起她的长发，在指尖卷了起来，"我想让你为我褪朱，然后我再去游戏人生！所以你赶紧先收了我，然后我就会被你抛弃，然后就会有很多女人安慰我，之后我就不会烦你啦！"

冠雪哭笑不得："你可以先去找别的女人啊！干吗非来找我？"

离殇轻轻地吻上了她的额头："因为我只喜欢你啊。"

他这话说得很诚恳，冠雪当时就愣住了。

宿离殇喜欢她？

很快冠雪就回过了神摇头：不可能。宿离殇的喜欢太轻易，也太滥，他的工作就是哄女人开心的，不能因为他这么随意的一句话当了真，不然以后泥足深陷这段感情之后，受苦的只有自己。

"姐姐。"门外云珩的声音响起，"外面有人找你。"

冠雪听到声音就要下床，却被离殇按在了床上，他笑着道："洛云珩，娘子今天谁都不见，她累了。"

门外的云珩窒了一阵，之后声音颤抖道："骗人！宿离殇，你骗人！"

冠雪在床上挣扎起来："喂，宿离殇，你放开我！"

离殇一脸运筹帷幄的笑意，轻松地按住冠雪的双手——

云珩踢开门看到了床上的二人，他惊得瞪大眼睛退后两步："姐姐……昨晚，他都在你房中吗？"

"是……"冠雪刚说出一个字，云珩的眼睛已经瞪得大大的。冠雪慌忙解释道："只是睡了一宿而已！我和他什么都没做！"

云珩低低地吼了一声："宿离殇你是不是用了什么下作的手段？不可能的……姐姐，你难道真的……喜欢宿离殇？"

离殇懒洋洋道："你知道就好，退下吧。"

冠雪气得大吼："云珩！把这个妖孽拖下去！我想揍他！"

云珩二话不说就冲到宿离殇近前，他刚伸出手欲拉扯对方，离殇早已起身，一个灵巧的鲤鱼打挺避开了云珩的动作，他稳稳地站在床边，施施然地整理起自己的衣服来，那副模样好像在说：洛云珩你还小，你能奈我何？

冠雪也被他气得无计可施，却见宿离殇微微笑着，继续挑衅："娘子你怎么能穿上衣服就翻脸不认人呢？昨晚是谁口口声声喊我'我的亲亲好夫婿'没完没了呢？"

云珩听到此言，气得话都说不利索了："姐姐……你……你……难道，真的……对他……"

冠雪气得抓住了离殇的脖领把他抵在了墙上，离殇刚才嬉皮笑脸的表情瞬间消失不见,他冷冰冰地看着她:"怎么,娘子要打我?"

冠雪看着他的那张脸,发现自己根本下不了手。

她板着脸推开了他:"离殇,够了,以后你不许再进我的房间!"

冠雪拉着一脸哀戚的云珩就要走出房门的时候,背对着他们的宿离殇忽然开口道:

"寂冠雪,你心里是喜欢我的,你根本舍不得打我。"

冠雪轻嗤一声:"你想多了!"

离殇的背影看起来有几分孤独:"雪儿,你喜欢我,我也喜欢你,为什么我们不能真正在一起呢?和我在一起,我保证你每天都会过得很有趣,绝对不会无聊的。"

冠雪站在门口,也没有回头:"若是从前,或许我会选择你,可现在的我不会。我只会找一个真心实意的人与他厮守此生。我要安稳的一世相爱,而不是和你一起游戏人间。宿离殇,我……玩不起。"

说罢,冠雪牵着云珩离开了。

第十二章 / 又见竞天

云珩乖巧机灵，他自然知道宿离殇诡计多端，冠雪不过是被他设计了而已。云珩的眼睛还红红的，却十分殷勤地说道："姐姐……以后卧房陪寝的事情，你不要找他，找云珩就好。云珩……什么都愿意做……"

冠雪叹息一声摸了摸云珩的头："云珩乖，你还小，不要想这些事。"

云珩有点别扭："姐姐只比我大两岁而已！为什么把我当作小孩子！"

冠雪笑了起来："因为云珩你太可爱了……"

重生之后，见惯了七年后的云珩，再见到这时候的少年云珩时，冠雪真的觉得他身上的青葱稚嫩分外明显，在她的认知之中，云珩虽然已经成年，却更像是个没长大的孩子。

云珩红了脸，有点不高兴似的："我希望姐姐不要把我当成孩子，云珩已经是大人了！"

冠雪把他推着回到他的房门口："好啦好啦，我们家云珩是大人！你回去休息，我去看看来找我的人是谁。"

云珩说道："那人头上戴着幕篱看不分明。他说他姓夜，名叫竞天。"

冠雪惊喜道："是竞天？"

冠雪蹦蹦跳跳地就朝着大门口跑了过去，果然在门口处，她看见一个戴着幕篱的身影。

"小雪。"那人朝她伸出手来,他的声音很低,好像隔了很久的岁月和山河,隔着一重重亘古悠远的时空,遥远而宁静。

"竟天……"冠雪一时间感觉鼻子有些酸楚,她有点想哭。

夜竟天是她在东曦国学医的时候认识的。那个早晨,冠雪和往常一样在山里采药,在重重杂草中她发现了一个满身是血的人。

她本以为是失足跌落山崖的尸体,却没想到那个人命悬一线,却一直提着一口气没有死。

他不过十二三岁的光景,有些瘦小的身体多处骨折,他身上最重的伤就是被树枝戳穿了的肚腹处,或许是没有伤到经脉,血流的并不多,即使这样,他身下的草木也早已经是一片暗红。

冠雪就地给他诊治了起来,她怕挪动了他,他可能就会死掉了。

这个少年是她诊治的第一个病患,也是她第一个朋友,那年的冠雪只有七岁。

冠雪也没想到能把他救活过来,少年的生命力很顽强,他似乎有什么心结一般,病愈之后他的眉头也是紧蹙着的,冠雪曾经在他病中听到他在昏迷时大喊:"母亲!不要——"

应该也是一个苦命的人吧。

冠雪那时候是很喜欢竟天的,她和竟天曾私订终身,约定长大之后结为夫妻。竟天在冠雪学医的神机门住了数月有余,后来他不辞而别,冠雪等了他很久……从神机门学成回到卞城后,她只是偶尔才会想起竟天,偶尔想起他们小时候两小无猜的约定。在她回到卞城之后,竟天就来找过她一次,之后隔了一年,也就是重生前她爱上卞星途之后,竟天又出现在她面前,那时的他也和现在这样戴着幕篱,他对她说:

"小雪,现在的我已经小有所成,还记得我们年少时约定要结为夫妻的事情吗?你现在可不可以和我成亲?"

冠雪一时间心中百感交集:"竟天,那时我们都小,不懂事。现在我已有心上人,我是一定要与他成亲的。"

竟天闻言沉默了一阵,又声音很轻地说道:"那我……留在你身边给你做贴身侍卫……也不行吗?"

那是很低很低,低到了尘埃里的卑微语气。

冠雪心里有些难过,但她不想拖泥带水让竟天受到更大伤害:"竟天……我……

我只当你是朋友。"

竞天站在原地沉默了很久,最后他低下头转过身:"对不起,是我让你为难了。"

那天冠雪目送着竞天离开,在满天彩霞的黄昏中,竞天孤独的背影渐渐消失在地平线,随着那魁梧高大的身影一起消失的,还有那天的太阳。

竞天那次离开之后,就再没有出现过,他从此离开了她的生命。

冠雪很后悔那次用那般强硬的态度对待竞天,竞天一定是伤了心,所以才选择了再也不与她相见,后来冠雪在卞城孤独地打拼的时候,她总会想起竞天。

竞天应该是她在那世上唯一的朋友了吧。

重生后可以再次遇到竞天,冠雪感谢神祇的慷慨。

她看到竞天站在门口,他与她隔着一层幕篱,她却感觉自己看到了竞天幕篱下唇边的笑意:

"小雪怎么呆住了?"

冠雪擦去眼角的湿润,她跑过去拥抱住了他:"竞天,我好想你!"

他温柔地抱住她,冠雪仿佛寻到了一处温暖的港湾。

二人坐在院落中喝茶,有一句没一句地聊着这一年来的事情,竞天问道:

"所以……这一年来你过得怎么样?"

冠雪脑海中闪过她失去了爹爹,失去了朋友,她步步为营地往上爬,她没有朋友,也不讲情义,最后在一个大雪的寒冬中,被自己的夫君一剑刺穿了自己和还没出世的孩儿。

而那个曾经杀死她一次的人,却又救了她一命,爹爹说做人要感恩,她决定不再抱着仇恨试着想要和那个人再开始一次,却被远远地推开。

"我过得很好。"很奇怪,冠雪在面对着竞天的时候,只觉得内心安稳,满满的都是信任和阳光,她看着眼前的竞天,感觉恍如隔世。

经历过一次生死的寂冠雪,此时此刻,在面对竞天的时候,发现自己曾经的那些纠结和痛苦,似乎都烟消云散了。

"竞天,我好想你。"她看着他,喃喃道。

"我也很想你。"竞天放下茶盏,握住了她的手,"小雪,我每天都很想你。"

从竞天手掌传来的热度,让冠雪留恋得不想放开。

接下来……应该就是竞天的表白了。冠雪发觉这世上,竞天是可以让她完全信任的人,虽然现在的她并不够喜欢竞天,但目前看来,除了真心待她的卞城王,便只有竞天是最佳的人选了。

她一个人饱受煎熬，终日生活在恐惧和噩梦之中，真的很怕。

她想找一个让自己信任的人，她想把自己的这些经历告诉他，她想从他那里得到温柔的安慰，她想和一个人相偎取暖，安抚曾经受过的伤害。

要不要和竞天在一起？寂冠雪看着他，不知怎的就想起了卞城王。

他们两个，莫名地有点相像。身材和声音，都有点像。

"小雪，那年你去神女庙为我求的平安护身符，这些年来我一直戴在身上。"竞天一只手取出一个略有些旧的香囊，他小心地放在手心，说道，"这些年，我是靠着它打拼下来的。小雪，你还记得我们小时候私订终身的事情吗？"

冠雪笑道："当然记得！你那时骄傲得不得了，我说我想和你成亲，要你入赘我们寂家，要你和我一起孝顺爹爹，可你不答应，你说你不是寻常男子，你早晚会成为这世上站在顶端的男人！你说你只可娶我，万没有入赘的道理。我们俩还因为谁娶谁这事儿打了起来……然后这事儿就没成。"

夜竞天忍不住笑了起来："哈哈哈哈……"

冠雪也和他一起笑："你那时真是骄傲得不得了的男孩子呢！我那时很气地想，这个男人太不懂得体恤妻子，得打服了他，免得以后他骑在我头上压了我的风头……"

竞天的声音中带着笑意："那时年纪小不懂事，小雪，现在我退一步，我让你骑在我头上，我入赘寂家，可好？"

冠雪有点不好意思起来："竞天……我们……毕竟都隔了十年没怎么见，而且，长大成年之后我还不知道你现在长什么样子呢。你上次来找我也戴了个幂篱，为什么不露出真面目？"

竞天笑道："我怕被别人看见。我敌人很多，被人看到我和你的私交恐会连累了你。小雪，我必须一心打拼不能分神，因为你……是我这世上最大的弱点啊。"

"那你什么时候才能以真面目示我呢？"冠雪问道。

竞天窒了一下，他低下头说道："这么多年了，我们之间隔了太远，若是你再也不像小时候那样喜欢我，该怎么办？小雪，我怕……我怕只有我一个人守在原地，我拼了十年，等了十年，我怕你已经不在那里了。"

顿了顿，他说道："小雪，我答应你，我很快就会以真面目示你。"

这一席话说得冠雪心中一阵酸楚，她不容分说地紧紧握住他的手："不管我答应还是拒绝你，你都绝对不可以离开我！夜竞天，你再敢离开我试试！我绝对不会放过你的!"

竞天愣了愣,随即宠溺地说道:"傻丫头,我怎么可能舍得离开你啊……"

冠雪看着他道:"竞天,我也不知道我自己的心是怎么想的,你能不能给我一点时间?再给我一点时间让我了解你,让我爱上你……若是我爱上了你,就是一辈子。"

竞天幕篱底下的脸微微笑了:"好啊,我的小雪说什么我都会答应。我会等你的,我会一直等你的答复。"

二人这么情深意切地聊了一会,竞天起身告辞,冠雪有些恋恋不舍:"竞天,这么快就要回去了吗?你下次什么时候来啊?如果我想你了可怎么办?我去哪里找你?"

竞天伸出手摩挲着冠雪的头发:"不会太久的。小雪,我会来找你,相信我,我很快就会回来。我们还有一辈子,别急。"

冠雪看着竞天走出了大门,她失落地叹息一声,端起茶盏又喝了起来。

茶有些凉了,她也不想再热,因为没人和她喝茶,一个人饮茶未免寂寞。

在冠雪喝茶的时候,夜竞天出了寂家门口后拐进了一个小巷,在小巷子里他摘下了幕篱,俊朗的面容上带着笑意,他脱下外衣,整理了一下头发,又踱回了寂家,倚靠在大门口边,看着在院子里盯着茶盘发呆的冠雪,笑道:

"寂冠雪,喝茶算我一个,如何?"

冠雪正无趣呢,抬眼看见来人,忍不住露出惊喜的表情:"大人怎么来了?来来来,请坐!"

卞城王坐在方才的位置上含笑看着冠雪:"转了一圈,还是觉得很想你,觉得怎么看你都看不够呢。"

冠雪被他说得红了脸:"大人就别逗我啦。等我再热一下茶水。这个是花茶,不是那种让你睡不着觉的茶叶,你可以喝的。"

冠雪把茶水放在泥炉的炭火上热了起来,随手又加了一瓢泉水,水很快咕嘟咕嘟开了,她拿下茶壶看了看卞城王身前还是竞天的茶杯,忙道:"大人恕罪,这个茶盏我给你换一个。"

"不必了。"卞城王端起茶盏将里面的冷茶一饮而尽,又将茶盏放下,"就用这只吧。"

冠雪失声道:"啊啊啊,那个是竞天喝过的!"

卞城王笑道:"都说没事了,就用这杯。"

冠雪无奈只好把茶给他倒上,低着头,只感觉自己的一颗心跳得仓皇:"大人怎么有时间过来？你应该是很忙的。"

卞城王看着她："好不容易偷来半日空闲，我想和你一起度过。"

他的目光很温柔，冠雪看着他如此温柔的眼神不禁低下头不敢看他："大人……"

冠雪心里想的是自己今天的妆有没有弄好，头发乱不乱，衣服上有没有污渍，她生怕此时的自己有瑕疵，她担心自己在卞城王心里生出不好的印象来。

不知道卞城王如何看待她家中的两个男人呢？他会觉得自己是滥情的女人吗？她并不是那样的人，她想让他知道，如果她遇到了待自己真心实意的那个人，她会一心一意地待他，可是……好端端的她怎么让他知道呢？

"冠雪郎中怎么脸红了？"卞城王有些奇怪地看着她，"你身上热吗？"

刚才竟天对她表白的时候她竟然会想起卞城王，寂冠雪觉得自己好像是病了，他可是卞城王啊！他那么强大那么好，她当真能配得上他？

"大人……背上的伤怎么样了？"冠雪想起上次他的伤口，不由得有些担心。

"早已经大好了。"卞城王将胳膊支在桌子上，托着脸看她，"担心我？"

"嗯，我很担心你。我怕你忙于公务太拼，照顾不好自己的身体。"冠雪低下头红了脸，说出这句心里话就已经让她心跳不已了。

卞城王微微一笑，眼中有晶莹的光芒："我确实疏于照顾自己，冠雪郎中要不要考虑搬到我府上贴身照顾我？"

冠雪紧张得口干舌燥起来："大人……我不配……"

我配你不上。冠雪不知道怎么说才好，前世里的卞城王对自己也诸多照顾，家里缺钱的时候，他总是倾囊相助，冠雪说要还，他说不必，他说他一个人没有成家没有花钱之处，不如成人之美送给她救急，反正他的钱也花不完。

前世的恩情，今生的情谊，让冠雪扪心自问：她寂冠雪何德何能，能让卞城王如此赏识提拔，青睐有加？

"冠雪郎中说不配，是说我配你不上？"卞城王故意叹息一声，"也是，我不像一些受欢迎的男子那般温柔体贴，擅长讨好女人。女人都不太喜欢黑市里打打杀杀的男子吗？冠雪郎中要不要来我的住所和我试试？相信我，我会很温柔地待你，有我在，家里内外你都不必担心，在外，我为你遮风挡雨，在内，我也对你尽心尽力。和我在一起，你不会后悔的。"

冠雪慌乱地抬头看向他："大人，我不是那个意思！大人是我见过最好的男人！你武艺高强，才智过人，知人善任，这卞城的所有人都不及你！我知道你身为外乡人得到了这个位置,你付出了比任何人都多的努力,我知道你的辛苦,我希望能帮大人分忧解愁!"

卞城王微微一愣,随即目光温柔得如同春晖一般:"寂冠雪。"

冠雪的心又漏跳了一拍:"哎?"

"有件事情我想问你,"他看着她,好像看穿了她一切似的,"你是不是活过了这一世?"

冠雪一惊,好像被什么一下子戳中了胸口似的:"大人……你在说什么……"

卞城王轻轻地扫过她一眼,微笑道:"死后重生这件事,在这个国家听过几次,你不是第一个,也不会是最后一个,寂冠雪,这不是你第一次经历过的人生,你身上有太多不可解释的事情。比如你根本不可能知道我不喝茶这件事,你也不可能知道我的喜好,你和云珩在无双门之前完全没有交集,你何以对一个初次相识的人如此动情?神官卜星途是东曦国人,之前在东曦秘地修炼,他一个月前才来西御龙安,和你也是初相识,你却为何会在认识他之前就在睡梦中喊出他的名字?寂冠雪,这不可解释的种种只有一个答案,那就是,你是重生涅槃之人!"

冠雪不再否认,她看着眼前的卞城王,她庆幸是卞城王猜出了自己的来历,幸好是他,他是绝对不会加害自己的,无论何时,无论前世,抑或今生,这一点是不会变的。

冠雪哽咽地拉住他的衣袖:"大人……我很难过……我没人可以倾诉,也没有人会相信我,我怕会被想害我的人知道,我怕……我怕再也见不到你们……"

卞城王握住冠雪的手:"告诉我,前世是谁杀了你?我这就把他斩草除根,以绝大患!"

冠雪低着头不敢看他,她知道,如果她说出了卜星途的名字,以卞城王杀伐果断的性格,他不会管卜星途有没有救过她,他一定会让卜星途以最痛苦的方式死去。

"我不知道……"冠雪小心翼翼地说道,"我稀里糊涂地就死了……你也看到了,追杀我的人那么多……"

卞城王想了想:"那倒也是。一两个刺客不过是小喽啰而已,当务之急是找到这些喽啰背后的大人物。杀你的人肯定不是简单的家伙,他们还雇佣了异能者,没有实力是做不到的!"

冠雪想到了一生气就爆炸的琉童:"那个女人确实很厉害!"

她又好像想起了什么:"大人,你说涅槃重生这种事,谁能做到?我连是谁让我活过来的都不知道呢……我死了之后混混沌沌中听到虚空中有个声音在呼唤我,他在说'以吾之力，助汝重生'，然后我就醒过来了，我醒过来之后就在床上遇见了你……"

卞城王脸上的笑意荡漾开来："那么说我是你重生后见到的第一个人咯？"

见冠雪红了脸点头，他更加高兴："我可真开心！"

冠雪红着脸推搡他："大人就别想这些了，复活我的人你到底有没有查出来？"

卞城王思索道："我也曾派人打探过，涅槃重生一般有两种方式，有三种人是可以做到的。一个是使用异能者的本领。异能者分为先天和后天，西御皇族都有异能，西御国的'铸神计划'制造出了很多后天异能者，这些异能者身上拥有各种不同的本领，其中或许有一个能将人复活或者让时光倒流也说不定。还有就是使用秘术，东曦国的秘术之士拥有不为人知的秘籍奇书，其中记载了各种古怪的招数或者法阵，会以各种代价达成目的，他们也是可能复活你的人。"

冠雪点头："异能者我知道……卜星途就是一个……"

卞城王的脸色冷了下来："我不许你去找卜星途。我知道你对他余情未了，你总去找他，旧情复燃了可怎么办？"

冠雪哭笑不得："不会的啦！"

卞城王有点不高兴地别开头："看他的表现，再看看你的样子，我就知道你们两个在前世一定有过一段刻骨深情，他前世恐怕是负了你吧？不然你明明心心念念地想着他还不去追求他，再看他，若不是对你有意，怎么会挺身而出不顾安危保护你？你们两个如果缘尽还是不要见面的好，你莫不是还想再被他负一次？"

冠雪在心底里嘀咕着：卞城王大人你这是成精了吧……你是人精啊……这世上还有什么是你猜不出来的？

冠雪叹息道："大人，我现在无心谈情说爱，我只想知道那些人为什么杀我。而且，前世我被杀的时间是在七年后，本以为重生回来之后暂时不会有危险，结果不久又被刺杀！"

卞城王沉吟道："我觉得……你的重生涅槃一定改变了什么，改变的这一点，导致他们提前对你下了杀手！"

冠雪抓着头发头疼不已："到底为什么要杀我啊？"

卞城王问道："会不会是因为你的身世？"

冠雪一愣："我的身世有什么可疑的呢？我是爹爹和龙安的一位贵族女子生的，那个贵族女子笃信神女教不可打胎，生下我之后就把我塞给了爹爹，自那以后，我再也没见过她。"

"贵族女子？恕我直言，你知道那位贵族女子的名字吗？"卞城王微微一笑，"我查过你很多次了，寂冠雪，你的身世是个谜。除了你这位做过青楼花魁的爹爹把你养大，根本查不到你的母亲是谁！"

冠雪愣住了："怎么会……我爹爹一定知道的呀！我带你去问我爹爹！"

冠雪和卞城王跑到长欢房间，长欢脸上敷着黄瓜片，嘴里嚼着黄瓜道："你问我你娘是谁？我怎么知道？"

冠雪没想到是这样的回答："爹爹，你不知道我娘是谁，万一我不是你的孩子呢？你岂不是白养我了？"

长欢哼了一声："你尽得我美貌的精髓，怎么可能不是我亲生的？我管你娘是谁咧，你是我的宝贝儿不就得了？"

冠雪一惊："爹……我娘是你的恩客啊，你怎么可能不知道是谁？"

长欢丢给她一个白眼道："你爹我恩客那么多，我哪儿知道是谁？你爹我可是炙手可热的花魁，爱慕过我的女人数不胜数！"

好了好了……知道你有魅力了，你就别吹了……

卞城王露出"看吧，我就知道会这样"的表情，他把冠雪拉走的时候，长欢不忘笑呵呵道："卞城王大人，我这女儿不光长得漂亮，人善良，医术也高明！你入赘寂家，绝不会辱没委屈了你！我虽然出身欢场，但也是见过点世面的，我绝对不会给贤婿丢脸的！"

冠雪差点被长欢气背过去："爹你说什么呢……"

卞城王微微一笑朝长欢恭恭敬敬地行了个礼："多谢岳父大人成全，小婿一定会尽心尽力地侍奉岳父、照顾妻子的。"

冠雪被卞城王吓了一跳："大人你怎么了？"

长欢在卞城王身后对冠雪微笑地竖起了大拇指："卞城王大人贤明大度，才貌俱佳，实在是世上难找的好男子！丑丫，加油！"

爹你胡乱加个什么油啊！

问询完长欢，卞城王和冠雪回到院落里，卞城王说道："你不必担心，我永远是你这边的。虽然你的仇敌很强大，但我还能保护得了你。那些人虽然藏在暗处，但也并不是没有把他们揪出来的法子。寂冠雪，我知道有个地方，得我们去一趟才行。"

冠雪愣住："什么地方？"

卞城王微微一笑："玄枢阁。"

玄枢阁，冠雪对这个地方有些印象。这是江湖上十分神秘的组织，玄枢阁的成员不以武艺高强为荣，而以得到各种情报为耀，玄枢阁的成员各个个身怀绝技，而他们的老大，玄枢阁阁主，据说更是一个狠角色。

这世上没有阁主拿不到的消息，也没有阁主不知道的事情。据说这位阁主极其擅长从人嘴里套信息，即使不用严刑拷打，也能轻松得到自己想要的一切。玄枢阁售卖世上各种秘密，只有你出不起的价钱，没有你在那里打听不到的事情。

玄枢阁的情报百分之百正确，绝没有任何失实的可能，甚至于当事人都不知道的内情，玄枢阁却知道。

所以江湖上流传着一句话："天不知，地不知，你不知，我不知，唯有玄枢阁知。"

"玄枢阁很贵的啊！"冠雪惊到，"而且听说玄枢阁阁主喜怒无常，是个脾气性情难以捉摸的怪人！我们把大把的钱都送给他也未必能得到情报！"

卞城王微微一笑："试试又何妨？钱的事情你不必担心，大不了我把卞城的财富都奉上，给不给情报，赌一赌才知道。"

冠雪心中一暖："大人，冠雪不值得你这样做……"

卞城王低下头看着她："值得。那就这么定了，你收拾一下，明天一早我们出发。"

卞城王行事雷厉风行，言出必行，冠雪知道他定下来的事情没有人能改变，她当然知道他的心意，只是她刚刚和竞天约定过，此时此刻，她竟然不敢给卞城王什么承诺了。

"大人，你对我的心意，我是知道的，但是我可能没办法回报你的深情。"冠雪觉得有些事情还是提早说清楚的好，卞城王那么好，她怕他受到伤害。

"我不必你回报什么。你知道我心中有你就可以了。有一个人在你身边，总比你一个人坚持要好得多。你想要我，什么时候都可以，我可以用我的一切来安慰你，我不会强求你也爱我，但如果你真的爱上了我，我可就会一直追着你，要你和我在一起了哦！"

卞城王的语气很轻松，他伸手抚摸冠雪的头发："只要你不拒绝我对你的好，我就很高兴了。"

冠雪心底满是又甜蜜又酸楚的感情，此时的她有种想拉住他拥抱的冲动，但她不能，她知道自己虽然很喜欢卞城王，但她怕这种喜欢来得不长久，卞城王太好太完美，她舍不得让这样的他受到半点伤害。

"明天早上我来接你。"卞城王拍拍她的肩膀，转过身离开了。

冠雪看着他的背影消失在大门口，心底不知怎么的就有些失落，她转过身回房默默收拾了行囊，想了想，又去云珩的房间里找云珩。

很奇怪，云珩竟然和离殇在房间里说着什么，冠雪推门进来的时候，正在说话的两个人脸上都有些意外，离殇的表情一如既往的悠闲，云珩却好像吓了一跳似的。

这两个人昨天还势同水火呢……今天怎么感觉情同手足了呢？

"娘子的男人可真多啊……"离殇懒洋洋地看着她，"卞城王你准备什么时候认了做弟弟？事先说好，按排位，他只能在我后面哦。"

离殇你真的想多了……卞城王大人比我还大好几岁，认个啥弟弟哦……

云珩掩饰了紧张道："虽说是卞城王大人将我送给了姐姐……但我觉得他有些过于凶悍了，我怕他以后会不把姐姐放在眼里，本应入赘的男人不懂做小伏低，对寂家不太好……"

什么个情况……卞城王过来找我谈话，你们俩就已经开始盘算以后他进门后的生活了吗？我说你们俩是不是都有点想得太多了？

"我和卞城王要去一趟东曦，我们要去玄枢阁，云珩，你要不要跟我去？"冠雪直接问道。

她这问话一出，离殇脸上就有些不悦："雪儿你什么意思？问他不问我？我们俩都是你养在寂家的，你怎么就亲疏有别差这么多？"

冠雪赔笑道："不敢不敢，宿大爷你总是忙，我此去玄枢阁估计要十天半月，怕你不能前往就没敢问你嘛。"

宿离殇眼睛一翻，泼夫之势尽显："我忙是我的事，你不问就是你的不对了！"

冠雪连忙赔不是："对不起，宿大爷……"

"别叫老子宿大爷！老子不爱听！"

"啊……那个，宿离殇……"

"叫我全名？你胆子大得很啊！"

冠雪扶额头痛："那你说……我叫你啥好？"

离殇丢了个白眼过来："我要听你叫我'亲亲可爱的小夫君'！"

冠雪听到这句称呼差点没吐出来。

"离殇，行了。我就问你，这次玄枢阁之行你要不要跟我去？"冠雪擦着额头上的汗问道。

"哼！"离殇一脸不爽别开头，"不去！滚！"

"嘿嘿嘿，好咧！"冠雪乐不可支地拍手，"云珩，我们走！"

让冠雪没想到的是，云珩竟然没有兴高采烈地跟她走，他面露难色摇摆不定："姐姐……我……"

冠雪很是意外："云珩，怎么了？"

云珩脸上有些为难的表情，他低下头："姐姐，我不去了。你和卞城王大人同行，他一定会带上武艺高强的暗影卫，那些人比云珩都要厉害。姐姐放心去吧，云珩等你回来。"

冠雪觉得有些蹊跷，她看见离殇忍不住在偷笑，于是严肃道："宿离殇，你对云珩做什么了？"

宿离殇一脸无辜地看着冠雪，漆黑的眼眸清澈得像是山泉中的石子："天地良心，我能对云珩做什么呀？娘子对我还有什么不放心的吗？为夫只对你一个人有兴趣，真的不喜欢男人！"

冠雪强行控制住自己想要揍他一顿的心情，她深呼吸一口气："好……你们俩在家里都给我老老实实的！云珩！你别被他骗了，宿离殇这个家伙心眼多得很！你别被他卖了还给他数钱！"

离殇不悦地抱怨道："喂！过分了哦！要不要这么提防我啊！我哪里看起来像是个坏人？再说，云珩也卖不了多少钱！"

冠雪顾左右而言他："云珩，你还小，不懂江湖的险恶……"

"喂，雪儿，你这是在说我险恶吗？你这样我可真的会伤心哦！我一伤心可能就会砸家毁物哦！"

冠雪叹息一声："好吧，我管不了你们，你们两个在家里别闹出什么事情来！"

她这边还想说什么，却听见门外有人在喊她："冠雪郎中，有事相求！急！快点出来！"

冠雪听那声音像是楚无鱼，于是应和着："是楚大哥吗？稍等一下！"

她一边走一边又表情严肃地教育屋里面的两个男人："我出去一下，你们两个给我乖乖的，不许给我添乱！"

冠雪这边出了房门，那边离殇就忍不住"扑哧"笑出了声："哈哈哈……"

云珩满脸不爽地白他一眼："你该不会骗我吧？姐姐都说你不是好人了！"

宿离殇微微一笑："哦？信不着我的话就别求我啊！反正被异能者碾压吊打差点死掉的人又不是我，我又没有必须要保护不可的人，反正你死也不要紧，雪儿有危险你也不在意,要不要赌一把都是你说了算,我这一瓶圣血价值连城,随随便便都可以卖几座龙安大宅子的钱,不敢要就出去好了,这药我还不如喂狗了。"

云珩被他气得满脸通红:"宿离殇!"

宿离殇嘿嘿一笑:"怎么,舍不得?"

云珩低下头:"你这瓶药……真的是先帝之血?"

"当然!"离殇从怀里取出一只瓷瓶,那是上好的白瓷,通透如玉,晶莹可人。离殇将瓷瓶放在手里摩挲着,仿佛抚摸着谁的肌肤一般:"西御国早些年的'铸神计划'中,药物欠佳,导致制造出来的异能者力量不行不说,死亡的数量十之有八。先帝出世后,'铸神计划'才算真正意义上达到巅峰,先帝拥有可以令普通人获得异能的力量。喝下她的血液,有六成的概率会死,而另外四成,则是成为与皇室无异的异能者。先帝死前令御医取走自己全身血液与血肉备存。我这里的这份血液,是价值连城的稀缺好货。"

"先帝驾崩十多年了,她的血还能用吗?"云珩忍不住问道,

离殇微微一笑:"这是御医特地加入药剂封存的,莫说是十多年,百年都没问题。"

云珩看着他:"既然是如此稀罕的宝贝,你为何要给我呢?"

离殇把瓷瓶放在唇边仿佛在思索什么似的:"因为有趣。"

云珩有点生气:"你有病吧!"

"哈哈哈,别气,我说的是真心话啦!"离殇好像想起了什么有意思的事情一样,"因为你们这边太弱了,现在看来可谓毫无胜算。我就是喜欢看势均力敌的热闹,一边倒什么的,太无趣了。洛云珩,虽然我宿离殇不是什么好人,但我可以保证这药是真的。同样的,你喝下去,有六成的可能会死这事也是真的。你想好了,很可能你根本没办法得到异能就死去了,而你的姐姐,根本不知道你是为何而死的。"

"异能者的力量太强大了。"云珩回想起之前被那个擅长爆炸的异能者打得完全没有还手之力的情形,"我不是他们的对手。我不惧死,我只怕我力量弱小护不得姐姐,我是姐姐最后一道防线,我溃了,姐姐必有大难。我一定要护她周全才行!"

说到这里,云珩从离殇手中夺过瓷瓶,打开塞子仰头喝了下去。

这边冠雪在门外和楚无鱼说话,楚无鱼满脸焦急地跟冠雪求药:"冠雪郎中,救急啊!我要外伤解毒的万能药,这药全卡城只有你有!"

冠雪有点奇怪:"虽然是万能药,但不同的毒最好还是用专门的解药来祛毒更好,只需让我瞧一眼,九成的毒我都可以手到病除。"

"不用你瞧！"楚无鱼连连拒绝，"把药给我就行！"

冠雪心里纳闷，只得把药递给了对方："那是谁中毒了？"

"没有谁！你不必管，大恩不言谢！"说着，楚无鱼拿着药就匆匆离开了。

冠雪见状开始猜想：楚无鱼是个八面玲珑的人，他在卞城只对卞城王忠心耿耿，很少有其他朋友，楚无鱼不太可能为谁求药，如果有，那个人应该就只有卞城王。

难不成……是卞城王出了什么问题？

这个揣测让冠雪不由得浑身打了个冷战，仅仅是假设而已，她觉得自己就有些慌，她怕卞城王出什么事情，她怕卞城王遇到危险，她怕卞城王会和前世中其他人一样离开自己……

一想到这个假设，冠雪只觉得心底都在渗透出寒意。

她正愣神间，却听得里面房间里传来云珩撕心裂肺的呼喊：

"呃啊啊啊啊——"

冠雪走近房门，伸手推了推，房门没有推开："怎么了？云珩发生什么了？"

门内是离殇轻松的声音："没事。云珩不小心撞到头了，娘子……不必担心。"

"你们两个大男人，光天化日之下共处一室还锁上门……"冠雪一时间有些狐疑，"你们在里面干什么呢？"

离殇哈哈大笑："我们能干什么啊！娘子多虑了，我照顾云珩就好，没事的。"

冠雪听了听里面，云珩虚弱道："我没事……姐姐快走吧……"

冠雪叹息一声："好吧。楚无鱼有点奇怪，我跟着他去看看他的葫芦里到底卖什么药。离殇你和云珩好好的哦。"

说完这些，冠雪急匆匆地走了。

屋内，云珩浑身是血地倒在地上，离殇正在用绳子把他紧紧地捆起来，云珩的嘴里也被塞了布条，在他说了那句话之后，再也不能发出一点声音。

"很疼，好像全身血肉骨骼都被搅碎了那么疼，却又昏不过去。你会一直神志清醒地挨过三天三夜。绑着你是怕你弄伤了自己，嘴里塞了东西也是防止你咬舌。忘了说了，死的这六成里，有一大半是因为忍受不了痛苦而死的。其实先帝的血真的很厉害不是吗？只要能挨得过这一关，真正因为血液不耐而死的，只有五分之一。"

云珩无法回答他的话，离殇轻轻低语的样子很像是一个痴儿在诉说着一场梦境，云珩的身体还在不停地涌出鲜血，他的身体颤抖着，如同从水中捕起丢在岸上的鱼，濒死挣扎。

"别担心这些血,你须得将这旧血抛弃,才能得到圣血的眷顾。待三天三夜过去,你脱胎换骨如同新生,那时候的你,每一寸血肉都是被神明祝福过的,一般人受了要死的伤,你只会伤到皮毛;一般人需要十天半月恢复的伤,你只需一两天即可痊愈。"离殇坐在云珩旁边悠闲地喝着茶,"放心,这三天我会陪在你身边的,你失血多,需要给你补充水分,不管你能不能喝下去,我都会定时灌给你。你用了我这么贵的药,我怎么能看你死在这里?"

云珩疼得身体微小地颤抖着,他阖上眼睛,一串清泪流淌了下来。

第十三章 ／ 两情相悦

冠雪跟在楚无鱼身后一路小跑。楚无鱼穿过闹市又绕过小巷子，好像怕被谁发现似的东拐西拐，冠雪更好奇了，索性一直跟在身后，幸好楚无鱼武艺稀松也不擅长轻功，冠雪倒是一直都没被他甩丢。

走了不少弯路之后终于看到楚无鱼开始加速，他从一处小路急急地冲刺过去，冠雪讶然地发现，这里不是卞城王宅邸的后门吗？！

只有卞城王的几个心腹才知道这个入口，只见楚无鱼悄悄地走过去敲了个暗号，里面把守的人开了门才让他进去。

他进了不多时就出来了，出来的时候，手中的解毒药已经没有了。

这肯定是卞城王大人有什么事情了！冠雪一把拉住楚无鱼把他拽进小巷子里，掏出匕首抵着他的脖子："楚无鱼！你用我的解毒药干什么了？到底是谁受了伤？"

楚无鱼本来吓得屁滚尿流，这一听声音是寂冠雪，他不由得松了一口气，赔笑道："好女饶命啊，我就是个跑腿的，我什么都不知道……"

冠雪哪儿那么好糊弄，幸好楚无鱼无论力气还是武艺都比她还菜，她毫不费力地抓住对方的脑袋就往墙上撞："糊弄我？我最恨不老实的人了！我问你，到底是谁受了伤？！"

楚无鱼被她撞得眼冒金星："疼啊，疼疼疼！好女饶命，我招谁惹谁了啊……"

冠雪冷冰冰地把他拉到自己身边，笑了笑把一帖药粘在对方额头上："楚大哥，你是卞城王大人的心腹，那你应该也很清楚大人对我的心思。我实话和你说了吧，大人喜欢我，我也爱慕大人，以后没准这卞城就是我说了算。楚大哥是卞城王的心腹，那和是我的心腹有什么分别呢？楚大哥是聪明人，我就问你，你说不说实话？"

"咣当"一声，楚无鱼膝盖一软就跪在了冠雪面前："大嫂饶命！小弟不敢隐瞒大嫂！实在是因为卞城王大人刚才从寂家回宅邸的路上遇刺了，对方虽然人多，但大人武艺高强倒也不足为惧，可是对方实在阴险，放了毒箭……"

冠雪一惊："毒箭？他不是有暗影卫？"

楚无鱼带着哭腔道："自从你遇到异能者刺客之后，大人就把所有暗影卫都给了你啊！"

冠雪心底里，那颗被自己冰封住的真心，在听到这句话的时候，渐渐消解，分崩离析——

楚无鱼仍在说着："这已经不是第一次了。春光祀那天，大人听说你约了花魁，他特意去龙安找你，结果遇刺了，两个暗影卫也受了重挫。寂冠雪，你应该知道的，卞城这个地方一直群龙无首，大人是这些年来的最强者，他一统卞城费了很大力气，可即使如此，仍然有很多人在明里暗里地算计他。他虽是卞城王，但根基还不够深。大人他对你的心思我们都知道，但他是肯为了你连自己的命都能不珍惜的！他不许我们告诉你，若不是你这样逼迫，若不是心疼大人，我楚无鱼从来不是贪生怕死之辈，我怎么会畏惧你手中的刀刃？只是……哎，人呢？"

楚无鱼跪直了身体伸头去看，发现寂冠雪已经撇下他朝着卞城王宅邸的后门跑去。

冠雪狠狠地敲着后门："开门！给我开门！我是寂冠雪！"

敲了一会儿，里面的人听到了她的声音，虽然她敲的暗号完全不对却也开了门，守卫看着寂冠雪有些为难道："冠雪郎中怎么不走正门？"

卞城王宅邸守卫森严，连只苍蝇都飞不进去，只有她寂冠雪，想来就来想走就走，没人拦她，也没人敢说一个"不"字，不是她寂冠雪有多厉害，而一定是有谁交代过这些人：寂冠雪如同他一般，视同王上。

冠雪只觉得自己心底里好像被谁刺了一刀，自她重生以来，她觉得这世上，除了失而复得的爹爹，再没什么人是她的软肋，再没什么人让她心疼，而此时此刻，她觉得自己的心忽然痛得难以自持，仿佛温热得如同血液似的东西从胸腔溢出，化作两行热泪：

"给我让开！我要见大人！"

守卫哪敢拦她，冠雪一边哭着一边在卞城王的宅邸里飞奔，她一路跑到他的房门口，狠狠地擦了眼泪吸了吸鼻子，伸手敲了敲房门。

"不是说不用了吗？你又来做什么？"屋内是威严无比的声音，"出去，我自己就可以。"

冠雪忍不住一把推开了门，她看见屋内卞城王裸着上身，一只手握着她的解毒药，看见自己进来，他不由得愣住："寂冠雪，你怎么来了？"

"你受伤了为什么不告诉我？"冠雪看到他身上新添的伤口，不由得心疼到眼泪都流了出来，"傻瓜！我是这卞城最好的郎中啊！"

卞城王避开她的视线："只是小伤罢了，我自己就可以处理。"

冠雪不由分说地走过去夺下了他的药瓶，她双手扶着他的肩膀，语气强硬："你给我老实地坐下！乖乖地让我来给你处理伤口！"

卞城王深沉的眸子里涌着暗暗的光芒，他没说什么，按照冠雪说的坐在了凳子上，冠雪看到他背上的旧伤也挣开了，新的伤口还冒着汩汩的黑血，新伤旧伤交织一处，她的眼睛模糊一片，忍不住哭出了声音。

"傻瓜……你真是大傻瓜……为什么要把所有的暗影卫给了我？你为什么这么不在意自己的身体！你……你不是说喜欢我吗？喜欢我为什么这么不在乎自己啊！你要是有了什么事情，还怎么继续喜欢我啊！"

卞城王忍不住笑了起来："原来你不是心疼我，你只是怕这世上喜欢你的人少了一个。"

"不许笑！"冠雪又羞又气，这让她怎么能说得出口！

她没办法说出，我为你心疼，我也喜欢上了你。

因为连她自己都不了解这是一种什么样的情愫。

有些害怕，有些陌生，有些患得患失，有些不敢置信。被背叛一次之后，她本来没有想再将这颗真心交付出去，她很怕那种全部交托了信任和爱之后全然的倾覆，但此时，此刻，她发现，她已经爱上了这个真心爱着自己的人。

冠雪一边心疼流泪一边为卞城王处理好了伤势，他背对着她，她看着他后背伤痕交错，新伤旧伤看起来惨不忍睹，忍不住哽咽道："你身上那么多伤，知道的，是别人偷袭你。不了解你的人看起来，以为你是到处惹事、好勇斗狠之人，若是以后你的妻子见了这些伤痕，就不怕吓走了她吗？"

卞城王背对着她似乎含着笑意说道:"我的妻子除了你,再无他人。既然知道我是什么样的人,那这些伤口有,或没有,又如何呢?"

"你……"冠雪想起前世的卞城王终身未婚,难道他是为了自己孤独了一世?

"你一直喜欢我?"冠雪不敢确定地问道,"重生前……你一直没有成亲,难道是因为我?"

卞城王窒了一下,之后垂了头,语气中有一丝哀伤道:"前世我们没有在一起吗?那一定是你不爱我,不肯让我留在你身边吧?"

冠雪不解:"怎么可能?我都不知道你喜欢我!你为何不让我知道?"

他苦笑一声:"我一定和你表白过的,而你……也一定拒绝了我。"

"我不会的!"冠雪只是听出了他语气中的伤感就觉得心疼起来了,"你这个大笨蛋!你都不告诉我!"

今天的冠雪特别想哭,她的泪水好像是直通到了心底,那么多的苦,那么多的痛,此时此刻,面对着这个让她动心爱上的男人,再也控制不住地倾泻出来。

察觉到她哭得厉害,卞城王有些担心地想转过身来安慰她:"你怎么了?是我说错话了吗?你让我看看……"

冠雪别扭地抱住他的后背不许他看:"不许看!我才不许你看我!我现在的样子难看死了,呜呜呜……"

卞城王哭笑不得:"你什么时候都是好看的,乖,让我瞧瞧。"

冠雪更紧地抱住了他:"不要!就不要!"

卞城王无奈,只好由着她搂着自己,他伸出手按在她的手上,低声说:"你真的不需要知道我做的那些事情。我不想让你有压力和负担,不想你因为歉意,施舍给我你的感情。无论你是谁,不管你做什么,我都是你最强力的靠山。寂冠雪,我不需要你的报答,我对你的这些好,都是你应得的。"

冠雪从身后拥抱着他,只觉得好温暖,让她不由得渐渐深陷:"大人……谢谢你……一直以来,都谢谢你。"

他苦笑道:"所以你现在仍是爱着星途吗?纵然他负了你,你也仍然爱着他?"

冠雪连连否认:"不……不是那样的……"

卞城王忽然握紧了拳头,有些恼怒道:"他竟然是那么不懂珍惜的家伙!你告诉我他到底是怎么负了你?我替你去收拾他!"

冠雪连忙制止道:"不,不必了。真的不需要了。"

或许在此之前她还是对卜星途放不下，但是在这个时候，冠雪真的觉得卜星途有没有爱过她已经不重要了，他是不是把自己当作别人也不重要了，甚至——他杀了自己这件事都不重要了。此时此刻，她真的如同羽化重生的蝶一般，彻底告别了昨日的自己，迎来一次属于她的新生。

卜城王恼怒地转过身来看着她："寂冠雪！到现在你还向着他！你就那么怕他受到伤害？你……就那么喜欢他吗？"

冠雪慌忙否认："不是的！我早已经不喜欢他了！现在我喜欢的人是……"

她看着对方炙热的眼神，竟然没有把心底里的话说出来。

她没办法说自己已经喜欢上了卜城王，说来也是奇怪，从前她厚着脸皮追求卜星途的时候，总是把喜欢啊爱啊挂在嘴上，后来死过一次，全都失去过了一次，她发现，原来爱情，有时候并不是那么轻易说出来的。或许是她成长了，或许是她更加懂得了爱，她爱上了卜城王之后，开始学会权衡，权衡这段感情对于他会不会带来伤害，最后权衡的结果是，这份感情暂时不说才是比较好的。

她身处险境，他自保尚且困难，如何要在这种时候把他拖下水，让他和自己一样承受危险？

他很可能会死的，那些丧心病狂的人不知为什么如此恨她，他们要杀了她，要杀了她的爹爹，她怕卜城王也会遭难。

爱他，放手才是最好的选择。

冠雪低下头不再说话，卜城王却拉住她的手道："你刚才说你喜欢的人是谁？"

冠雪转过头不敢看他："没，没什么——"

卜城王抱住她，扳过她的下巴逼她与自己对视："寂冠雪，你喜欢我，对不对？你已经爱上了我，是不是？"

寂冠雪心底一惊：卜城王不愧是卜城的王，他心细如发，善于识人，无论谁也逃不出他的法眼，他深谙人性，一眼就看出了她的心事！

卜城王脸上带着不自禁的喜色，他紧紧拥抱着她："冠雪，你告诉我，你现在喜欢的人，是我！"

冠雪不敢回答他，她怕自己一说话，就会被他看出更多的破绽。

"我的心意你应该早已知道，若你也钟情于我，我绝不会让你伤心半分！也不会让你掉一滴眼泪！我会长长久久地爱着你，我会一直陪在你身边。寂冠雪，我们把那些意图杀你的幕后黑手消灭之后，你想去哪儿我就陪你去哪儿，卜城也好，龙安也好，天涯海角我都陪着你,你想过什么样的生活,我就给你什么样的生活。寂冠雪,我可以给你幸福!"

他说,他会给她一切她想要的幸福,如果她不想住在卞城,他可以马上抛弃卞城的这一切,她想去哪儿他都会在;他可以为了她,抛下自己辛苦打拼的事业;他也可以为她,活成她想要的样子。

她寂冠雪何德何能,让他如此待她?

冠雪却无法拒绝这样真心实意爱着自己的他,卞城王轻轻抚摸她的头发,双手拂过她的脸颊,轻轻地捧住她的脸,靠近过来,再靠近过来……

属于他的阳刚气息扑面而来,那仿佛是属于阳光的温暖,炙热的,无法抗拒的。

在他马上要亲吻上她的唇的那刻,冠雪想起了竞天,想起了那个前世今生都爱着自己的竞天,她答应了竞天要给彼此互相了解的时间,而此时她又爱上了卞城王,冠雪的心中一时间错综复杂,她搞不清自己应该如何是好,但不管她爱不爱竞天,她也不能把这么好、这么真心实意待自己的卞城王拉入更危险的境地!

冠雪重重地推开了他,卞城王脸上露出错愕的表情,仿佛不敢置信一般。

"大人,请自重。我是担心你的伤势而来,并不想和你有这些瓜葛,既然你已经没事了,那么我就告辞……"

卞城王眼中有暗暗流动的恼怒,他低低地吼了一声:"寂冠雪!你——"

冠雪再次用力推开了他,他竟然没有提防,被她推了一个趔趄,身子重重地撞在桌角上,她看到他的身子狠狠颤抖了一下,她想,他一定很疼,很疼。

"大人!我只是个寻常女子!我配你不上!你这样好的男子,要什么女人没有?大人,你终究会忘记我的,再深再切的情谊,久了也就淡了……"

"住口!"卞城王瞪大了眼睛,一双眸子里满是燃烧着的火光,"够了!你不要再说下去了!"

一时间,满室俱静。

冠雪不知道该说什么了,在她的印象里,她从来没见过卞城王大人对她生这么大的气。即使是她做错了事情,他也从未责备过她,而此时此刻,他竟然攥紧了拳头,气得浑身都在颤抖。

安静的四下里,卞城王开口了,他的声音并没有他看起来那般气恼,只是他的声音,格外清冷,似乎渗着寒意:"寂冠雪,你是不是觉得我是这卞城顶端的王,强大无畏,所以怎么伤害都无所谓?你以为……无论你怎么拒绝,怎么对待我,我都不会在意吗?

寂冠雪……春光祀之约我明明早早就和你说了,可你拒绝了我之后,和花魁相伴而游!你知道我在得知这个消息的时候心里有多难过吗?或许……在你心里,你根本就是不在意的吧,我的心情,向来不是你考量行事的标准,我对你而言,只不过是公事上的伙伴而已!"

冠雪被他一字一句说得心如刀绞:"不!大人,我并没有这样想过,大人你是我很重要的人……"

冠雪忍不住拉住了他的胳膊,却被对方狠狠甩开:"别碰我。已经够了。寂冠雪,从此以后,你和我,再无半点儿女私情!"

冠雪只觉得心里苦,却说不出,她忽然发现,原来在她心底里,卞城王比她想象中的,还要重要。

只是无论前世今生,她从来都没有失去过他,他对她一向宽容温柔,让她产生了"我永远不会失去他"的错觉。

原来,她是可以失去这份温柔的。原来,她是可以失去他的。

她是为什么会认为自己不会失去他的这些好、这些真心的呢?

她明明不是已经做好了准备的吗?可是为什么……他被伤透了心的模样,让她的一颗心也几乎好像碎裂了一般?

卞城王恢复了清冷霸气的模样,他冷冷地看着冠雪,说道:"我答应你,会抓出谋害你的幕后主使,这一点我绝不会食言。只是,以后我们只是上司与属下的关系。从今往后,你我之间的情分,只有如此而已了。"

这明明就是她所期待的……可是……为什么……

卞城王低头看了她一眼,不带感情的目光从她脸上扫过,他披了一件衣服遮住赤裸的上身,淡淡道:"我们明早出发去玄枢阁。你我孤男寡女共处一室,于情于理不合,你请回吧。"

冠雪的眼泪已经噙在了眼眶,她摇着头:"别……不……不要……"

就在眼泪马上要决堤的时候,卞城王已经转过身,只留给她一句话:"好,你不走,我走。"

说完,他的脚步没有丝毫犹豫和留恋地离开了。

他完全没有留给自己理清思绪解释的机会,冠雪以为他会回过头看一眼自己,冠雪以为他的脚步和背影会迟疑,可是,他没有。

卞城王,你真的是这般爱恨分明、眼中容不得一点沙子的男子吗?纵然不能有缘厮守，连仅剩的温柔也吝于给予了吗？如此眷恋着他的温暖的自己，是不是太贪心了？

她怕接近他会害了他，可是就这样放走了他，她的心底里却好像生生地被挖去一块似的，疼得无法自抑，缺失了一块的心，空落落的，再无依傍。

若不曾失去，冠雪不会知道，卞城王对她而言，竟然如此重要。

冠雪失神地跪倒在地上，泪水止不住地从眼里流淌而出。她发现，她竟然还有这么多的眼泪，怎么擦也擦不完，卜星途杀她的时候，她只有彻骨的寒，却没有一滴泪，今天……她这是怎么了？

她正在哭泣间，一方带着淡淡茉莉香气的手帕递到了眼前，泪水婆娑的她看不清来人，只得哽咽道了声谢，用手帕拭去泪水之后，抬眼望去，那人竟然是怀玉。

怀玉站在冠雪面前，居高临下地看着她，他背对着光看不出什么表情，但他那语气中带着几分不爽："丑话说在前，我可不是担心你才这么做的，我只是觉得……你这么哭下去，就要水漫卞城府了，我可不想明日出发的时候要划船离开。"

明明是冷淡得无所谓的语气，裘怀玉的言辞却如此风趣，冠雪擤了鼻涕之后忍不住破涕为笑："怀玉，看不出你还会说笑话，"

怀玉爱理不理地扭过头去："我会的事情可多了，色女你没机会知道了哦！"

冠雪连连附和道："对对对，我鼠目寸光，怎能见识到怀玉小哥哥的厉害之处。"

怀玉俯下身子看着她的眼睛："不哭了，嗯？"

冠雪抬头看他，努力绽放出一丝笑容道："谢谢你，怀玉，真的谢谢你，我知道你是为我打算为我好，虽然你不擅长劝人，但你真的尽力了……"

怀玉眼睛一瞪："色女你说谁不擅长？"

冠雪含着泪笑道："怀玉，你对我的好，我知道。谢谢你，你真是一个世间难寻的好男人，也不知道哪家的姑娘这么有福气能与你成婚，你这么好的人，一定得要是非常好的女人才配得上……啊，这么一想，能配得上你的好女人，这世上真的好像找不到呢！"

怀玉脸上的线条顿时柔和了下来，他看着冠雪，一双水眸中闪烁着难辨的光芒道："我现在这个身份，怎能和女子成婚？不过，除非……"

他顿了顿，复又说道："除非那人是你。若你……也和我这般，若你，记得你曾经许我的承诺，我愿意放弃这一切，和你远走高飞。"

"哎？！"冠雪被他这话吓了一跳，"我？我……曾经许给你什么承诺？你说说看？怀玉……你该不会是看我伤心了安慰我的吧？"

怀玉眼中的光芒一寸一寸地黯淡下去，他哑着嗓子道："哈哈哈……是啊，我就是在逗你呢，怎么样，被我骗到了吧？哈哈哈哈……"

偌大的房间里只有他的干笑声，冠雪有点担心地看着他："怀玉，你没事吧？"

怀玉微微一笑，他甚至笑出了眼泪："我有什么事？别为我瞎操心了，寂冠雪，你心情好一些了就好了。感情这种东西，从来就不应该是最重要的，虽然疼，虽然不舍，虽然不甘……那些终究是可以过去的。"

说到这里，他似是想了想，喃喃自语了一句道："应该……是可以过去的。"

冠雪看着他，疑惑道："怀玉，你是不是……也经受着和我一般的情伤？"

不然你为何如此了解呢？

怀玉微微笑了笑，却没有回答她的问题："时候也不早了，今晚你就别回家了，这是卞城王的房间，你留宿此处不妥，我知道这里客房很多，你今晚可以住在我的隔壁，明日一早我们一起出发，行李什么的都交给我处理。"

冠雪问道："怀玉你也要去玄枢阁问阁主问题吗？"

怀玉别开头，目光有些不自然道："我当然是因为有求于阁主才去的！不然呢？我难不成会为了你而去？"

冠雪点头笑道："也是，你家大业大，需要的情报也多。你找阁主问的问题，一定能换回大价钱。"

怀玉低了头，黯然道："钱么……这世上于我而言，最不稀罕也最不值钱的东西，就是它了吧……"

冠雪没太听清楚怀玉的话，想起自己和卞城王的关系，不禁有些黯然道："幸好有怀玉你同行，不然如果只是我和大人的话，应该会有些尴尬吧？毕竟大人已经……"

说着说着，冠雪意识到自己失去了卞城王，又难过起来："已经……已经……"

怀玉有些慌了手脚："还来？你是多喜欢卞城王，竟然这么难过？好吧，我说个让你开心的事情，这次行程的一切费用都由我来负担，这一路上你可以吃好的、喝好的、住好的，有我在，你们一分钱都不用掏。如何，会不会开心一点？"

冠雪听到这里也觉得安慰了许多："怀玉……你真是个大好人……我觉得好一些了呢……"

怀玉松了口气，叹道："不过是钱而已，能换来你的一分开怀，万两黄金也是值得的。"

这话说得寂冠雪忽然眼睛里冒出了精光："一万两黄金能换我十分开怀！怀玉你

试试！真的！救苦救难的活菩萨怀玉小哥哥，你可以用一万两黄金收买我这个夏天的快乐！"

怀玉气得差点伸手要打她："你这个坏女人！世界上怎么有你这么坏的！"

冠雪瘪着嘴，眼泪汪汪地瞧着他："你打我吧，你使劲打我吧，我就是个坏女人，我还是个好色的花心大萝卜，我失恋了，我被甩了，我此时无依无靠只有一身贱肉，你打我吧……"

怀玉气得咬牙切齿，手举起来了又只能放下，他不爽地道："坏女人！就会欺骗男人感情，就会玩弄男人，你失什么恋？你就是阴沟里翻船，报应！"

冠雪不再回嘴，只是低着头任他指责，怀玉说了几句就停下来，扯过她看着："怎么了？你还难过了？你……说你几句都不行吗？你看看这是什么？"

怀玉这番说着，从怀里掏出一个黄澄澄的元宝来："我身上带不了一万两那么多，这里是十两黄金的元宝，不是实心的哈，但足金足两，当摆件当钱花都没问题，这个送给你，你能高兴一个晚上吗？"

冠雪看见眼前硕大的亮晶晶的金元宝，不禁垂下泪来。

"怎么又哭了呢？"怀玉不由得紧张起来，"难道非要一万两黄金才能收买你的快乐？"

冠雪抱住怀玉的腿就号啕大哭起来："裘怀玉你真是个好人！我从来没见过你这么善良的人！你答应我！要一辈子不离开我，一辈子做我的好朋友！"

怀玉闻言一震，随后垂下眼帘看着她，很低很低地说道："……好。"

之后，冠雪哭了个痛快，终于觉得好了不少，她重拾信心道："怀玉，幸好有你在我身边，我觉得好了很多！这世上没有时间不能抹平的疼痛，我觉得我再过几天就可以痊愈了！"

怀玉把她送到客房门口，淡淡一笑："如果睡到半夜哭醒了的话，欢迎你来隔壁我的房间找我。"

冠雪嘿嘿一笑："谢谢你，那，明天见！"

说来也怪，冠雪本以为睡下了会有些难过，没想到她睡得出奇的好，这一夜无梦，早晨起来看到怀玉从屋子里出来，他神情有些憔悴，眼窝处的黑眼圈愁得明显。

"怀玉，晚上没睡好吗？"冠雪忧心地问道。

怀玉别开了视线没有看她："看来冠雪郎中这一夜睡得很好。"

"托你的福，我这一夜睡得好香。"冠雪笑道。

"那就好。"他别过头,"我们该出发了。"

冠雪和怀玉迎着朝阳在卞城王宅邸门口看到了裘家阔气的马车,这也是卞城最大最豪华的马车,马车大概分割出四个区域,有乘坐区、躺卧区、出恭区,在出恭区后面独立出一个可以携带生活必需品的小小仓库,为货品区。基本来说,马车里的东西和居家过日子一般一应俱全,在这架马车里,可以舒舒服服地过起日子来。

六匹毛色光亮的高头大马不时地嘶鸣,三位车夫已经久候多时了,这样的气场和阵势,就算是当今天子,也不过如此。

裘家的马车确实是阔绰堪比天子的。这样的车在龙安肯定是不能走,但在卞城则没人管,一是卞城和朝廷对抗,就连当今圣上也奈何他们不得,二是现在卞城的老大是卞城王,他点了头,就没人追究了。

马车从卞城出口去城郊,可以不经过龙安,所以只要避过龙安就没问题。

没想到裘怀玉如此在意此次出行,为了去玄枢阁,连家里最大排场的马车都给用上了。

"怀玉,我们这样会不会太招摇了?"冠雪有点担心地问道,"你也知道,有人一直在追杀我。"

怀玉微微一笑:"这架马车刀枪不入,水火不侵,就算是之前暗杀你的那个异能者来,也炸不掉这马车的一角,反正无论你坐什么样的马车他们也都找得到你,所以不如就风光一些,别苦了自己,不好吗?"

好,非常好!寂冠雪在心底暗暗说道:我就欣赏你这样会享受的土财主!

和怀玉站在车下等了一阵,冠雪本来还在想应该如何面对卞城王呢,没想到那边卞城王和另一个女人施施然地走了过来。

那个女人冠雪认识,她的真名没人知道,只知道她的花名叫合欢。合欢是合欢楼的掌柜,在卞城根基颇深,起初合欢与卞城王是敌对势力,后来被卞城王的武艺胆识和智谋用人所折服,甘愿投在卞城王麾下。卞城王得了卞城之后,论功行赏,她便是秋雨堂的堂主。在"落城之难"一役中,合欢武艺稀松竟然也难得地存活了下来,成为卞城王身边不多的元老部下。冠雪一直觉得合欢本事没多大,运气倒是很好。从"落城之难"中活下来的人不超过五个,除了合欢之外都是有点本事的。合欢一直对落城发生的事情讳莫如深,冠雪与她交情很浅,前世的合欢实在是死得早,差不多是冠雪筹备婚事的时候,合欢就在家中离奇死去了,因为那时候忙着结婚,冠雪也没去凑热闹验尸,但听去验尸的郎中说,合欢身上没有外伤,她好像是被吓死的。

这是个什么死法呀？冠雪是见惯了生死的人，对合欢的事情没什么感觉，倒是合欢之死成全了冠雪，很快，冠雪得到了卞城王的重用被提拔为秋雨堂堂主，从此一步步成长为卞城的二当家。

这就是她对合欢的全部印象。冠雪看到她的那刻掐指算了算时间：不对啊，时间已经过了，合欢怎么还没死呢？

冠雪不禁开始思索这个问题，是什么原因导致了前世合欢早死今生合欢还没死呢？她重生一次，竟然会有如此巨大的影响？

冠雪这边还在想合欢为什么还会活着的这件事，那边合欢竟然笑吟吟地伸手挽住了卞城王的胳膊，冠雪不禁瞪大眼睛停下思绪……这是怎么个情况？

合欢今年二十有一，已经成过亲了，看她今天熟络地和卞城王拉拉扯扯的样子，这是想和家里的夫君和离，换上卞城王这位新夫君？

想都别想！

冠雪上前一步试图从二人中间走过去分开他们，可她刚准备实施这个动作的时候，卞城王看也不看她一眼，转过身就上了马车。

他甚至连一句招呼都没跟她打。

合欢随后上了马车，冠雪和怀玉面面相觑了一会，怀玉一副了然道："你和卞城王闹个别扭，我们这些外人倒是有些难做了。也罢，上车吧。"

马车甚是宽敞，卞城王上车之后，合欢便坐在他那边，几乎黏在了他身上似的，让冠雪气恼的是，卞城王面上冷若冰霜地看着窗外，但对于黏着自己的合欢竟毫不在意。他为什么不推开她？！

冠雪和怀玉坐在一边，面对着对面合欢这副好像没骨头的样子，有些尴尬。

这边冠雪气鼓鼓的，那边合欢掏出樱桃来，纤纤玉指递到卞城王嘴边巧笑道："大人，吃个樱桃吧，来，张嘴，我喂给你吃，啊……"

卞城王淡淡地扫了对面一眼，微微启了口，任合欢将樱桃喂下去，吃了樱桃，他又把视线转向车窗外，心不在焉似的看着风景。

卞城王周身有一股冷冰冰的外人勿扰气息，感觉冠雪只要碰一下他就会被呵斥，但凭什么合欢可以如此肆无忌惮？

合欢娇笑起来："大人，樱桃甜不甜呀？"

卞城王仍然看着窗外："嗯。"

冠雪这边肉麻得呲了一声："嘶……酸死了！"

合欢拿着一颗樱桃在冠雪眼前炫耀："可甜可甜了呢！就是不给你吃！"说完又喂给了身旁的卞城王。

冠雪气得跺脚："谁稀罕你那烂樱桃！呸！"

怀玉窸窸窣窣地在荷包里找了半天，取出一颗鲜红欲滴的樱桃来，他用手随意地递给冠雪，说道："喏，我也有樱桃，这颗给你。"

冠雪接过樱桃的时候就感觉沉甸甸的，仔细看去，上好的一大颗红宝石被足金叶子装点着，向着阳光看去，红宝石是上乘的鸽血红，宝石纯净通透无比，仿佛一团燃烧的火一般。

这颗红宝石樱桃几乎把冠雪的脸都映红了，她捧着这做工精细的宝石，感觉气恼的内心稍微获得了一点平静。

可惜，这份昂贵的平静没有停驻多久。

合欢一脸艳羡地看着冠雪手中的樱桃，嘟着嘴对卞城王撒娇道："大人，那颗樱桃好好啊，人家也想要嘛……能不能也送我一个呢？"

卞城王冷冷的视线从冠雪身上扫过："天工居的鸽血红樱桃，一共有两颗，一颗被裘家收藏，另一颗在我那里，回去我送你另外那颗。"

合欢笑逐颜开地搂住了卞城王的臂弯："谢谢大人！大人对我真好！"

冠雪感觉火气从心底里冒起来，压都压不住了。

这也太目中无人了！

冠雪是个火暴脾气，不想忍的事情一分一毫都忍不得，她气呼呼地从马车座位上站了起来——这也就是裘家阔绰的大马车她能站得起来，不然小马车此时此刻她弯着腰，气势也得短了三分。

站起来的冠雪居高临下，她冷冷地瞪着卞城王和合欢："二位，我不知道合欢为什么会和我们一起去玄枢阁，但这并不是二位的私宅，在我和裘堂主面前，你们能否收敛一点？"冠雪恶狠狠地瞪着卞城王说道："大人，刚才我差点以为自己进了合欢楼，您什么时候变成青楼的戏子了？你收了合欢多少钱要在这里演戏？我出两倍，买你们安静一点，可以吗？"

此言一出，合欢和怀玉脸上都露出惊讶之色，怀玉拉住冠雪的衣襟压低了声音道："冠雪，不要说了，你不想活了？"

合欢一脸惊恐，忙扯着卞城王的袖子："大人！寂冠雪她竟然敢如此侮辱你！这样胆大包天的女人你怎能留她？"

冠雪一把推开合欢让她放开卞城王，伸手卡着合欢的脖子把她抵在马车后座上，恶狠狠地说道："别在老娘面前装模作样！老娘做卞城二当家的时候你早躺在棺材里烂成骨头了！再在我面前拉拉扯扯，我掐死你！"

冠雪前世可是跟着卞城王血雨腥风里走过多少遭的人了，面对穷凶极恶之徒她都知道怎样对付，合欢是个色厉内荏的纸老虎，遇到比自己厉害的人就怂了。冠雪在卞城王面前将她压制得无法动弹，合欢求助地看着卞城王,她本以为卞城王会为她说句话，谁想到卞城王淡淡地看着冠雪掐着合欢的脖子，说道：

"冠雪郎中说得有理，是本王疏忽了。合欢，这里是谈公事的地方，你收敛些。"

怀玉在一边不禁捂住了嘴掩饰惊讶神色，一向脾气暴躁、手段狠辣的卞城王竟然被寂冠雪骂到没脾气？

寂冠雪看了卞城王一眼，卞城王也抬起头来和她对视。

和以往一样，他从不会对她发火，纵然他有满腔力气和狠绝，但这些，一分半毫也不会用在她身上。

没错，寂冠雪很清楚，卞城王喜欢她。她就是倚仗着他对自己的喜欢耍小性子，她就是希望看到卞城王容忍自己的模样，这让她知道，他还爱着她。

明明被背叛过一次不敢再爱的她，为何还是如此渴望别人对自己的爱和温柔呢？明明已经决定了不要牵连卞城王，却还是不由自主地想要靠近他……

冠雪将手中的鸽血红樱桃递到了卞城王面前，卞城王抬眼看她，似是讽刺地轻笑一声："怎么，这就是冠雪郎中给我的打赏？"

冠雪硬邦邦地说道："说好了给你两倍的，我身上只有这个值钱的东西。"

卞城王冷冷道："那就拿别人送你的东西转手送我？那这钱是你赏我的呢，还是裘掌柜赏的呢？冠雪郎中倒是很会借花献佛啊。"

冠雪语气仍是很不友好："我身上没有其他钱，大人说如何是好？"

卞城王微微一笑："那就先赊着吧。既然你花了钱打赏了我两倍的价钱，那我就陪在你身边，如何？"

卞城王这边便起身和怀玉换了位置，拉着冠雪坐在一边，他转过头看着冠雪，微微一笑："我倒要看看，口口声声说我碍眼的冠雪郎中坐在我身边，能否做个正人君子，坐怀不乱？"

冠雪背对着他有些气呼呼地看向窗外："我不会坐在你怀里的，所以不会乱！"

身后卞城王特有的阳刚之气将她笼罩，他温暖的怀抱将她拥入，他的手就放在她的小腹，卞城王将下巴靠在她肩膀上，在她耳边轻轻吹气道："那……这样呢？"

冠雪只觉得自己的一颗芳心几乎要跳出胸腔，她的脸红到了耳朵根，结结巴巴道："没……我才没有……乱！"

卞城王低低地在她耳边说道："没有乱，你的心为什么跳得这么快？"

冠雪刚想说什么还击过去，卞城王却已经放开了她，他好像什么都没发生似的又和她拉开了距离，冠雪忍不住转过视线偷偷看他，却不想和他的视线撞了个正着。

卞城王的目光中，冷冽里有一丝温柔，很像是冬日中的暖阳，越是冰冷了四处，越发显得那温暖的可贵。

冠雪吓得连忙又把头转了回去。

马车就这样赶了一天的路，为了早些抵达，卞城王提议赶一段夜路再寻个投宿的地方，就这样行到亥时，他们才抵达一家客栈。

客栈不大，却也干净整洁，一楼是用餐的地方，二楼一整层是住店的地儿，老板娘十分热情："几位远道而来的贵客想要几间房？"

不等其他人说话，合欢一把抱住卞城王的胳膊说道："两间上房！我和大人一间，同享春宵好眠！"

老板娘十分殷勤地拎着两把钥匙："本店两间天字上房，都归了几位贵客啦！"

冠雪瞠目结舌，合欢兴冲冲地拿了一间房间钥匙就要拉着卞城王上楼，卞城王表情淡淡的，没有答应，却也不拒绝。

"等一下！"冠雪拉住了卞城王的另一只手。卞城王回过头来看她，他的脸逆着光，冠雪看不清他此时此刻的表情。

"大人不要这样做！你不可以跟合欢一个房间的！"

"嗯？"卞城王的声音很温柔，似乎还带着一丝笑意似的，"那为什么呢？"

冠雪讪讪地没法把自己心里的话讲出来，她顿了顿，说道："大人身份尊贵，自然要单住一间房！更何况，大人您虽然叱咤风云，但毕竟合欢是有夫之妇，您是未婚男子，这若传了出去，您岂不是成了勾引人妻的浪子了，对您的声誉不好！"

合欢在卞城王身后呵呵冷笑："冠雪郎中，你这还嘴硬呢？你不如就直说了吧，根本就是你想跟他一间房，对不对？那你就说出来啊，我们俩公平竞争，大人答应了谁就跟谁，无论胜负如何，我合欢都不会有一句不满！"

冠雪气得牙痒痒，指着合欢吼道："你给我一边待着去！再多嘴小心我掐死你！"

合欢还记得白天在马车上被冠雪施以暴行的事情，她有点怕怕地捂着脖子小声道：

"什么嘛……那么凶干吗？"

卞城王说话了："寂冠雪，我觉得合欢说得有道理，这个时候，就别拿世俗的规矩说话，我们卞城本来也不是个讲规矩的地方。你就告诉我，你想不想和合欢竞争？"

冠雪哪里说得出口，就在她犹犹豫豫难以决断的当儿，卞城王已经冷冷地把手从她掌心抽了出去："罢了，你是没这个意思的。合欢，我们走。"

合欢嘿嘿一笑，得意扬扬地挽着卞城王的手臂就上了楼，她笑吟吟地撒娇道："大人放心，身为合欢楼的掌柜，我可不是浪得虚名的！"

冠雪忽然觉得心如刀绞，弯下腰，用手撑着膝盖，大口大口地喘着粗气。

怀玉那边默默地取了钥匙，他拉起冠雪的手："我们两个一个房间，走吧。"

冠雪浑浑噩噩地任由怀玉拉着自己进了房间。

房间里还算宽敞，怀玉帮着冠雪弄好了行李，他铺好了床，回头看到蹲在地上的冠雪仍然呆若木鸡，他唤了她一声，她好像没听见似的，直到怀玉伸手摇了摇她，冠雪这才如梦初醒。

"不行！该死的奸夫淫妇！"

怀玉叹息一声："寂冠雪，你脑子里在想什么呢。"

冠雪没好意思说自己在想合欢说的话，只是想想，就让她气得肝颤了。

怀玉在冠雪面前坐了下来："寂冠雪，你爱上卞城王了吧？"

冠雪抬眼看着怀玉有点诧异："你看出来了？"

怀玉扶额头痛："傻子都能看出来。你既然这么喜欢他，为什么不去把他追回来？你不是卞城大名鼎鼎的色女吗？没落的王孙贵族，卞城第一的花魁，这些男人你都安置在家里了，加一个卞城王也不算多。"

"不是……你知道云珩和离殇不是那样的……但是卞城王……"冠雪红了脸，讪讪道，"我对卞城王是动了真情的。我连自己能活多久都不知道，我怕我害了他。"

怀玉轻笑道："怕什么？他没准巴不得你害他呢！人生在世，谁知道以后会怎么样？若是你长命百岁活到老，你七老八十那时，会不会后悔今日没有抓住心上人的手？或者你明天就会死，你会不会在临死的时候后悔一直都没有让他知道你的心意？你犹犹豫豫的，就只会难过痛苦，今晚之后，米已成炊，卞城王真和合欢成了亲，你到时候还得一边哭一边给他们包红包！"

冠雪心底里一股火噌地就起来了，她气得几乎跳了起来："浑蛋合欢！她敢碰一下我的男人她死定了！我保证，她这辈子不被吓死也会被我掐死！我要把她的棺材板给她按回去！"

冠雪感激涕零地握着怀玉的手："谢谢怀玉哥！你真是个大好人！我这就去棒打那对野鸳鸯！"

冠雪重拾斗气，风风火火地就跑了出去。

身后好像传来了怀玉幽幽的叹息："色女……你这个花心大萝卜……你……"

她没在意怀玉后面说了什么，径直朝着另一间天字上房一路小跑过去。

客栈只有两间天字上房，所以合欢的那间非常好找，冠雪气呼呼地站在门口搓手，在思考如何进去捉奸。

首先，踢开房门，然后不管眼前是多么不堪入目的情景，她拳打脚踢就是一顿揍！管他是合欢还是她的心上人卞城王，先打一顿再说！尤其是卞城王，挨这顿打不冤枉！虽然她寂冠雪不是一个暴力分子，但是可忍，孰不可忍，今天她可不能再放任下去了！

今日若忍了，明日她头顶就是一大片绿油油的青青草原！

她撸起了袖子就要踢门，却听见身后一个含着笑意的声音响起："深更半夜的，你在这里干什么呢？"

那声音有些耳熟，但冠雪此时此刻的心思根本不在身后的声音是谁这件事上，她背对着那人冷笑道："抓奸！"

说着，她豪迈地掏出随身携带的匕首："我要进去宰了那个女的！然后把男的绑回去，让他知道我的厉害，以后再也不敢给我戴绿帽子！"

身后那人轻笑一声："你这把匕首未免太小，震慑不住那对奸夫淫妇，不如我把这把刀借给你。"

冠雪微微一笑："那就多谢了！事成之后，我请兄弟喝喜酒！"

她刚转过身抓住宝刀的时候，对上了那双熟悉的含着笑意的眼睛。

"呀——"冠雪在看到对方的那刻惊叫出声，"大人——"

卞城王微微一笑，上前一步先捂住了她的嘴，然后将她抱住躲在走廊偏僻处。

刚才的那间天字上房的房门推开了，合欢长发披肩睡眼惺忪地吼道："谁啊？大晚上的不睡觉在这儿嚎个什么！信不信老娘抓花你的脸！"

哎，等等，合欢一个人在房间？卞城王不在她的房间！卞城王……在她身畔捂着她的嘴呢！

卞城王将冠雪扛在肩上，径直拐向另一间房。轻车熟路地推开房门之后，他把她放在床上，又去关上门落了闩。

房间比天字上房小一些，却也干净整洁，冠雪四下看了一下，卞城王随身的行李都在这里，这分明才是卞城王的房间啊！

"你怎么没和……"冠雪话到嘴边了，发觉不妥，连忙把后面的话咽了下去。

卞城王含着笑意走过来道："嗯？和谁？"

冠雪转过头不敢看他，她的一颗心跳得像狂奔的兔子似的："没、没什么……"

卞城王笑着轻轻嗅她的脸颊："怎么，吃醋了？"

冠雪气得抓住卞城王的衣领吼道："你是个大坏蛋！你坏死了！你明知道我会生气，你还和那个合欢卿卿我我？信不信我把你打到跪地求饶？"

说是打他，也只是说说罢了，卞城王在卞城打拼的这十年里，练就了一身强壮的身体和过硬的武艺，别说一个冠雪，就是十个冠雪也不是他的对手。当年卞城王带着冠雪在敌方阵营里杀了个七进七出，对方百人，他依然游刃有余，简直强得不是人。

面对她的愤怒和霸道，卞城王反而更加温柔，他把冠雪抵在床上，轻笑道："不用打，我这就已经在你脚下跪地求饶了。寂冠雪，别再这样折磨我了。"

他说最后两句话的时候，笑容渐渐黯淡下去，一双眼睛隐着伤痕，那眼神害得冠雪心底抽痛了一下。

"我折磨你？明明是你一直在气我好吗！这一路上你看看你和合欢都什么样了！"冠雪不服道。

"你不爱我，还不许我爱别人吗？"卞城王黯然道，他起身背对着冠雪，"寂冠雪，你太自私了。你仗着我喜欢你就为所欲为……没错，因为我喜欢你，你确实可以为所欲为。但你这样做，我不知道我会不会一直喜欢下去……"

他宽厚的背影看起来强大却又孤独。冠雪不禁想，前世的卞城王从来没有对她透露过喜欢自己的意思，那么久的时光里，他都是孤零零的一个人看着她，就是这样强大而又孤独地默默守护着她，看着她和别人快活，看着她被别人伤害。

她不禁想到，前世自己死了之后，卞城王看到自己尸体的那刻，会做什么？

冠雪想了想，以卞城王的性子，他一定会杀了卜星途，用卜星途的鲜血为她祭祀悼念，所以，那个世界的卜星途，也一定死了。

可是之后呢？卞城王在那个没有她的时空里，又会怎样？

他最终会忘记自己，守着空空的卞城过这一辈子吧。

想到这里，冠雪不禁难过起来，一想到她死去的那个世界已经没有人会记得她，她就觉得害怕，怕自己留不下任何痕迹，怕最终再没有人记得她。

冠雪仿佛抓住一棵救命稻草一般从后面抱住了卞城王的腰际："我不许你不爱我！你要一直一直喜欢我！你不许忘记我！"

除了被爱被铭记，她找不到存在过这个世界的意义。

卞城王任她拥抱着，苦笑一声道："寂冠雪，你不爱我还不许我忘记你，你……好自私啊……"

冠雪死死地抱着他的窄腰："我就是自私！我就是这样贪婪的人！失去过的人我都想留在我身边，我不想再失去重要的人了！你和竟天对我来说都很重要，我哪个都不想失去！"

冠雪感觉到自己拥抱着的那个强壮的身子微微颤抖了一下。

"我已经答应了竟天要好好考虑他的求婚，我不想像前世那样再失去他！可我也舍不得你，你们让我如此为难，我该怎么办？"

卞城王闻言转过身来紧紧地抱住了冠雪，欣喜若狂地看着她："你说什么？你是为了竟天……才拒绝我的？"

冠雪一边哭着一边推开他："你还说什么不会让我掉一滴眼泪……骗子！大骗子！我恨你！"

卞城王手忙脚乱地用粗糙的大手为她擦泪："小雪，不要哭，你一哭，我的心就乱了……"

冠雪这几天被他气得无明业火一股脑儿地全都喷涌而出，她恶狠狠地一口咬上了他的手："不要学竟天叫我小雪！恨你！"

卞城王捂着被她咬出了两排牙印的手低呼一声："哎哟！痛痛痛……"

他从来就不是这种因为伤害喊疼的人啊？想当初卞城王杀退卞城敌对势力的时候，胳膊中了毒箭，冠雪为他刮骨疗毒的时候他神色未变，莫说是喊疼，连眼睛都没眨一下。

所以今天他这是唱哪出？

冠雪看到卞城王微微撇着嘴，一双眼睛露出难过的神色，冠雪忽然恍然大悟：

"卞城王大人，恕我直言，您现在是在……撒娇？"

这个威震卞城、令敌人闻风丧胆的男人，在对她撒娇？

没想到卞城王微微一笑，大大方方地承认了："对啊，寂冠雪，我就是在对你撒娇。那么你呢？"

他忽然靠近过来拥住了她，在她耳边低语道："你要怎么做，才能回报我的感情？"

冠雪拿起自己刚刚咬过的那只手，轻轻地吹了吹："现在还疼吗？"

"疼。"

冠雪横下心放在嘴边亲吻了一下："现在呢？"

"稍好一点，但还是疼。"

冠雪忍不住吼起来："你到底要怎样啊？"

冠雪伸手拥抱住他，看见卞城王裸露的上身，依稀可见他背后的猛虎守宫纹，两个前爪搭在肩膀的样子，她忽然就冷静了下来。

她想起前世破了戒的星途抱着自己躲在床角任她如何呼唤也毫无反应的失神眸子，想起星途在众人面前倾血还俗时，鲜血淋漓的手臂。

那都是她的罪，她的错，她的污点，她挥之不去的阴影。

依据西御国习俗，新人拜堂之前要在众位宾客面前展示双方的守宫纹以示贞洁，就是因为星途早早与她有了夫妻之实，在婚礼上冠雪省略了这个环节，结果被众位宾客议论纷纷，说什么这新娘子不知检点，夫君更是不靠谱，曾经是神女庙的神官，想来是六根不净。气得冠雪在婚礼上大吼道："星途是世上最虔诚的男人！他只有我一个女人！我是看着守宫纹在眼前消失的！"

那个时候，她记得，一贯清冷的星途虽然一句话都没有，但在那时，他低着头咬着嘴唇，脸色很难看。

即使是婚礼过了好几年，大概是他们成婚的第四年，一次熄了灯火温存时的星途仍在她耳边低语道：

"寂冠雪，你知道吗？你错了，我从来就不是什么虔诚的男子。"

冠雪那时候才知道，她自以为是在为星途的辩白，反倒成了深深插入星途心底里的一把刀子，这把刀子横亘在夫妻之间，钝钝地磨着他们的感情，年复一年，日复一日，磨得他们两个，都早已鲜血淋漓。

卜星途……还是恨着她的吧？

冠雪不想卞城王成为第二个卜星途。

她要他以卞城之王的身份与自己成亲，她要他在众人面前展示他们相敬如宾，让那些一直期待着看她笑话的所谓亲朋好友们都闭上他们歹毒的嘴巴！

其实就是嫉妒而已，因为她寂冠雪有本事找到这般外貌出众、能力强大的男人！

无论是卜星途，还是卞城王，他们都是在外人面前被人膜拜信服的男人，而他们回到寂家，都是对她俯首帖耳的如意郎君！

让那群人嫉妒去吧！

这次她偏偏不给他们嚼舌根的机会！就让他们酸一辈子好了！

想到这里，冠雪微微推开了卞城王，说道："不可以，我还没有和你领婚书，我们不能越雷池一步。"

卞城王满眼柔情，目光灼灼且温存地看着冠雪："是我唐突了,婚姻大事怎能儿戏？待我们回到卞城，就去府衙领了婚书，偕白头之好，如何？"

冠雪心中欢喜，忍不住拥住了他："好。"

曾经，冠雪印象中卞城王对外人杀伐果断，无人不惧怕他，唯独对她会流露一点难得的温情；曾经，她远远地看着高处的他，然后被他拉着，一步步往上走，一直走到仅次于他的高位。

有什么困难，有什么痛苦，她会去找他，卞城王总有解决一切的法子。

他是她的保护神。

如今，这个一直庇佑她的神，走下神坛，用虔诚的姿态亲吻着她，取悦着她，他让她欢呼，让她流泪，让她紧紧地抱着舍不得放开。

世上怎么会有这么好、这么爱她的男人呢？

在抱着对方温暖的身体沉沉睡去的冠雪一直在想着这个问题：

她前世为什么要错过一个这么爱她的男人？

如果前世她和卞城王度过一生的话，她可能不会死。

所以……前世的卞城王，在她死了之后，会是怎样的呢……

王上，你一定哭了吧？对不起……这一次的我，不会再让你伤心了……

第十四章 / 玄枢疑云

清晨的一缕阳光照在冠雪的脸上,冠雪满眼金色的光芒,一时间看不到任何黑暗。

好幸福啊,醒来就看见爱人安静的睡颜,她看着此时此刻拥着自己在怀的卞城王,看着他高挺的鼻梁,紧抿着的唇,微微蹙起的眉毛,以及阖上眼帘时候浓密如小扇子似的长长睫毛。

冠雪忍不住伸出手去描摹他立体硬朗的五官,小心地划过他的眉眼,他的鼻,他的唇……

大人真是个英俊的男人啊。冠雪忍不住在心中赞叹。回想起前世卞城王风头无两的时候,不计其数的女人对他趋之若鹜,却被他统统拒绝。

他英伟,他强势,然而他却抛弃了寻常男子的情爱。

曾有一次,冠雪喝醉了问过卞城王可有心爱的女人,若是他爱上了一个女人,会怎么做。

卞城王那时愣了愣,才说道:"我会用我全部力气爱她,每天都想见到她,我会给她她想要的一切,哪怕只能远远守候,只要能看见她,就够了。"

很奇怪,冠雪连那天喝醉的理由都忘记了,为什么单单对他的这句话记忆如此深刻呢?那个藏在卞城王心底里求而不得的爱人……是不是她?

她真傻,她竟然如此对待一个真心爱着自己的男人。

正在想着，卞城王忽然缓缓睁开了眼睛，他的眼睛可真漂亮啊，没有以往高高在上的冷傲和杀意，取而代之的，是满眼的温情和宠溺。

从他的眼神里，冠雪读到了他对自己深切的爱意。

"王上。"冠雪抚摸着他的脸颊，说道，"你前世曾经跟我说过你爱着一个人，很爱很爱，用尽了全身力气去爱，你会给她一切，远远地守护着她……"

他在仔细聆听着她的每一个字，嘴唇微微含着笑意。

"那个人，是我吗？"冠雪的手停留在他强壮赤裸的胸口。

卞城王的笑意更深，小心翼翼地将她拥抱在怀里："寂冠雪，你是我的一切。"

冠雪闻言一震。

"我十三岁那年失去了一切……亲人、地位、权利……然后，我一路走到现在，我只有你。你是我在这世上活下去的动力。"

"所以……"冠雪瞪大双眼，"前世我被人杀死之后……你……"

卞城王轻轻地笑了，他的声音很轻，可却也无比坚定：

"你死了，我绝不会独活。

"寂冠雪，失去了你，撕碎了这个世界我也不在乎。"

冠雪的眼泪一下子就流淌了出来。

是的，这才是卞城王席卷一切所向披靡的爱，他要么不爱，若是爱，就是一辈子，轰轰烈烈，有始有终的一辈子。

她从未再见过第二个男人，如他那般，有着天生的敏锐智慧，却又如此拼命努力，完全不懂得心疼自己地打拼。

很多次，冠雪都很想问他：大人，你为什么这么拼？

因为他除了拼事业，再没有什么让他坚持下去的了吧？

因为他，只为了她而活着，而她已经有了自己的幸福，他除了成全，已经没有别的退路。

所以，一个人，孤独而寂寞地在一条看不见尽头的路上奔跑着，即使前面是刀山火海，即使前方是黑暗深渊——

他也没有其他的退路了。

冠雪的心又疼了起来，她发现她忽然非常心疼这个强大而孤独的男人。从今以后，她想牵着他的手和他一起走下去，就算前路黑暗，就算火海刀山，她要陪着他，和他一起走过那些艰难和痛苦。

哪怕一点点……她也希望面前的这个男人能获得幸福。

卞城王微微地蹙起了眉，粗糙的指尖拭去她眼角的泪痕："怎的又哭了？"

冠雪连忙笑道："没事没事，我只是想起了一些事情……放心吧，这些事情不会发生的。"

不会发生的，卞城王大人，我不会让你一个人面对那些痛苦了。

从今以后，我会陪着你，无论发生什么事情，我也不会让你一个人面对失去我的痛苦，我会牢牢地牵着你的手，绝不放开。

或许我还是难逃一劫，但至少此时此刻，我们两个在一起，互相舔舐伤口，相拥取暖。

就算被人说是四丑齐聚的孤苦命，她也要竭尽全力许下一辈子的爱恋。毕竟，她不是一个信命的人，她总觉得，这冥冥之中的命数，她不该是孤独终老的。

二人正在浓情蜜意地腻歪着，那边却听见了敲门声。

卞城王的眉头微微一皱："谁这么不开眼地打扰我们？"

却听得门外是怀玉冷冰冰的声音："大人，时候不早了，我们该继续赶路了。"

卞城王刚想发作，却被冠雪按了下来："大人，多亏了怀玉的开导，你我才能袒露心意，所以你不要对他发火，好吗？"

卞城王对冠雪哪有半点脾气，他温柔地伸手抚摸她的脸颊："我什么都听你的。"

卞城王赤膊打开了门，门外的怀玉低着头："大人快些洗漱收拾……"

他的声音很低，微微抬起头朝里面看了一眼，他浅淡的目光与冠雪的视线撞在一起，冠雪忙害羞地躲在被窝里。

"冠雪郎中，也快些起来用膳吧。"

卞城王点头道："好，我们这就下去。"

关了门，卞城王有些疑惑地对冠雪说："有些奇怪。"

冠雪一边穿着衣服一边问道："哪里奇怪？"

卞城王思索道："裘怀玉一副失恋的表情，好端端的，她为何会露出这种表情？"

冠雪心里一动，想起之前怀玉在温泉中对自己的种种，又想起她之前失恋痛哭时他的安慰，忍不住有一点胡思乱想：难不成，裘怀玉对她有意？

但这个念头很快被另一个自己的心声压了下去：应该不会吧！裘怀玉总是对她一副不满的样子，几乎都没对她笑过，好像很讨厌自己似的，仔细想想，温泉里他的"诱惑"没准是一试魅力，她失恋的安慰也不过是因为怀玉为人善良，心肠好罢了。

这么想想，也说得通。冠雪想到这里摇了摇头："卞城王大人想多了，没准裵怀玉心里对你有意呢？"

卞城王不置可否地笑了笑，也不再说话，他洗漱完毕穿好了衣服，牵着冠雪就出了房间。

楼下马车边守着合欢和怀玉，怀玉还是低着头，看不清他脸上的表情，而合欢在看见卞城王牵着冠雪的手走出来的那刻，会意一笑，当即双手合十单膝跪下道："属下恭喜卞城王大人称心如意！"

冠雪愣住，马上转过头来瞪着卞城王："大人，原来你和合欢合伙演戏骗我！"

合欢嘿嘿一笑："大嫂可别误会我和大人的关系，小的纵然有一万个色胆，也不敢对他存有非分之想哩！"

卞城王笑着抱住了冠雪："我不找她来陪我演戏，你哪能追着我求我和你在一起？"

冠雪伸手作势要打他，还没打着，那边合欢就龇牙咧嘴地叫唤起来："哎呀呀呀，疼啊疼啊！打在他身，痛在大嫂心上啊！大嫂，大人对你一片深情，你怎能占了便宜就家暴他？你怎能做个负心薄幸的女人？"

冠雪只得收了手，她心里深爱卞城王，哪里舍得下手打他？

合欢叹息一声："既然卞城王大人已经得偿心愿，那小人也功成身退该回了。我没什么要问玄枢阁阁主的，大人，小人如此帮了您的大忙，您家里那个天工居的鸽血红樱桃别忘了给我做酬谢……"

一提起这天工居的鸽血红樱桃，冠雪就气不打一处来，她拦在卞城王面前对合欢瞪圆了眼睛，一双手按得"咔咔"作响："没戏！不给！那是卞城王大人与我成亲时的彩礼！"

合欢一脸尴尬："好吧，大嫂是大人的心头挚爱，大嫂说什么都对，希望大嫂在大人面前给小妹美言几句，小妹这个堂主做得有名无实，家中上有老下有小，俸禄一直不如其他几位堂主，还望大嫂……"

卞城王面上冷冷地呵斥合欢："这是你谈公事的地方吗？还不快点回卞城？"可是他虽然冷言冷语，但嘴角却忍不住地上扬着，看着整个人都好像沐浴在一股春风之中似的。

想必是合欢的那句"大嫂"唤得他甚是熨帖呢。

合欢看出卞城王神色愉悦，知道自己加薪有望，她也不再聒噪，忙在地上叩首告别道："小人等着喝大人和大嫂的喜酒！"

合欢就此与三人告别，卞城王、冠雪和怀玉继续上马车赶路。马车上，怀玉一个人孤零零地坐在一边，他或者低着头，或者看窗外的风景，冠雪这边坐在卞城王身畔握着卞城王温暖的手，看着怀玉，不知道是不是自己的错觉，她总觉得怀玉的侧脸有一股子淡淡的哀伤和落寞。

她不知道怀玉在想什么。当她看着怀玉望向车窗外的风景时，她感觉怀玉好像陷在某时某刻的回忆中似的。怀玉若有所思的样子，忽而微笑，忽而蹙眉，仿佛置身于一个只有他自己的梦境，这梦境有着无人打扰的清净，却也有无人理解的孤单。

冠雪忽然很想知道怀玉在想什么，在某一个刹那，冠雪感觉，怀玉此时在回忆的，一定是他这一辈子都不会忘却的美好。

她想问，却又不知如何开口，她怕自己太唐突太冒失，打碎了他的梦境。

车子第二日便抵达了玄枢阁，路程也不算十分遥远。玄枢阁入口处是一座美轮美奂的城墙大门，城墙肃穆威严，城墙下面的大门是敞开的，可以看到里面大片大片的紫藤花如烟似雾，肆意绽放着这一季的生机与盎然。

玄枢阁的守卫查看了卞城王等人的请柬，拱手行礼后说道："几位贵客下榻之地已然安排好，但阁主暂时有事不在阁中，几位稍等两日，待阁主归来，我们便可开始赏花大会了。"

冠雪不是很在意阁主何时回来，她倒是对玄枢阁内的园林景致颇感兴趣。和裘家曲径通幽、雅致委婉的风格不同，玄枢阁内的景致包含着一股强大的生命力。一进门，大簇大簇怒放的花朵，肆意蔓延的紫藤花，植物近乎喧闹地霸占了园林，园内的山石大多怪石嶙峋、造型夸张，一系列山石植物都颇具有侵略性，以各自随性随意的姿态野蛮生长扩张，毫无退让，毫无谦卑，一个个以步步为营的姿态在众位宾客面前展示着这世间最原始的竞争本能。

冠雪站在园林里半晌没动地方，直到卞城王叫了她两次，她才把意识从景致中收回来。

这位玄枢阁阁主，不简单！

这人的性格，和重生前的冠雪有几分相似之处。他的个性飞扬跋扈，不懂忍让也懒得谦卑，他一步步爬到今日的高度就是为了颐指气使地任旁人求着他、巴结他、仰他鼻息笑脸相迎，而他却很可能把一个对他绽放笑脸的人一脚踢开，再补上一巴掌。

乖戾、跋扈、嚣张的背后，是一颗敏感神经质的心，玄枢阁阁主想必是早年受过些挫折磨难的，如同前世和爹爹一起备受欺凌的冠雪，所以当他强大起来之后，他会把所有人都踩在脚下。

虽说裘家园林甚是符合冠雪的审美，但这个玄枢阁阁主如同野兽般嘶吼嚣张的园林，也该死地符合冠雪的口味！

"怎么了？喜欢这种园林的调调？"卞城王轻轻揽住她的腰肢，"喜欢的话，我把我的宅子也弄成这样。"

"不不，不用。"冠雪想了想，道，"这种景致，远观欣赏是极好的，令人耳目一新，会情不自禁地融入其中。但这种狂放的调调若是搬回家就不太合适了，家应该是放松休息的地方，如果也这么张扬跋扈，就未免疲累了。"

卞城王点头称是："你说得不错。那等我们在玄枢阁办完事，回去你就随意摆弄我那院子吧，我那里大，我也没闲工夫侍弄，你可以随心所欲地设计成你想要的样子。"

冠雪哈哈一笑："卞城王大人想什么呢？回去之后我们成了亲，你要跟着我入赘寂家，你须得和我一起孝顺爹爹，以后谁再提你就不是卞城王，而是寂家女婿，从此之后你要搬到我家里来，你可愿意？"

冠雪半开玩笑半提议，她也是想要试验一下卞城王心里作何想法，毕竟他是个强势的男人，入赘这种事也不是人人都能接受的。

"好。"想不到的是，卞城王的回答竟然如此干脆，"我们成了亲，我就是寂家的赘婿，从此我和你一起侍奉岳父大人，我们俩的孩子也随母姓，我可以辞去卞城王的名号，我将我全部家产当作彩礼送给你，我们可以离开卞城，去一处安静祥和的世外桃源定居。"

明明是她以玩笑话投石问路，却被他识破，他很直接很干脆地将他们两个人以后的路都想好了。

他竟然会把自己十年来辛苦打拼的果实拱手相让给她？

冠雪一时间感动得不知如何是好，卞城王微微一笑把她抱在怀里："傻丫头，这是应该的，你不必有别的想法。等我们回了西御国，我会把我所拥有的一切都给你。你，就是我的一切。"

冠雪忍不住问道："冠雪何德何能，值得你如此……"

卞城王微微笑了笑，伸手轻轻抚摸她的后背："值得。"

他的味道十分熟悉，穿越过时空，冠雪恍然间想起阳光、绿树和青草融合在一处的味道，她和一个小男孩摔跤打架，两个人累得汗津津的，却谁也没打赢谁……

她忽然想起了竟天。夜竟天，他身上的气味和卞城王的很像，仔细想想，成年后的竞天和她见过几次面，都是压低了嗓音，有几分沧桑的味道，仔细分辨那声音，和此时的卞城王竟然也有几分相似之处。

冠雪心里有个疑惑：是因为她留恋喜欢的人很像，还是她寂冠雪现在开始中意这种类型的男人了？

冠雪想起了竞天，心底的不安开始扩大弥散开来。她觉得，若是不说，对卞城王不公平，对竞天同样不公平。

这两个人，她都不想辜负。

"大人……"冠雪横了横心，还是开口说道，"有件事情我想了想，打算问下你的意见……"

卞城王很敏锐，他似乎察觉到什么似的，扶着冠雪肩膀看着她："怎么了？你有什么不吐不快的心事了？"

"是这样的……大人，我不知道你是不是有容人之量……"冠雪在心底里想象了一下竞天和卞城王共处一室的情形，她觉得，他们二人都是比较强硬的那种类型，若想要他们二人和谐相处，基本是不可能的事情，首先卞城王十分强势，竞天也是很犟的那种人，若是他们二人发生了争执，她应该如何自处？

"大人……若我再请一个男人给我做贴身侍卫……你以为如何？"冠雪小心翼翼地说道。

她紧紧地盯着卞城王的眼睛。

不出所料，卞城王眼眸中掠过一丝淡淡的不悦，甚至于那点不悦可以用杀气来形容，他的脸色有些阴沉下来，看着冠雪说道："我们二人还没成亲呢，你这就开始盘算着往家里安排男人了？若是成婚多年，新鲜劲儿过了，你岂不是要去官府和离换新夫君？"

啊……冠雪站在卞城王的立场想了想，好像自己这样确实和裘怀玉口里说的花心大萝卜没什么分别了……

是的，他不高兴是正常的。别说是事业有成的卞城王，就是前世没有任何经济来源的卞星途，饶是那般不爱她、只恨她的卞星途，不也一万个不乐意吗？

可即便卞城王不乐意，该说的话，冠雪还是要说。她已经让竞天等过了一世，她不想再失去他一世，哪怕有一丝机会，她也想努力试试看。

"我可以跟你保证，我不会和你和离换新夫君的，因为竞天他……他是我小时候就允了的，本以为长大了，他对我的情谊淡了，本以为他没把我们小时候的事情当真，但前阵子竞天来找过我,他还一直记得我们的约定。我已经……负过他一次,这一次,我不想再负了他,哪怕是做我的护卫,他也是愿意的。"

卞城王的神色没有半点变化,他沉默了一会,就那样看着她,如此沉默良久,他轻轻地开口说道:

"若我……不准呢?"

若我不准呢?

冠雪也想过很多次卞城王的这个答案。而且,这也是她觉得更合理的回答。没错,卞城王经过十年打拼已经是卞城的王,在卞城,他可以呼风唤雨无所不能,即使是朝廷也奈何他不得,他有地位、有势力、有财富,只要他想,什么样的女人都可以强娶过来,而那些女人,都得到这一切唾手可得不需要努力就可以纳入囊中的好处。

身为天之骄子的卞城王,有什么必要看着一个曾经和妻子暧昧过的男人待在她的身边?

他不需要这么做,他是个眼里容不得沙子的人。他犯不上非要她不可,虽然他很喜欢她,但她了解他,她知道,他更是一个自尊心很强的男人。

卞城王在让她做决定。是他,还是竞天。

冠雪一时间有些恍惚,两世的记忆重合交叠在一处,儿时等待了很多年的竞天,和那么久那么多年一直守护在她身边的卞城王。

冠雪忽然发现,答案其实一直都在那里,她很清楚,她早已做出了选择。

"大人,"冠雪深深呼吸一口,她看着他的眸子说道,"是你,你是我最信任也是最深爱的人,前世我亏欠了你,今世我终于抓住了你。卞城王,虽然我不想负了竞天,但我……我更放不下你。"

卞城王微微愣了愣,然后他牵动了嘴角的笑意,整个人都沐浴在一片暖意之中。

他紧紧地抱住她:"我愿意。寂冠雪,今生今世,我绝不会放弃你。"

冠雪被他拥抱着,感觉充实而幸福,那份炙热的爱意让她享受,让她兴奋,她从来没有感受过如此炽热的爱,她忍不住回抱住他,阖上了眼帘。

"我许你再留个男人在身边。"卞城王忽然说道,"无论是谁,我答应你。"

什么?他说……他愿意?!

冠雪以为自己听错了,她忙推开他,扶着他的肩膀仔细地看着他脸上细微的表情:"大人,你愿意?你愿意竞天做我的贴身护卫?"

"嗯。"他微微笑着,脸上有掩饰不住的开怀,"若你选竞天……那便太好了,从此,寂家的男子就只有爹爹，我，和竞天。其他人，管他是护卫还是家丁，全都赶出去！"

不知道为什么，冠雪觉得自己有一种被他算计了的感觉。

玄枢阁的规矩也是奇怪，阁主的亲信给了他们三人三间单人房，半夜冠雪悄悄地把自己房间里的床搬到卞城王房中，硬是把单人床拼成了一张双人床，之后冠雪跳进了卞城王的怀里，卞城王一脸宠溺的笑容："小坏蛋，你就不怕我忍不住？"

冠雪滚进他怀里撒娇："我信你。你我并未成婚，自然不会越雷池一步。只是……你不在我身边，我的心就空落落的，我只是想和你在一处待着！和你说说话，看你笑起来的样子，牵着你的手感受你的气息，我就很快活！我只是不想和你分开而已啊……"

卞城王笑吟吟地吻上她的脸颊："小傻瓜，不过我这个人睡觉很没有防备的，无论你对我做什么奇怪的事情我都会配合！"

冠雪咯咯地翻身压上他健壮的身子笑道："我要对你做奇怪的事情！今晚我要睡在你这个人肉垫子上！"

卞城王含笑搂住她，宠溺道："好的，那你今晚就睡在我身上。"

她忍不住吻上了他的唇："大人好可爱！你太可爱了！"

可是冠雪没躺片刻，便见卞城王脸色微变，双颊通红，他忙起身下床："我去洗个澡……"

冠雪躺在床上听到浴室里传来卞城王舀起一大桶水浇身体的声音，觉得既幸福又有些愧疚……

这一晚，冠雪躺在卞城王的臂弯里，睡得很熟。她没有再梦到自己被卜星途一剑刺穿了身体，这个痛苦的梦仿佛和她的感情一般，渐渐消失在卞城王对她的炽热情爱之中了。

如此在玄枢阁优哉游哉又幸福得难以言喻之中过了两天，这天一大早就有玄枢阁门人挨门通知："阁主今天回来了！上午的赏花大会谁都不能迟到！"

据说，喜怒无常的玄枢阁阁主是个没耐心的家伙，他最讨厌等待，尤其是那些有求于自己的人，但凡有一丝不尊重或什么言辞动作激怒了他令他不快，未必会死，但会得到比死更难受的下场。

身败名裂被万人唾弃是最仁慈的，锒铛入狱的牢狱之灾是常态，被仇人追杀、被亲人背叛的苦楚，只有那些得罪过阁主的人才知道。

所以，赏花大会上一定要提起一万个小心，喜怒无常的阁主若是不快活，那原本风雅的赏花品茶会,也会变成一场修罗场。

卞城王收拾了一些东西,将一些价值不菲且有趣的东西装在袋子里:"阁主富可敌国,这些小玩意或许很难得到他的青睐,但终究要试一试。一会儿赏花大会上你不要说话,我会替你发问,阁主喜怒无常难以把握,你切记要沉住气,万不可惹恼了他。"

冠雪听得烦闷,忍不住认命地倒在床上:"那个阁主太奇怪了,我取悦不了!"

卞城王笑吟吟地俯身撑在她头边,嘴唇轻轻碰触她的额头:"那你取悦我,如何?"

他的长发流淌下来,轻轻地搔着她的脸颊,痒痒的,他的嘴唇也仿佛一道点燃她心头的火星一般,冠雪觉得这星星之火仿佛化作一团野火蔓延到她全身各处,让她每一次呼吸都变得火一般的炙热。

不行,现在不行!想想新婚婚礼上给宾客们见证新人贞洁的环节,冠雪在心中默念经文以断绝绮念。经文她倒是信手拈来,和星途成婚七载没事听他祷告时颂念的经文,到最后她不需要听到,只要看到星途的嘴型就可以脑补出经文的声音……

冠雪不自觉地开始默念经文以除去杂念,不小心竟然念出了声音:"慈悲圣谛法力无边神女娘娘……"

卞城王被她念得一愣:"你在念经?现在?在我面前的时候……念经?"

冠雪呆愣:怎么念出声来了!

"你听我解释……我我我只是想清除杂念……"卞城王已经起身坐在了床上,冠雪连忙起来拉住他胳膊解释。

"哦,你心里想到了什么,需要清除杂念?"卞城王回过头来看着她,"念经这件事,让你想起了谁?"

"不不不,你听我解释……"

"卞星途,对吧?"卞城王转开了视线,他脸上没什么表情,没有不悦也没有愤懑,他只是伸出手来轻轻拿开冠雪拉着自己的手,"那个男人,那个负过你,让你伤了心的男人,你还会想着他,对不对?"

"不是的!大人,星途前世与我夫妻七年,许多经历习以为常,我并不是故意要——"冠雪着急地辩解道。

"夫妻……七年……"卞城王有些木然地看着前方,反复咀嚼着刚刚说的话,"习以为常……"

冠雪正在想着应该如何劝慰卞城王的时候,却不想他已经抱住了冠雪:

"他没有给你的,我全都给你。"

"小雪，我们成亲，回去就成亲！以后我们也会有成亲的第七年，不一样的是，我们会有十七年，二十七年……还会有七十年！我们共度的日子会有十个七年那么多！"

冠雪这才放心下来。

本以为卞城王会介意她和星途之间曾经的过往，却不想，他却只想弥补她曾经缺憾的婚姻，想要给她白首之约，共一世深情终老。

冠雪和卞城王二人正拥抱着，那边房门就被打开了，来人竟是怀玉，只听得怀玉硬邦邦地说道："赏花大会马上开始，阁主一会儿就到，他不喜欢迟到，你们两个……快点过来！"

说罢，他用力地关上了房门。

"砰！"

这一声让冠雪忍不住一颤，卞城王蹙眉道："怀玉……是不是和你发生过什么？她看起来喜欢你。"

冠雪有点费解也有点自己不太敢想的猜测，平心而论，她不是没想过怀玉喜欢自己，可每当有这种遐想的时候，怀玉下一个重击总会让她从不该有的自作多情中清醒过来，让她马上推翻自己之前的念头，彻底否定前一刻中的多情。

大起大落的怀玉，让冠雪对自己充满了矛盾的肯定与否定。但冠雪想，一个男人若是真的喜欢自己，怎会让自己这么大起大落猜来猜去？所以，就算怀玉对她有好感，也只不过停留在最低级的好感层面上，不算喜欢，更不能说是爱情。

所以这种暧昧，冠雪并不是很在意。从前她在这世上，也曾春风得意，得意时也有数不尽的桃花招惹，这些桃花各有千秋，各有招数，却也各自有贪图的东西，或为财，或为势，或为排解寂寞。其实这世上，不管男子女子，也不管谁更尊贵一些，骨子里总是差不多的。

冠雪相貌不差，更可以说是貌美，有一技傍身，有卞城王照拂，前程看起来也是如花似锦，谁都想跃跃欲试，做这锦上的花，不仅能添点彩头，也能给自己一个衣食无忧的未来。

红男绿女莫过于此。在这处处机关算尽的红尘之中打滚，真情实意反而弥足珍贵。

因为不真诚的看得太多，冠雪很清楚地知道，卞城王对自己的真心比什么都难得。

"他喜不喜欢我又有什么要紧？"冠雪微笑地牵起卞城王的手，"我不喜欢他，我喜欢的人是你。"

这番话令卞城王眼中露出欣喜的光芒，他虔诚地牵着她的手放在唇边吻了吻："你这话让我开心得想要跳起来，想要让全世界都知道。"

两个人就这么手牵着手走出房门，朝着赏花大会所在的花架去的时候，冠雪察觉到卞城王的手紧了紧。

她感觉似乎是有什么不对，忙转过头看向卞城王视线所在的方向，果不其然——

卜星途。

卜星途似乎是没有看见他们一般朝这边径直走过来，冠雪的目光一直看着他，她想从那张波澜不惊的脸上看出什么破绽，可是，没有。

她没有看出星途有一丝变化的神色，星途目不斜视，甚至看都没有看她一眼。

冠雪忍不住在心里嗤笑自己一声：不过是巧合而已，她这么在意也是够贱的了。上次见他还是在神女庙里，是他把她骂走的，明明一刀两断毫无关联，为什么自己还要贱贱地自作多情，以为这不是巧合，以为他是为自己来的？

刚才遇到卜星途，她差点走上前去跟他说拒绝的话了，她想跟他说你不要这样，我们本就是陌路，你为何不能放过我放过自己，我现在已经有了挚爱之人……

唉……真是好难堪……枉她还在心里盘算着帅气的推拒话术呢……

冠雪握了握卞城王，对他笑了笑，意思是让他不要太在意卜星途，他根本都没看见自己在这里。

卞城王也对她笑了一下，松开握着她的手，反而搂着她的肩膀带入怀抱。

冠雪一时间有些纳闷：这是唱的哪出？

好在马上到了紫藤花花架之下，冠雪按照桌上的名字急忙入座，她看了看左右对面都没找到卞城王，然后发现卞城王的名牌摆在老远的地方，她蹙了蹙眉，又把卞城王的名牌和自己身边不认识的人调换了一下。

卞城王很满意她的这个举动，坐在她身边，在她耳边含笑低语：

"寂冠雪，我就喜欢你这直率的性子。果然还是直截了当最让我动心了。"

冠雪只是笑笑不说话，下一刻，她忽然看着自己对面的名牌愣住了。

刚才只顾着找卞城王，她甚至没注意，坐在她面前的人就是……

第十五章 / 再见离殇

愣神没有多久,很快,对面座位的主人来了,卜星途来到冠雪对面,他的表情神色一如以往那般淡漠,他掸掸衣服,轻轻撩起下摆便跪坐了下来。

冠雪看着他,正好与那冰冷的目光撞个正着。

和预期的相反,星途的视线与她对视了一阵都没有移开,他看了她一会,又确认了一下她面前的名牌,好像有股子质疑冠雪故意调换名牌和自己坐对面似的,这种眼神让冠雪很不舒服,她恨恨地按下名牌不许他再看,也用这个愤懑的举动在告诉卜星途:别一副觉得老娘调换名牌想和你坐对面的样子,老娘才不想坐你对面!

按下名牌再看卜星途,他已经转了视线,他冷冷地看向四处的花朵,不再看她。

冠雪叹息一声:她何必这么在意这个人?罢了,随他去吧。

冠雪看到桌上的茶盏里盛着香气缭绕的香茗,刚摸到茶杯想喝一口,却不想卜城王揽住她的肩膀带入怀里,对她低语道:"寂冠雪,来,亲我一下。"

这时候,怀玉也已经入座,怀玉坐在卜星途身边,坐在卜城王对面的位置。冠雪看了看表情有点阴云密布的怀玉,压低声音对卜城王说:"不好吧?好多人在看着。"

他们对面左一个卜星途,右一个裘怀玉,在如此目光之下,她真的下不去口。

卜城王微微蹙了眉头,仿佛被冠雪欺负了一般叹息一声:"说什么与我私订终身,说什么只想和我在一处待着,不过是在众人面前表达爱意而已,你便不肯了吗?"

冠雪看到他这般形容，心底就不禁柔软起来，忍不住轻轻捶了他一记："别闹。"

卞城王哪肯这样就放过她，他别过头，指着自己脸颊轻声道："就，亲一下。"

这样委屈撒娇的卞城王，哪里有平日里高高在上的威严，更别提他令敌人闻风丧胆的狠辣，冠雪被如此不同的卞城王萌得直揪心，恨不能咬他一口，没办法，谁让她就是喜欢他呢，真性情多好，何必扭扭捏捏的？于是闭上眼睛豁出去了在他的脸颊上轻轻吻了一下。

说来也怪，她这边亲了卞城王，她面前的卜星途握着茶杯的手一个哆嗦，茶杯自手中掉落，摔在桌上，茶水飞溅出来，杯子四分五裂。

而他旁边的裘怀玉，茶杯则是干干脆脆地掉在了地上，也是一样粉身碎骨的命运。

有玄枢阁的小厮忙过来给这二位换了茶杯又满上了茶，然后那边便有人高声呼道：

"阁主驾到——"

阁主驾到，一行人等不管看没看见他，都先起身恭迎阁主，然后便看到花下一个玉山般挺拔的身影踱着方步缓缓走了过来，阁主一袭紫袍贵气非凡，他戴着一个银质面具，只能看到他紧抿着嘴唇朝着这边走来，他的眉头似乎是拧着的，看起来好像夹带着杀气一般，每个脚步都仿佛要踩碎了什么似的。

冠雪听见旁边的人窃窃私语，言语中有几分惧意："阁主今日心情不好，千万小心不要惹到他，不然，我们可能死无全尸！"

这话说得未免言重了。冠雪在心里想着，死无全尸不至于，生不如死倒差不多。

阁主走到主位，看也不看他们一众人等，自己兀自坐了下来，他毫不在意地盘膝而坐，用扇子在桌上轻轻敲了敲："都坐下吧。"

他的声音中透着一股子傲慢，冠雪觉得这个腔调很像她认识的一个人，那身形和走路的姿势也似曾相识，但她此时满脑子乱糟糟的，一时间也没想太多。

这边众人刚刚坐下，那边气喘吁吁地跑来一个人："抱歉……我迟到了！"

冠雪听着声音也熟，转头望去不由得一愣：这人不是石千钧嘛！

石千钧站在座位边不敢坐下，冠雪仔细看了看他座位的名牌，不是石千钧，那上面写着"墨朗御"。

难不成……石千钧是化名？

冠雪想了想，也是，哪有人在地下黑市打擂台还用真名的？拳脚无眼，若是摊上了人命，还是化名更为妥当。

但墨这个姓，似乎是哪里的国姓……

"漠海国的小皇子，您架子还真大啊！"这边阁主捏着茶杯发话了，他的语气有些阴阳怪气，"我这玄枢阁地儿小，留不住您这么大的神，不然，您还是请回吧。"

是皇子？冠雪忽然想起，确实，"墨"是漠海国皇族的姓氏！

漠海国距离西御国和东曦国较为遥远，是一个居在沙漠中的国家，对于漠海国的一些传说都很猎奇，因为交流甚少，所以被人们传奇化，但这些传奇从漠海国与西御国有联络之后渐渐淡去。几年前，漠海国被西御国的异能军团打得五体投地，愿意岁岁纳贡臣服西御，更献上了皇子交给西御作为质子。

难不成……那个质子……就是他？

石千钧，不，或者应该叫墨朗御，他"扑通"一声跪倒在地，道歉连连："对不起！阁主，我早就出发了，只是路上遇上了一些事情才耽搁了！"

席间的人窃窃私语道："这人惹阁主不痛快了！攻击他的话，或许会得到阁主的好感！"

"这真是绝好的机会！"

很快，人群中有几人便出语讥讽："啊，这位不是曾经在西御国做质子的皇子吗？墨朗御，就是你吧！听说你因为缺钱去西御国都城龙安地下黑市打擂台？"

此言一出，四处一片附和之声：

"啧啧，真是惨啊……"

"还是皇族呢……连普通的家奴都不如！"

"就是，我家的奴才俸禄都足以养家糊口，他竟然沦落到去打擂台，简直……"

说出墨朗御黑料的那人见阁主不吭声，又有一大票人附和，他不禁更得意起来，他看着寂冠雪，说道："听说墨朗御你因为打擂台差点死在卞城？是卞城第一的郎中救了你才活命的？真是巧啊，这位郎中就是神医冠雪吧？神医你来说说，是不是你把他从擂台上救回来的？"

冠雪一愣，她看向墨朗御，只见那少年脸色惨白，似乎感到非常尴尬和丢脸，他咬着嘴唇，大大的漂亮眼睛中噙了泪水，仿佛有人再说一句，他就会哭出来似的。

冠雪忽然有股子感同身受的感觉灌入身体，她想起自己年少时候，为了进入神机门，跪在雪地里求收留，一跪就是一夜。那晚上的雪很大，而她很小，纷纷扬扬的雪花席卷天地，她竟然不觉得冷，就这样任由暴雪肆虐了一夜，她的双腿几乎没了知觉，她也一直坚持隐忍着，噙在眼里的泪水几乎被冻住了，最后神机子同意让她做弟子，她却已经站不起来了。也就是神机子医术精湛治好了她，不然她现在早已是个瘸子了。

这个少年，和那时的自己很像，他一定是有着什么难言之隐，所以才这么拼这么努力，吃尽苦头也不放弃，即使此时此刻，他被阁主奚落，被其他人孤立，被冷言冷语夹枪带棒地攻击，他仍然咬着嘴唇坚持着，哪怕下一刻可能就会哭出来。

冠雪没办法人云亦云落井下石，她摸摸鼻子，干笑了两声看着叫她出来作证的那人。讲实话，那人看着面熟，必然是卞城的人，但没什么交情，冠雪也没必要照顾他的面子。"我？我不知道这事儿啊！"冠雪一脸蒙的样子和真的一样，"擂台那天我是在场，也救了一个人，但不是这位尊贵的皇子呀！那么尊贵的人，怎么可能出现在卞城？我这样粗鄙之人怎能有机缘得见？再说了……我这人是卞城有名的色女，见过的美男子过目不忘，这么漂亮的少年，如果见过我怎能没有印象呢？我是真的第一次见到他。"

不知是冠雪演得太逼真，还是起底的那人本就不确定，被冠雪这么云山雾罩地说了一通，那人也有点不自信起来，喃喃道："神医……我明明记得就是你啊……是你救的他……难不成我记错了？"

冠雪急忙乘胜追击："当然是你记错了！哎哎，年纪大了难免眼睛昏花，看差了人也是常有之事……"

那人最后讪讪地坐下了，冠雪这边暗地里的笑还没褪去呢，那边阁主重重地拍了一下桌子：

"寂冠雪！"

阁主这一声吼让在场之人全都一颤，噤若寒蝉，一时间，四下寂静，旁人连喘气都不敢大声。

冠雪只觉得心里一阵舒坦，说起来，自从这位阁主参与了赏花大会之后，周遭的气氛就微妙地变得压抑，人人谨小慎微，各个噤若寒蝉，寂冠雪刚刚的大声说笑让这股子憋在心里的气好受了不少！

忍？凭什么要忍？前一世她也曾忍辱负重，也曾与不喜欢的人把酒言欢极近谄媚过，可后来她怎么了？也不过是落得一个惨死的下场！这一世，她不知道自己什么时候死，还不如活出自己！

今天这位阁主咄咄逼人的嚣张气焰惹她不痛快了，那今天，他们谁也别想痛快！

"阁主，您叫我？"冠雪对阁主绽放了一个圆满无比的笑容。

阁主握着茶杯的手微微颤抖，他重重放下茶杯，冷冷地道："寂冠雪，地下黑市卞城中医术精湛的神医，六岁那年独自去东曦国神机门学艺，拜在神机子门下，学艺十年出山回到卞城。你生性好色，先是在无双门拍了一个落魄将军子弟，后又买了卞城第一绝色花魁的褪朱之夜，而你却永不知满足，这又搭上了卞城王，明明尚未婚配，却与他同床共枕……寂冠雪啊寂冠雪……你真是个四处留情的色女！"

冠雪微微一笑："卞城王与我情投意合，我已与他谈婚论嫁，等回了卞城，我们便去官府领取婚书。我与他同床共枕不假，但我们并未有任何逾越的行为，我们彼此深爱，自然要将最好的留在新婚之夜！"

寂冠雪那句"最好的留在新婚之夜"刚刚说出口的时候，对面卜星途握着茶杯的手一抖，一大片滚热的茶水洒在手腕上，烫了一大片殷红。

冠雪忍不住看向卜星途，她发现他一只手挡在眼睛处，低着头，他的身子，好像在微微颤抖着。

"咳咳……"

星途的肩头剧烈地起伏，他又咳嗽了。

冠雪在心里想着：难不成……她刚刚说错了话？

不等她想清楚，那边阁主又开口了："呵……你这色女竟然还一套一套的？你这边搭上了卞城王，家里那两个被你养着的汉子又该如何安置？"

冠雪忍不住蹙了蹙眉："阁主为何对我的家务事这么有兴趣？"

阁主被她这一句话噎住了，一时间没有说话，只是喝了一口茶。

卞城王这边悠悠说道："寂冠雪不是色女。她家里的两个男人一个是护卫，一个是管家。她也没有许过他们名分，她爱着的人，私订终身的人，只有我而已。"

那边阁主手中的茶只喝了一口，听闻此言，他重重地将手中茶杯掼在桌上，茶杯被他掼碎，他不怒反笑，调侃道："哦？她爱你？只有你而已？哈哈哈……卞城王！"

阁主的手被碎裂的茶杯划出了一道血痕，微微地渗着血滴，有门人想上来为他包扎，却被他不耐烦地挥走，他攥着淌着血的拳头继续说道："你是地下黑市卞城的王者，几年前一统卞城，手段狠辣，雷厉风行，卞城无人不惧怕你。可是他们可有人知道你的身世？"

卞城王瞪大了眼睛，阁主伸出受伤的手指着他身边的冠雪："寂冠雪，你自以为你了解他，可你知道他的真实身份是什么吗？"

冠雪一愣："哎？"

"卞城王，真名夜竞天，东曦国大皇子，十三岁那年因皇族争斗落败负伤逃走，认识了当时在神机门学艺的寂冠雪，为她放弃身份，在卞城里打拼成为卞城王，因为怕被拒绝甚至不敢以真面目示她，看来强势，内心自卑，她哄你两句说喜欢你，你就当真了？"

冠雪忍不住惊讶出声："竞天？！"她回过身握住卞城王的手追问道："大人，你是竞天？你真的是竞天？你为什么不告诉我？"

卞城王瞪大眼睛，恨恨地道："你这个家伙！"

冠雪那边还在喋喋不休："早说你是竞天啊……我也不用这么纠结了！我一直在为你们两个的事情难以抉择……你早说我也不必如此为难了！"

阁主忍不住哈哈大笑起来："我知道，你们这群人都是有求于我，想从我这里得到你们想要的消息。没错，这世上没有我玄枢阁打探不到的消息，可是你们……"

他顿了顿，面具下面的眼睛冷冷地扫视一圈："支付得起代价吗？"

众人面面相觑，一时间不知如何回答，寂静了片刻，卜星途以手握成拳掩在口前咳嗽了起来：

"咳咳……咳……"

阁主语调轻松地冷笑道："哟……这位不是龙安神女庙的司礼贞人嘛……"

卜星途被阁主点了名，他仍然表情淡漠，冷冷冰冰的模样一如既往。

他不在乎被阁主说出什么来？

阁主继续说道："卜星途，东曦国人，刚来龙安不久，出家时间不长，职位却不低，年纪轻轻的就做了神女庙仅次于天鉴天师的位置。卜星途，他们不知道你是谁，你猜猜看，我知不知道？"

卜星途仍然面无表情，他甚至连眉毛都没有挑一下。

冠雪不禁讶异：卜星途是真的没有秘密，还是说，他并不在乎？可别的不提，单说他身为司礼贞人却不是处子，在春光祀上主持祭祀一点，就是死罪！

隐瞒不贞的事实玷污神坛圣器，依律判以火刑！

"卜星途，你在众人面前是一副清冷不食人间烟火的模样……"

火刑！

"可你实际上，在人所不知的地方……"

把卜星途绑在干柴之上，浇油，点火！

"卜星途，其实你……"

烈火熊熊——

"哗啦啦——"

阁主忽然停下了，他有些不敢置信地看着自己面前这个举着茶杯的女人。他起初感觉到一股暖意，然后流淌下来慢慢变得冰冷，茶水滴答滴答地顺着他的长发流下来，他的衣服也湿了……

他，所有人都想巴结，人人都惧怕的玄枢阁阁主……被寂冠雪，泼了茶水？

寂冠雪杀气腾腾地站在他面前，将手中的茶杯冷冷地丢在尘埃之中，一声清脆悦耳的碎裂之声响起，如同撞玉。

"你自以为是随便说出别人秘密的样子，真是丑死了。"

在座的人都傻在了当场，有人张大了嘴不敢置信，手中的茶盏"啪嚓"一声掉在桌上，骨碌碌地在桌子上转圈，随后被人慌张地按住。

阁主豁地站起，他比她高，有几分居高临下的意思。

玄枢阁阁主冷冷地看着她，冠雪站在他面前，隔着那层面具，总觉得面前这人十分熟悉。

"好。"他不怒反笑，冷冷地说，"很好，寂冠雪，你……"

"你给我等着！"

抛下这句话，阁主拂袖而去。

众人用看可怜虫的表情看着冠雪，纷纷摇头叹息道："可惜可惜，本来好好的一代名医，最终要落得一个生不如死的下场。可惜，可惜……"

冠雪倒是没什么感觉，比起自己身败名裂什么的，她觉得总比有人被上火刑要轻一些。

卜星途站在冠雪对面，他不知道是什么时候走过来的，他看着冠雪，似乎想要说什么。

可他的话还没来得及说出口，墨朗御却已经飞扑进了冠雪的怀抱：

"雪姐姐！你为了我得罪了阁主，你不要担心，我一定会保护你的！你对我有救命之恩，刚刚又为我解围，如此深的恩情，我无以为报，只好……"

他话还没说完，就已经被卜城王拎着脖领子如丢小鸡雏一般扔了出去。

卜城王牵起冠雪的手说道："情况紧急，我们得快点离开玄枢阁，不然……阁主一定会对你下手！"

二人东西行李也来不及收拾，卜城王一路拉着冠雪就跑到了城门口，城门口此时已经有一堆玄枢阁人马在守护，见到冠雪和卜城王，为首的那人微微一笑："二位贵客，大会还未结束，为何急着走呢？"

卞城王冷冷道:"让开。"

为首那人不但不让开,反而在身后拉下了蒙在一件物上面的毡布。

冠雪定睛一瞧,那竟然是一只洞口直指自己的黑黢黢的火炮!

"阁主的排场也真大!"冠雪看着火炮发愣,"有钱人啊!"

为首的门人做出了一个恭敬的手势说道:"阁主去换衣服了,待他换好衣服,希望能在会客厅看到二位。二位,请。"

卞城王的手放在佩剑之上:"他说请,我们也没有要去的道理。"

那门人也不多说话,挥手令其他人纷纷掀掉毡布,十几个黑黢黢的火炮炮口对准了他们,那人仍是恭敬地笑道:"二位,阁主有请,还请赏脸才是。"

好有钱!竟然有这么多厉害的火炮!

卞城王只得缩回了手,挤出一个笑容来:"你们家阁主真是太客气了,去就去,何必如此兴师动众呢?我们去就是了!"

冠雪实在忍不住笑了起来:大人你真是八面玲珑啊!

也是,卞城王向来有勇有谋,从不会以卵击石,他既然同意了和玄枢阁阁主谈谈,那必定是怀了其他打算的。

冠雪和卞城王跟随那个为首的门人前往阁主住所,阁主所居住的是阁内最阔气最大的宅邸,进了大门进入厅堂之后,里面还有一间屋子,悬着大红的珊瑚流苏,里面影影绰绰可见一个人影,那人好像坐在琴后正在抚琴,悠扬悦耳的曲调流淌而出。

"阁主竟然会抚琴?"冠雪虽然不通音律,但也能听出这抚琴之人技法精妙。

门人笑了笑,道:"我家阁主琴棋书画皆是精通,尤精于丝竹。二位请便,小人先退下了。"

冠雪和卞城王坐在厅堂里听了好一会儿琴音,也没等到阁主发话。卞城王的手一直放在剑上,他蓄势待发,仿佛一只绷紧了的弓。

"阁主请我们来应该不是听琴的吧?"冠雪率先发话了,"阁主有话不如直说,我不懂音律,听不懂你这调调里是什么意思。"

"冠雪郎中还真是煞风景。"帘内人慵懒地笑道,"闻弦音而知雅意,我想说的话都在这琴声里了,冠雪郎中却说听不懂,难不成我是对牛弹琴了?"

冠雪笑道:"我这音律修为,和牛也差不了少。"

阁主道:"你不如先听听我这弦外之音如何?"

冠雪又仔细听了一阵子,觉得这音调似曾相识。这一番,曲调如泣如诉,那灵巧的手指勾抹挑捻，仿佛每一下都拨弄在她心上一般。这曲子听得她心痛，仿佛有一个人在自己面前讲述着一个悲惨的故事似的，让她不由自主地想起了自己，共情得想要流出泪来。

"这首曲子，名叫《慕卿》。"卞城王忽然说道，"《慕卿》本是一个流传在东曦国的故事，后来结集成册被人传诵。这首曲子也是一名著名乐师谱的曲调，也有与此曲调配合的词儿同唱。《慕卿》讲述一个爱慕某位女性的男子求而不得，表白又怕被拒的心，哀伤婉丽，十分动人。"

"哎哟，不愧是东曦的大皇子，是饱读诗书的，什么都知道。"门内阁主笑道，"我是个大度的人，冠雪小姐对我的冒犯我可以不追究。"

冠雪叹息一声擦去眼角的湿意，道："阁主有何需求不妨直说，你断不会因为不追究而特意叫我们两个人过来。"

"很聪明。我就喜欢和聪明人说话。"阁主说道，"我说过了，想要找我办事，须得付出代价。而你……寂冠雪，我猜你想要在我这里得到杀你之人的信息，如此重大的消息，你能付给我什么代价？"

冠雪笑道："现在开条件的人是你，我只能听你的。所以你不妨直言，你到底想要什么？"

室内的琴声忽然停了下来，那人伸出手指着寂冠雪说道："我吗？我要你！"

卞城王已经抽出雪亮的剑刃要冲进去刺杀他，冠雪忙拦住了："竟天，等一下！"

卞城王一愣："小雪……"

冠雪笑了起来，她后退几步开始助跑："我已经知道你是谁了！"

冠雪疾跑着跳进了室内扑了过去，她冲过大红的珊瑚流苏，猫一般跳跃，灵巧地越过古琴，最后准确地扑进了琴后那人身上。

那人倒也不意外，伸手就熟练地把她接入怀里。叮叮当当一阵响后，冠雪把阁主扑倒在地，阁主吃痛道："你怎么这么粗鲁呀！"

冠雪压在他身上，微笑地挑起他的下巴道："宿离殇，你别装神弄鬼了！这首曲子只有你奏起才能让我动容哭泣，我就知道是你！"

宿离殇微微一笑："虽说不通音律，但我家娘子就是厉害，唯有你是我的知音，能听懂我的琴音。娘子，几日不见，为夫好生想你啊……"

冠雪押着他的脸质问道："你不好好地在春风楼做你的花魁，跑这里来干什么？"

离殇吃痛："哎哟疼哦！你别掐坏了你夫君我倾国倾城的脸……花魁我不卖艺不

卖身能赚几个钱？玄枢阁阁主这工作才赚得多哩！你不知道那些人为了想要的消息，什么宝贝都愿意给我！"

冠雪仍是微笑："我想要杀我之人的信息，你想要什么呢？"

宿离殇上下打量一下冠雪，侧过脸指着自己的脸颊，道："先亲亲为夫，这几天不见，为夫想死你了。"

"别闹。"冠雪推开他的脸，"我在谈正事。"

"为夫说的也是正事呀！娘子你忒无情了，不过是几天没有在你身边看着你，你就耐不住寂寞找了卞城王，为夫不开心，你竟然在众人面前亲他都不亲为夫，为夫要你三倍补偿给我！"

又来了……冠雪扶额头痛，每次面对宿离殇这个老油条，一身的力气都好像打在棉花上，这样没正经的花魁，还不如喜怒无常的阁主更容易对付。

卞城王以剑挑开了流苏进到里屋，见到离殇，他不禁蹙起了眉头："宿离殇，你装神弄鬼的到底想做什么？"

离殇看到卞城王便一脸不爽，他傲然转过头不看他，噘嘴道："我不和骗子说话！明明是东曦皇子，还骗我家雪儿，哼！"

卞城王气得险些要动手："骗子？你说谁呢！明明是玄枢阁阁主还蒙骗小雪，到现在我们都不知道你是何居心！"

宿离殇傲然道："我不管，反正我不和骗子说话，我只和我雪儿说话。雪儿，有他没我，你想知道什么，我只和你单独说！"

冠雪看了看卞城王："他是卞城王，也是我青梅竹马的好友夜竞天，他完全值得信赖，不是外人，你想说什么，他不必回避。"

宿离殇越发不忿："他不是外人？那我是咯？反正今天有他没我！你看着办吧！"

冠雪觉得宿离殇这人真是难缠，仿佛狗皮膏药一样无可奈何，她看了看卞城王，伶俐如卞城王自然就明白了冠雪的意图，他举了举手中的剑，说道："小雪，我就在外面等你，这家伙敢对你有半分不轨，你喊我就是，我一剑砍了他！"

说罢，卞城王大步走了出去。

离殇微微一笑，转身坐在了内室中的床上，用手拍着自己身边的位置道："来来来，娘子，坐过来说话。"

冠雪无奈地走过去，坐在他身畔，宿离殇微笑地依偎在她身边，仿佛她还是那夜拍下他的娘子一般："娘子……"

冠雪并不抗拒他的亲昵，只是此时此刻她有些唏嘘，她歪过头看着他："离殇……你老老实实告诉我，你这葫芦里，到底卖的什么药？"

宿离殇将冠雪圈在臂弯之内："雪儿快人快语，我也不想绕圈子。这么说吧，我玄枢阁手眼通天，我知道刺杀你的人是谁，你可愿与我合作？"

"什么条件？"

离殇的脸靠近过来，他身上带着淡淡的龙涎香气息："寂冠雪，我要做你名正言顺的夫君。"

宿离殇的目的……只是如此而已？

冠雪看着对方，他微微一笑，谈笑中，有种让人奋不顾身沉溺其中的魅力。拥有如此美色的男人，又坐拥巨额财富和声望，他到底为什么非要和她结为夫妻不可？她寂冠雪何德何能，会让这样的男人倾心相对？

说真的，宿离殇提出的这个提议太简单，她无法相信他。

正因为和他交手太多，她非常知道这个花魁深不可测，如今揭晓他是玄枢阁阁主这件事，平心而论，冠雪并没有太大惊讶，反而觉得心中的石头落了地。幸好他只是玄枢阁阁主而不是其他什么古怪地方的阁主，幸好……他不是要杀她的那群人中的其中一个。

但同样的，宿离殇身上有太多让她不确定的东西，她抓不住，摸不着。她对他的感觉，总好像是在悬崖上荡秋千，线很细，秋千很急，高高低低地荡出去又摇回来，一颗心始终悬在那里，落不了地。

她总会觉得，他想要她，并不是为着喜欢。他想要她为他褪朱，里面恐怕还掺杂着不可告人的内情。

她怕。经历过一次背叛的寂冠雪，很怕这种不踏实的感觉。

原来爱上一个人不是最难的，最难的，是死心塌地地信任一个人，信任到即使把关系自己命运的那条线都放在他手里，也不会有任何不安。

这道生命线，她敢交到卞城王手里，敢交到夜竞天手里，但唯独不敢交到宿离殇手里。

似乎是看出了她的迟疑，仿佛是为了安抚她似的，离殇缓缓靠近过来，用着他惯有的亲昵方式拥住了冠雪，那淡淡的香气涌入鼻腔时，冠雪有那么一瞬间感觉到了目眩神迷。

"你身上的香……不会做了手脚吧？"冠雪有些晕眩似的把头放在他的肩膀，喃喃说道。

离殇笑了一声："说什么傻话呢。雪儿，我从来不熏香，我的身子，天生就是这样。"

奇怪……为什么之前冠雪没有觉得他身上有一股子冷淡的香味儿呢？

"骗人……我认识你这么久，你也总和我亲近，我怎么没有闻到过……"冠雪觉得那股子味道有种侵略性，让她的脑子都有点不清醒了似的。

离殇轻轻拥住她，吻上她的脖颈，他柔软的嘴唇好像玫瑰花瓣一样搔得她痒痒的，继而是略显炙热的吻："闻到这个味道的，雪儿，你应该是第一个。因为我只有在动情的时候，身体才会散发出这个味道。雪儿，可还喜欢？"

冠雪觉得宿离殇真是一本正经地胡说八道，可她却一时半会想不出反驳的词语来。

"雪儿，我需要你的信任。我要一纸婚书牢靠的关系，因为你身后的那些人不简单，我不会下如此大的工夫去帮助无关的人，现在只有我能帮你，这笔交易，你是做，还是不做？"

"宿离殇，你真的知道我是谁？"冠雪感觉自己的头脑渐渐清明起来。

"对啊。如果我没查错的话，你的身份应该无误。所以……雪儿，你的决定是？"

他桃花般的嘴唇接近了冠雪的唇，沁人心脾的香气丝丝缕缕地传递过来，仿佛某种暧昧的暗示，他挑起冠雪的唇，就要印下这一吻。

冠雪推开了宿离殇。

冠雪回头看了看刚才被宿离殇亲吻过的肩膀，原本白皙的肌肤红得像桃花，她整理好衣服别过头去："不行。"

"什么不行？"宿离殇虽然是笑着，但笑容里却有一丝阴冷的愠怒，"我是你的夫君！怎么，不过几天而已，你这就变了心吗？"

冠雪迎上他恼怒的目光，坦然说道："没错，我喜欢竞天。宿离殇，你应该也很清楚，你我本来就不是情投意合的爱侣。当初你接近我，我也曾经以为你待我有过真心，可你却游戏人间飘忽不定。若我是个未经世事的少女，我也愿意和你玩这么一场风流韵事，可我不是，我倦了，我只想和一人踏踏实实地谈一场恋爱，不用猜，也无须提防，和真心人平淡过此一生，就是我的愿望。"

宿离殇身上的檀香气息渐渐地冷却消散了下去，他的目光一寸寸变冷："呵……好个真心人！怎么，就因为我曾经没有对你交出全部真心，你就觉得我是玩弄你感情的骗子吗？你想得倒好！你以为，有那些杀你的人在，你还能平安地过下半辈子？"

"竞天是我的爱人，回到西御国之后，我会和他成亲。竞天很强，他可以带我到那些人找不到我的地方安稳过此一生。"冠雪冷静地回答道,"我不会做任何对不起竞天的事情,竞天会是我一生一世的夫君,竞天他……"

"够了!"宿离殇断喝一声,抓住冠雪的手就把她按在了床上,"从刚才就一直竞天竞天的……"

他按着她的手,有些难过地看着她:"寂冠雪……你告诉我,我宿离殇……哪里比不上他?论样貌,论才艺,论权利,论手腕……我哪里不如他?"

宿离殇伤感的表情,在某一瞬间,有一点刺痛了她,因为宿离殇一直是那副玩世不恭的表情,这样露出脆弱一面的宿离殇,她觉得好陌生。

宿离殇他……会不会……在心底里的某一个地方,对她的态度,会有所不同?

他定定地看着她,仿佛要从她眼中挖掘出什么似的那样看着她,冠雪好像看到了一个陌生的离殇,好像有另外一个人披着她认识的这个离殇的皮囊,用另一双眼睛看着她。

"你在看什么?"冠雪觉得他的视线里有一股奇怪的东西,她说不清那是什么。

"寂冠雪……你真的和其他人不一样。"宿离殇很快又恢复了之前的神色,"其他人我都可以看得透,唯独你,寂冠雪,我看不透你,我看不出你经历过什么,我看不到你的故事。"

他轻轻地叹息了一声,喃喃自语道:"你越是神秘,我就越想了解你。寂冠雪,我明明觉得这样沉溺其中很危险,可我就是逃不开。你……是不是我命中的劫数?"

冠雪看着他,表情中带着悲悯:"离殇,放了我吧。我们没有开始过,也不会有未来。你我不是一个世界里的人,我命中不应该有你,你亦如是。你真的很好很好,但你不是我想要的那个人。你没有错,我们的相识只是一场意外,你就当作这场相逢不复存在,我本就不该认识你,从此,我们互相抹去彼此在对方生命中的痕迹,离殇,我祝你寻找到心中所爱。"

她看见他眼中的光,一寸一寸地黯淡了下去。

她从未见过那样悲伤的离殇。

他苦笑一声便放开了她:"我不管你是否喜欢我,我也不想当你我相识从不存在。寂冠雪,我宿离殇,这辈子就铆上你了,那个夜竞天救不得你!唯有我是你的救星!我偏要与你去官府领那一纸盖了章的婚书,我偏要做你名副其实的夫君!"

冠雪起身,有些为难地说道:"离殇,你就只有这一个交换的条件吗?其他的什么不行吗?比如……我可以付给你钱什么的……"

"寂冠雪！"

他一声断喝吓了寂冠雪一跳，宿离殇有些恼怒地吼道："你懂什么？你知道那些人花多少钱买你一条命吗？是这个国家半年的税赋收入！你付给我钱……你付得起吗？若不是我对你留情，若不是我使了手段拖延他们，你早就死了！"

冠雪心里一惊：我的命竟然这么值钱？不过很快她就转念过来，那些人花那么多钱买她的消息，那么，她的消息，也只能是从宿离殇这里流出去的。

是宿离殇，亲手把她推上了死路，后来他又对她好奇才这般接近，设计与她成亲。一路走到今日之局面，不能说离殇是清白无辜的。

离殇是导致这一切的源头之一，他不清白，冠雪对他的提防没有错。

那既然如此，她又有什么理由相信他？

谁知道她和他成亲之后，会不会背弃杀妻？会不会用这一道杀妻的砝码跟"那些人"要更多的好处？

若她的性命可以得到与这个国家匹敌的财富，他又怎能抵挡得住如此诱惑？

"所以……"冠雪缓缓说出了心中的疑惑，"你并不是喜欢我，你接近我的目的，只是看重了我的身份，觉得奇货可居才接近我，对吗？"

曾经和他一起的开心过往，那些让她误以为幸福的种种……求求你……宿离殇，至少你不要承认这样残酷的现实，哪怕是骗我，你也要告诉我你是真的喜欢过我的……这样，我才不会觉得你我经历过的一切都是一场骗局，一场笑话。

"是啊。"他忽然笑了。

冠雪心底一股寒意升腾而出。

又一次，她又活成了一场笑话。

宿离殇捏住了她的下巴，笑道："没错，我就是看中了你的身份，我就是贪图权贵，我就是觉得或许可以利用你得到我一直得不到的东西。怎么，我这么说，你可满意了？我偏要做你的夫君！那样……以后我自然可以荣光万丈任人羡慕……"

"不要再说了！"冠雪甩开了他的手。

是的，宿离殇对她没有过半分情谊，她本以为他只是为了和她玩玩找些乐子，却不曾想，自己曾经动摇过的那份情谊，被他彻底踩在尘埃之中。

和他相约的春光祀那般美好的夜景，渐渐黯淡了颜色，分崩离析。

曾经遭人背叛过一次的她，还是这么没记性。

"宿离殇，是我看错了。"寂冠雪掩饰不住心底的失望，"哪怕你骗骗我……就算我们没有夫妻的缘分,也算是一场至交的情谊,我们还可以做朋友,做密友……是我错了,宿离殇,我不该对你抱有期待。离殇,我们从此别过。"

"先别把话说那么满。"在她要告辞的那刻,宿离殇背对着她说道,"我给你三天考虑的时间,三天后,你再告诉我决定也不迟。"

冠雪在心底里忍不住嗤了一声:现在做决定和三天后做决定,有何不同?

但她最终接受了离殇的三日之约,她走到房门口时,低声说道:

"再见,离殇。"

第十六章 / 风波诡谲

玄枢阁中，阁主的居室之中传来一阵突如其来的巨大声响。

一位门人以为出了什么事情，忙慌慌张张地去看，却被阁主丢出来的香炉一下子砸中了额头，登时头破血流。门人不敢发出声音，捂着嘴跪坐在门口默默抽气。

一个声音忍不住叹息地越走越近："宿离殇这个火暴脾气，哎，这算是什么事？"说着，一记清凉的膏药贴在了门人流血的额头，门人不由得一愣，火辣辣的伤口立即就不疼了，血也止住了。门人千恩万谢，对方笑着挥挥手说道："你下去吧，宿离殇现在身边不需要人。"

门人抬头仔细端详来人，只见那人看起来是个二十多岁的男子，星眉剑目、举止潇洒。门人一时间看呆了，竟然忘记了挪开视线。

那人嘴上说着宿离殇身边不需要人，可自己却将双手施施然地负在身后进了房门。

宿离殇看到那人进来，脸上的绯红还未消去，他气喘吁吁地将砸在地上的古琴又用力地踩成两段："滚！我现在不想见任何人！"

来人微微一笑，豁达洒脱道："一向通透的玄枢阁阁主今儿是怎么了？有天大的火气，也不至于发泄在这古琴上吧？我记得这琴价值连城，是你用天大的秘密换来的，说砸……就砸了？"

宿离殇咬牙切齿，浑身发抖，没头没尾地来了一句："……我得不到的宝物，砸了，毁了，烧了，挫骨扬灰了，也不让她落入别人手上，可好？"

来人敛了笑意，唇边的线条一时间绷紧了起来，满室的气氛在一瞬间都冷下来："宿离殇，我只当你是气话，再有下次，我会当真。若我当了真，你可想象不到，我为了保全我那傻徒儿，会做出什么来。"

宿离殇冷笑一声瞥向对方："神机子，你是神机门的执掌，寂冠雪的授业恩师，我当然知道你是个护犊子的，但你可知道，刚才你那乖徒儿，她对我说了什么吗？"

神机子掩口一笑："不难猜，不过是拒绝了咱们手眼通天又倾国倾城的玄枢阁阁主大人呗。"

听到"拒绝"二字，宿离殇又一脚狠狠踏碎了原本就断在面前的古琴残体："我没跟她要天要地！我只不过想让她和我成亲而已！我会帮她！我会让她安稳无忧！可是她呢？不知好歹！她竟然放着这样好的我不要，一门心思都在那个卞城王身上！那个落魄的皇子，他凭什么跟我争！"

宿离殇气结，气喘吁吁地几乎站不住，他一手扶在墙边："寂冠雪！你这个瞎了眼的负心女！普天之下，你根本找不到比我更适合你的人！你以为你这人人喊杀的身份，还会有人帮你抗住攻击，为你打点好一切吗？我……我只是想要你啊！"

神机子仿佛看着一个胡乱摔着玩具、发泄愤怒的三岁孩子一般，他伸手拍拍宿离殇起伏不定的后背，道："也罢，你既然对她一腔痴心，我便替你去劝劝我那傻徒弟。"

宿离殇的气息微微平缓了一些，他看向身畔表情轻松的神机子，问道："你能劝得动？她……和那夜竟天……从小就很要好？他们到了什么地步？"

神机子轻松地说道："倒也没多要好，不过是青梅竹马、两小无猜、私订终身的地步罢了。"

"咔嚓嚓！"可怜那地上的古琴，已经被宿离殇踩得粉碎，渣都不剩了。

"罢了罢了，"神机子好言相劝道，"阁主何必动那么大肝火？既然你难得认真一回，身为朋友，我自然是要帮你的，我那不开窍的傻徒弟，我去与她谈谈。"

玄枢阁的紫藤花下，冠雪和卞城王坐在石椅上，一边抬头赏花，一边谈论方才的见闻。

冠雪撩着头发微微一笑道："竟天……我现在叫你竟天可好？这个时候还唤你大人，总觉得怪怪的……"

卞城王温柔地揽住她的肩头，道："小雪，我并不是有心瞒你。我只是……有些怕。我怕我这两个身份都被你拒绝，我怕我以后再没了去见你的由头。两个身份被你拒绝了一个我还有一丝盼头，若是两个都被拒了，我真是再没面目见你了。"

冠雪忍不住嗤笑他："可我明明已经接受你了啊！为什么你后来还不肯对我亮明身份呢？"

"没到成亲那刻我都不敢懈怠。"卞城王有些不好意思起来，"万一成亲前我被你抛弃了呢？别看我外表是个豁达洒脱的样子，我也是很要脸面的……"

卞城王，也是夜竞天，他好脸面这事冠雪是深有感触，前世她不过是婉言拒绝了他一次，却不想，生性好强的他竟然再也不以夜竞天的身份来见她了，从那以后，他对她而言，就只是默默守护的卞城王。

于是那一世，世上再无夜竞天。

只剩下了那个孑然一身的卞城王，回不到过去，也走不到未来。

冠雪想到这里不由得一阵心痛，她抬头看向竞天，温柔道："我不会再让你离开我了，竞天。"

竞天心底感动不已，他轻轻握住她的小手，想起玄枢阁阁主是宿离殇这件事，他原本舒展的眉头又不禁蹙了起来，竞天低声问冠雪道："宿离殇和你说了什么？"

冠雪将宿离殇的合作提议如实地告诉了他，竞天听罢，眉头拧得更深："这个宿离殇生性狡猾，他从不会做赔本的买卖，他说与你合作的条件只是和你成亲，说真的，我信他不过。你刚才说，那些人为了杀你，不惜用半年赋税的钱来收买宿离殇，那么，宿离殇所图的，一定是更大的利益……宿离殇一定知晓你真实的身份！"

冠雪觉得竞天的猜测很有道理，宿离殇这个人，身上的谜团太多，他从一开始接触冠雪，就怀着不可告人的目的和秘密，若说他只是为了情，冠雪也是绝不肯信的，而宿离殇在没有得到冠雪确切合作意向之前，更不可能告诉她她想要的情报。

冠雪只能根据现有的线索，放手一搏，猜宿离殇手中握有的那张天牌是什么。

"小雪，你说，你的真实身份会不会是西御国的皇族？"竞天冥思片刻，忽然说道，"只有西御国的皇族才值得这么大阵仗的刺杀，也只有皇族能让宿离殇如此上心在意。"

冠雪想了想，觉得竞天的猜测有几分道理，但她转念一想道："不过也不见得就是皇族吧，权贵私生女也有可能？权倾朝野的那种官宦之后，树敌颇多，倒也能有此遭遇。毕竟，如果我是皇族的后人，可能就不只是被江湖人士刺杀了，皇族之间的钩心斗角，可是连皇家护卫队都有可能被惊动的。"

竞天点头称是："倒也是。若你真是西御皇族，那朝廷就直接派兵来围剿卞城了。

这么看来，你的身世，是显赫贵族的可能性更大。哎……你不是皇族，我竟然有点失落呢！本来你若是西御皇族，我是东曦皇族，你我岂不是天生一对更配了？"

冠雪哈哈一笑，用拳头打在他坚实宽厚的肩膀上打趣他："我不是皇族怎么了？我配你不上了？你这家伙，从小就瞧不起我！嫌我是个粗鄙的女人！那时还和我打架一较高低……你真是个狂妄得目中无人的皇子！不过是个落魄皇子罢了！你真当自己是东曦国皇帝啊？！"

竞天被她不轻不重的拳头捶打，忍不住哈哈笑了起来："你这丫头真是小心眼得紧！那时候的恩怨竟然一直记着！"

冠雪也笑哈哈地和他打闹起来："我就是小心眼！怎么样？不服的话我们再来打啊？那么多年不见，你那个纤弱的小身板竟然如此魁梧！身强体壮之后就不听我话了是不是？我打不过了不成？"说着，冠雪伸出手去推搡竞天的肩膀，意欲将他按在长椅上，谁想对方竟然稳如泰山，她使出了全身力气，却不能动他分毫。

竞天微微一愣，当下便明白了冠雪的意图，他连忙将身体向后倾倒在了长椅上。精壮的身子贴在椅上，他佯装浑身无力似的呻吟道："哎哟……冠雪郎中好大的力气！一下子就将我推倒了！我竟然敌不过，只能任你羞辱鱼肉了！"

竞天夸张的演技引得冠雪忍俊不禁，冠雪玩心大起，坐在他身边挠他痒痒，两人嘻嘻哈哈，笑作一团。

二人还在打闹中，却听得身后有人幽幽叹息一声道："时间过得真是飞快，如今你二人都长大成人了，青春年少，血气方刚，郎情妾意，你侬我侬，老夫真是……老了啊……"

冠雪回头一看来人，脸上涌上了一股欣喜之色，她开心地起身朝对方扑过去，如同当年那个爱撒娇的小女孩一般："师父！师父您老人家怎么来了？徒儿想死您啦！"

竞天缓缓起身，脸上有不敢置信的惊讶，他枯坐在长椅上定定地看着神机子半晌，仿佛是不敢置信似的，发问道："师父，十年了，为何您毫无变化？"

竞天少年时被冠雪所救，冠雪将他安置在神机门内养病约莫半年多，这段时间，竞天随冠雪在神机门内等同门人，同守门内规矩，和冠雪一起喊神机子为"师父"，他喊得顺口，此时也改不过来。

神机子掩口笑道："别说十年前了，老夫五十年前就是这副样子。"

竞天瞠目结舌：这老家伙想必是成精了！

神机子的年纪，一直是一个谜。

神机子是东曦国最神秘莫测的人物，神机门始建于一百多年前，神机子身为掌门，年纪资历可见一斑。神机子精通武功，是东曦国出名的盖世神医，有断头复苏之术、死而复生之法，因为医术奇诡，性格又阴晴不定难以捉摸，被人称为"神机鬼医"。相传神机子有长生不老、延年益寿的妙法，只是这终极厉害的秘术，即便是东曦国的皇帝也未能得到秘方。

神机子对于冠雪的教导并非倾囊相授，当初冠雪在雪夜里跪了一夜，神机子虽然动容，但也很清楚她是敌国的人，在拜师收徒之前就说开了丑话，与冠雪约法三章：

第一，冠雪与神机门核心的师兄师姐们分开受训，绝不可窥探神机门最深的秘术；

第二，冠雪所学，仅为神机门医术皮毛，不受武艺训练，且要负责神机门日常杂活事务；

第三，学满十年必须下山离开神机门，对外不得宣称自己是神机门门人。

因此，冠雪武艺十分不精，所学仅是神机门最边缘的医术，神机门最厉害的断头接续之法冠雪一窍不通，饶是如此，凭着努力和拼劲，凭借着扎实的医术，冠雪仍是成了卞城第一的郎中。

冠雪告别神机门一年有余，如今竟然在玄枢阁见到师父，自然是欢喜非常。虽然师父当年立下约法三章为冠雪设置重重阻碍，但事实上，冠雪在神机门的那些年，师父对她疼爱有加，视如己出，冠雪虽然没有学到神机门的秘法，却也和神机子结下深厚的师徒情谊。

冠雪如同孩童一般投入神机子的怀抱，仿佛十年过去，她仍然是当年那个对着师父撒娇的小女孩，师父看着冠雪的目光充满慈爱，仿佛他眼中的冠雪依然是如他女儿那般的孩子。

神机子宠溺地抚摸冠雪的头发："我的乖徒儿，这些年在卞城过得如何？"

冠雪抬头看向容颜未变的师父，一时间想起了那些年在神机门的无涯学海，虽然她在这个时空中离开神机门只有一年多，但对她而言，此次与神机子重逢，隔了她前生的七载光阴。前世离开神机门后她再也没有回去，如今再见到容颜不变的师父，冠雪泪盈于睫，感觉有满腔的委屈都塞在喉咙里，却又吐不出，那些酸楚、委屈，悉数化作泪水，控制不住地掉下来。

竟天向来见不得冠雪哭，见此情景，他不容分说走到二人身边，一把拉过冠雪在怀里轻拍安慰着，随即恶狠狠地瞪着神机子："你是不是暗暗掐了她？若不是你掐得疼，小雪好端端的怎会哭泣？"

神机子哭笑不得："别说我这徒儿长大成人了，她就是小时候也乖巧得很，老夫从未体罚过她……"

不等他说完，竞天一脸不屑地打断他："怎么没罚过？当年你疑心小雪和我逾越友情，还用书本打了我们俩的头！"

神机子哈哈笑了起来："那时候的事情也亏你记得这么分明！"

说罢，神机子上下打量了竞天一番，道："几年不见，竞天竟然如此壮实，和当年那个小豆芽有天壤之别……"

听到"小豆芽"三个字，竞天的拳头攥得"咔嚓嚓"直响，冠雪擦了泪笑着按住他的拳头："竞天，好好的动什么肝火？不许你对师父动手，你根本打不过师父，算了算了。"

竞天按下恼怒，语气不善地对神机子说道："师父是个逍遥世外的隐士，出现在这玄枢阁，怕也不是偶然，若不是有求于阁主，那便是……要来给阁主做个人情？"

神机子表情微微一愣，继而又笑了："竞天你既然如此敏锐，那我也不瞒你们。不错，玄枢阁阁主与我是至交好友，我与他相识多年，深知他脾气秉性。徒儿，宿离殇待你是动了几分真情的，为师虽不知你为何被追杀，但，与宿离殇结盟，对你百益而无一害。"

冠雪的关注则在师父的那句"相识多年"上，惊呼一声道："你和他是好朋友？相识多年……是多少年？宿离殇该不会……"

剩下的话她没说出来：他该不会和你一样是个老妖精吧……

神机子微笑着的表情充满戾气，他的那个表情分明在说："小丫头，你咽在心里没说出来的话我也听见了哦！"

"宿离殇他二十有余，我与他只是忘年之交罢了。"神机子不由得叹息一声，苦笑道，"谈情说爱也就是你们年轻人才喜欢的，我这把老骨头，早就对这些男欢女爱没什么兴趣了。"

神机子孤独一生，据说他年轻时曾被女人背叛过，从此之后再不谈感情之事，即便神机子对感情淡漠，冠雪和竞天小时候他也没少棒打鸳鸯，但他却对真情抱有敬畏，甚至连他自己都没察觉，这敬畏中，有一丝丝憧憬。

那是神机子从未尝过的，珍贵的情感。

冠雪能感觉到神机子帮宿离殇劝说自己的用意，师父向来不是为了利益行事的人，师父既然来劝，那必是捏准了宿离殇对自己动了真情这件事，衡量再三，觉得她和宿离殇结盟，才是对冠雪最好的一条路。

冠雪此时才觉察出来，宿离殇对她说的那些，不过是气话。

她不由得拍自己的头：宿离殇那家伙说的好话她向来不信，怎么说了一句接近她是另有企图的话，她就信了？

心里觉得有点对不住她一直以来都不肯信任的宿离殇，但即便抱歉，现在的她，更怕伤害眼前的这个人。

她看着面前压抑着不悦的竞天，冠雪觉得自己的选择已经很清晰明了了。

错过的缘分，就是错过了。

她动了心的，真心实意想要珍惜的那个人……

冠雪牵了竞天的手，站在师父面前，笑颜如花，金黄色的夕阳余晖透过层层叠叠的紫藤花缝隙洒在她头上，她牵着他，一步，两步，三步——

她脸上带着坚定的笑："师父，我寂冠雪，今生只要夜竞天就够了。"

【第一部完】

番外 / 寂家夫君的一天

- 今生·离殇篇 -

宿离殇想，不过是个游戏罢了，可以近距离接触冠雪是何许人，还能体验普通家庭的生活，一箭双雕，倒也不错。

那就玩玩呗。

进了寂家，迎面而来的是黄瓜的清香，寂长欢的笑容他隔着黄瓜片都感觉到了，久经风月场，擅长虚与委蛇的他，被长欢真挚的笑容打动，在心里默默地给寂家加了十分。

"贤婿果然是倾国倾城的样貌！配我家丑丫正好！"长欢拉着他的手赞叹不已，"你这皮肤吹弹可破，就算天上的仙人，也不过如此！"

语气诚恳，离殇心里又给岳父大人默默加了十分。

回过头本想看看冠雪，结果迎上云珩的黑脸，云珩年纪小，什么都挂在脸上，显然是个好对付的，离殇冲他眨眨眼睛笑了笑——久经欢场，他哪边侧脸更美、嘴角弯到哪个角度、眼眸眯到几分，自己早已熟稔于心，就这么绽放了一个倾国倾城的笑容来，竟然把云珩看得一愣。

云珩愣了一下，然后脸颊竟然渐渐红了起来，他连忙转过视线不敢再看离殇。

离殇在心里忍不住得意起来。

看来寂家此行，他必胜无疑。

老丈人与他交流完面膜护肤心得，便把他推进了浴房，离殇成竹在胸沐浴熏香，熏香中掺了点龙涎香，他本来的体香中就暗藏了一点这股味道，加得浓一点，微微调剂一下，倒也不错。

离殇推开了冠雪的闺房，眼前不由得黑了一阵。

这是什么情况？

亵衣、亵裤、肚兜从床上丢到地上，裹脚带一圈一圈地扔了满地，如同蛇蜕般蜿蜒满目，门口起码摆了三排鞋子，外衣外裤随意丢在椅子上和桌子上，窗台上还有隔夜的茶杯，里面的茶叶历历在目，不知多久没洗过了……

虽然知道寂冠雪是个强女子，她向来不是收拾屋子的好手，可是！这也太乱了！

乱到不能忍啊！！

离殇扶额迷糊了一会儿，咬咬牙，脱了轻如薄翼的外衣，光着膀子在冠雪房间里拾掇起来。

他手脚一向麻利，这屋子却也收拾了半个时辰那么久。

这边刚收拾整齐，冠雪推门就进来了，而离殇此时忙得满头大汗，光着膀子穿着亵裤，手里还拿着擦过窗台的抹布，呆呆地看着她。

等一下！他的美衣呢？！

他倾国倾城的姿态呢？！

他气定神闲的妖孽气质呢？！

不不不！他不是只会做家务的杂役啊！

冠雪尴尬一笑："屋子有点乱是不？我是不是打扰你干活了？"

不是有点乱，是非常乱啊！

冠雪讪讪地就要退出去，离殇也顾不得套上外衣，他丢下抹布一把抓住冠雪："不不不！我不是来帮你做这个的！"

冠雪点点头表示会意："对对，你不应该是做这些的。"说着，她打开衣柜，离殇目瞪口呆地看着从衣柜里如同瀑布流泻而出的脏衣服！

冠雪拍拍他的肩膀："把这些脏衣服洗了吧！"

说完就出去了。

离殇一脸问号地看着地上的脏衣服，良久，他捂脸蹲下：

"怎么可以这样……内衣怎么可以和外裤放在一起呢……裹脚布不是应该单独洗的吗……"

夫君离殇进入寂家的第一晚,他吭哧吭哧地洗了半宿的衣服。

睡了不到两个时辰天亮了,离殇被一阵焦煳的味道弄醒,他以为着火了,披件衣服就跑出去,谁想是厨房里长欢在做饭。

长欢对着一锅焦黑得无法辨认的东西对他笑道:"贤婿莫怪,这锅不算,下一锅马上好。"

离殇扶额头疼。

离殇脱了外衣在灶前蹲了下去拨了拨柴火:"爹,你等一会儿,我来做。"

半个时辰之后,寂家餐桌已经摆好了丰盛的十菜一汤。

寂冠雪吃得跟饿了十天的灾民一样,她连吃了三大碗饭,捧着圆滚滚的肚子赞叹不已:

"离殇!你真厉害!太好吃了!"

离殇白她一眼,心想:胖死你得了。

吃罢早饭冠雪去医馆坐堂,离殇又忍不住把医馆装药的库房整理齐整,还给手术的屋子清洁了好几遍。

随手给冠雪做了个简单的午饭,冠雪吃得感激涕零。

晚饭也糊弄了一下做了个六菜一汤,冠雪吃得五体投地。

当晚玄枢阁的伙计前来汇报工作,有棘手的事情必须他出面解决,离殇和岳父告了辞,门口的冠雪眼泪汪汪地堵着门,不说挽留的话,却不让他走。

"我有些事情要办。"他提醒对方。

冠雪瘪着嘴,露出弃犬的小表情:"你啥时候回来……给我做饭吃?"

离殇扶额头痛:"我对你的意义就是厨子?"

冠雪眼泪掉下来了:"离殇,你做的菜是我吃过最好吃的!"

离殇叹息一声,从她温软的身子旁边挤了出去。

冠雪在身后拉住他的长袖,声音软糯又可怜巴巴:"早点回来啊。"

心底一动,好像有什么击中了他似的。

这个家,有人在等着他。

连他自己都未曾察觉,他唇边泛起一丝温柔的笑意,他低声说道:

"好。"

- 前世·星途篇 -

面对猪窝一样的冠雪房间，卜星途神色未变，连眉毛都没有挑一下。

他脱了鞋，踮起脚尖在乱套的房间中轻盈走过，任这房间脏乱险恶，他一分半点都没有沾到。

上床，换衣服，躺下睡觉。

对他来说，神女庙干净得不染纤尘的他的住所和这里，完全没有任何分别。

色即是空，空即是色，色不异空，空不异色。一切脏乱不过表象，修行之人，完全不会为外表所迷惑。

冠雪回了房，有点不好意思地躺在星途旁边："夫君，房间有点乱哈？"

星途不动如常："没有。房间很好，并不乱。乱的，是你的心。"

冠雪好像被抓住尾巴的老鼠，她一惊道："这你都看出来了？你是看到我画的桃花了？"

星途扶额有点惆怅，心说：不用看黄历，基本每个月除了那几天，她天天都画桃花好吧？

他叹息一声："熄灯。"

冠雪兴冲冲地熄了灯，刚摸到床上就被星途抱住了。

如此那般，如此这般。

刚到卯时星途就准时醒了，天边微微发白，身畔的冠雪仍是熟睡，如小猪一般轻轻地打着酣，星途慢慢起身穿衣，小心跨过冠雪，又小心绕过地上的堆积，他走出房门，轻轻地将门掩上。

然后走到后院云珩的房前，一脚踢开房门发出很大声响，床上的云珩被他惊得一骨碌坐起身来：

"星主子？"

星途冷着脸："一个时辰之后，等你主子醒了，你去把房间的外衣外裤洗了，把屋子收拾干净。"

云珩被他叫醒，脸上还带着点睡梦中的懵懂："一个时辰……后？"

星途哼了一声："现在反正你也醒了，去珍馐楼买五个菜回来，我做完早课你主子也该醒了，到时候我和你主子一起用早膳。"

云珩想了一会儿，讪讪道："珍馐楼的菜很贵……我没有钱。"

"你就说是寂家夫君要的，他自然就给你了，每个月他们会跟你主子结账，这不必你操心。"

"是……"

星途转身离开房间,走了两步,又折返回来,黑着脸交代道:

"你只许洗你主子的外衣外裤,内衣不许洗。"

云珩低下头去:"知道了……"

星途去神堂祷告做早课,一个时辰之后和冠雪吃早餐,夫妻二人无话。

冠雪去医馆坐堂,星途在神堂打坐,五心朝天凝神聚气,一个时辰后,他回了房间。

房间里焕然一新,除了冠雪的内衣裤外,其他衣服都被云珩捡走洗了。星途抱起冠雪的内衣裤进了浴房,一边洗自己,一边洗内衣。

沐浴之后,星途继续点珍馐楼的最新招牌菜,午饭比早饭丰盛,他过午不食,晚上就不吃东西了。

用罢午膳,星途在床上小憩一会,然后起身继续打坐修炼。

下午去脂粉铺买了一些桂花香膏。照例不用付钱,让他们跟冠雪结账。

晚饭他贴心地为冠雪叫了珍馐楼的外卖。

点餐的时候好像听见隔壁邻居惧内的汉子跟他妻子撒娇:"老婆我也想吃珍馐楼……"结果那汉子被他老婆一巴掌打出门去。

"败家爷们儿知不知道珍馐楼一道菜多少钱?一两……金子是起价啊!当今圣上也不能天天吃啊!"

那汉子被老婆打得抱头鼠窜,一句话也不敢再多说。

星途好奇地在门口看了一会儿热闹,晚上又给冠雪加了一道珍馐楼的招牌菜。

当天晚上冠雪接到了雪片似的账单,一口老血吐出来。

冠雪找了顶头上司卞城王给她多介绍点工作,卞城王看她可怜,索性送她一箱金子救急。

冠雪感激涕零地回到家,吃着当今圣上也不能天天吃的珍馐,捂着心口想缓解疼痛,星途翩然走过来,无声地为她斟了一杯酒。

灯下美人,冠雪看着他出了神。

胸口好像也不疼了。

毕竟,这是当今圣上也得不到的绝色夫君啊。

而他,是她的。

番外 / 桃花朵朵开

本以为婚礼上星途酒醉后的那一吻接下来的是天雷勾动地火，谁曾想卜星途进了洞房，喜服都不脱就躺在床上背对着她兀自睡了。

睡着了。

睡着了？

睡着了！

洞房花烛夜啊！新郎官就那么睡着了？

冠雪有点气闷，她看着进入梦乡呼吸均匀的星途却也没办法，只好脱了喜服躺在他身畔，一夜无话。

而此后的第二晚，第三晚……

卜星途是个作息规律的人，每晚祷告过了亥时，自己从神堂出来换了亵衣，上床，面对墙背对外面躺下，不等冠雪进房，就呼吸均匀地睡过去了，整晚睡姿不变，睡的时候什么样，醒来就是什么样。

二人无言语沟通，冠雪想做点什么，竟然苦于打不破他的规律。

成亲一个月，星途都是这样睡的，夫妻关系有名无实，这让冠雪分外上火。

一天晚上卞城王说有个应酬，喊了冠雪去吃酒，冠雪如蒙大赦似的赶过去，酒席上推杯换盏喝得好不畅快，应酬终了，冠雪呆呆地坐在酒楼里不想动。

一想到回家就是冷冰冰的星途后背，她就觉得索然无味。

想到惆怅处，又喝了一杯酒。

卞城王送了客折返回来，见她还在，不由得笑了笑："新婚燕尔，怎么不想回家？"

冠雪叹息一声，一肚子苦水吐不出，又灌下一杯酒去。

卞城王握住了她的手拿走酒杯："别喝了，你醉了。"

冠雪想把酒杯抢回来，奈何没有他力气大，只得闷闷道："大人可有心上人？男人喜欢上女人，会一个月都不理她吗？"

卞城王沉默许久，缓缓开口："不会。"

说完这句话，二人又沉默了。

四下很静很静，卞城王轻轻呼出一口气，又说道："我会用我全部力气爱她，每天都想见到她，我会给她她想要的一切，哪怕只能远远守候，只要能看见她，就够了。"

或许是最近太过苦闷，或许是喝了太多，冠雪埋在臂弯嘤嘤哭了起来："我真的很爱他，可是他为什么那样对我……"

卞城王没有说话，只是轻轻地拉起她的手："你醉了，去楼上休息一会再回去吧。"

冠雪被他架着，迷迷糊糊地上楼，迷迷糊糊躺在床上，又迷迷糊糊地被盖上了被子，那人似乎犹豫良久，最后，只是用手轻轻地、温柔地抚摸着她的头发。

就这么稀里糊涂地睡了一觉，没有星途在身边，她睡得很不踏实，迷迷糊糊中被什么声音吵醒了，耳畔传来了卞城王压低嗓子在说话的声音：

"你回去吧，冠雪她还在睡。"

他在跟谁说话？

对方沉默了一阵子，终于很低地开口了："我妻子不回家，我不能回去。"

这个声音让她瞬间睁开了眼睛，一下子从床上弹了起来：

"星途？"

卞城王在门口抵着门回头看她："醒了？"

借着这个空隙，门外那人用力推开房门就径直走过来，卞星途抓住冠雪的手腕就往外走："跟我回家。"

冠雪就这么迷迷糊糊地被他拉扯回去了，走的时候在清冷无人的大街上听见打更声，此时竟然已是丑时。

这么晚，星途是特地来找她的？

两人一路沉默地回了家，进了屋子，冠雪回身把门锁好，拦住已经换了亵衣要上床睡觉的卜星途：

"夫君，我有话对你说。"

星途浅淡的眸子波澜不惊，他看了她一眼，什么都没说地坐在了房间的凳子上。

冠雪把墙上的黄历取下来——那也是星途的每日计划，祷告、诵经、收拾屋子、买菜做饭等等全都记在上面。

冠雪抬头看星途："夫君，你我既是夫妻，你就要尽夫君的义务，不然，我可以休夫，也可以和离。这不是我说的，这是官府领婚书那里写着的。我虽然敬你爱你，但我不想做个有名无实的妻子，你既然与我成亲，就不是摆在家里好看的。"

她故意把话说得很重，本以为卜星途会不忿地离开，谁想到他竟然垂下眼帘，有几分娴静："知道了。"

反正话已经说到这个地步，冠雪就继续壮着胆子说道："我知道你不欢喜我，但这为夫义务，你必须要尽。这样的话，我不会再对你说第二次。"

说着，冠雪用笔在今天的黄历上画了一朵桃花：

"卜星途，我知道你每天都看黄历，以后我们约定，只要我在黄历上画了这朵桃花，你就要履行义务。卜星途，我可以惯着你容你各种不敬，但该做的，不该做的，你要心里有个数。有些事情，你不乐意做，有多少人争着抢着愿意做……"

卜星途忽然打断她："别说了。"

冠雪也是借着点酒意把这段时间的牢骚都发出来了："谁家的夫君像你这样？卜星途，我知道曾经是我不对，但事到如今，你就算再不愿意，也是我的夫君……"

卜星途抬眼，冷冷地瞪着她："我说，别说了。"

寂冠雪冷笑，站起来，双手支着桌子靠近看他那张永远看不腻的脸，他的脸微微有一点发红，一贯清冷无波的眸子好像有火光在闪烁，他生得可真是好看啊……冠雪心想，天上的神仙，也不过如此吧。

冠雪哼了一声，指着她刚才画了桃花的那页黄历："清冷无欲的神官大人，你看到我今天画的桃花了吗？"

卜星途冷冷地说："看到了。"

冠雪玩味地看着他："除下衣服。"

卜星途有些讶然地抬眼，似乎是惊讶于她的直接和粗鲁："寂冠雪！"

冠雪今天就跟他铆上了："我是你老婆！"

卜星途似乎暗暗地咬紧了牙关，他与她对峙了一会，低声道："熄灯。"

冠雪轻轻地哼了一声，转身就熄了烛火。

结果第二天她在床上躺了一整天。

到傍晚的时候，冠雪想了想，提笔在黄历上连着画了七天的桃花。

她就不信了，她还能输给他不成？

是夜，卜星途祷告后回到卧房，瞥了一眼黄历上的桃花，他回过头看了看床上躲在被窝的寂冠雪，那一刻，寂冠雪好像看到了他嘴角讥讽轻蔑的笑意。

冠雪有点底气不足地挑衅："卜星途，今晚一定要你对我投降！"

卜星途轻轻哼了一声："是吗？"

然后，熄灭了烛火。

再一个清晨起来，冠雪默默地把这天的桃花用墨涂黑。

然而卜星途似乎认为，涂黑的桃花，也是桃花……

于是一连七天，冠雪都有些神情恍惚。

之后她空了七天没有再敢画桃花。

从此以后，寂冠雪在卜星途面前都谨小慎微，再也直不起腰板来。

从此就成了一个"夫管严"。

番外 / 七日浮生

姐姐死的那天，他不在裘家。

那之后的很多天，他一直在想，如果姐姐出事的那天他在裘家，他步步跟着姐姐，姐姐是不是就不会死？

只是那终究是他的设想，永远都无法实现的设想。

他和姐姐是双胞胎，面目相似，性格不同。姐姐比他活络坚强，因为他怯懦内向的性子，从小到大，都是姐姐护着他。姐姐总将一句话挂在嘴上："什么时候姐姐我看到你婚配了，就能放心了。"

只是现在，姐姐再也护不得他，他成亲的大婚，姐姐再也看不到了。

姐姐的尸身是第二天一早被发现的，家丁进屋打扫的时候才发现她的尸身已经僵硬，姐姐死的时候表情很安详，他希望姐姐在那个时候没有痛苦。

不知道是谁杀了她，不知道在这鱼龙混杂的卞城里，有谁那么想要姐姐死。凶手武艺高强出神入化，就连财大势大的裘家，也追查不出来真凶的下落。

查不出是谁杀的姐姐，他一身的仇恨无处倾泻，最后都变成了一滴滴苦，从眼里流淌出来，坠到心中，荡起一丝丝痛楚。

姐姐很厉害，她做了那么久的裘家家主，早已经得到了各处的认可，在这危机四伏的卞城里，若有人知道裘怀玉已死，不知多少虎狼之辈觊觎裘家的家财。

裘家的长老经过一致商议，最终决定，让他代替姐姐。

姐姐不能死，为了这裘家，她必须活着。

他继承了裘怀玉这个名字，以及这名字背后的沉重。

裘家对外发丧，死去的人是他。

而葬礼之上，他连名字都没有，一块空空的灵牌，无能之人不配拥有姓名。

他披麻戴孝跪在自己的灵前，看着脸上蒙着白布的姐姐，他知道，那是姐姐，也是他自己。

在下葬的时候，他冷眼看着埋葬的尸体，他知道，那是姐姐的尸身，也是他心中的柔软与感性，他埋葬了这一切，从那之后，他要变成姐姐。

于是他去找了卞城医术最精湛的郎中，寂冠雪。

寂冠雪医术出神入化，尤其擅长正容换脸，而他和姐姐本就酷似，找寂冠雪修整一番，就算是至亲，料也不能分出真假。

他只身一人去了医馆，拍下一枚金锭散去无关人等，才从怀里取出姐姐的画像：

"把我变成这个人。"

那郎中接过画像瞥了一眼，登时笑了："哟，这画像里的，怕不是卞城第一有钱的裘怀玉裘堂主？"

听到姐姐的名字，他心里一痛，眉头紧蹙，拔出随身匕首，雪亮的刀刃抵着她白净的颈子，在她耳边低语道："敢声张出去一点，我让你人头落地！"

寂冠雪微微一愣，随即又笑吟吟地推开他手中的刀子："好好的一个温文尔雅的大少爷，学什么武夫舞刀弄枪？万一伤了你这身细皮嫩肉，连我这个外人也是会感到心疼的呀。"

他咬牙切齿地瞪着这女子，却发现在她面前，他伪装出来的强硬和决绝，都如此黯然失色。

寂冠雪咯咯地笑了起来，靠近一步伸手捉了他的衣襟："小哥哥，只要你出得起钱，没有我寂冠雪做不出的事情。我知道你这是绝密之事，不如你和我去一个地方。"

顿了顿，她加深了笑意，在他耳边吹气如兰："只有你我二人。"

他有些慌张地推开她，捂着被她吹过痒痒的耳朵，红了半边脸。

见他发起讪来，寂冠雪哈哈一笑："小哥哥真是有趣得紧！我又不是洪水猛兽，不会吃了你！"

他气得跳脚:"你再戏弄消遣我,小心我找人把你灭口!"

寂冠雪不恼也不怒,反而"扑哧"一声忍不住笑起来:"好咧好咧!小少爷你手眼通天财大气粗,我只是个小郎中,哪里敢和你作对?走走走,我们马上就去一个别人寻不到的地方!"

千蝶谷。

他没有料到,在这不见天日的卞城里,竟然还有如此美丽的地方。

从卞城的一条小径出去,攀爬过一座山,翻过山再转个弯,沿着满是荆棘的丛林走过去,绕过危险的沼泽进入谷底,一道河水在谷底潺潺流淌而过,两岸绿树如茵,百花盛开,成百上千的蝴蝶在花丛中翩翩起舞。或许真的是因为人迹罕至,人走在花丛之中,蝴蝶们也不惧怕,甚至会停在人的头上手上好奇地打量外来的闯客。

一只色彩斑斓的蝴蝶栖息在他手指上,他不禁看得愣了神——

这只蝴蝶的翅膀底色深蓝且有金属光泽,在深蓝色的翅膀上点缀着大大小小的莹白色斑点,晶莹璀璨,仿佛明朗夜空中的壮美星河一般。

他不禁看得呆了。

"你喜欢七日星河?"身畔传来她忍俊不禁的笑意,"我也喜欢它!它是众多蝴蝶中最漂亮的,不是吗?"

他不禁愣了神:"七日星河?"

寂冠雪笑道:"是呀,是我取的名字。因为这种蝴蝶破茧之后的寿命只有七日,它的花纹漂亮如同银河,举世无双,所以我给它取名为'七日星河'。"

他不禁微微一笑:"这名字倒也贴切。"

七日星河仿佛通人性一般,听到他们说话,翅膀颤了颤,振翅高飞而起。他抬头看着飞远的蝴蝶,心中不禁怅然。

在人看来,蝶的一世只有短短七日,而在慈悲的神明看来,这无常的人生,是不是也只不过是神的七日光阴?

长长短短的光阴,在这偌大的尘世之中,也不过是细细的一捧细沙。

不等他喟叹出来,身畔的寂冠雪却先他一步叹息道:"这种蝶一生只有短短的七日,我们生而为人觉得惋惜,而它却不自知。你说,会不会有神明在我们头顶三尺之上,看着我们碌碌一生的人世,也觉得不过是短短的七日光阴?"

他一惊,心底颤动了一下:她会听得到自己心底的声音吗?

这是巧合,还是……

寂冠雪带着他在谷底采药,他也不觉得腻烦,因为这千蝶谷真的是一处幽静美丽的世外桃源。

"前面那个茅草房是我建的。"冠雪用手中草药指着前方一处房子,"我经常在谷里采药,有时候来不及回去,建个房子比较方便。"

"少爷锦衣玉食,这七天都要委屈你下榻此处了,别嫌弃。"寂冠雪看着他笑道,"就算嫌弃也只能忍着,哈哈哈哈……"

她笑得张扬,他忍不住在她肩头轻敲一记,看着她眉目舒展笑得开怀,他自己的嘴角也忍不住微微上扬。

那茅草房外表看起来简陋,却不想,房内设计相当舒适。

居住在这里的主人明显是用心装点了,床榻用稻草垫得舒服又柔软,又加了两床棉被压在上面更是舒适,桌子上还有插着花朵的花瓶,各式精致小巧的家具一应俱全。

更让他惊讶的是,屋子里竟然还有一个小小的书架,书架上摆放的,全都是他最喜欢的书。

他看到书,忍不住雀跃地走到近前拿下一本,欣喜道:"你也喜欢才女顾安之的书?"

"是啊。"寂冠雪一边分拣草药一边回答道,"我最喜欢看她写的故事,她的每一本书我都有,你看看,有没有你喜欢的,我送你一本。"

他讶然地取下一本惊叹道:"你竟然有《自难忘》的孤本?这这这……这本书价值不菲!"

寂冠雪哈哈笑道:"我治好了一位书商的绝症,他没有钱,就把这本书送了我。我不在意什么孤本拓本,都是供作阅读罢了,你若喜欢,这本书我就送了你。"

他连连摇头:"那怎么好,太贵重了,我岂能夺人之美?"

冠雪看着他微笑道:"好物送给真正爱它在意它的人,赠美于人是皆大欢喜的事情,它跟了你比跟着我藏在这茅草屋更好,何乐不为?"

想了想,她又笑道:"更何况你付给我的诊费已经是天价,这个就算是我感谢你的啦。"

他见她说得真诚,这书自己又喜欢得紧,于是也不再推辞,便小心翼翼地收在包裹里。

一连七天,他和寂冠雪在山谷采药闲逛,药没采多少,他们俩聊天的光景倒是越来越多,他发现寂冠雪和他有许多相似之处,他们喜欢同一本书,喜欢吃一样的餐食,喜好一样的园林样式,她和他有着太多的相同,每晚他们一起饮酒聊天,有时候不知不觉就过了半夜。

竟然有相逢恨晚之感。

这几日的相处,他也不是不留恋,但他知道自己肩负的重任,在第六个晚上,他终于忍不住问她:

"寂冠雪,你到底何时与我正容?"

那时候,繁星灿烂多情,他们两个人坐在山谷之中,身畔飞舞着数不清的萤火虫,星星点点,好像头顶那一倾银河洒降下来的一般。

寂冠雪转过头来看他,一双清澈的大眼睛熠熠生辉,仿佛万千星光都汇聚其中。

"怀玉,你我相处的这几日,你觉得……我如何?"

他心头一紧,不由得转开视线轻咳一声,说道:"你很好。你我很像,你是这世上到现在为止,我最谈得来的人。"

"我也是。"寂冠雪干脆利落地说出这句话,让他的心不由得漏跳一拍。

顿了顿,寂冠雪低声说道:"不做正容可不可以?"

"什么?"他的一颗心狂跳不已。

"你给我这么多钱,足够我们找一个地方安度此生。说实话,我很中意你的长相,你的性格和爱好也与我相同,若我一起生活,我觉得,我们一定会幸福的。所以……你能不能……"

她的声音顿了一下,复又抬起音调说道:"能不能放弃裘家的一切,和我远走高飞,厮守终生?"

在她说出这些话的那一刻,他感觉自己心中有一座火山爆发了。

答应她!答应她!答应她!

这些话语从那座火山中喷涌而出,他差一点就要被那股子热情鼓励引诱得说出同意的话来。

可是很快他就冷却了下来。

他想到了姐姐,凶手尚未落网;他想到了父母,为了裘家之事一夜头发尽白;他想到了裘家世世代代的财势,有多少暗流汹涌的势力虎视眈眈地盯着他们,盯着他们裘家的破绽,等着,盼着,期待着他们一夜之间楼塌了,那时候他们就可以分拣这高楼巨塔的砖石瓦块。

他很想,很想答应她。

但,他不能。

"对不起。"他哑了嗓子,说道。

寂冠雪眼中期盼的光芒黯淡了下去:"是呢……你是富贵家的少爷,怎能习惯跟我过吃苦的日子?是了,是了……你们都应该做出更好的选择……你们……总值得更好的女人……竞天如此,你也是……"

他很想对她说些什么,但他发现,在他拒绝了她之后,他连一句安慰的话语,都没有资格说出口。

寂冠雪好像终于打起了精神一般:"明天我会给你做正容!七日之约,也该到了。"说着,她从怀中取出一只精巧的瓷瓶:"这里面是'七日断',它可以清除七天的记忆,我为你做完正容之后就会服下它,从此我不会记得你,不会记得这七日的事情。"

他觉得心底仿佛有什么东西塌了一块,但那只是很小很小的一块,深入心底,丝丝缕缕的疼,他觉得有些遗憾,但他想,这种感觉,应该很快就会忘记的。

他以后会遇到很多人,经历很多事情,他会再遇到这样一个和她一般的人,这种浅浅淡淡的痛楚和忧伤,不过是他这长长的一生中,微不足道的七天罢了。

不过是七天短短的光阴,这比起他的一生和整个裘家来说,根本微不足道。

在千蝶谷的第七日,他喝了寂冠雪的麻沸汤后失去了知觉,再醒来的时候,寂冠雪手里握着瓷瓶对他说道:"你的真名,到底是什么?"

他轻轻地说出了那三个字。

寂冠雪微笑地对他说道:"下次再见之时,你就是裘怀玉。但此时此刻的我,会永远记得你的名字。"

说罢她喝了药。

他离开了千蝶谷。

寂冠雪没有食言,她真的忘记了千蝶谷那七日的事情,他曾经故意从她医馆路过,她看着他怔忡一会之后,便露出一副有点讨好的客套笑容。

她对他的脸有印象,不过是因为他是裘怀玉罢了。

她已经不记得那个和他一起度过千蝶谷七日的自己,她已经忘记了他的真名,那个……就连在他的葬礼上都不会被人记得的真名。

他还能做什么呢?

在与她分开的很多年后,他本以为可以再遇到一个和她那般懂他的人,他本以为那七日的心动不过是一时间的激情，他本以为七天于他漫长的一生相比不过是蚍蜉撼树，他本以为……

只是这些，都是他以为的。

他再也没有遇到一个与她一般的人。

原来她是这世上独一无二的寂冠雪，是他这一生再也不会碰撞出第二次的，转瞬即逝的花火。

他想起了千蝶谷的那只蝴蝶，想起了那只名叫七日星河的蝴蝶，他想起和她一起度过的那七天，他想起……

他想她。

那年的春光祀，他想和她一起度过，他守在她家附近的必经之处，待她出门的时候他装作路过一般与她攀谈起来：

"冠雪郎中也是一个人？和我一起去春光祀如何？"

她眼中有受宠若惊的欣喜，仿佛她一直想要结交他却没有由头一般："这位不是裘家当家吗？怀玉姐若不嫌弃，我很乐意和你一起去春光祀逛逛！"

有传说说，若是两个人在春光祀上同时祈愿与对方相爱，那么他们生生世世都会在一起。

他想要试着告白，他想对她讲述他们曾经的过往，他想，如果两个人真心相爱，天大的枷锁锁链，应该也有解决的办法，他，要和她一起想这个办法。

他想了很多条退路，想了很多种方法，但他没想到的一种情况是……

她已经不再爱他了。

在春光祀上看神官祭祀的时候，寂冠雪一双眼睛仿佛黏在了台上的神官身上一般，她痴迷地喃喃自语道："怀玉姐，那是我的错觉吗……我觉得那个神官小哥哥也在盯着我看呢……"

他惊讶地转过视线看着那神坛之上的神官，那神官清清冷冷的视线胶着在他身畔人儿的身上。

那样愣住的，移不开的视线……

看起来仿佛没有温度，实则炙热的视线……

他是男人，他很清楚那样的目光代表着什么，他更清楚此时此刻的寂冠雪，满心满脑子里都只有眼前这个惊为天人的男子。

祭祀结束，寂冠雪匆匆忙忙地就朝着神官离去的方向赶去，他在身后拉住了她的衣角：

"别……"

寂冠雪仿佛没有听到一般，头也不回地走了。

她毫不犹豫地走了，只留下他，手中握着料峭冷落的，一把春风。

他孤零零地站在游人如织的春光祀中，身边红男绿女川流不息的人群，时不时传来爱侣们的甜言蜜语和咯咯笑声，唯有他呆呆地站着，在这热闹的春光祀里，他如一棵俯瞰人世繁华的，开不出花来的枯树。

他知道，他失去她了，他此生此世，失去了她。

再见寂冠雪则是一个多月之后，他们在卞城最好的绸缎铺再次相遇，而这一次，寂冠雪身边站着那个清清冷冷的神官。

他没有一丝一毫的意外，他知道，她一定能得到那个神官。

他们在一起挑选着大红色的绸缎，那神官一副漠不关心的表情，而寂冠雪却开心得跟什么似的：

"星途！这个颜色喜不喜欢？虽然贵了一点……但是我要给你最好的！"

那神官看也没看那布匹，鼻子里轻轻哼出一声"嗯"算是敷衍了事。

可寂冠雪完全不觉得她未来的夫君冷漠，还兴高采烈地问着绸缎铺掌柜："掌柜！还有更好的吗？我万不能委屈了我未来的夫君……"

他心头一阵苦涩，哑着嗓子说了一句："掌柜的，把我寄存在你这里的上好绸缎拿给冠雪郎中。"

寂冠雪听得声音不禁望过来，看见是他，开心地说道："谢谢怀玉姐！这个月十五是良辰吉日，我和卜星途成亲，你一定要来赏脸喝杯喜酒哦！"

"嗯。"他笑着，但他不知道这笑容比哭还难看几分，"我会去的。"

忽然一道精锐如鹰一般的视线将他锁住，他有点错愕地看过去，他看到她身畔那神官一双带着杀气的眼眸。

和刚才的漠不关心截然不同，那名为卜星途的神官冷冷地瞪着自己，这目光中的寒意让他望而却步，他不禁找了个借口离开了，走出门去摊开手掌，满是冷汗。

大婚那天，他坐在角落里看着新郎新娘拜堂礼成，他看着那俊朗不凡的男子，看着看着，眼睛模糊了，一片迷蒙的水雾之中，他好像看到了自己。

若是那时他应了她，那穿着一身大红喜服拜堂的男子，就是他自己。

他摇摇晃晃地起身，手里握着装着酒水的酒杯，一步一步地朝礼成之后和宾客敬酒的新人走去。

寂冠雪忙着应酬亲朋敬酒，留下遗世独立的新郎官在那里，他走到新郎官面前，举起酒杯：

"卜星途，冠雪是个好女人，我希望你从此以后能好生待她，既然爱她，就多爱一些，别总是这般冷若冰霜，那终究会伤了她。如果你待她不好……"

卜星途冷漠地看着他，眼眸中染着一丝摧枯拉朽的锋利感，卜星途举起酒杯和他的酒杯轻轻撞了一下，靠近过来，在他耳边低低地说道：

"裘堂主，你可看到角落里的那条狗了？"

他循着神官的视线朝喜堂角落望去，却看到那里有一个侍卫打扮的男子，那男子清清秀秀，眉目俊朗，却失神落魄地蹲在角落里。

他正在愣着，卜星途已经在他耳边继续低语道："我知道你心中龌龊的想法。你们都一样，不过是一群觊觎别人东西的野狗罢了。今生今世，你们绝无任何胜算。"

他心底一颤，刚想说话，那边卜星途已经仰头干了杯中酒。卜星途冷冷地瞪着他，酒杯从手中滑落，跌在地上，摔得粉碎。

冠雪听见声响慌忙跑过来，星途一手遮住脸仿佛不胜酒力，冠雪忙对宾客赔笑道："我夫君不胜酒力！我们先洞房啦！"

回应她的是一连串大笑的起哄声：

"是新郎官等不及了还是新娘子等不及了啦？"

"春宵一刻值千金，我们是过来人，懂的！你们小两口好好恩爱！"

"快点洞房吧！哈哈哈哈！"

他看着寂冠雪搀扶着卜星途进了房间，在她的身影消失在视线中的时候，他的世界都黯淡了。

他想，他终究会找到那样一个人，找到和她一般的人。

可是过去了许多年，他再也没有遇到那个人。

家里人仿佛忘了他是男子，忘了他本来有自己的名字。

可是谁会在意呢……他此时是裘怀玉，是裘家重要的棋子，他要为裘家付出到死。

本以为自己会就这样接受一切，然后，当他听随从说寂冠雪被夫君杀死在卞城边界的时候，他拼了命地跑过去。

那个曾经对他白眼相加的男子，他一身血污，失神地抱着怀里的……

那怀里的……

是他此生此世，独一无二的……心上人。

一切刻意隐藏起来的坚强，此时此刻，土崩瓦解。

"浑蛋……杀了你……我要杀了你……"他从地上捡起一柄长剑，跟跟跄跄地朝那神官走去，"你们婚礼上我说过，如果你敢对她不好……我……我……"

他举起剑，癫狂地嘶吼道："我杀了你！"

千蝶谷的七日，是他此生此世度过的，最快乐的时光。

浮生七日，七日浮生，原来他就如同那只叫作七日星河的蝴蝶一般，活过了那七天之后，其他的岁月……

都不过，行尸走肉。

番外 / 何日君再来

面前的少年看起来大概十二三岁,他无声无息地倒在山涧中,一动不动,好像死了一样。

少年身上血迹斑斑,腿弯成奇怪的形状,像古林伸出的嶙峋树枝。

冠雪在采药的时候看见了这么一番情景,她才七岁,虽然一年前拜在神机子门下,但学的不过一些皮毛,只能做给师兄师姐打下手采草药的零活,她还没见过死人。

少年的眼睛忽然睁开,他怔怔地看着她,嘴唇颤抖着想说什么,却根本没有说话的力气。

他竟然还活着。

受了这么重的伤,是什么让这样残破的身体吊着一口气硬撑着不肯死?

他身体多处严重骨折,以她的体力根本无法将他搬回神机门,若回神机门搬救兵,恐怕回来的时候,他就已经真的是一具尸体了。

冠雪后来每每想起那时的事情都会后怕:一个七岁的娃娃,学得一点皮毛就敢用随身带着的那点东西开刀救治,将骨折的部位处理并固定好,把伤患安置在野狼够不到的岩石上,待对方伤情稳定后才回神机门找人搬回去,她当时是怎么想的?

他能活过来,是个奇迹啊,无论对他还是对冠雪。

冠雪把他安置在自己的小屋里，神机子来看过一次，师父眼中有难以掩饰的惊喜："乖徒儿不错！没想到你才学了一年就可以救治如此棘手的情况！果然我神机子的医术高超，鬼神莫及啊，哈哈哈哈哈……"

师父……你还没表扬完徒儿就开始自恋，这样真的好吗……

那少年在她床上昏睡了三天三夜，冠雪衣不解带地照顾了他三天三夜。

擦净少年的脸庞，他睫毛纤长，轮廓立体，高挺的鼻梁，微翘的唇角，标致的五官看起来就十分俊美。为他擦洗身体的时候，冠雪看到少年后背有看不出轮廓的守宫纹，守宫纹是婴孩时期注入的，在成长过程中，守宫纹不一定出现在身体的什么部位，也不一定长成什么形状，少年的守宫纹初具雏形却无法分辨，估计要等成年之后才能看出来是什么花纹吧。

冠雪还挺期待看到少年守宫纹成年成型的轮廓的，他的守宫纹会是什么形状？是雄鹰？是花豹？是蝴蝶？是麒麟？

那天冠雪给他清洁身体的时候，小美男忽然就醒了。

"你在干什么？"听语气，阴郁得几乎可以杀人了。

冠雪语气轻快，头也不抬，清洗得十分尽责："给你擦身体呀。"

"滚——"

也不知道少年哪儿来的力气，冠雪只觉得后背一股强大的力道袭来，她整个人狗吃屎似的趴在了地上。她拍拍衣服上的灰尘站起来，回头看到床上的少年满脸通红咬牙瞪着自己：

"别靠近我！不要动什么歪脑筋！"

哎哎哎？

寂冠雪整整花了半个月的时间才勉强让这位少年稍微信任了自己，代价是一只烤得金黄喷香的野鸡。

那是她哀求大师姐替自己猎的，她亲手在果木火上烤了一个时辰，金黄酥脆，烤的时候她都忍不住想偷吃，但想到要取悦那位少年，她忍着饥肠辘辘咽下了口水。

少年一改冷漠优雅的贵气，见了烤鸡，他二话不说，不顾形象地大啃起来。

骨头都嚼了，冠雪硬是一点没吃着。

鸡虽然吃不着，但美少年的好感度能提高一下不？想到这里她试着谄媚地问道：

"你叫什么名字？"

少年愣了愣，转过头看着冠雪，漂亮的眼眸中闪过一丝黯然："夜……竞天。你叫我竞天吧。"

"夜竞天。"冠雪重复他的名字,笑吟吟的。

"就叫竞天。夜这个姓,暂时不要提了。"竞天的表情恢复了冰冷。

冠雪看着少年瘦削的侧脸,觉得他如果多长点肉应该会更好看。

拜那只烤鸡所赐,冠雪和竞天的关系改善了不少。竞天身份非富即贵,虽不知为何落到如此境地,却总是嫌弃冠雪身份低微,举止粗鄙。

"你怎知我以后不会飞黄腾达?我的夫君必须入赘,与我一起孝敬爹爹,再说养你又不是很费钱的事情,我每天都能让你吃上烤鸡!"

冠雪拍着胸脯吹嘘道。

竞天脸上划过一丝淡淡的笑意,冠雪说不清那笑意是什么意思,好像有点悲凉,有点欣慰,有点对无知无畏者的同情。

竞天淡淡地瞥她一眼:"我的身份特别,不可能被你这样的平民女子入赘娘家的。就算我们俩在一起,也得是我娶你做妻子,你要以我为主,以后孩子跟我姓,不可能姓寂。"

冠雪觉得自己被狠狠地鄙视了,她抗议道:"倒插门也是很常见的!你这是瞧不起我吗?凭什么我们俩以后的孩子要跟爹姓?"

"你不就是跟爹姓吗?"竞天嘴角挑起一抹笑意,说道。

这能是一样的吗?夜竞天这小子太狂妄了!摆明了是不把自己放在眼里!是时候该让他领教一下自己的威严了!不然日后入赘到她寂家,可不得翻了天了!

"你这个不懂礼数的小浪蹄子!别以为我宠着你就当我好欺负!给你脸了是不是?说,你是不是欠打?非要我打得你满脸桃花开!让你还敢跟我顶嘴?"冠雪学起当年卞城隔壁王大娘骂街的泼辣来。

竞天被她骂得惊讶地瞪圆了眼睛,脸也涨得通红:"你……你说我是什么?你……怎能如此粗俗?!你们卞城果然不是什么好地方!怎么出了你这样的混混!"

"我就混了!我知道你这贱人瞧不起我!但又怎么样?你被我看了,你这辈子就算栽在我手上了,你还想找别的女人吗?没门!"

"寂冠雪!"竞天一把推开她,气得浑身发抖,"你不要太过分!"

"我就是这样粗鄙的女人!我就是在市井长大的混混女!我没读过什么书,不懂你那套礼义廉耻,那又怎么样?你这辈子注定是我的人!"

竞天脸上红一阵白一阵,咬牙道:"我怎么看上了你这么个……"

冠雪看他那副样子，知道是自己骂得太过火，想拉他去道歉，谁想他一掌就拍过来："我恨你！你这个大骗子！"

冠雪被他这一下子打得头昏眼花，心里熄灭的火又噌地起来了。

反了！反了反了！

她也不示弱，一拳打在他下巴上。

俩人纠缠扭打在一起，竞天比她年长几岁，但毕竟重伤过，元气未复，俩人打得气喘吁吁难解难分，最后都没了力气，一起躺在草地上看流云掠过蓝天。

"你这个笨女人。"竞天躺在身边，这样说道。

"你别小瞧人哦！我早晚会在卞城打拼到顶点的！"冠雪指着面前宽广无垠的苍穹喝道，"我会成为卞城顶端的王者！卞城之王！"

"卞城王……"竞天转过头看着身畔的冠雪，悄悄地握住了她的手。

竞天在神机门休养好的身体便告辞离开了。

冠雪将从神女庙求来的香囊护身符塞给他："竞天……你要去哪里啊……"

竞天接过香囊："我要出去打拼一番，放心，等你学成之后，我会来找你的。"

冠雪恋恋不舍地与他告别："竞天……我会想你的……"

刚分别的时候，冠雪在想，竞天会不会很快就来神机门找她，可是，竞天再也没有来过神机门。

这样她思念了他一年，两年，三年，四年……

如此过了十年。她在神机门学了十年，竞天都没有来找过她。

第十个年头过去，冠雪告别了师父，她已经不再想着竞天会来找自己了。

竞天还是嫌弃她的吧。他嫌弃她的粗鄙，嫌弃她出身不够高贵，嫌弃她没有给他好生活的能力。

就这么等着，冠雪的心也冷了，硬了。

什么都比不上自己变强，她变强了，就再也不必追着赶着求着人家爱自己。

那种怜悯似的爱恋，她不需要。

她最终断了对竞天的执念，竞天最终和她的少女时代一起，消失在那段回不去的光阴之中。

而再次见到竞天的时候，她有种恍如隔世的感觉。

十年不见，夜竞天戴着幕篱站在她面前，那一次见面只是寒暄，他们回忆过往，他们谈论现在，竞天似乎想对她说什么，但最后说出口的却是："小雪，我现在到了最关键的时候，你再等我一年。"

她已经都等了十年，又如何在意这一年？

曾经年少时的心动，经历了这十年的光阴之后，都变成了深沉亲切的友情。

再次见面，又过了一年，竞天这次似乎已经做好了决定，他对她说，他愿意退一步，愿意入赘寂家，他愿意跟她一起孝敬她的父亲，愿意让自己的孩子随她姓。

可是，竞天……你的这个回答，太晚了啊……

现在的她，已经有了意中人。

"我给你做贴身护卫……也不行吗？"

那语气中的卑微低到了尘埃里。

"对不起，竞天，我只当你是朋友。"冠雪目送着他的背影孤独离开。

后来，她去神女庙修行，如愿以偿地与自己的心上人成了亲。

而那之后的年月里，竞天再也没有出现。

"寂冠雪。"那时她已经升为秋雨堂堂主，卞城王对她赏识有加，几乎每次代表卞城的事情，他都会带她一起过去。

"今晚在落城，与红帮有个应酬，你准备一下。"

卞城王是个冷静甚至于冷酷的男人，在这危机四伏的卞城里，他杀伐果断、冷酷无情。冠雪不懂，一个人为何要努力拼命到这地步，他甚至完全没有时间找爱人，甚至他好像根本就没动过那个心思。

卞城王看起来似乎也不是很介意自己孤身一人的事实，反正他一心都扑在工作上，对这些儿女情长并不关心。

这天晚上在落城，冠雪陪着卞城王和对方推杯换盏，席间冠雪谈笑风生，频频敬酒，好听的话说了一箩筐，哄得红帮的帮主心花怒放。帮主是个四十来岁的女人，几杯酒下肚，她有些醉眼迷离地看着卞城王，对冠雪耳语道：

"妹子，其实你这老大虽然强硬，但身材魁梧器宇不凡，想来……应该不错，你可曾尝过他的滋味？"

冠雪吓得酒杯差点拿不住了：什么？卞城王？她有几个脑袋敢肖想这位？是活腻了吗？

她忙赔笑道："姐姐这是看上我们老大了？"

帮主蹙着眉头连连摇头，指了指自己身旁千娇百媚的小倌："不不不，姐姐我还是好这口娇花，你们老大太硬，我啃不动。"

冠雪这才如释重负地笑了起来，在心里合计幸亏这位大姐不是对卞城王有邪念，不然今天这酒局可如何收场？

帮主在冠雪耳边低语："妹子，姐姐久经花场，什么男人没见过，你这位老大啊，从刚才酒桌上，我粗略计算了一下，他看你不下二十次，每次看你的时候眼中都满是柔情，他如此提拔你，必是对你有意！你何不顺水推舟搭上他，以后这卞城，不就是你的了？"

冠雪吓得浑身一激灵，连连推拒："姐姐说笑了，我哪里敢……再说我已经有了夫君……"

"迂腐！与你家那个夫君和离，换上卞城王！他助你飞黄腾达，不比你家里那个上门女婿强多了？虽然他性格太强，你可能要忍让一点，但对你有利，何乐不为？"

冠雪仍是笑嘻嘻地婉拒，可谁想那帮主似乎是铁了心一般："你放心，我那二当家给你们老大灌了不少酒，酒里……我加了些作料，今晚你们睡在这里！我让你们生米煮成熟饭！"

啥……啥？啥！

冠雪蒙蒙地坐在卧房里，床上躺着脸上带着不正常红晕的卞城王，他似乎很热，结实的胸膛裸露着，闪着蜜色的光泽。

他翻了个身，背后的猛虎形状守宫纹清晰可见。

冠雪有点口干舌燥，她觉得孤男寡女共处一室总归不太妥当，但又怕自己离开了，这里有其他女子乘虚而入，想来想去，她也有义务保护卞城王的周全。

"寂……冠雪……"卞城王脸色潮红，目光迷离地朝她伸出了手，"水……"

冠雪忙为他倒了一杯茶水，刚刚递到他手上，对方一掌打翻了茶水，紧紧地攥住了她的手腕，一股不容拒绝的力量将她拉到床上。

卞城王炙热深沉的吻不许拒绝地堵住了她的嘴，吻了一会儿，他声音嘶哑道："冠雪，不如我们……"

冠雪脑子里却想起了家里等着自己的那个人。

星途在家里等她，她怎能和别的男人一夜春风？

想到这里，她推开了卞城王："大人，清醒一下。"

对方似是一愣，僵住了动作。

冠雪起身："我夫君还在家里等我，我先回去了。"

说罢，她头也不回地离开。

房门关闭良久，复又打开，红帮帮主在门外咳了一声："卞城王老大……我可以进来吗？"

卞城王披上衣服："进来吧。"

帮主站在门口，满脸遗憾："姐姐尽力了，奈何那小妮子不上道，白费了你这番苦心好意。你哪里不及她家里那个汉子？"

卞城王扶住额头叹息一声："她只是……不爱我而已……"

帮主苦笑了："你用这卞城做彩礼给她，她都不要……这样的女人，应该说是好呢，还是死心眼呢？"

卞城王取出一个老旧得几乎褪了颜色的香囊，小心翼翼地攥在手里："若有来世……若我没有让她等我那么久……她会不会爱上我？"

黑白世界。

冠雪倒在血泊之中，安详的脸上看不出痛苦。

被自己一心一意爱了一辈子的心上人刺死的那刻，她心底是如何的绝望和无助？

被尖利冰冷的长剑刺穿了身体，那是怎样痛苦的感觉？

他那样珍视的人，那样小心翼翼护着的、心尖上的人，他连勉强逼迫她都舍不得，却被那个男人狠绝地一剑毙命！

夜竞天不敢想，他怕自己想得太多，就握不住手中的剑。

他怕自己疼得没有力气为她报仇。

他每走一步，心里都好像有一把钝刀子在磨，他每前进一步，眼前都是冠雪生时的一颦一笑，一言一语：

"你怎知我以后不会飞黄腾达？再说养你又不是很费钱的事情，我每天都能让你吃上烤鸡！"

"我没读过什么书，那又怎么样？你这辈子注定是我的人！"

那时，若他答应了她，多好。

那时，若他答应了她，就没有今日。

那时，他为什么要坚守着那些没用的等级观念？

眼泪模糊了视线，他走到那表情麻木的男子面前，似乎已经用尽了全身力气。

"你……还我的小雪来！"他连声音都在颤抖。

对方抬头冷冷地看着他，浅淡的眸子似乎看不出有什么情绪。

只看到他脸上,蜿蜒流淌的血泪。

夜竞天用尽全身力气握紧剑柄。

剑在如同黑夜的卞城中,在飘舞的雪花里,劈开一道雪亮的闪电,斩了下去——

番外 / 踏青

前阵子卞城与龙安黑帮争斗了三个多月，最终以卞城大获全胜而告终。

卞城王十分开心，他决定趁着现在春光尚好，寻个人少景美的去处犒劳一番卞城的中高层成员，冠雪自告奋勇提议推荐大家去她私下采药熟悉的"千蝶谷"，千蝶谷几里开外有上好的温泉别墅，在千蝶谷踏青郊游够了，再在温泉别墅里住宿一晚，实在妙哉。卞城王允诺，为了增进情感，可携家人前往。

冠雪在心里念叨着：可携家人前往……

这时裘怀玉轻轻拍了她一下："寂堂主，可携家人，你也是要带夫君过去的吧？卞城王为每位堂主都留了一间温泉上房，你们夫妻在屋内共浴，岂不美哉？"

那语气中颇有几分羡慕的意思。

裘怀玉每次提到她和她夫君的时候，语气都有点淡淡的醋意，对此，冠雪不是没有感觉的。

她虽然迟钝，但也察觉到了怀玉在心中的不平和嫉妒。

她不就是喜欢卜星途嘛！

也是，卜星途天人之姿，谁人不喜欢呢？

只是怀玉的暗暗爱慕，冠雪倒是很理解她，怀玉一向清高自持，绝不会做出抢人夫君那档子事，暗暗爱慕有何不可？想到这里，冠雪忽然领会到：莫非怀玉是希望星途去？想多看他一眼？

"星途一向不爱抛头露面，裘堂主你可能要失望了，但你如果很想见他的话，我会好好劝他……"冠雪生怕她失望难过，不禁好言宽慰道。

"不了。"怀玉的脸色忽然冷了下来，"他若是去，我就不去了。"

哎？这是怕见了他二人郎情妾意受不得刺激？

"那就不去，嘿嘿。"冠雪挠着后脑勺说道，"反正星途也不爱去这种地方。"

怀玉的脸色柔和了一些："若他不去，正好你我一间房，不泡温泉，我们也可以好好聊聊天。"

冠雪想了想，觉得和怀玉一间房盖被聊天也不错，当晚回了家，她思考良久，决定还是不告诉星途。

路过云珩房间的时候，她本想开口询问云珩想不想陪她同去，但想起前阵子星途因为她和云珩的不愉快，冠雪咽下了话，回了房间。

第二天一早，冠雪也没有收拾行李，反正只有一晚，怀玉也带了东西，她就当作是公出了。

吃早饭的时候，冠雪看着星途说道："今晚我不回来，你一个人早点休息。"

星途的睫毛颤了颤，抬起眼，冷冰冰地看着她："去哪儿？"

冠雪觉得说多了都是麻烦，简略道："卞城各位堂主的事儿。"

星途把饭碗放下，里面还有半碗饭，他以前从不剩饭的。

"怎么不吃了？"冠雪问了一句。

星途垂下眼帘，淡淡地道："饱了。"

说罢，他径直转身回了屋里。

冠雪只当他是累了，起身也赶赴卞城王的宅邸。

几位堂主都在门口等着上马车一起前往千蝶谷，楚无鱼带了妻子，尹芳华带了四个风情各异的美少年，裘怀玉坐在阔气宽敞的马车里朝冠雪招手：

"寂堂主，这边。"

冠雪兴冲冲地上了土豪的车，这车里既宽敞又舒服，她直接躺在软缎上美美地睡了一觉，一觉过去，感觉怀玉在摇她的身体：

"寂堂主，到了。"

下车之后果然是千蝶谷，怀玉站在冠雪身畔，目光柔柔地看着她，道：

"还记得千蝶谷吗？"

冠雪微微一愣："当然记得。这里还是我推荐给卞城王大人的呢。"

怀玉眼中的光黯淡了下去，她转身朝温泉别墅走去："我们去温泉那边吧。"

这边的卞城王别墅甚是阔绰，一行人等在厅堂摆下酒宴推杯换盏，尹芳华带来的四个美少年也不白带，一个陪着冠雪，一个陪着怀玉，酒喝光了有佳人斟酒，席间好不畅快，酒过三巡的时候，天色将晚，却听见门外有敲门声。

卞城王随从去开门，却见得一人仿佛谪仙般飘然而至，站在红尘世俗的酒桌前，清冷不食人间烟火，他就那么淡淡地看着冠雪，声音朗然道：

"寂冠雪。"

冠雪差点把嘴里的酒都喷了出来："星途？！"

他怎么来了？

冠雪忙擦掉酒水，麻利地把身边陪酒的少年挥走，赔笑道："夫君怎么来了？"

星途清清冷冷地看着她，道："我不能来？"

酒局的气氛立刻冷了下去，甚至在这一瞬间，空气中似乎传来"咔嚓咔嚓"的结冰声。

楚无鱼忙打圆场笑道："我们是鼓励带家属参加的，既然来了就快快入座！别客气，吃什么随便点！"

星途也不客气，他分割在冠雪和怀玉之间，坐下了。

怀玉身畔陪酒的少年见势不妙，忙起身撤了。

星途没和冠雪说话，反倒偏过头来看向怀玉："裘堂主今日好酒兴？"

怀玉握紧酒杯，低着头不语。

星途冷笑一声，拿过刚才冠雪喝过的杯子自斟了一杯："赏脸与我饮一杯可好？"

怀玉握着酒杯的手有些颤抖，星途拿了酒壶为怀玉添了点酒，靠近过去，在怀玉耳边低语说了些什么。

星途说了很久，怀玉一直在听没有回答，冠雪听不清他们的对话，她很好奇，星途和怀玉哪儿来的这么多话好说呢？

星途终于说完了，他举杯敬怀玉："可好？"

怀玉低着头，握着酒杯，举起来的动作很艰难，好像那酒杯有千斤重：

"好……"

怀玉这般说道。

二人干了这杯酒，星途拉起冠雪的手起身道："我与爱妻先回去歇息了，不打扰诸位的雅兴，先行告退。"

在场的众人都不吭声：你已经打扰了好吧！！！

进了房间，冠雪有点心虚地站在房中，星途却十分自然，他走到连接着外面温泉水流的屋内池子边，说道：

"温泉看起来不错，你要泡一泡吗？"

冠雪哪里敢泡，忙讪笑道："不了……"

没想到星途轻解罗裳，自己进了池子。

星途自己泡起了温泉？

冠雪觉得此时正是自己献媚让夫君消气的好机会，忙狗腿地走到池边，双手按在他光洁的肩膀上推拿起来：

"夫君今天累了吗？我给你按按解解乏。"

星途阖上双目，柔软的长发在池子里如同海藻般妖娆，他慵懒地"嗯"了一声，已经叫冠雪酥了半边身子。

他的肩膀结实瘦削，看起来清瘦，其实很有力量。

"夫君……你怎么知道……"她试探性地问道。

"帖子。"星途仍然阖着双目。

对啊，帖子！通知他们来千蝶谷之前，卞城王给每个人都发了帖子记录这件事！帖子在她衣服里，一定是星途收拾衣服的时候发现了！

"夫君……我不是不想你来才不告诉你的……你一向不喜欢这些抛头露面的场合，我……"冠雪小心翼翼地说道。

星途阖着眼睛，轻声道：

"下次告诉我。"

"是是是是！"冠雪察觉到他语气中的变化，连忙从后面搂住他的脖颈，低下头在他脸颊上吻了一记，颇有几分撒娇道：

"夫君你最宽宏大量了！夫君你最善解人意了！夫君你最好看了！"

星途忽然睁开了眼睛，氤氲的水汽中，他浅淡的眸子朝她瞥了一眼，之后伸手按住冠雪脖颈，将她拉过来一些，转过头，吻上了她的唇。

一夜过去，早晨醒来，冠雪拥着星途懒懒地不想起床，有一搭没一搭地和他说话：

"夫君啊，你为什么来找我了呢？"

星途:"……因为你画了桃花。"

嗯……是个不错的理由呢……

那天之后过了几天,星途对冠雪说道:"我给云珩寻了个好人家。"

冠雪一愣:"谁?"

"裘堂主。"

"啊?"冠雪蹙眉,"裘堂主人漂亮,家里又有钱,居于高位,她会愿意吗?"

星途淡淡道:"你去跟她提吧,她一定会答应的。"

冠雪半信半疑地去找裘怀玉,谁想裘怀玉一口答应:"可以,我和云珩成亲。"

真的答应了?

星途跟怀玉说过什么啊?

冠雪要离开的时候,怀玉忽然在身后叫住了她:"寂堂主。"

冠雪转头:"嗯?"

怀玉低声问道:"你爱卜星途吗?不管……他是什么样的人,是好是坏,是善是恶,你都爱他?"

冠雪愣了愣:"……何出此言?"

怀玉看着冠雪,眼中闪着她看不懂的水泽:"寂冠雪,你……多了解他一些,我怕你以后,会被他……"

接下来的话她没有说出口,冠雪不懂:"裘堂主不妨有话直说。"

怀玉只是摇头:"罢了,我希望你们白头偕老。"

回来的路上,冠雪想了一些事情。

她不了解星途?

好像……除了星途的神官身份,她确实不太了解其他的。

比如星途有没有家人,他出家之前是做什么的,他擅长什么,喜欢什么,经历过什么……

这一切都是空白。

她的枕边人,她并不了解。

但她还是信他。冠雪觉得,星途虽然性子冷淡,也曾恨过她怨过她,但这么多年了,他在心底里,应该是爱着她的。

应该……是吧?

回到家,星途问道:"定下来了?"

冠雪点头。

星途翻了翻黄历:"这月十五是吉日,让云珩准备一下,十五那天让他入赘过去。"

冠雪只是点头。

星途忽然回过头来看她:"舍不得?"

冠雪头摇得像拨浪鼓:"没有没有!绝对没有!"

翻罢了黄历,露出首页的桃花来,星途定定地看着冠雪,低声道:"去熄了灯火。"

冠雪脸红了起来,吹熄了灯火。

这一晚很长很长,冠雪拥抱着星途在想:

就算不够了解,但好像这样过一辈子,她也不会腻烦呢。

那就这样过下去吧。

冠雪阖上了双目。

【番外·完】

图书在版编目（CIP）数据

谁许一世共白头. 壹 / 冷亦蓝著. -- 北京：中国致公出版社，2020

ISBN 978-7-5145-1662-3

Ⅰ．①谁… Ⅱ．①冷… Ⅲ．①长篇小说－中国－当代 Ⅳ．① I247.5

中国版本图书馆CIP数据核字（2020）第070666号

本书由冷亦蓝委托湖北知音动漫有限公司授权中国致公出版社出版。在中国大陆地区独家出版中文简体版本。未经书面同意，不得以任何形式转载和使用。

谁许一世共白头. 壹 / 冷亦蓝 著

出　　版	中国致公出版社
	（北京市朝阳区八里庄西里100号住邦2000大厦1号楼西区21层）
出　　品	知音动漫图书·少女心诊所
	（武汉市东湖路179号）
发　　行	中国致公出版社（010-66121708）
责任编辑	梅妮
特约编辑	汪静
装帧设计	余婧雯
印　　刷	长沙鸿发印务实业有限公司
版　　次	2020年12月第1版
印　　次	2020年12月第1次印刷
开　　本	16开
印　　张	17
字　　数	325千字
书　　号	ISBN 978-7-5145-1662-3
定　　价	42.80元

（版权所有，盗版必究，举报电话：027-68890818。）
（如发现印装质量问题，请寄本公司调换，电话：027-68890818。）